陈引驰　周兴陆　主编

中国文学经典

〔古代小说戏曲卷〕

华东师范大学出版社
·上海·

图书在版编目(CIP)数据

中国文学经典. 古代小说戏曲卷/陈引驰,周兴陆主编. —上海:华东师范大学出版社,2019
ISBN 978-7-5675-9227-8

Ⅰ.①中… Ⅱ.①陈…②周… Ⅲ.①中国文学-古典文学-作品综合集②古典小说-作品集-中国③古代戏曲-剧本-作品集-中国 Ⅳ.①I212.01

中国版本图书馆 CIP 数据核字(2019)第 179314 号

中国文学经典(古代小说戏曲卷)

主　　编	陈引驰　周兴陆
项目编辑	范耀华
特约审读	陈成江
责任校对	时东明
装帧设计	卢晓红
出版发行	华东师范大学出版社
社　　址	上海市中山北路 3663 号　邮编 200062
网　　址	www.ecnupress.com.cn
电　　话	021-60821666　行政传真 021-62572105
客服电话	021-62865537　门市(邮购)电话 021-62869887
地　　址	上海市中山北路 3663 号华东师范大学校内先锋路口
网　　店	http://hdsdcbs.tmall.com
印 刷 者	上海昌鑫龙印务有限公司
开　　本	787 毫米×1092 毫米　1/16
印　　张	22.5
字　　数	328 千字
版　　次	2019 年 9 月第 1 版
印　　次	2024 年 2 月第 3 次
书　　号	ISBN 978-7-5675-9227-8
定　　价	58.00 元
出 版 人	王焰

(如发现本版图书有印订质量问题,请寄回本社客服中心调换或电话 021-62865537 联系)

主　编
陈引驰　周兴陆

编写组成员
周兴陆　梁银峰　张金耀　夏　婧
王文晖　孟　昕　邹　琳　高红豪
刘宏辉　杨志君　杨婷婷　刘梅兰
王思佳

前言

"中国文学经典"是复旦大学本科教育的一门人文大类基础课程。本课程引导学生阅读中国传统文学的经典文本,旨在培养学生的文学阅读和理解能力,提升学生的文学趣味和审美情操,培育学生对中华优秀传统文化的认同感和对之进行创造性转化、创新性发展的使命感。

在几轮课程之后,我们编写了这套《中国文学经典》,包括《古代诗词卷》、《古代散文卷》和《古代小说戏曲卷》三册。这里所谓"经典",并非是在传统"五经"意义上的用词,仅是一种修辞性说法。一般来说,具有深刻的思想内涵和高妙的艺术价值,具有一定的代表性和典范性,同时又在文学史上流传不衰,受众广泛,便不妨赋予"文学经典"之称。当然,我们在遴选时难免眼光的限制,未必能臻于完善。

为帮助学生自主学习,编写组为入选作家撰写了简要的介绍,凡入选作品皆有解题和注释。其中吸收了学界研究的诸多成果,限于体例,未能一一交代,统此致谢。限于水平,书中难免有疏漏和错误之处,谨请读者指正。

本书的编写,得到复旦大学教务处和中文系的大力支持,在此一并表示感谢!

陈引驰　周兴陆
2019 年 2 月

目录

导论 ... 1

一、神话传说 1

《山海经》.. 5
 精卫填海 ... 5
 夸父逐日 ... 6

二、杂史杂传 9

佚　名.. 13
 燕丹子 ... 13
《西京杂记》.. 21
 画工弃市 ... 21

三、志怪、志人 25

《搜神记》.. 29

韩冯夫妇	29
三王墓	31
李寄	33
《世说新语》…………………………	36
荀巨伯	36
新亭泪	37
郗超论谢玄	39
吴郡卒	40
雪夜访戴	41
韩寿	42
吴　均…………………………	45
阳羡书生	45

四、唐宋传奇　　　　　　　　　49

沈既济…………………………	53
任氏传	53
陈玄祐…………………………	63
离魂记	63
元　稹…………………………	66
莺莺传	66
许尧佐…………………………	75
柳氏传	75
杜光庭…………………………	80
虬髯客传	80
佚　名…………………………	86

梅妃传　　86
张　实　　94
　　流红记　　94

五、从变文到话本　　99

　　目连缘起　　105
《京本通俗小说》　　116
　　碾玉观音　　117
　　错斩崔宁　　132
《清平山堂话本》　　153
　　快嘴李翠莲记　　153
《警世通言》　　167
　　杜十娘怒沉百宝箱　　167
《醒世恒言》　　184
　　卖油郎独占花魁　　184

六、明清文言短篇小说　　219

李　渔　　226
　　秦淮健儿传　　226
蒲松龄　　231
　　画皮　　232
　　红玉　　236
　　席方平　　241

《虞初新志》……………………………… 248
　　冒姬董小宛传　　　　　　　　　　　　249

七、长篇小说　　　　　　　　　　　　259

　　三国演义　　　　　　　　　　　　　　269
　　水浒传　　　　　　　　　　　　　　　273
　　西游记　　　　　　　　　　　　　　　276
　　红楼梦　　　　　　　　　　　　　　　279
　　儒林外史　　　　　　　　　　　　　　282

八、戏曲选　　　　　　　　　　　　　287

关汉卿……………………………………… 292
　　窦娥冤　　　　　　　　　　　　　　　292
王实甫……………………………………… 299
　　西厢记　　　　　　　　　　　　　　　299
高　明……………………………………… 307
　　琵琶记　　　　　　　　　　　　　　　307
汤显祖……………………………………… 314
　　牡丹亭　　　　　　　　　　　　　　　314
洪　昇……………………………………… 322
　　长生殿　　　　　　　　　　　　　　　322
孔尚任……………………………………… 328
　　桃花扇　　　　　　　　　　　　　　　328

导论

清人刘廷玑《在园杂志》说:"盖小说之名虽同,而古今之别,则相去天渊。"今人所谓的文言小说与通俗白话小说,同为"小说",实则二者之间存在巨大的差异。在今天的文学视域中,《搜神记》《世说新语》与《三国演义》《水浒传》都统称为小说,属于同一种文学体裁,但是在古人的观念里,并非如此。古人论小说,一般是将二者明确地分开来谈的。我们这里也是如此,先谈文言小说,后论通俗白话小说。

一

"小说"一词出现得很早,可追溯至先秦。《庄子·外物》曰:"饰小说以干县令,其于大达亦远矣。"但这个"小说"只是琐屑、无关紧要的谈说的意思,与后世图书分类中的"小说家"、作为文学体裁的"小说"内涵相去甚远。东汉桓谭《新论》曰:"若其小说家,合丛残小语,近取譬论,以作短书,治身理家,有可观之辞。"这是最早对"小说家"作出的解释。桓谭指出小说家一类的著述,是辑合琐碎片段、无关于大道甚至有悖于儒术的文字,往往借用譬喻、寓言的形式说道理,对于治身理家还是有帮助的。他既列举了"小说"的一些特点,又对小说的价值给予肯定。稍后,班固在《汉书·艺文志》里首次将"小说家"列于"诸子"十家之末。班固著录了十五家"小说",既包括依托古圣先贤、语言迂诞、以"说"命名的《伊尹说》《黄帝说》等,似"子"而浅薄;也包含史官记古事的《周考》《青史子》等,近"史"而悠谬。班固解释说:

> 小说家者流，盖出于稗官。街谈巷语，道听途说者之所造也。孔子曰："虽小道，必有可观者焉，致远恐泥，是以君子弗为也。"然亦弗灭也。闾里小知者之所及，亦使缀而不忘。如或一言可采，此亦刍荛狂夫之议也。……诸子十家，其可观者九家而已。（《汉书·艺文志》）

如淳注曰："街谈巷说，其细碎之言也。王者欲知闾巷风俗，故立稗官使称说之，今世亦谓偶语为稗。稗官，小官。"稗官为小官近民者，为县、都官的属吏，最接近民间，具备采集小说的条件。小说是街谈巷语、道听途说者所造，用今天的话来说，就是具有民间性。这些民间谈说，琐碎零散、违经失实，故而是"小道"，但也有可采之处。不过，班固将"小说家"列于"诸子"之末，并说"诸子十家，其可观者九家而已"，轻视甚至排斥的意味还是很明显的。但自班固《汉书·艺文志》始，后世各类书目多在子部列"小说家"一目，小说在图书分类中占据一定的位置。

至初唐时的《隋书·经籍志》著录小说比较驳杂，但大致以谈说、琐言为主体，除了著录以"小说"命名的若干种之外，还收录了如《杂语》《琐语》《世说》《迩说》《辩林》等以"语"、"说"、"辩"命名的书籍，甚至包括了《座右方》《器准图》等较难归类的书籍。而大量在后人看来具有"小说"意味的杂传、杂记如《列士传》《列女传》《列仙传》《搜神记》《述异记》等都著录于史部之"杂传类"。

最早对"小说"进行分类的是唐初的刘知几。他在《史通·杂述》中说：

> 是知偏记小说，自成一家。而能与正史参行，其所由来尚矣。爰及近古，斯道渐烦，史氏流别，殊途并骛。权而为论，其流有十焉：一曰偏纪，二曰小录，三曰逸事，四曰琐言，五曰郡书，六曰家史，七曰别传，八曰杂记，九曰地理书，十曰都邑簿。

刘知几是从史家的立场来认识小说的，他列举的十类"偏记小说"在《隋书·经籍志》中多属于史部的"杂史""古史""杂传""旧事""地理记""霸史"类；"琐言"类书籍在《隋书·经籍志》中属于子部小说家类。在刘知几的观念中，"偏记小说"几乎等于史流之杂著,若刘义庆《世说》、裴荣期《语林》在《隋书·经籍志》里归入子部"小说家",刘知几则视为"琐语";干宝《搜神记》之类在《隋书·经籍志》归入史部"杂传"类,刘知几视为"杂记"。综合起来看,刘知几的"小说"意识是不明晰的,与其说他是给"偏记小说"分类,还不如说是给史流杂著分类,且他是把小说纳入史流杂著的。刘知几"恶道听途说之违理,街谈巷议之损实"(《史通·采撰》),批评杂史著作或"言多鄙朴,事罕圆备",或"真伪不别,是非相乱",或"无益风规,有伤名教";但"学者博闻,盖在择之而已",善于拣选别裁,也有益于"博闻旧事,多识其物"。这都是史学家的态度,而非小说家、文学家的立场。

　　北宋初欧阳修编撰《新唐书》,著录小说的方式有两个显著的变化:一是《新唐书》将《隋书·经籍志》和《旧唐书·经籍志》史部"杂传""杂史"类中《搜神记》《幽明录》等大量的志怪小说移入子部"小说家"类。而真实性较强的,诸如"家传"类,依然保留在"杂传"中。二是《新唐书》子部"小说家"首次大量著录唐人的传奇。《新唐书》的子部小说家主要是由"琐语""志怪""杂录""传奇"四类组成。这说明了欧阳修对"志怪""传奇"类书籍的故事性、虚构性特征有了明显自觉的认识。欧阳修《新唐书·艺文志》奠定了后代目录学著录小说家的基本方式,如南宋晁公武《郡斋读书志》、陈振孙《直斋书录解题》,都是在《新唐书·艺文志》的基础上略加调整。

　　明代万历年间的胡应麟是一位著名的小说评论家。他把小说分为志怪、传奇、杂录、丛谈、辨订、箴规六类。"志怪"与"传奇"自《新唐书·艺文志》后一般都被视为具有典范性的小说。杂录类如《世说》《语林》《琐言》《因话》等"说""语""谈""话",也是传统的小说;而丛谈类如《容斋随笔》《梦溪笔谈》,前者在陈振孙《直斋书录解题》中著录于子部"杂家类",后者在《四库全书总目》中著录于子部"杂家类",一般不视为小说。最后两类,如辨订类的《鼠璞》,《直斋书录解题》著录于"小说家类",《四库全书总目》著录于子部"杂家类杂考"之属;箴规类的"家训"如《颜氏家训》,《崇文总目》著录于"小说类",《郡斋读书志》著录于子部"儒家类",《四库全书总目》著录于子部"杂家类"。可见胡应麟的"小说"概念还是很粗疏驳杂的。但是从中也可看出胡应麟小说观念的新特征,他对于小说故事的怪诞虚幻性有了明确的肯定性认识。他说:"说出稗官,其言淫诡而失实。"①"小说,唐人以前,纪述多虚,而藻绘可观。宋人以后,论次多实,而彩艳殊乏。盖唐以前出文人才士之手,而宋以后率俚儒野老之谈故也。"②他从虚实的角度品评唐宋小说,颇有意义。像《赵飞燕外传》《杨太真外传》在《郡斋读书志》中著录于史部"传记类",在《遂初堂书目》中著录于史部"杂传类",而胡应麟把二书都当作传奇,并说:"《飞燕》,传奇之首也。"对于唐传奇"诞妄寓言"的特征,他是有明确认识的。这样一来,志怪、传奇等虚构性叙事在胡应麟的小说分类中得到凸显。对于"杂录"类如《世说新语》,胡应麟说:"《世说》以玄韵为宗,非纪事比。刘知几谓非实录,不足病也;唐人修《晋书》,凡《世说》语尽采之,则似失详慎云。"对于《世说》一类小说的评论,不应该以是否实录为标准,刘知几批评它非实录,唐人修《晋书》完全把它当作真实,在胡应麟看来都是不恰当的。胡应麟说:"刘义庆《世说》十卷,读其语言,晋人面目气韵恍忽生动,而简约玄澹,真致不穷,古今绝唱也。"③晋人面目气韵恍忽生动,这是对人物形象的品评;简约玄澹,是从文章的角度进行的评论。这才是文学家的态度。

至清乾隆年间,纪昀编纂《四库全书总目提要》,子部"小说家"提要曰:

> 迹其流别,凡有三派:其一叙述杂事,其一记录异闻,其一缀缉琐语也。唐宋而后,作者弥繁,中间诬谩失真,妖妄荧听者,固为不少,然寓劝戒、广见闻、资考证者,亦错出其中。……然则博采旁搜,是亦古制,固不必以冗杂废矣。今甄录其近雅驯者,以广见闻,惟猥鄙荒诞,徒乱耳目者,则黜不载焉。

与胡应麟之分为六类相比较,纪昀将胡氏的辨订、家规二类剔出"小说家"而列于子部"杂家"或"儒家";《四库全书总目提要》的"叙述杂事"略相当于胡应麟的"杂录","记录异闻""缀缉琐语"略相当于"志怪""丛谈"。

---

① 胡应麟《少室山房笔丛·九流绪论(上)》。
② 胡应麟《少室山房笔丛·九流绪论(下)》。
③ 胡应麟《少室山房笔丛·九流绪论(下)》。

以上梳理的是图书分类中的"小说"概念,与文体学意义上的"小说"概念并不完全相同。事实上,古人一般不把"小说"视为文章,文章选本从来都是不选小说的,更没有一个诸如"文学"之类的大概念来包容"小说"。与小说相对的概念不是诗、文,而是"集部""别集"之类的图书分类概念。当然,从图书分类的"小说"概念也可以梳理出古人关于"小说"的基本观念。清人罗浮居士说:

> 小说者何?别乎大言言之也。一言乎小,则凡天经地义,治国化民,与夫汉儒之羽翼经传,宋儒之正心诚意,概勿讲焉;一言乎说,则凡迁、固之瑰玮博丽,子云、相如之异曲同工,与夫艳富、辨裁、清婉之殊科,《宗经》《原道》《辨骚》之异制,概勿道焉。其事为家人父子、日用饮食、往来酬酢之细故,是以谓之小;其辞为一方一隅、男女琐碎之闲谈,是以谓之说。(《蜃楼志序》)

罗浮居士从"小"和"说"两个方面非常贴切地解释"小说"的特征,这是古代"小说"一以贯之的内在属性。

古代文人为什么要撰著文言小说?文人撰作文言小说的动机往往是复杂多重的,粗略分析,主要有三类:

一、以文为戏,聊以自娱。如韩愈作《毛颖传》等杂传小说,就是"以文为戏"。这类游戏笔墨的文字,历代不绝。至清代,袁枚撰作《子不语》,是因为"文、史外无以自娱,乃广采游心骇耳之事,妄言妄听,纪而存之,非有所惑"(《自序》)。

二、寓托美善刺恶的讽喻鉴戒意义。如唐人李公佐撰《谢小娥传》,借君子之口曰:"如小娥,足以儆天下逆道乱常之心,足以观天下贞夫孝妇之节。……故作传以旌美之。"明代吴承恩撰《禹鼎志》,"亦微有鉴戒寓焉"(《禹鼎志序》)。纪昀撰《阅微草堂笔记》,示人"前因后果验无差";撰《姑妄听之》,"大旨期不乖于风教";撰《滦阳消夏录》,"街谈巷议,或有益于劝惩"[①]。这样,小说便担当了社会道德教化的功能,在中国古代的社会文化生活中具有重要的意义。

---

① 纪昀《阅微草堂笔记题辞》《姑妄听之自序》《滦阳消夏录自序》。

三、发愤著书，借小说以抒写忧愤。蒲松龄创作《聊斋志异》就是如此。据蒲松龄之孙蒲立德记载，蒲松龄"数奇，终身不遇，以穷诸生授举子业，潦倒于荒山僻隘之乡"①。蒲松龄是科举试途的失败者，一生穷困潦倒，满腔忧愤，寄诸笔端。他在《聊斋自志》中说："集腋为裘，妄续幽冥之录；浮白载笔，仅成孤愤之书；寄托如此，亦足悲矣！"后世的读者多能体会蒲松龄的这种孤愤。余集曰："先生少负异才，以气节自矜，落落不偶，卒困于经生以终。平生奇气，无所宣泄，悉寄之于书。故所载多涉諔诡荒忽不经之事，至于惊世骇俗，而卒不顾。"②古人说"文章憎命达"，正是如此坎坷的遭际、不幸的命运造就了这位伟大的文学家。

此前胡应麟论小说："若私怀不逞，假手铅椠，如《周秦行记》《东轩笔录》之类，同于武夫之刃、谗人之舌者，此大弊也。"小说不能成为泄私愤、攻讦人身的工具。蒲松龄的《聊斋志异》是发愤之书，但作者立意较高，能如《儒林外史》一样，做到公心讽世；而且笔意高古，字句典雅，"大半假狐鬼以讽喻世俗。嬉笑怒骂，尽成文章。读之可发人深醒"(舒其锳《注聊斋志异跋》)，将志怪小说的思想意义提升至一个新的高度。蒲松龄于每则故事之后有简短的"异史氏曰"，秉承《史记》"太史公曰"，阐义理，作论断。唐梦赉说："其论断大义，皆本于赏善罚淫与安义命之旨，足以开物而成务。"(《聊斋志异序》)《聊斋志异》虽为泄愤之书，也多揭示了世道人间的至理，具有启示人生的意义。

二

"小说"一目虽然在班固《汉书·艺文志》中已有其位置，列在子部，为"十家"之末，但是像《三国演义》《水浒传》之类通俗小说，在后世却往往被排斥于公私图书分类目录之外，如清代乾隆时期的《四库全书》就未著录通俗小说。不过，随着通俗小说的日益兴盛，明代嘉靖年间，就有一些富于卓识的私人藏书家开始著录小说。如晁瑮《宝文堂书目》"子杂"类既著录了大量的唐传奇，也著录了《通俗演

---

① 蒲立德《聊斋志异跋》，黄霖、韩同文《中国历代小说论著选(上)》，江西人民出版社1982年版，第408页。
② 余集《聊斋志异序》，黄霖、韩同文《中国历代小说论著选(上)》，江西人民出版社1982年版，第482页。

义》《忠义水浒传》《宣和遗事》《三国志通俗演义》等通俗小说。高儒的《百川书志》，子部"小说家"类著录了《世说新语》《幽怪录》《传奇》等以及其他杂录，把《三国志通俗演义》《忠义水浒传》列入史部"野史"类。王圻《续文献通考》在史部"传记"类著录了《水浒传》。但总体上说，通俗小说在古代图书目录序列里是没有地位的，白话通俗小说与文言小说相互分离，很少有人将二者归入一类来加以论述。通俗白话小说并不是士大夫文言小说的自然发展，二者并不属于一个序列。

明代汪道昆（署名天都外臣）的《水浒传叙》开篇就说："小说之兴，始于宋仁宗。"显然，他指的是说话话本之类的通俗小说。其实唐代的文献中就有关于"说话""市人小说"的记载。① 南宋时朝廷中设有供奉局，其中有"说话人"，近似于后来的说书人。② 说话话本之类的通俗小说在宋代比较流行，多次见诸记载。南宋孟元老《东京梦华录》卷四记载宋徽宗崇宁、大观以来在京城的瓦肆伎艺，其中之一即"小说"。宋人吴自牧说："说话者，谓之舌辩。"（《梦粱录》）有四家数，即小说（又名银字儿）、谈经、讲史、合生，"但最畏小说人。盖小说者，能讲一朝一代故事，顷刻间捏合"，小说可以根据需要加以虚构，故事情节更为扣人心弦。稍后，罗烨对于话本小说的艺术作了较为全面的总结，话本小说"以上古隐奥之文章，为今日分明之议论。……言其上世之贤者，可为师；排其近世之愚者，可为戒。言非无根，听之有益"（《醉翁谈录·舌耕叙引》），以通俗的语言和故事演绎大义，具有警戒世人的意义。说话者"须凭实学是根基"，需要有真才实学，熟悉历代史书、琐闻轶事、诗词佳句，能够插科打诨，"只凭三寸舌，褒贬是非；略咽万余言，讲论古今"，令听众或喜或悲，或愤或愧，受到强烈的艺术感染。从这些零星的记载可知，宋代"说话"这种文艺活动已经非常兴盛，自京都至民间都有它的消费市场，它促使了话本、讲史演义等通俗白话小说的兴起。

但是，如何认识和评价这种得到市民阶层喜爱的通俗小说？这在古代一直是一个问题。明嘉靖年间的田汝成说："钱塘罗贯中本者，南宋时人，编撰小说数十

---

① 分别见郭湜《高力士外传》、段成式《酉阳杂俎》续集卷四。
② 绿天馆主人（冯梦龙）《古今小说序》，黄霖、韩同文《中国历代小说论著选（上）》，江西人民出版社1982年版，第217页。

种,而《水浒传》叙宋江等事,奸盗脱骗机械甚详,然变诈百端,坏人心术,其子孙三代皆哑,天道好还之报如此。"(《西湖游览志余》)说《水浒传》这类通俗小说作者是在作恶,恶有恶报。但几乎同时,李开先在《词谑》中引唐顺之等人的话说:"《水浒传》委曲详尽,血脉贯通,《史记》而下,便是此书。且古来更无有一事而二十册者。倘以奸盗诈伪病之,不知序事之法、史学之妙者也。"对于《水浒传》,褒之者如袁宏道,把它与《金瓶梅》并尊为"逸典"(《觞政》),贬之者把它与《西厢记》并斥为"诲盗""诲淫"。这种褒贬截然不同的态度其实正是传统社会里不同阶层、不同立场的论者对待小说的矛盾态度。大体来说,受到明代后期王学左派影响的如李贽、袁宏道、金圣叹等人,对于通俗白话小说这种新兴的市民文艺形式能给与正面的积极的肯定,而拘守于程朱理学思想的论者则多基于正统文学观念排斥、贬抑通俗白话小说。如清代中期维护程朱理学的章学诚说:

> 小说、歌曲、传奇、演义之流,其叙男女也,男必纤佻轻薄,而美其名曰才子风流;女必冶荡多情,而美其名曰佳人绝世。世之男子有小慧而无学识,女子解文墨而闇礼教者,皆以传奇之才子佳人,为古之人,古之人也。今之为诗话者,又即有小慧而无学识者也。有小慧而无学识矣,济以心术之倾邪,斯为小人而无忌惮矣,何所不至哉。①

直至晚清时,强汝询还说:

> 昔许文正公有言:"弓矢所以待盗也,使盗得之,亦将待人。"信哉斯言!自文字作而简策兴,圣贤遗训,藉以不坠;而惑世诬民之书,亦因是得传焉。有为书至陋,若嬉戏不足道,而亦能为害者,如小说是已。《虞初》《齐谐》,其来已久,魏晋至唐,作者浸广,宋以后尤多,其诡诞鄙亵,亦日益甚,观者犹且废时失业,放荡心气,况于为之者哉!下至闾巷小人,转相慕效,更为传奇、演

---

① 章学诚《文史通义·内篇五·诗话》,叶瑛《文史通义校注》,中华书局1994年版,第561页。

义之类,蛊诞愚蒙,败坏风俗,流毒尤甚。夫人幸而读书能文辞,既不能立言有补于世,汲汲焉思以著述取名,斯已陋矣;然亦何事不可为者,何至降而为小说,敝神劳思,取媚流俗,甘为识者所耻笑,甚矣,其不自重也!然亦学术之衰,无良师友教诲规益之助,故邪辟污下,至于此极,而不自悟其非。呜呼,可哀也已!魏晋以来,小说传世既久,余家亦间有之,其辞或稍雅驯,姑列于目而论其失,以为后戒焉。①

这简直是视小说为洪水猛兽,败坏风俗,毒害人心,罪大恶极,非通通禁绝不可。这种轩轾褒贬的对立,一直贯穿于古代小说史之中,特别是否定论者往往得到国家意识形态的支持,社会稳定期的上层统治者为加强文化管理,对于小说戏曲时松时紧地采取查禁和销毁等措施。

即使是在这种极为艰难的文化环境中,小说这种文学体裁还是在倔强地发展,正如胡应麟所言"古今著述,小说家特盛;而古今书籍,小说家独传"②,文言小说是如此,白话小说更是如此。至清代乾隆年间,罗浮居士曰:"然则最浅易、最明白者,乃小说正宗也。"(《蜃楼志序》)白话通俗小说终于成了小说的正宗,其地位得到了有识之士的肯定。

针对社会上存在对通俗小说的轻视和贬抑,通俗小说的创作者有意识地强调它是有为而作,对社会民众具有劝诫教化的意义,一些评论也格外重视通俗小说惩恶扬善、警醒人心的功能。

关于文学创作的动机,古代诗文理论批评史上有"发愤著书"的传统,通俗小说与文言小说一样,也接续了这一传统,主张小说乃作者"发愤"之作。有的作者关切、怨愤的对象,是严重的社会问题,如朝纲不振、吏治腐败、社会黑暗,甚至亡国易代的重大变故。李贽在《忠义水浒传序》中提出《水浒传》是作者"发愤"之作,作者"虽生元日,实愤宋事",在小说中寄托了对朝政和时局的忧愤。金圣叹发挥了李贽的观点,在批点《水浒传》时揭示了"官逼民反"的社会矛盾根源——胸怀才

---

① 强汝询《小说类序》,《求益斋文集》卷五。清光绪年间刻本。
② 胡应麟《少室山房笔丛·九流绪论》下。

智者,不遇明君,沉落下僚;各级官吏残害百姓,逼得百姓走投无路,起而反抗。施耐庵与司马迁在著述精神上是相通的。天下无道,庶人则议,《水浒传》作者借人物之口痛骂官吏,痛骂秀才:"其言愤激,殊伤雅道,然怨毒著书,史迁不免,于稗官又悉责焉?"小说的创作动力来自严重的社会问题所逼压出的满腔怨愤。

通俗小说作者,多是志高才大而沉落于社会下层,胸中蓄积着巨大的悲苦怨愤,所以在小说中所发抒之愤,更多是个人的磊块与不平,所谓骨鲠在喉,必欲一吐为快。清初的天花藏主人,撰著大量的才子佳人小说,"凡纸上之可喜可惊,皆胸中之欲歌欲哭"(《合刻七子书序》),在才子佳人的爱情故事中寄寓了作者的几多感慨和辛酸。张竹坡《竹坡闲话》说作者是"仁人志士,孝子悌弟,不得于时,上不能问诸天,下不能告诸人,悲愤呜悒,而作秽言以泄其愤也"。道光年间的陈森撰著《品花宝鉴》,他在序中说:"及秋试下第,境益穷,志益悲,块然魂礧于胸中,而无以自消,日排遣于歌楼舞馆间,三月而忘倦,始识声容伎艺之妙,与夫性情之贞淫,语言之雅俗,情文之真伪。"于是创作了这部小说,虽然其中的故事是虚构的,但是"所言之情,皆吾意中欲发之情",显然是借他人之杯酒浇自己之垒块。中国古代的文人小说,往往具有强烈的抒情性,小说是作者发愤之作,其中寄寓了作者浓郁的悲愤怀抱。

当然,"以文为戏"也是古代文学的传统,有的作者创作通俗白话小说,只是为了游戏而已。如凌濛初撰作《初刻拍案惊奇》,"聊舒胸中磊块,非曰行之可远,姑以游戏为快意耳"(《二刻拍案惊奇小引》)。"善戏谑兮,不为虐兮",即使是游戏之作,作者也多强调其作品的教化意义。如凌濛初就说其"初刻"与"二刻"《拍案惊奇》,"说鬼说梦,亦真亦诞,然意存劝戒,不为风雅罪人,后先一指也"。

从功能角度说,古代小说具有重要的教化功能,正如鲁迅所说:"俗文学之兴,当有两端,一为娱心,二为劝善,而尤以劝善为大宗。"冯梦龙称《三国志通俗演义》在普通民众中产生了深刻的影响:"说孝而孝,说忠而忠,说节义而节义,触性性通,导情情出。"[①]小说通过生动的情节和鲜明的形象表达了忠孝节义的观念、尊重

[①] 无碍居士(冯梦龙)《警世通言叙》,黄霖、韩同文《中国历代小说论著选(上)》,江西人民出版社1982年版,第222页。

性情的思想,对于读者具有深入骨髓的潜移默化作用。作为一个小说编撰者,冯梦龙的"三言"就是"颇存雅道,时著良规"①,将一定的社会价值观念寄寓在叙写世情之中,传递给读者。在外有倭寇骚扰、内有西北兵变的万历中期,李贽在《忠义水浒传叙》里特别强调小说的"忠义"主旨及其教化意义:

> 有国者不可以不读。一读此传,则忠义不在水浒,而皆在于君侧矣。贤宰相不可以不读,一读此传,则忠义不在水浒,而皆在于朝廷矣。兵部掌军国之枢,督府专阃外之寄,是又不可以不读也,苟一日而读此传,则忠义不在水浒,而皆为干城腹心之选矣。否则,不在朝廷,不在君侧,不在干城腹心,乌在乎?在水浒。此传之所为发愤矣。

李贽发掘了《水浒传》所蕴含的"忠义"主题,在书名前冠以"忠义"二字,认为有国有家者不可不读此书,一读此书,则君明臣贤,忠义在朝廷,在君侧,在干城腹心。这实在是夸大了小说的社会意义和教化功能,但是对于抬高小说的社会地位,改变世人对小说的轻蔑态度,又是不无意义的。

的确,通俗小说作为一种艺术形式,它发挥功能,产生艺术效果具有特殊性。首先,其语言是适应社会普通民众的通俗语言,受众面更为广泛。因为其通俗性,所以在警醒人心、辅时化俗方面往往能产生经史所达不到的效果。静恬主人《金石缘序》曰:

> 小说何为而作也?曰以劝善也,以惩恶也。夫书之足以劝惩者,莫过于经史,而义理艰深,难令家喻而户晓,反不若稗官野乘,福善祸淫之理悉备,忠佞贞邪之报昭然,能使人触目儆心,如听晨钟,如闻因果,其于世道人心不为无补也。

---

① 即空观主人(凌濛初)《拍案惊奇序》,黄霖、韩同文《中国历代小说论著选(上)》,第256页。

通俗小说家喻户晓,它示人因果不爽的道理,惩恶扬善,如暮鼓晨钟,发人深省,具有强大的心理陶染力量。在古代,底层社会民众的教育程度低,真正能读"四书""五经"的人是很少的;而白话小说以其鲜活的人物形象、奇异的故事情节、通俗的语言吸引广大读者,具有经史所达不到的社会效果。听说书、读小说与正襟危坐地阅读四书五经不同,读者往往在莞尔一笑的会心之处获得警醒惩创的心灵震撼,潜移默化地接受了某种社会观念。

其次,通俗小说以耳目习近的悲欢离合的故事、曲折生动的情节、性格鲜明的人物形象感染读者,读者在审美愉悦中领会其蕴含的劝善惩恶之心,"化血气为德性,转鄙俚为菁华"(大涤馀人刻《〈忠义水浒传〉缘起》),潜移默化地获得教益。古人对小说"寓教于乐"的性质多有自觉的认识,如草亭老人编《娱目醒心编》,自怡轩主人序说此书:"既可娱目,即以醒心。"吴沃尧说:"寓教育于闲谈,使读者于消闲遣兴之中,仍可获益于消遣之际,如是者其为历史小说乎?"①"盖小说家言,兴味浓厚,易于引人入胜也。"(《痛史序》)"兴味浓厚"正是小说作为艺术所具有的特点,这是一般经史所不具备的。

第三,通俗小说作用于人的情感,发挥泄导郁悒、陶冶情操、慰藉心灵的意义。明人欣欣子在《金瓶梅词话序》中深入到人类普遍的心理特性来论述这部小说的教化意义,说:"人有七情,忧郁为甚。"一般人能够"以理自排,不使为累",但天机下劣的人,忧郁之情"不出了于心胸,又无诗书道腴可以拨遣,然则不至于坐病者几希"。民众的忧郁情绪,需要疏导化解。这部《金瓶梅》小说,"无非明人伦,戒淫奔,分淑慝,化善恶,知盛衰消长之机,取报应轮回之事",示人轮回报应、乐极生悲、天道循环的道理,读者"庶几可以一哂而忘忧"。因此这部小说虽然"语涉俚俗,气含脂粉",但它"关系世道风化,惩戒善恶,涤虑洗心,无不小补",具有警醒人心、劝善诫恶的教化意义。晚清时蠡勺居士《昕夕闲谈小序》论小说的功能说:

予则谓小说者,当以怡神悦魄为主,使人之碌碌此世者,咸弃其焦思繁

---

① 我佛山人(吴沃尧)《两晋演义序》,黄霖、韩同文《中国历代小说论著选(下)》,第234页。

虑,而暂迁其心于恬适之境者也;又令人之闻义侠之风,则激其慷慨之气;闻忧愁之事,则动其凄惋之情;闻恶则深恶,闻善则深善,斯则又古人启发良心、惩创逸志之微旨,且又为明于庶物,察于人伦之大助也。

小说怡神悦魄,能驱散人们焦虑烦郁的心情,使人心暂时进入恬适的境界;又可以激发读者的情感,获得情感的认同,从而提升人的道德境界。梁启超在《论小说与群治之关系》中更全面地总结小说"支配人道"具有"熏""浸""刺""提"四种艺术感染力。大体而言,"熏"即指小说具有陶冶情操的作用,使读者在不知不觉之间受到感染,久而久之改变了性情。"浸"指小说使读者身入其境,其思想感情受到渗透而不断地变化。"浸"和"熏"都是潜移默化的力量。"刺"是小说通过触目惊心的艺术形象强烈地震撼读者的心灵,使读者情不自禁地受到感动,接受教育。"提"是指小说中艺术形象切合读者的心理,产生一种"移人"的力量,使读者感情完全融入小说之中,与主人翁合二为一。他如此细致地分析小说的艺术感染力,为古代小说批评史增添了新内容。

当然,通俗小说是否果真能产生教化意义,还须看读者是否善读,能否用正确的态度和方法读小说。传统儒家文化重视"反躬自省"的意识,读者阅读通俗小说,也需要反求诸己,作自我反思和检省,从而实现道德人格境界的提升。蒋大器(署名庸愚子)《三国志通俗演义序》曰:

> 若读到古人忠处,便思自己忠与不忠;孝处,便思自己孝与不孝。至于善恶可否,皆当如此,方是有益。若只读过,而不身体力行,又未为读书也。

静恬主人《金石缘序》亦曰:"(读者)当反躬自省,见善即兴,见恶思改,庶不负作者一片婆心。"这都是说读者应该将自身置于小说的艺术情境之中,与小说中的人物相对照,时刻反省自思,转恶向善,升华人格境界。清人刘廷玑曰:

> 嗟乎,《四书》也,以言文字,诚哉奇观,然亦在乎人之善读与不善读耳。

不善读《水浒》者,狼戾悖逆之心生矣;不善读《三国》者,权谋狙诈之心生矣;不善读《西游》者,诡怪幻妄之心生矣。欲读《金瓶梅》,先须体认前序内云:"读此书而生怜悯心者,菩萨也;读此书而生效法心者,禽兽也。"然今读者多肯读七十九回以前,少肯读七十九回以后,岂非禽兽哉!(《在园杂志》卷二)

　　小说中往往叙写美与丑的冲突、善与恶的斗争、正与邪的较量,读者应该善于领会作者劝善惩恶的意图,欣赏其中的美好、善良和正义,并受激励与感染,唾弃和批判其中的丑陋、邪恶。就《金瓶梅》来说,对于主人公沉湎于酒色财气终至灭亡的命运,读者应该生怜悯心。若尤而效之,则是不善读书之过。

　　综上所述,小说在古代文人心目中的地位虽然不高,但它长期发挥着劝善惩恶、娱目悦心、陶冶性情等作用,因而不应忽视其价值。

一、神话传说

神话起源于原始社会。尚未开化的先民,对于身边的风雷雨电等自然现象,感到莫名地惊诧,却又不知如何解释,便"自造众说以解释之"(鲁迅《中国小说史略》)。于是他们幻想出各种各样的神仙:风有风神,雷有雷公,雨有雨神,闪电有电母,太阳有日神,月亮有月神……而关于这些神的故事,便是神话。

中国神话的内容是比较丰富的,有表现征服自然的,如"羿射九日""愚公移山",前者是对自然灾害的克服,后者是对自然障碍的移除;有表现人类对命运抗争的,如"精卫填海""夸父逐日",均体现了一种"知其不可而为之"的精神;有表现对事物起源幻想的,如"神农尝百草""燧人钻木取火",便是对药草、火起源的想象;有歌颂坚贞爱情的,如"牛郎和织女"的故事,就是对爱情的美好想象。还有少昊建立鸟国的神话,舜和象斗争的神话,李冰斗蛟的神话等,不一而足。它们体现了中华民族深重的忧患意识,与奥林匹斯诸神的享乐精神形成鲜明的对比。它们也体现了中华民族爱护百姓的意识,以及勇敢抗争的精神,这些意识与精神都已融入到华夏子孙的血脉之中,在历史长河中绵延不绝。

中国古代的神话虽然丰富,但由于古代的中国人深居内陆,重视实际而贬斥幻想,缺乏像希腊荷马那样的诗人,将那些零散的神话熔铸为长篇巨制;加上儒家思想的代表人物孔子"不语怪力乱神",对现实世界以外的神仙鬼怪存而不论,使得古代的文人士大夫一心追求建功立业,忽视了对神话的收集与保存,导致古代大量神话失传。现在存世的神话仅有一些零星的片段,大多散见于《山海经》《淮南子》《楚辞》《庄子》等典籍中,且各神话之间,往往缺乏内在的关联,不像古希腊神话那样具有一个完整的神的谱系。

尽管如此,我们却不能忽视这些零散神话的价值。它们体现了中华民族的精神文化内涵。与希腊、希伯来神话相比,中国古代神话显得很单薄,然而这些单薄的神话却很有力度。"夸父逐日"中的夸父要跟太阳赛跑,"精卫填海"中的精卫要把大海填满,"刑天舞干戚"中的刑天没有脑袋还继续战斗,这些带有悲剧色彩的英雄个个力拔乾坤,尤其是他们那种不屈不挠的精神,成为中华民族在漫长历史中不断前进的精神原动力。它们当然也是文学创作的素材,《诗经》中的《玄鸟》《生民》,《楚辞》中的《离骚》,以及《庄子》、《列子》等先秦诗文,乃至《镜花缘》《封神演义》《红楼梦》等明清通俗小说,无不包含着神话元素。更重要的是,中国古代的神话作为一种审美原型,沉淀为中华民族的集体无意识,影响到文学创作的思维方式、表达技巧以及阅读效果。这正如心理学家荣格所说的:"原型的影响激动着我们,因为它唤起一种比我们自己的声音更强的声音。一个用原始意象说话的人,是在同时用千万个人的声音说话。他吸引、压倒并且与此同时提升了他正在寻找表现的观念,使这些观念超出了偶然的暂时的意义,进入永恒的王国。他把我们个人的命运转变为人类的命运,他在我们身上唤醒所有那些仁慈的力量,正是这些力量,保证了人类能够随时摆脱危难,度过漫漫的长夜。"(荣格《论分析心理学与诗歌的关系》)

神话在历史演进的过程中,逐渐接近于人性,于是便有了传说。"传说之所道,或为神性之人,或为古英雄,其奇才异能神勇为凡人所不及,而由于天授,或有天相者"(鲁迅《中国小说史略》),如"后羿射日""嫦娥奔月""鲧偷取息壤平治洪水""禹赶走水神共工",便是具有代表性的传说。其实,神话与传说并没有明显的界限,两者往往融合在一起,很多神话具有传说因素,很多传说具有神话因素。神话学家袁珂就把传说、仙话、怪异等作为广义神话的一部分,这种观点具有一定的合理性。

尽管中国古代的神话传说零散单薄,缺乏曲折离奇的故事情节,在艺术表现上比较稚嫩,但它们却表现了先民的思想观念,且是中国小说的三大源头(除了神话,另外两大源头为子书、史书)之一,为后世的小说创作提供了取之不尽、用之不竭的资源。

《山海经》

《山海经》是先秦典籍,性质多歧,《汉书·艺文志》列入"刑法类",《隋书·经籍志》列入史部"地理类",《四库全书》列在子部"小说家类",现在一般认为是一部风物地志之书。原题为夏禹、伯益所作,实际并不仅仅出自二人之手,也不是作于一时一地。《山海经》共十八卷,其中《山经》五卷,《海经》十三卷,约三万一千字。全书内容庞博,包含有上古地理、历史、天文、历法、动物、植物、医药、宗教、考古等内容,也涉及异物和神奇灵怪,保存我国远古许多神话和传说,如鲧禹治水、刑天舞干戚等,成为中国文化的重要元素。古本《山海经》是有图的,称为《山海图经》,惜今已不存;现在看到的图,都是后人补画的。历代为《山海经》作考证注释的学者很多,如晋之郭璞,明之王崇庆、杨慎,清之吴任臣、毕沅、郝懿行等,其中郝懿行的《山海经笺疏》最为知名。今人袁珂的《山海经校注》博采众长,为集大成之作。

精卫填海①

【解题】中国远古的神话多表现先民对自然和社会现象的认识和愿望,表达人类征服自然、变革社会的斗争精神和勇气。《山海经》是远古神话的渊薮。"精卫填海"故事载于《山海经·北山经》。女娃溺死于东海,化而为鸟,向东海复仇。女娃之柔弱、精卫鸟之微小,与东海之浩瀚,大小强弱的对比,产生巨大的张力,突显一种悲壮而崇高的英雄气概;衔西山之木以填东海,路途遥远,似乎无济于事,但在明知徒劳的抗争中显示出人类战胜自然的不屈意志和顽强的生命力量。精

---

① 精卫:鸟名。《述异记》云,此鸟又名鸟誓、冤禽、志鸟,俗称帝女雀。

卫是中华民族锲而不舍、不屈不挠抗争精神的象征,得到历代文人的咏赞,精卫填海的抗争精神流灌于中华文化血脉中,被不断地演绎。明清易代之际,顾炎武《精卫》诗曰:"万事有不平,尔何空自苦。长将一寸身,衔木到终古?我愿平东海,身沉心不改。大海无平期,我心无绝时。呜呼!君不见,西山衔木众鸟多,鹊来燕去自成窠。"用问答的形式,表达生命不息,斗争不止的顽强意志,同时用燕鹊自营其巢作反衬。诗中的精卫就是顾炎武的自喻。

发鸠之山①,其上多柘木②。有鸟焉,其状如乌③,文首④、白喙⑤、赤足,名曰精卫,其鸣自詨⑥。是炎帝之少女,名曰女娃⑦,女娃游于东海,溺而不返,故为精卫,常衔西山之木石,以堙于东海⑧。

夸父逐日⑨

【解题】此故事载于《山海经·海外北经》。《山海经·大荒北经》《列子·汤问》也有相似的记载。夸父是一个巨人,要追逐太阳,一直追至太阳沉落的地方。他不停地追逐,劳累,口渴,于是饮黄河、渭河之水,黄河、渭河之水喝光了,又想喝北方瀚海的水,然而未及到达就渴死途中。夸父的手杖化成了桃林,结满嘉桃,为后人解渴。

这是一个悲壮的英雄故事。夸父为何要逐走太阳?是旱灾神话,还是太阳崇拜?是水火之争,还是与时间竞走?是追求光明,还是希望太阳永驻天空为人类

---

① 发鸠:山名。据《太平寰宇记》,此山在河东道潞州长子县(今山西省长子县)西南六十五里。
② 柘(zhè)木:柘树,落叶灌木或乔木,木材质坚。
③ 乌:乌鸦,传说是太阳中的神鸟。
④ 文首:头上有花纹。
⑤ 白喙:白色的嘴。
⑥ 其鸣自詨:它的鸣声是自呼其名,即"精卫"是鸟叫声。詨(xiāo):呼叫。
⑦ 炎帝:相传是教给百姓种植五谷的神农氏,上古时的部落首领。
⑧ 堙(yīn):填塞。
⑨ 夸父:人名。从字面意思看来,夸为大,父是男子美称,夸父则为大人、巨人。夸父的谱系为:祝融—共工—后土—信—夸父。

照明送暖？今天我们已经无法得到确切的解释。但是，夸父那自信的脚步，喝干河、渭、大泽之水的奋力和豪迈，死去的悲壮和死后的奉献，都昭示着他是一位巨人，是为人类而牺牲自己的大无畏的英雄。这个神话故事表现了先民对坚毅勇敢、伟力奋斗的歌颂。夸父生前未能实现愿望，至死不忘造福后人，这种崇高的悲剧美感染着后人，伟大的献身精神为后人所称扬。陶渊明《读〈山海经〉》赞曰："馀迹寄邓林，功竟在身后。"柳宗元感慨曰："睢盱大志小成遂，坐使儿女相悲怜。"（《行路难》）

夸父与日逐走①，入日②。渴欲得饮，饮于河渭③；河渭不足，北饮大泽④。未至，道渴而死。弃其杖，化为邓林⑤。

袁珂《山海经校注》，北京联合出版公司2014年版。

---

① 与日逐走：追赶太阳。逐走：竞走，即赛跑。
② 入日：太阳沉落。郭璞注为"及日于将入也"，即夸父在太阳将落的地方追上了太阳。《山海经·大荒北经》说夸父"欲追日景，逮之于禺谷"，禺谷则是日落的地方，古人认为太阳沉落在西北方。有的说法认为入日是接近太阳或进入太阳的光圈，夸父被太阳光热烘烤，故口渴。
③ 河：黄河；渭：渭水，在今陕西省境内。
④ 大泽：大湖。《山海经·大荒北经》云："有大泽方千里，群鸟所解。"《山海经·海内西经》云："大泽方百里，群鸟所生及所解，在雁门北。"《史记索引》云："大泽名瀚海，亦即委羽之山，皆以解羽名之。"可见夸父欲饮的大泽在雁门北，又名瀚海。
⑤ 邓林：桃林。毕沅云："邓林即桃林也，邓、桃音相近。"

二、杂史杂传

中国古代小说的诞生，与史书关系十分密切。《汉书·艺文志》曰"小说家者流，盖出于稗官"，《隋书·经籍志》称小说"盖亦史官之末事"，《新唐书·艺文志》谓小说"皆出于史官之流"，都道出了史书与小说的渊源关系。

杂史、杂传皆属于史部，有"体制不经""真虚莫测"的特点。(《隋书·经籍志》)然两者亦有区别。马端临《文献通考》有言："盖杂史，纪、志、编年之属也，所纪者一代或一时之事。杂传者，列传之属也，所纪者一人之事。然固有名为一人之事，而实关系一代一时之事者，又有参错互见者。"杂史重在叙事，而杂传偏于写人。

杂史体兼史书与说部，按史实成分的多寡可分为两类：一类史实成分大于虚构，一类小说成分大于史实。前者如陆贾《楚汉春秋》、王粲《汉末英雄记》，近于史；后者如赵晔《吴越春秋》，及袁康、吴平合著之《越绝书》，近乎小说。《吴越春秋》依编年体叙述吴越两国争霸之史，虽从《左传》《国语》《史记》取材，但其中包含不少传说与想象的内容。《隋书·经籍志》称其"有委巷之说，迂怪妄诞"；《四库全书总目提要》称其"稍伤曼衍，而词颇丰蔚……至于处女试剑、老人化猿、公孙圣三呼三应之类，尤近小说家言，然自是汉、晋间稗官杂记之体"。《越绝书》以越、吴两国的兴衰为主要内容，叙及两国的主要人物、地理、城市、冢墓、宝剑、建置等门类，有一定的史实依据，然亦多夸饰虚构，如《越绝外传记宝剑第十三》写越王勾践得"龙渊""泰阿""工布"三把宝剑，晋王、郑王求之不得，遂兴师围楚，"三年不解，仓谷粟索，库无兵革，左右群臣贤士莫能禁止。于是楚王闻之，引泰阿之剑，登城而麾之。三军破败，士卒迷惑，流血千里，猛兽欧瞻，江水折扬，晋、郑之头毕白"。这里的描写显然有些夸张,泰阿之剑具有如此神力,明显带有小说色彩。故明代陈垲称其"文或夸以损真"(《刻越绝书序》),清代卢文弨评其"文奇而不典,华而少实"(《题越绝书》),这些批评的话某种程度上反映《越绝书》具有想象虚构的特点。

杂传是指真假相参、庞杂不典、有别于正史的传记。汉代刘向仿太史公"列传",作《列士传》《列女传》《列仙传》,始创杂传之体。后继者,有梁鸿《逸民传颂》、侯瑾《皇德传》、吴人《曹瞒传》。至魏晋南北朝时,杂传之作蔚为大观,《隋书·经籍志》录杂传二百一十七部,占史部总类三分之一,可见其规模庞大。现今可见汉魏六朝杂传约四百多篇。《隋书·经籍志》把杂传大致分为耆旧传、先贤传、郡国传、高士传等几类。《新唐书·艺文志》踵事增华,分为先贤传、耆旧传、孝子传、孝友传、高士传、逸士传、家传、列女传、女训等。而从杂传的文本形态来看,其实可归为两类:一为散传,一为类传。散传指单篇个人传记,如《东方朔传》。类传指以类相从的传记集,如《列士传》。从杂传虚实程度的角度,又可将其分为二类:一是实多于虚的,近乎史书;一是虚多于实的,近于小说。杂传小说不受史书"实录"原则的束缚,它可以"杂以虚诞怪妄之说"(《隋书·经籍志》),也可以采入"鬼神怪妄之说"(焦竑《国史经籍志》),如刘向《列士传》写伯夷、叔齐隐于首阳山,采薇而食,遭王糜子讽刺"虽不食我周粟,而食我周木"后,遂绝食七日,这时上天派了一只白鹿以乳喂之,而当叔齐心里想杀鹿而食时,这只白鹿竟然能够知晓其心思,不复来下,结果伯夷兄弟俱饿死。这跟《史记·伯夷列传》迥然有别,具有相当的虚幻色彩。同篇写楚王夫人抱铁柱乘凉而怀孕产铁,以及雌剑在匣中常悲鸣,明显荒诞不经,带有民间传说的特点,亦为小说之滥觞。

杂史也好,杂传也罢,在史学方面,可以存掌故,资考证,补正史之阙;在文学方面,直接催生了有意作小说的唐传奇,为唐传奇乃至明清小说戏曲提供了素材,在人物塑造、情节结构、叙事技巧等方面,也提供了可资借鉴的经验。

佚名

燕 丹 子

【解题】荆轲刺秦王的故事曾在战国末期至汉初广为流传。秦统一天下之后实行高压统治,致使百姓"苦秦久矣",所以秦"二世而亡"后民间曾兴起一股批判其暴政的"过秦"思潮。在此背景下,战国末期燕国刺客荆轲刺杀秦王的故事便得到广泛的传播。尽管刺杀行动以失败告终,但人们通过对其英勇献身精神的同情与肯定,表达了对秦"虎狼之国"的批判。西汉时司马迁曾根据民间传说及传世史料,将荆轲的事迹写进《史记·刺客列传》中。西汉末年刘向编订的《战国策·燕策三》中也以较长的篇幅描述这一事件,但今天一般认为《战国策》中的文字是后人根据《史记·刺客列传》中的内容增删修改而来的,二者内容上并无较大差异。与《史记》和《战国策》相比,同样相对完整地记述了荆轲事迹的《燕丹子》一书,在情节上却与二者有较大差异。但《燕丹子》的作者和成书年代均已不可考,有人根据其语言风格推测应成书于秦汉之交,又因该书未被《汉书·艺文志》收录,所以也有学者认为当成书于汉代末年。

《燕丹子》中的记载,相较于《战国策》和《史记》而言,除了主要人物是燕太子丹而非荆轲外,在情节上也显得更具有虚构性和传奇性。如开头描述秦王扣留燕太子丹时曾说要"乌头白,马生角"才允许他回国,而太子丹"仰天叹"之后,居然出现了"乌即白头,马生角"的灵异事件;又如荆轲"图穷而匕首见"、即将刺杀秦王时,《史记》和《战国策》的记载是未能伤到秦王,而《燕丹子》中为荆轲抓住了秦王,秦王乞求"听琴而死",在歌女的提示下成功逃脱并杀死荆轲等,因此后代多把《燕丹子》看成一部小说而非严格的历史著作，明人胡应麟便称它为"古今小说杂传之祖"，认为是中国小说的开端。不过和出现于魏晋时期的志人志怪小说相比，《燕丹子》篇幅较长、结构相对完整，又明显带有史书传记的特质，这大概是当时人心目中小说类与史部杂传类之间的差异尚未明晰，严格的小说概念尚未形成的体现。尽管如此，《燕丹子》刻画人物的技巧已较为成熟，对不同的人物，作者有意从特定环境中人与人之间的关系入手，通过细微的言行来表现他们的精神面貌。《燕丹子》中塑造的荆轲和田光等信守承诺、重义轻利和舍生忘死的游侠精神，不仅被后世文人士大夫广泛接受，如陶渊明便称其"其人虽已殁，千载有余情"（《咏荆轲》），苏轼言"废书一太息，可见千古情"（《和陶咏荆轲》），陆游亦赞其"悲歌易水寒，千古见精爽"（《丙午十月十三夜梦过一大冢傍人为余言此荆轲墓也》）等，也被后世通俗小说，尤其是侠义小说所承袭，流传至今，经久不衰。

卷上

燕太子丹质于秦，秦王遇之无礼，不得意，欲求归。秦王不听，谬言曰令乌白头、马生角①，乃可许耳。丹仰天叹，乌即白头，马生角。秦王不得已而遣之，为机发之桥②，欲陷丹。丹过之，桥为不发。夜到关，关门未开。丹为鸡鸣，众鸡皆鸣，遂得逃归。深怨于秦，求欲复之③。奉养勇士，无所不至。

丹与其傅麹武书④，曰："丹不肖，生于僻陋之国，长于不毛之地，未尝得睹君子雅训、达人之道也。然鄙意欲有所陈，幸傅垂览之。丹闻丈夫所耻，耻受辱以生于世也；贞女所羞，羞见劫以亏其节也。故有刎喉不顾⑤、据鼎不避者⑥，斯岂乐死而

---

① 乌白头、马生角：乌鸦的头变白，马头上生角，比喻不可能之事。
② 机发之桥：用机关制动的桥。
③ 复：报复。
④ 傅：教师。
⑤ 刎喉不顾：指不惜拔剑自杀。
⑥ 据鼎不避：倚靠着鼎，自愿被烹。典出《左传》，郑国相叔詹曾劝郑国君收留流亡的重耳，遭到郑国国君的拒绝。后来成为晋文公的重耳找郑国复仇，叔詹为避免战争自愿去见晋文公，倚靠着鼎耳大声哭诉，最终晋文公赦免了他。

忘生哉,其心有所守也。今秦王反戾天常,虎狼其行①,遇丹无礼,为诸侯最。丹每念之,痛入骨髓。计燕国之众不能敌之,旷年相守②,力固不足。欲收天下之勇士,集海内之英雄,破国空藏③,以奉养之,重币甘辞以市于秦④。秦贪我赂⑤,而信我辞,则一剑之任,可当百万之师;须臾之间,可解丹万世之耻。若其不然,令丹生无面目于天下,死怀恨于九泉。必令诸侯无以为叹,易水之北⑥,未知谁有。此盖亦子大夫之耻也。谨遣书,愿熟思之。"

麴武报书曰:"臣闻快于意者亏于行,甘于心者伤于性。今太子欲灭悁悁之耻⑦,除久久之恨,此实臣所当麋躯碎首而不避也⑧。私以为,智者不冀侥幸以要功⑨,明者不苟从志以顺心⑩。事必成然后举⑪,身必安而后行。故发无失举之尤⑫,动无蹉跌之愧也⑬。太子贵匹夫之勇,信一剑之任,而欲望功,臣以为疏。臣愿合从于楚⑭,并势于赵,连衡于韩、魏,然后图秦,秦可破也。且韩、魏与秦,外亲内疏。若有倡兵,楚乃来应,韩、魏必从,其势可见。今臣计从,太子之耻除,愚鄙之累解矣。太子虑之。"

太子得书,不说,召麴武而问之。武曰:"臣以为太子行臣言,则易水之北永无秦忧,四邻诸侯必有求我者矣。"太子曰:"此引日缦缦⑮,心不能须也⑯!"麴武曰:"臣为太子计熟矣。夫有秦,疾不如徐,走不如坐。今合楚、赵,并韩、魏,虽引岁

---

① 虎狼其行:行为像虎狼一样无礼。
② 旷年:很多年。
③ 破国空藏:不惜使国家破败,用尽国中所藏。
④ 甘辞:甜言蜜语。市:收买。
⑤ 秦:指秦国人。
⑥ 易水之北:指燕国。
⑦ 悁悁:忿怒貌。
⑧ 麋躯:躯体糜烂。
⑨ 冀:希望。要功:即邀功,求取功名。
⑩ 苟从:无原则地顺从。
⑪ 举:发起,行动。
⑫ 尤:过失。
⑬ 蹉跌:失足跌倒,失误。
⑭ 从:同"纵"。
⑮ 引日:拖延时日。缦缦:纡缓回旋的样子,这里指所用时间长。
⑯ 须:等待。

月,其事必成。臣以为良。"太子睡卧不听。麴武曰:"臣不能为太子计。臣所知田光,其人深中有谋。愿令见太子。"太子曰:"敬诺!"

卷中

田光见太子,太子侧阶而迎,迎而再拜。坐定,太子丹曰:"傅不以蛮域而丹不肖①,乃使先生来降弊邑。今燕国僻在北陲,比于蛮域,而先生不羞之。丹得侍左右,睹见玉颜,斯乃上世神灵保祐燕国,令先生设降辱焉。"田光曰:"结发立身,以至于今,徒慕太子之高行,美太子之令名耳②。太子将何以教之?"太子膝行而前,涕泪横流曰:"丹尝质于秦③,秦遇丹无礼,日夜焦心,思欲复之。论众则秦多,计强则燕弱。欲曰合从,心复不能。常食不识位,寝不安席。纵令燕秦同日而亡,则为死灰复燃,白骨更生。愿先生图之。"田光曰:"此国事也,请得思之。"于是舍光上馆④。太子三时进食,存问不绝⑤,如是三月。

太子怪其无说,就光辟左右⑥,问曰:"先生既垂哀恤,许惠嘉谋。侧身倾听,三月于斯,先生岂有意欤?"田光曰:"微太子言,固将竭之。臣闻骐骥之少⑦,力轻千里,及其罢朽,不能取道。太子闻臣时已老矣。欲为太子良谋,则太子不能;欲奋筋力,则臣不能。然窃观太子客,无可用者。夏扶,血勇之人,怒而面赤;宋意,脉勇之人,怒而面青;武阳,骨勇之人,怒而面白。光所知荆轲,神勇之人,怒而色不变。为人博闻强记,体烈骨壮,不拘小节,欲立大功。尝家于卫,脱贤大夫之急十有余人,其余庸庸不可称⑧。太子欲图事,非此人莫可。"太子下席再拜曰:"若因先生之灵,得交于荆君,则燕国社稷长为不灭,唯先生成之。"田光遂行。太子自送,执光手曰:"此国事,愿勿泄之!"光笑曰:"诺。"

---

① 蛮域:燕国蛮荒之地,自谦的说法。
② 令名:好的名声。
③ 质:做人质。
④ 舍:安排住宿。
⑤ 存问:问候,探望。
⑥ 辟:同"避",躲开。
⑦ 骐骥:良马。
⑧ 庸庸:平庸貌。

遂见荆轲,曰:"光不自度不肖,达足下于太子①。夫燕太子,真天下之士也,倾心于足下,愿足下勿疑焉。"荆轲曰:"有鄙志,常谓心向意,投身不顾;情有异,一毛不拔。今先生令交于太子,敬诺不违。"田光谓荆轲曰:"盖闻士不为人所疑。太子送光之时,言此国事,愿勿泄,此疑光也。是疑而生于世,光所羞也。"向轲吞舌而死。轲遂之燕。

卷下

荆轲之燕,太子自御②,虚左③,轲援绥不让。至,坐定,宾客满坐,轲言曰:"田光褒扬太子仁爱之风,说太子不世之器,高行厉天,美声盈耳。轲出卫都,望燕路,历险不以为勤④,望远不以为遐。今太子礼之以旧故之恩,接之以新人之敬,所以不复让者,士信于知己也。"太子曰:"田先生今无恙乎?"轲曰:"光临送轲之时,言太子戒以国事,耻丈夫而不见信,向轲吞舌而死矣。"太子惊愕失色,歔欷饮泪曰:"丹所以戒先生,岂疑先生哉!今先生自杀,亦令丹自弃于世矣!"茫然良久,不怡民氏日⑤。

太子置酒请轲,酒酣,太子起为寿。夏扶前曰:"闻士无乡曲之誉,则未可与论行;马无服舆之伎⑥,则未可与决良。今荆君远至,将何以教太子?"欲微感之⑦。轲曰:"士有超世之行者,不必合于乡曲;马有千里之相者,何必出于服舆。昔吕望当屠钓之时,天下之贱丈夫也,其遇文王,则为周师;骐骥之在盐车,驽之下也,及遇伯乐,则有千里之功。如此在乡曲而后发善,服舆而后别良哉⑧!"夏扶问荆轲:"何以教太子?"轲曰:"将令燕继召公之迹,追甘棠之化⑨,高欲令四三王⑩,下欲令六五

---

① 达:通,引荐。
② 御:赶马车。
③ 虚左:空出左边的位置,古代以左为尊,表示对荆轲的礼遇。
④ 勤:辛苦。
⑤ 不怡民氏日:此五字不可解,疑"民氏日"为"昏昏"之讹,"不怡昏昏"即闷闷不乐的样子。
⑥ 伎:同"技",技能。
⑦ 微感:暗中触动。
⑧ 别:辨别。
⑨ 甘棠之化:《史记·燕召公世家》:"召公卒,而民人思召公之政,怀棠树不敢伐,哥咏之,作《甘棠》之诗。"后世以"甘棠"称颂循吏的美政和遗爱。
⑩ 四三王:成为三王后的第四位贤王。

霸①。于君何如也?"坐皆称善。竟酒,无能屈。太子甚喜,自以得轲,永无秦忧。

后日,与轲之东宫,临池而观。轲拾瓦投龟,太子令人奉槃金。轲用抵②,抵尽复进。轲曰:"非为太子爱金也,但臂痛耳。"后复共乘千里马。轲曰:"闻千里马肝美。"太子即杀马进肝。暨樊将军得罪于秦,秦求之急,乃来归太子。太子为置酒华阳之台。酒中,太子出美人能琴者。轲曰:"好手琴者!"太子即进之。轲曰:"但爱其手耳。"太子即断其手,盛以玉槃奉之。太子常与轲同案而食,同床而寝。

后日,轲从容曰:"轲侍太子,三年于斯矣,而太子遇轲甚厚,黄金投龟,千里马肝,姬人好手,盛以玉槃。凡庸人当之③,犹尚乐出尺寸之长,当犬马之用。今轲常侍君子之侧,闻烈士之节,死有重于太山,有轻于鸿毛者,但问用之所在耳。太子幸教之。"太子敛衽,正色而言曰:"丹尝游秦,秦遇丹不道,丹耻与之俱生。今荆君不以丹不肖,降辱小国。今丹以社稷干长者④,不知所谓。"轲曰:"今天下强国,莫强于秦。今太子力不能威诸侯,诸侯未肯为太子用也。太子率燕国之众而当之,犹使羊将狼,使狼追虎耳。"太子曰:"丹之忧计久,不知安出?"轲曰:"樊於期得罪于秦,秦求之急。又督亢之地⑤,秦所贪也。今得樊於期首、督亢地图,则事可成也。"太子曰:"若事可成,举燕国而献之,丹甘心焉。樊将军以穷归我,而丹卖之,心不忍也。"轲默然不应。

居五月,太子恐轲悔,见轲曰:"今秦已破赵国,兵临燕,事已迫急。虽欲足下计,安施之?今欲先遣武阳,何如?"轲怒曰:"何太子所遣,往而不返者,竖子也⑥!轲所以未行者,待吾客耳。"于是轲潜见樊於期曰:"闻将军得罪于秦,父母妻子皆见焚烧⑦,求将军邑万户、金千斤。轲为将军痛之。今有一言,除将军之辱,解燕国之耻,将军岂有意乎?"於期曰:"常念之,日夜饮泪,不知所出。荆君幸教,愿闻命

---

① 六五霸:位列五霸之后,成为第六霸。
② 抵:此处指以金代替瓦。
③ 当:承受。
④ 干:求。
⑤ 督亢之地:燕国的膏腴之地,在今河北省涿州市东南。
⑥ 竖子:对人的鄙称,犹今言"小子""小人"。
⑦ 见:被。

矣!"轲曰:"今愿得将军之首,与燕督亢地图进之,秦王必喜。喜必见轲,轲因左手把其袖,右手揕其胸①,数以负燕之罪②,责以将军之雠。而燕国见陵雪③,将军积忿之怒除矣。"於期起,扼腕执刀曰:"是於期日夜所欲,而今闻命矣!"于是自刭,头坠背后,两目不瞑。太子闻之,自驾驰往,伏於期尸而哭,悲不自胜。良久,无奈何,遂函盛於期首与燕督亢地图以献秦,武阳为副。荆轲入秦,不择日而发,太子与知谋者皆素衣冠送之于易水之上。荆轲起为寿④,歌曰:"风萧萧兮易水寒,壮士一去兮不复还。"高渐离击筑,宋意和之。为壮声则发怒冲冠,为哀声则士皆流涕。二人皆升车,终已不顾也。二子行过,夏扶当车前刎颈以送。二子行过阳翟,轲买肉争轻重,屠者辱之,武阳欲击,轲止之。

  西入秦,至咸阳,因中庶子蒙白曰⑤:"燕太子丹畏大王之威,今奉樊於期首与督亢地图,愿为北蕃臣妾。"秦王喜。百官陪位,陛戟数百,见燕使者。轲奉於期首,武阳奉地图。钟鼓并发,群臣皆呼万岁。武阳大恐,两足不能相过,面如死灰色。秦王怪之。轲顾武阳前,谢曰:"北蕃蛮夷之鄙人,未见天子。愿陛下少假借之⑥,使得毕事于前。"秦王曰:"轲起,督亢图进之。"秦王发图,图穷而匕首出。轲左手把秦王袖,右手揕其胸,数之曰:"足下负燕日久,贪暴海内,不知厌足。於期无罪而夷其族。轲将海内报雠。今燕王母病,与轲促期,从吾计则生,不从则死。"秦王曰:"今日之事,从子计耳!乞听琴声而死。"召姬人鼓琴,琴声曰:"罗縠单衣⑦,可掣而绝⑧。八尺屏风,可超而越。鹿卢之剑⑨,可负而拔。"轲不解音。秦王从琴声负剑拔之,于是奋袖超屏风而走,轲拔匕首擿之⑩,决秦王,刃入铜柱,火出。

---

① 揕:用刀剑等刺。
② 数:责备,列举过错。
③ 陵:通"凌",被凌辱。
④ 寿:祝寿。
⑤ 因:依靠。
⑥ 假借:宽容。
⑦ 罗縠(hú):一种疏细的丝织品。
⑧ 掣:拉。
⑨ 鹿卢:古剑名。
⑩ 擿:同"掷"。

秦王还断轲两手。轲因倚柱而笑,箕踞而骂,曰:"吾坐轻易①,为竖子所欺。燕国之不报,我事之不立哉!"

《汉魏六朝小说笔记大观》,上海古籍出版社1999年版。

---

① 坐:因为。

《西京杂记》

《西京杂记》作者传为葛洪。葛洪(284—364),字稚川,自号抱朴子,晋丹阳郡(今江苏句容)人,出身于江南世家,祖、父皆为东吴大臣,父吴亡后投降西晋。十三岁丧父,而后家道中落。他刻苦好学,广览经史百家之书,年轻时因通儒学而著名。西晋末,为避八王之乱,葛洪曾避难广州多年。东晋建国后,赐爵关内侯,大将军王导屡次想召他入府为官,皆不就,原因是葛洪出身天师道世家,好修道炼丹之术,一生以修仙为务,而不预世事。他曾拜从祖父葛玄的学生郑隐学习炼丹秘术,又拜南海太守鲍玄为师。晚年因听说交趾出丹砂,于是官拜勾漏令,至广州潜心炼丹。年至八十一岁逝世。葛洪一生著述颇丰,诗、赋、章、表及神仙传记数百卷,今多已亡佚。流传至今的有《神仙传》《抱朴子》内外篇。《西京杂记》六卷,是葛洪编撰的小说,他曾在序言中指出,此书作者是汉代刘歆,但因书中不避刘歆父亲刘向的讳,且魏晋颇多托汉人名而作的小说,因此一般认为此书作者实为葛洪。书中多描绘西汉一代的朝中高位者和方士文人的奇闻轶事,许多事迹如"秋胡戏妻""画工弃市"和"卓文君当垆卖酒"等,多成为后世小说和戏曲的素材。

画 工 弃 市

【解题】本文选自葛洪编撰的小说《西京杂记》。六朝小说可按内容分为两类,一为志怪小说,以讲述神鬼故事为主,另一类为志人小说,以记载人物事迹为主。《西京杂记》便属志人小说,所记载的多为"人间琐事",内容可以与正史叙事互为补充,但多因其颇具传奇色彩而不被史家采信。《画工弃市》记载了汉元帝时期的美女王嫱因不想贿赂画工毛延寿而被元帝冷落,最终远嫁匈奴的故事,但多有附会。王嫱这一人物最早见于《汉书·匈奴传》,相关事迹的描述仅"元帝以后宫良家子王嫱字昭君赐单于"一句,别无更多信息。到了《后汉书·南匈奴传》中,增补了匈奴单于在大殿上挑选宫女,最终相中王嫱,和元帝"见大惊,意欲留之,而难于失信,遂与匈奴"两个细节,并补充了王昭君远嫁匈奴后的结局:单于死后,王昭君上书请求返回汉朝,但迫于匈奴习俗又嫁给了后任单于,最终老死匈奴。在前后《汉书》的基础上,本则小说又增加了画师毛延寿这一人物,让他成为造成王昭君人生悲剧的主因。自此之后,"昭君出塞"的本事所含的要素日渐稳定下来,成为历代文人不断吟咏创作的母题,自西晋石崇的《王昭君辞》,到今人郭沫若的历史话剧《王昭君》,乃至时下新出的演绎,历久弥新。在后世文学作品中,王昭君往往被塑造成空怀美貌而不受君王赏识、为国家和平献出自己一生的正面人物,而画师毛延寿却被当成忠臣和皇帝间的阻碍,被钉在了耻辱柱上。文人或借王昭君抒写自己的失意怀抱,或把矛头指向奸臣毛延寿,或抨击汉元帝的昏聩。但历史上是否真的存在毛延寿其人,尚有疑问。从史料角度来说,本则所述元帝因王昭君而下令诛杀所有画师,自然是"闲漫无归,与夫杳昧而难凭"(黄省曾《西京杂记序》),但从文学的角度看,用极简洁的语言叙述故事,刻画形象,亦不啻为"意绪秀异,文笔可观者"(鲁迅《中国小说史略》)。

  元帝后宫既多①,不得常见,乃使画工图形②,案图召幸之③。诸宫人皆赂画工,多者十万,少者亦不减五万。独王嫱不肯,遂不得见。匈奴入朝,求美人为阏氏④,于是上案图⑤,以昭君行。及去,召见,貌为后宫第一,善应对⑥,举止闲雅⑦。

① 元帝:汉元帝刘奭(shì),公元前48年—公元前33年在位。
② 图形:画肖像画。
③ 案:同"按",根据。
④ 阏(yān)氏(zhī):匈奴单于的正妻。
⑤ 上:汉元帝。
⑥ 善应对:回答问题恰当且得体。
⑦ 闲雅:即娴雅,指女性文静优雅。

帝悔之,而名籍已定①。帝重信于外国②,故不复更人③。乃穷案其事④,画工皆弃市⑤,籍其家⑥,资皆巨万。画工有杜陵毛延寿⑦,为人形⑧,丑好老少,必得其真。安陵陈敞⑨、新丰刘白⑩、龚宽,并工为牛马飞鸟众势⑪,人形好丑,不逮延寿⑫。下杜阳望⑬,亦善画,尤善布色⑭。樊育亦善布色。同日弃市。京师画工,于是差稀⑮。

《西京杂记》,上海古籍出版社2012年版。

---

① 名籍:名册。
② 重信:指注重信用。
③ 更:换。
④ 穷案:彻底调查,严厉追究。
⑤ 弃市:即在闹市处死,并将尸体暴露示众。
⑥ 籍:抄家。
⑦ 杜陵:汉宣帝陵墓所在地,在今陕西省西安市雁塔区。
⑧ 为人形:画人物肖像。
⑨ 安陵:县名,汉惠帝陵墓所在地,在今陕西咸阳市东北。
⑩ 新丰:县名,在今西安市临潼区新丰镇。
⑪ 众势:各种姿势及形态。
⑫ 不逮:不及,比不上。
⑬ 下杜:地名,今西安市西南杜城村。
⑭ 布色:调配颜料并给画上色。
⑮ 差稀:有所减少。

三、志怪、志人

"志怪"一词首见于《庄子·逍遥游》,意思是记录怪异的故事。魏晋南北朝时,孔约、曹毗、祖台之等皆以"志怪"作为其小说书名。唐代段成式《酉阳杂俎》和明朝胡应麟《少室山房笔丛》以"志怪小说"作为小说分类的概念,用来指涉记载鬼、神、仙、怪、异之类小说作品。在唐前古小说中,志怪小说是一个大宗,在数量上首屈一指。

　　志怪小说的源头可追溯到《汲冢书》与《山海经》。前者从史书中取材,以记载带有宗教色彩的迷信故事为主;后者在记录山川风物之余,亦包含不少神仙、鬼怪、奇异之物事,可视为志怪小说之先驱。而到了魏晋时期,佛教、道教的盛行,清谈之风的兴起,以及史传文学的发达,促使志怪小说进入创作的黄金时代,诞生了至少上百篇的作品。

　　根据志怪小说的内容与形态,大致可以分为三类。第一类是模仿《山海经》的作品,如假托西汉东方朔的《神异经》,假托东汉郭宪的《汉武洞冥记》,西晋张华的《博物志》,大致记载山川风物、珍奇异兽、奇花异木等内容,可视为地理博物类志怪小说。第二类是从杂记体小说演变而来的作品,如东晋干宝的《搜神记》、假托陶渊明的《搜神后记》、南朝宋刘义庆的《幽明录》,多叙神仙鬼怪、佛法报应以及修道成仙等怪奇之事。第三类是从杂传体小说发展而来的作品,如东晋王嘉的《拾遗记》、东晋葛洪的《神仙传》,或写传说中的异闻,或为神仙作传,虽所述之人或神仙,史上或有其人、其名,但所记之事大抵虚妄。三类作品中,以《搜神记》艺术价值最高,是志怪小说的代表作。

志怪小说大多篇幅简短,语言雅洁,虽故事性较弱,不少作品还表现了宗教迷信的思想,但亦有不容忽视的价值。志怪小说的作者虽无意于作小说,其目的往往是证明神道之不诬,但其小说中保存下来的民间故事,以及一些优美感人的神话传说,客观上拓宽了匍匐于史传征实观念下的古代小说的想象空间,为后来兼备志怪与传奇的《聊斋志异》,以及《西游记》等神魔小说提供了无尽的资源。宋人曾慥说它"可以资治体,助名教,供谈笑,广见闻"(《类说序》),明人施显卿称其"遇变而考稽,则可以为徵验之蓍龟;无事而玩阅,则可以为闲谈之鼓吹"(《古今奇闻类纪·序》),表明志怪小说还有政治、教化、娱乐等多方面的价值。

志人小说相对晚出,它是指记述士人言行、逸事琐闻为主的作品。志人小说的兴起,与魏晋时品藻人物与崇尚清谈的社会风气密切相关。东晋裴启的《语林》,开志人小说之先河,记录了从西汉到东晋知名士人的言语应对及趣闻逸事,如杜预之嗜好《左传》,戴叔鸾为母学驴鸣,嵇中散耻与魑魅争光,夏侯玄于霹雳正中所立之树时而颜色不改,汉晋士人之谈吐、器量、性格、风度如在目前,把读者从神怪空间拉回到现实世界,居然一纸风行,广为流传。其后东晋郭澄之的《郭子》、南朝宋刘义庆的《世说新语》、梁朝沈约的《俗说》等相继问世。现存志人小说八种,以《世说新语》为代表。

《世说新语》主要记载了从东汉至晋宋三百年间名士的逸闻与清谈,具有"记言则玄远冷隽,记行则高简瑰奇"(鲁迅《中国小说史略》)的特点。记言如张季鹰"人生贵得适意";谢道韫之"未若柳絮因风起";张翰之"使我有身后名,不如及时一杯酒";王戎之"圣人忘情,最下不及情;情之所钟,正在我辈";孔文举应对陈韪"小时了了,大未必佳"之"想君小时,必当了了",这些隽永的言语,近似当今之格言警句,大多包含一定的人生哲理,名士之性情、智慧与风骨,见于言外。记行如管宁割席、阮光禄焚车、王济之"家有名士",王子猷雪夜访戴,钟会之拜访嵇康,名士之超尘绝俗、高风亮节、任性狂放、潇洒风流,状于目前。除此之外,《世说新语》中记载了不少汉魏间的重大事件,诸如曹操专权、司马氏擅权、八王之乱、永嘉丧乱、淝水之战、桓玄篡晋等,一定程度上勾勒了一幅粗具轮廓的历史画卷,可以补正史之不足。

《世说新语》语言简洁隽永,给后世留下曹操捉刀、望梅止渴、新亭对泣、口若悬河、一往情深、鹤立鸡群、吴牛喘月、空洞无物、一木难支等成语,在汉语发展史上具有重要意义。其对人物风度神韵的描写,为唐传奇在人物描写方面提供了有益的借鉴。而其在表现技巧、艺术风格等方面意蕴隽永、含蓄雅洁的美学品位,对后来的文言小说有更深层的影响。

统观志怪小说与志人小说,我们会发现它们皆具有"丛残小语"的特征,篇幅短小,故事仅粗具梗概,缺乏曲折离奇的情节;虽有人物性格的刻画,但还不能充分展开,因而人物性格不够立体、丰满;加上它们往往按照传闻直录,未能突破史传征实的观念,不能有意识地虚构小说,故只是初具小说规模,还不是成熟的小说作品。

《搜神记》

作者干宝(？—336)，字令升，祖籍新蔡(今属河南)，迁吴郡海盐(今属浙江嘉兴)。晋怀帝永嘉五年(311)起为佐著作郎。是年(311)正月，杜弢据长沙造反，干宝参加了平定杜弢的战事，因功赐爵关内侯。东晋元帝建武元年(317)，经中书监王导的推荐，以著作郎领国史，这一年开始撰写《搜神记》。历任山阴令、始安太守、司徒王导右长史等职，官终散骑常侍、著作郎。有《晋纪》，当时被誉为"良史"；又有《搜神记》三十卷，被刘惔称为"鬼之董狐"。

《搜神记》属于"六朝之鬼神志怪书"(鲁迅《中国小说史略》)。其编纂目的是"明神道之不诬"(干宝《搜神记序》)，所记多为神灵怪异之事，这与干宝"性好阴阳术数""悟幽明之理"是分不开的。书中保留有不少神话传说和民间故事，也偶有佛教作品，载述广博。原有三十卷，惜在南宋时已罕见流传。今存二十卷本，乃明胡应麟辑录，有汪绍楹校注本。又有李剑国《新辑搜神记》三十卷，广征博引，值得参考。

韩冯夫妇

【解题】韩冯，亦作韩凭、韩朋，"冯""朋""凭"古音近。胡应麟辑录、汪绍楹校点的二十卷本定题为《韩凭妻》。韩凭夫妇的爱情悲剧故事源远流长，在出土的敦煌汉简中已有相关的文字记载，汉墓画像中也有图像表述，民间流传可能还要更早。从现有文献看，这一故事最早见于晋代干宝编纂的《搜神记》，大意为：宋康王的大夫韩凭娶了美貌之妻，王夺凭妻，并罚心生怨恨的韩凭为刑徒。韩凭妻密送书信给他，韩凭得书信即自杀。其后韩凭妻与宋王登台，自投台下而死，遗书希望能与韩凭合葬。宋王不许,分埋两人,冢相望。两冢上一夜之间各生一树,十几天树就长大,彼此根交叶错,并有鸳鸯恒栖树上,交颈悲鸣。

《搜神记》所述情节较民间传说已有不同。敦煌变文中有《韩朋赋》一篇,故事较《搜神记》详细得多,其中如韩朋早年丧父养母、娶妻名贞夫、出仕宋国、贞夫寄韩朋书信为宋康王所得、康王遣人劫夺贞夫入宫等情节俱为《搜神记》所无,可见敦煌变文故事并非由《搜神记》的记载而产生,而是直接叙述民间传说的作品。文人创作与民间传说两个系统的互动,推动了故事的发展。

这个夫信妇贞、至死不渝的爱情故事,展现了古代社会的"贞信"之德,在世人心中引起强烈共鸣。夫妇死后的结局颇具浪漫色彩,影响了后世爱情悲剧的束尾之法,如梁祝的化蝶、《孔雀东南飞》的双树双鸳鸯等。

宋时大夫韩冯①,娶妻而美②,康王夺之③。冯怨,王囚之,论为城旦④。妻密遗冯书,缪其辞曰⑤:"其雨淫淫,河大水深,日出当心⑥。"既而王得其书,以示左右,左右莫解其意。臣苏贺对曰:"'其雨淫淫',言愁且思也;'河大水深',不得往来也;'日出当心',心有死志也。"俄而冯乃自杀。

其妻乃阴腐其衣⑦。王与之登台,妻遂自投台下⑧,左右揽之,衣不中手而死⑨。遗书于带曰:"王利其生,妾利其死,愿以尸骨,赐冯合葬。"

---

① 宋时大夫韩冯:胡应麟辑集的二十卷本作"宋康王舍人韩凭"。在唐以前,称"韩朋"仍较通行,《搜神记》写成"韩凭"以后,现在一般都作"韩凭"。
② 娶妻而美:胡应麟辑集的二十卷本作"娶妻何氏美"。据李剑国考证,二十卷本这条与上一条的异文,大概是根据《天中记》所引而改。
③ 康王:宋康王,名偃。为人刚愎自用、好谀恶直、任性罔杀,是让宋亡国的一位国君,被后人称为"桀宋"。
④ 论为城旦:定罪为刑徒。论:定罪。城旦:一种白天防备敌寇、晚上筑城的苦刑。
⑤ 缪其辞:缭绕曲折地表达含义。韩冯妻为防止宋王知悉书信之意,以委婉曲折之辞表示决心。缪:通"缭",缭绕曲折之意。
⑥ 日出当心:太阳出来,照着我的心。这是韩冯妻自证清白之辞,已决心自杀。《韩朋赋》中有韩朋谓其妻"去贱就贵",其妻回应的誓词为"天雨霖霖,鱼游池中。大鼓无声,小鼓无音"。
⑦ 阴腐其衣:暗中使衣服腐烂。
⑧ 投台:从台上跳下自杀。
⑨ 衣不中手而死:左右之人想拉住韩冯妻,但是因为衣服已经腐烂,既滑且经不住拉,因此韩冯妻坠落而死。

王怒弗听,使里人埋之①,冢相望也②。王曰:"尔夫妇相爱不已,若能使冢合,则吾弗阻也。"宿昔之间③,便有文梓木生于二冢之端④,旬日而大盈抱⑤,屈体以相就⑥,根交于下,枝错于上。又有鸳鸯,雌雄各一,恒栖树上,晨夜不去,交颈悲鸣,音声感人。宋人哀之,遂号其木曰"相思树"。相思之名,起于此也。

今睢阳有韩冯城⑦,其歌谣至今存焉⑧。

李剑国《新辑搜神记》卷二五,中华书局2007年版。

三 王 墓

【解题】在中国古代"子报父仇"的故事中,干将莫邪是最知名的。干将、莫邪在先秦为利剑之名,后世经历了从剑名到铸剑师名的演化。《列士传》《列异传》等典籍也记载了莫邪之子为父报仇的故事,而《搜神记》所载更为详尽曲折:干将为楚王作成宝剑却被楚王杀害,已料必死的干将临行前将报仇任务留给了还未出生的儿子。而后其妻果然生子赤比,赤比在侠客的帮助下虽身死而报得大仇。这个故事刻画人物非常成功:暴戾的楚王,有远见的干将,为报父仇勇于牺牲的赤比,路见不平拔刀相助、为别人牺牲自己的侠客,人物的性格都跃然纸上。鲁迅小说集《故事新编》中收录有《铸剑》,即根据这个故事而创作的。这篇小说有两个常用的题目,一为《干将莫邪》,取篇中人物命名;一为《三王墓》,将复仇者赤比、侠客与楚王并称为王,赞颂其不畏强暴、坚决复仇的勇士精神。

---

① 里人:韩凭夫妇同里之人。
② 冢相望:即宋王没有遵从韩冯妻的遗愿,而是将两人分别埋葬,坟墓相对,隔着一段路。
③ 宿昔之间:旦夕之间,形容时间短。
④ 文梓木:有纹理的梓木。
⑤ 旬日而大盈抱:十天树木就长大了。
⑥ 相就:相互靠近。
⑦ 睢阳:宋的国都,今河南商丘。
⑧ 歌谣:民间流传有韩冯妻的《青陵台歌》"南山有鸟,北山张罗,鸟自高飞,罗当奈何"与《乌鹊歌》"乌鹊双飞,不乐凤凰。妾是庶人,不乐宋王"等。所说歌谣或指这一类。

楚干将莫邪①,为楚王作剑,三年乃成。王怒,欲杀之。其剑有雄雌。其妻重身当产②,夫语妻曰:"吾为王作剑,三年乃成,王怒,往必杀我。汝若生子是男,大③,告之曰:'出户望南山,松生石上,剑在其背。'"于是即将雌剑④,往见楚王。楚王大怒,使相之⑤,剑有二,雄雌⑥,雌来雄不来。王怒,诛杀之。

　　莫邪子名赤比⑦,后壮,问其母曰:"吾父所在?"母曰:"汝父为楚王作剑,三年乃成,王怒,杀之。去时嘱我:'语汝子⑧:出户望南山,松生石上,剑在其背。'"于是子出户南望,不见有山,但睹堂前松柱下,石砥之上⑨,则以斧破其背,得剑,日夜思欲报楚王⑩。

　　楚王梦见一儿,眉间广尺⑪,欲报仇⑫,王即购之千金⑬。儿闻之,亡去⑭。入山行歌⑮,客有逢者,谓:"子年少,何哭之甚悲耶⑯?"曰:"吾干将莫邪子也。楚王杀吾父,吾欲报之。"客曰:"闻王购子头千金,将子头与剑来⑰,为子报之。"儿曰:"幸甚。"即自刎,两手捧头及剑奉之,立僵⑱。客曰:"不负子也⑲。"于是尸乃仆⑳。

---

① 干将莫邪:有两种说法,一种认为姓干将,名莫邪,据《列士传》以及本故事所述,干将莫邪似为一人。另一说法是干将为夫、莫邪为妻,如《博物志》卷六:"莫邪,干将妻也。"
② 重(chóng)身:怀孕。
③ 大:长大。
④ 将(jiāng):拿着。
⑤ 相(xiàng):察看。
⑥ 雄雌:胡应麟辑集、汪绍楹校点的二十卷本《搜神记》改为"一雌一雄"。
⑦ 赤比:赤鼻。《列士传》云:"妻后生男,名赤鼻。"此处赤比可能即为人名,"比"、"鼻"同音。
⑧ 语(yù):告诉。
⑨ 石砥:石墩。指剑在松柱下端、石墩上的柱子背部。《列士传》载:"赤鼻斫南山之松,不得剑,思于屋柱中得之。"可见剑藏在柱子里。
⑩ 日夜思欲报楚王:日夜想着向楚王报仇。
⑪ 眉间广尺:两眉毛间有一尺之宽。
⑫ 欲报仇:想要报仇。
⑬ 购之千金:悬赏千金捉拿梦中想报仇之人。
⑭ 亡去:逃亡。
⑮ 入山行歌:逃入山林,边走边悲歌。
⑯ 何哭之甚悲耶:为什么哭得这么悲伤?
⑰ 将子头与剑来:拿你的头和剑给我。
⑱ 立僵:指无头尸体站着不倒。
⑲ 负:辜负。
⑳ 仆:向前倒下。

客持头往见楚王,楚王大喜。客曰:"此乃勇士头也,当于汤镬煮之①。"王如其言煮头,三日三夕不烂,头踔出汤中②,瞋目大怒③。客曰:"此儿头不烂,愿王自临视之④,是必烂也。"王即临之,客以剑拟王⑤,王头堕汤中。客亦自拟己颈,头复堕汤。三皆俱烂,不可识别。分其汤肉葬之,故通名"三王墓"。今在汝南北宜春县界⑥。

李剑国《新辑搜神记》卷二五,中华书局2007年版。

李 寄

【解题】六朝文学作品中塑造的女英雄形象,花木兰之外,李寄较为知名。《搜神记》所载的李寄故事发生在巫祝祭祀之风盛行的东越闽中:充满邪恶之气的大蛇横行乡里,官吏怯弱、无能,只能祭以童女,前后有九女被蛇吞噬。李寄主动请求被献祭,带着利剑和狗,定计将蛇杀死,为民除害。李寄主动请缨的果敢,缜密谋划的智慧,临阵不惧的勇气,使她的少女英雄形象广为流传。故事结尾李寄被聘为后,反映了民间百姓对英雄人物的敬仰,也起到鼓舞壮举的作用。

东越闽中有庸岭⑦,高数十里。其下北隙中有大蛇⑧,长七八丈,围一丈⑨。土

---

① 镬:古代无足的鼎,即大锅,用以煮食物,也用作刑具,烹有罪之人。
② 踔:跳跃。
③ 瞋(zhì)目:疑为"瞋目",瞪大眼睛怒目而视。
④ 自临视之:亲自临近来看。
⑤ 客以剑拟王:侠客用剑对准了楚王砍杀。
⑥ 汝南:郡名,今属河南。北宜春县:县名,在今河南省汝南县西南。
⑦ 东越:汉初分封的东越国,在今浙江、福建一带。据《史记·东越列传》,汉高祖五年(前202年),立驺无诸为闽越王,都城为东冶。闽中:今属福建省。庸岭:山名。
⑧ 其下北隙中:二十卷本作"其西北隰中",隰(xí):低湿的地方。李剑国《新辑搜神记》案语云:"当以'隙'为是。"这句意思说,在庸岭山下北面的缝隙中有大蛇。
⑨ 围一丈:蛇身粗有一丈。

俗常病①,东冶都尉及属城长吏多有死者②。祭以牛羊,故不得福③。或与人梦,或下喻巫祝④,欲得啖童女年十二三者⑤。都尉令长并共患之⑥,然气厉不息⑦。共请求人家生婢子⑧,兼有罪家女养之,至八月朝⑨,祭送蛇穴口。蛇辄夜出,吞啮之⑩。累年如此⑪,前后已用九女。

一岁,将祀之,复预募索⑫,未得其女。将乐县李诞家有六女⑬,无男,其小女名寄,应募欲行,父母不听⑭。寄曰:"父母无相⑮,唯生六女,无有一男,虽有如无。女无缇萦济父母之功⑯,既不能供养,徒费衣食。生无所益,不如早死。卖寄之身,可得少钱,以供父母,岂不善耶?"父母慈怜,终不听去。寄自潜严⑰,不可禁止。

寄乃行告贵⑱,请好剑及咋蛇犬⑲。至八月朝,便诣庙中坐,怀剑将犬⑳。先作数石米餈㉑,用蜜灌之,以置穴口。蛇夜便出,头大如囷㉒,目如二尺镜㉓。闻餈香

---

① 病:忧虑。
② 东冶:东越国的都城,在今福州市。属城长吏:东冶属县的长官。
③ 故:仍然。这句说以牛羊祭祀不称蛇意,仍然不到赐福。
④ 喻:通"谕",晓示。这两句说大蛇给人托梦,或指示巫祝。
⑤ 啖(dàn):吃。
⑥ 都尉令长:都尉、县长官。
⑦ 气厉不息:指大蛇气焰嚣张,为害不止。
⑧ 家生婢子:奴婢所生的女儿。古代奴婢所生子女仍做奴婢,男的称为家生奴,女的称为家生婢。子,词尾。
⑨ 朝(zhāo):初一。
⑩ 啮(niè):咬。
⑪ 累(lěi)年:多年。
⑫ 复预募索:又预先搜求取女童。募,招募;索,求取。
⑬ 将乐县:在今福建省三明市西北。
⑭ 不听:不接受。听,听从,接受。
⑮ 无相:没有福气。古人重男轻女,连生六女,所以说没福气。
⑯ 缇(tí)萦(yíng)济父母之功:缇萦解救父亲的功劳。缇萦,西汉太仓令淳于意的小女儿。淳于意只生有五个女儿。文帝时,淳于意有罪当受肉刑,无人解救,因此感愤地骂道:"生女不生男,一有紧急,没有用处。"缇萦随父亲到长安,上书请愿做公家奴婢来替父赎罪。文帝深受感动,下令免去淳于意的刑罚,并下诏废除肉刑。
⑰ 寄自潜严:李寄自己悄悄收拾行装。潜,秘密地,悄悄地;严,整饬,整理。
⑱ 告贵:报告官府。
⑲ 咋(zé):咬。
⑳ 将犬:带着狗。
㉑ 石(dàn):古代计量单位,一石为一百二十斤。米餈(cí):蒸米饼。
㉒ 囷(qūn):圆形的谷仓。
㉓ 目如二尺镜:眼睛像二尺大的镜子。

气,先啖食之。寄便放犬,犬就啮咋,寄从后斫①,得数创②。创痛急,蛇因踊出③,至庭而死。寄入视穴,得其九女髑髅④,悉举出⑤,咤言曰⑥:"汝曹怯弱⑦,为蛇所食,甚可哀愍⑧。"于是寄女缓步而归。

越王闻之,聘寄女为后,拜其父为将乐令,母及姊皆有赐赏。自是东冶无复妖邪之物。其歌谣至今存焉。

李剑国《新辑搜神记》卷一七,中华书局2007年版。

---

① 斫(zhuó):砍。
② 创(chuāng):伤口。
③ 踊:跳。
④ 髑(dú)髅(lóu):死人头骨。
⑤ 悉:全。
⑥ 咤(zhà):生气感叹。
⑦ 汝曹:你们。
⑧ 愍:同"悯",怜悯。

《世说新语》

《世说新语》是南朝刘宋宗室刘义庆主持编撰的一部小说集。刘义庆（403—444），字季伯，彭城（今江苏徐州）人。宋开国初，袭封为临川王。后任尚书左仆射、平西将军、荆州刺史、江州刺史等官职。他谨小慎微，不露锋角，爱好文义，招聚文学之士袁淑、陆展、何长瑜、鲍照等，编撰有《徐州先贤传》十卷、《集林》二百卷、《世说新语》十卷、《幽明录》三十卷等。《世说新语》一书，编撰东汉后期至东晋末年上层名士的清言玄谈和逸闻轶事，展现魏晋士人的精神世界，是魏晋文士风流人生的艺术画卷，简远有味，玄淡传神。鲁迅《中国小说史略》称此书"记言则玄远冷峻，记行则高简瑰奇"。全书分德行、言语、政事、文学、方正、雅量、识鉴、赏誉、品藻、规箴、捷悟、夙惠、豪爽、容止、自新、企羡、伤逝、栖逸、贤媛、术解、巧艺、宠礼、任诞、简傲、排调、轻诋、假谲、黜免、俭啬、汰侈、忿狷、谗险、尤悔、纰漏、惑溺、仇隙三十六门，体现了编选者立基于儒家思想，重建儒家伦理价值观的用意。梁代刘峻（462—521，字孝标）为《世说新语》作注，征引典赡广博，义例谨严，所引书近五百种，魏晋宋齐时期大量文献赖以传世，与裴松之注《三国志》、郦道元注《水经》、李善注《文选》相并称，是后代文献考据辑佚的渊薮。唐修《晋书》多撷采《世说新语》和刘孝标注的文字。《世说新语》是早期笔记小说的代表。《隋书·经籍志》著录《世说》入子部"小说家"类。后世多有仿作，乃至出现了"世说"体的著述。今通行有周兴陆辑著《世说新语汇校汇注汇评》。

荀巨伯

【解题】这一则选自《世说新语·德行》。荀巨伯远道去看望生重病的友人，恰值胡贼攻入郡县，友人劝他尽快离去。危难时刻，荀巨伯不但不忍相弃，而且面对贼人相逼，愿意以身自代，最终以凛然的义气折服了贼人，一郡获全。朋友之交以信义为重，特别是患难见真情。荀巨伯在临难之际肯舍身以代友，可谓信义诚笃，义薄云天。此故事可与"山阳死友"并传。为义之效，可谓大矣！甚至可以唤起已经昏暗泯灭的良心，"胡贼"被荀巨伯的义举所感动而旋军，可谓"知耻近乎勇"（《礼记·中庸》），也是可敬的。荀巨伯的高义，自当列入"德行"门，"胡贼"知耻而改过自新，同样也不愧入选"德行"门。

　　荀巨伯远看友人疾，值胡贼攻郡，友人语巨伯曰："吾今死矣，子可去！"巨伯曰："远来相视，子令吾去；败义以求生①，岂荀巨伯所行邪？"贼既至，谓巨伯曰："大军至，一郡尽空，汝何男子，而敢独止？"巨伯曰："友人有疾，不忍委之②，宁以我身代友人命。"贼相谓曰："我辈无义之人，而入有义之国！"遂班军而还，一郡并获全。

新 亭 泪

　　【解题】这一则选自《世说新语·言语》。公元四世纪初，赵汉刘聪掳去晋怀帝、愍帝，西晋灭亡。中原贵族纷纷过江南下，拥立琅琊王司马睿即帝位，史称东晋。在西晋时，贵族名士经常在洛河之滨宴饮；过江后，诸名士经常在良辰吉日宴饮于长江边上的新亭。一次，酒过半酣，周顗发出"风景不殊，正自有山河之异"的慨叹，感叹神州陆沉，山河变易，诸名士闻之也伤心流泪。只有丞相王导愀然变色，严肃地激励大家，丈夫须大有为于时务，当齐心合力，为朝廷效劳，立志恢复中原，怎能如楚囚相对！这一幕场景，鲜明对比，显现出周顗与王导不同的性格和抱负。史载周顗清正廉洁、直言敢谏，但颇以酒失，甚至因沉湎于饮酒而遭到弹劾。过江之后，他感伤山河沦落，意志颓唐。王导则不一样，心系王室，积极作为，志在恢复。他官居宰辅，从兄王敦拥兵重镇，有"王与马，共天下"之势。他励精图治，

---

① 败义：舍弃信义。
② 委：放弃，丢弃。

采取清净安绥的措施,安抚中原南下的贵族和江东大姓,辅佐元帝、明帝、成帝,稳定了东晋的根基,史称晋中兴之功,王导实居其首。后世文人每当遭遇家国危难、山河易主之时,就想到这则故事,"新亭泪"也因而成了一个典故,借指亡国之痛。如南宋陆游《追感往事之五》:"不望夷吾在江左,新亭对泣亦无人。"(温峤曾称赞王导是江左的管仲)明清之际,夏完淳《大哀赋》曰:"楚囚无新亭之泪,《越绝》非石室之音。"近代诗人柳亚子《三月二十六日夜集双清阁》:"新亭对泣惭名士,悄喜娇雏脸晕酡。"

过江诸人①,每至美日,辄相邀新亭②,藉卉饮宴③。(《丹阳记》曰:"新亭,吴旧立,先基崩沦。隆安中,丹阳尹司马恢之徒创今地④。")周侯(顗也。)中坐而叹曰⑤:"风景不殊,正自有山河之异!"皆相视流泪。唯王丞相(导也。)愀然变色曰⑥:"当共勠力王室⑦,克复神州⑧,何至作楚囚相对?"(《春秋传》曰:"楚伐郑,诸侯救之。郑执郧公钟仪献晋,景公观军府,见而问之曰:'南冠而絷者为谁?'⑨有司对曰:'楚囚也。'使税之⑩。问其族,对曰:'伶人也。''能为乐乎?'曰:'先父之职,敢有二事。'⑪与之琴,操南音。范文子曰:'楚囚,君子也。乐操土风,不忘旧也。君盍归之?以合晋、楚之成。'"⑫)

---

① 过江:晋朝起初建都洛阳,后为汉赵刘聪所灭,海内大乱,独江东稍微安定。琅琊王司马睿收英俊,图兴复,一时中原大族名士皆过江归之,司马睿后即位于建康,是为元帝,史称东晋。
② 新亭:旧址在丹阳郡江宁县南十里,在长江边,是建康城的西南要塞。
③ 藉:荐。卉:草。坐在草地上,状甚闲豫。
④ 司马恢之:字季明,谯王司马恬之子,官骠骑司马、丹阳尹,为桓玄所害。
⑤ 周侯:周顗,袭父爵为武城侯。周顗(yǐ)(269—322),字伯仁。汝南安成(今河南省汝南县)人,官至尚书左仆射。王敦之乱时被王敦杀害。中坐:犹中觞,酒半。
⑥ 王丞相:王导(276—339),字茂弘,小名阿龙,琅琊临沂(今山东临沂)人。东晋时著名政治家。晋室东渡时,他拥立元帝,联络南方士族,安抚南渡北方士族,稳定朝廷局面,发挥重要作用,为东晋中兴名臣之最。
⑦ 勠力:协力,通力合作。
⑧ 神州:中国。此特指长安、洛阳。
⑨ 南冠:楚冠也。
⑩ 税:同"脱",解,释放。
⑪ 敢有二事:言岂敢学他事。
⑫ "郑执郧公钟仪"事,在《左传·成公七年》;"景公观军府,见而问之"事,在《左传·成公九年》。

郗超论谢玄

  【解题】这一则选自《世说新语·识鉴》。故事发生在孝武太元二年(377)前,时北方前秦君主苻坚多次率军南下,大有一举消灭东晋之势。大敌当头,东晋朝廷商议派遣谢玄北讨苻坚,但也多有反对的声音。只有郗超站出来支持谢玄,认为任用谢玄,大事必成。因为过去郗超与谢玄一起在桓温幕府任职,他发现谢玄用人能各尽其才,大小事情都得到妥善处置,以此推断谢玄堪当北伐的重任。本来,郗超与谢玄关系并不好,甚至还有难以化解的怨隙,但这时他不是依据自己的爱憎来评判人,而是搁置个人的恩怨,考虑的是国家的安危,不以憎匿善。《左传》记载晋国大夫祁奚"外举不弃仇,内举不失亲",《礼记·曲礼》曰:"爱而知其恶,憎而知其善。"这个为人的要求,郗超是做到了。后来谢玄果然不负所望,在京口(今江苏镇江)训练出一支精锐的"北府兵",多次打败南下的前秦军队。太元八年(383)谢玄指挥了著名的"淝水之战",大获全胜。补叙这一结果,从而证明郗超识鉴之超卓,有"先觉"之明。

  郗超与谢玄不善①。苻坚将问晋鼎②,既已狼噬梁、岐③,又虎视淮阴矣。于时朝议遣玄北讨,人间颇有异同之论④。唯超曰:"是必济事⑤。吾昔尝与共在桓宣武府⑥,见

---

① 不善:犹言关系不好,有仇恨。郗超(336—378):字景兴,一字敬舆,小字嘉宾,高平(今属山东)人,东晋太尉郗鉴之孙,会稽内史郗愔之子,官至散骑常侍。谢玄(343—388):字幼度,陈郡阳夏(今河南太康)人。谢安之侄。东晋著名军事家,指挥淝水之战,大败前秦军。郗超自认为其父郗愔位遇应该在谢安之上,但谢安掌握机权,郗愔外任辗转,故而常愤恨形于辞色,二人有隙。
② 问鼎:企图夺天子之位,这里指将灭晋。苻坚(338—385):字永固,又字文玉,小名坚头,氐族,略阳临渭(今甘肃秦安)人,十六国时期前秦的君主。苻坚于晋太元八年(383)发兵南下意图消灭东晋,但最终大败而归,史称"淝水之战"。
③ "既已"句:孝武帝宁康元年(373)冬,苻坚攻陷梁州、益州。或谓"岐"字乃"益"字之误。
④ 异同之论:意偏于"异",指多有不赞同朝廷的议论。
⑤ 济事:即成事。
⑥ "吾昔"句:哀帝兴宁元年(363)五月,征西大将军桓温以郗超为参军,以谢玄为掾,故而同在桓温府。

使才皆尽①,虽履屐之间,亦得其任②。以此推之,容必能立勋③。"元功既举④,时人咸叹超之先觉⑤,又重其不以爱憎匿善⑥。(《中兴书》曰:"于时氐贼强盛,朝议求文武良将可镇靖北方者。卫大将军安曰⑦:'唯兄子玄可任此事。'⑧中书郎郗超闻而叹曰:'安违众举亲,明也。玄必不负其举。'")

吴 郡 卒

【解题】 这一则选自《世说新语·任诞》,故事具有戏剧性。咸和二年(327),苏峻以讨伐庾亮为名叛逆作乱,进犯建康,庾亮兄弟仓皇奔逃。苏峻遣军攻打时为吴郡内史的庾冰,庾冰在逃往会稽途中遭遇这一段惊险故事。庾冰逃亡时,"民吏皆去",只郡中一个役卒以小船载庾冰出钱塘江口,用芦苇掩盖小船,把庾冰藏在里面。这时苏峻悬赏捉拿庾冰,到处搜检,形势急迫。役卒则若无其事地把小船停在洲渚,去市上买酒喝得大醉。回来后还用船桨指着小船说,庾冰就在这里。庾冰大为惶恐,搜捕的人则以为是醉汉在诓骗他们,就这样庾冰躲过一劫。后来庾冰要报答役卒,役卒不需要官爵,只愿余生有足够的酒喝就满足了。这位役卒不仅忠义有智略,他知足安分的识见、旷达超然的人生意趣,尤高人百倍,做到了《庄子·达生》所谓"弃世则无累"。《世说新语》中记载了一些品行卓异的"小人物",没有留下姓名。他们本来就不是沾沾利名之辈,没有传名后世的念头。

---

① "见使才"句:言见谢玄之使用人才皆尽其能。
② 履屐:喻小事。
③ 容:或许,表示推测语气。
④ 元:首。元功:大功。举:成全,实现。孝武太元二年(377)冬十月,谢玄为兖州刺史、广陵相,监江北诸军,后加领徐州刺史,镇京口,率领北府兵大败前秦大军。
⑤ 先觉:识鉴超卓。
⑥ 爱憎:偏义复词,偏重于"憎",谓郗超不以憎匿善。
⑦ 卫大将军安:太元五年(380)五月,谢安被任命为卫将军。
⑧ 兄子玄:谢玄父亲谢奕乃谢安长兄,谢玄是谢安侄子。

苏峻乱,诸庾逃散①。庾冰时为吴郡②,单身奔亡,民吏皆去。唯郡卒独以小船载冰出钱塘口③,蓬簰覆之④。时峻赏募觅冰,属所在搜检甚急⑤。卒舍船市渚⑥,因饮酒醉还,舞棹向船曰:"何处觅庾吴郡?此中便是。"冰大惶怖,然不敢动。监司见船小装狭⑦,谓卒狂醉,都不复疑。自送过浙江,寄山阴魏家⑧,得免。后事平,冰欲报卒,适其所愿⑨。卒曰:"出自厮下,不愿名器⑩。少苦执鞭⑪,恒患不得快饮酒。使其酒足余年,毕矣⑫,无所复须。"冰为起大舍,市奴婢,使门内有百斛酒,终其身。时谓此卒非唯有智,且亦达生。⑬

雪 夜 访 戴

【解题】这一则选自《世说新语·任诞》。魏晋名士,越名教而任自然,摆脱外在礼法的束缚,狂放不羁,率性而言,任情而动。四望皎然的夜雪,引动了王徽之的诗酒雅兴。他吟咏左思"丘中有鸣琴"的诗句,想到了隐居剡溪的戴逵,于是雪夜访戴,然又造门不前而返。正如他自己所说,"乘兴而行,兴尽而返",完全是依凭一时的兴致,胸次洒落,了无执着,既无目的,也不须结果。魏晋名士的这种"傲

---

① 苏峻(?—328):字子高,长广郡掖县(今属山东)人。西晋末年,曾纠合流民数千家结垒自保,后为东晋淮陵内史、兰陵相。永昌元年(322),江州牧王敦谋反,苏峻奉诏征讨,破王敦军后,被晋成帝母舅、时官为太尉、把持朝政的庾亮解除兵权。咸和二年(327),苏峻以讨庾亮为名,起兵造反,攻入建康。庾亮、庾翼、庾冰等外戚向南奔逃。苏峻之乱后被温峤、陶侃平定。
② 庾冰:字季坚,庾亮弟。为吴郡:庾冰当时为吴郡内史。
③ 郡卒:郡府差役。钱塘口:钱塘江口。
④ 蓬簰:竹席、芦席之类。
⑤ 属:同"嘱"。
⑥ 市渚:去小洲上买东西。渚,水中小洲。
⑦ 监司:搜捕的人。
⑧ 山阴:在会稽山北,今浙江绍兴。
⑨ 适:适应,满足。
⑩ 厮下:地位卑微的仆役。名器:名,官位。器,车服仪制。
⑪ 少(shào):早,犹言"自早年"。执鞭:贱役。
⑫ 其:卒自称。此句谓余生有足够的酒喝,就满足了。
⑬ 达生:本是《庄子》之一篇,其中曰:"达生之情者,不务生之所无以为;达命之情者,不务知之所无奈何。"后指旷达超然,通达生命之道。

达"风度,为后世文人所流连咏叹,遂成佳话。宋人曾几《访戴》诗云:"不因兴尽回船去,那得山阴一段奇?"凌濛初批《世说》云:"读此,每令人飘飘欲飞。"但事实上,东晋王谢子弟所谓名士,与"正始名士""竹林七贤"已大有不同。何法盛《中兴书》说王徽之"卓荦不羁,欲为傲达",一个"欲"字就揭穿了他的矫揉造作。王徽之与戴逵品性迥然有异。《晋书》本传称戴逵性高洁,常以礼度自处,深以放达为非道。王徽之性格放诞,放纵于声色,有才能,但不堪世事,且品行污秽,当时就有不少人看不起他。戴逵曾撰文说:"放者似达,所以乱道。"指的就是王徽之之流。雪夜访友,如果二人相见了,不知有几许的唐突、尴尬和败兴。

　　王子猷居山阴①,夜大雪,眠觉,开室,命酌酒。四望皎然,因起仿偟,咏左思《招隐》诗②。(《中兴书》曰:"徽之任性放达,弃官东归,居山阴也。"左诗曰:"杖策招隐士,荒途横古今③。岩穴无结构④,丘中有鸣琴。白雪停阴冈,丹葩曜阳林。")忽忆戴安道⑤,时戴在剡⑥,即便夜乘小船就之。经宿方至⑦,造门不前而返⑧。人问其故,王曰:"吾本乘兴而行,兴尽而返,何必见戴?"

韩　寿

　　【解题】这一则选自《世说新语·惑溺》,记载官宦人家儿女私情相悦的故事。对于一个大家族来说,门风非常重要。贾充发现女儿贾午与韩寿私通,事已无可挽回,只能"秘之"而成就这段姻缘。贾午后来弄权乱国,终与韩寿等皆伏诛。其

---

① 王子猷:王徽之(338—386),字子猷,东晋名士、书法家,王羲之第五子。山阴,在会稽上之北,属会稽郡。
② 左思(约250—305):字太冲,临淄(今山东淄博)人,西晋著名文学家。左思《招隐》诗中有"白雪停阴冈"之句,因此王子猷咏此诗。
③ "荒途"句:言荒废之途难以践足,古今皆然。比喻在浊世中难有作为。
④ 结构:犹屋宇。
⑤ "忽忆"句:因左思诗中有"丘中有鸣琴"句,戴安道善弹琴,故忽忆之。戴逵(326—396):字安道,谯郡铚县(今安徽濉溪)人,终生不仕,隐居会稽剡县。工于书法绘画,能弹琴。
⑥ 剡:剡溪,在浙江嵊州南。
⑦ 宿:一夜。
⑧ 造:到。

实从这则故事的第一句"韩寿美姿容,贾充辟以为掾"来看,贾充已是冶容诲淫,招致祸端。对于这则故事的真实性,刘孝标提出质疑,引用《晋诸公赞》文字说韩寿"敦家风,性忠厚",不会发生这种事;又引《郭子》,把这桩污事算到"子女秽行"的陈骞身上,谓陈骞女与韩寿私通。唐修《晋书》采纳了《世说新语》的说法。"韩寿偷香"这段佳话后世文人屡屡行诸笔端,成为一个典故。如李商隐《无题》:"贾氏窥帘韩掾少,宓妃留枕魏王才。"欧阳修《望江南》:"身似何郎全傅粉,心如韩寿爱偷香。"戏曲《西厢记》也含有这个故事的元素。而明人陆采的传奇《怀香记》就是演绎"韩寿偷香"的故事。

韩寿美姿容,贾充辟以为掾①。充每聚会,贾女于青琐中看②,见寿,说之③。恒怀存想,发于吟咏。后婢往寿家,具述如此,并言女光丽。寿闻之心动,遂请婢潜修音问④。及期往宿。寿蹻捷绝人,逾墙而入,家中莫知。(《晋诸公赞》曰:"寿字德真,南阳堵阳人。曾祖暨,魏司徒,有高行。"寿敦家风,性忠厚,岂有若斯之事?诸书无闻,唯见《世说》,自未可信。)自是充觉女盛自拂拭⑤,说畅有异于常⑥。后会诸吏,闻寿有奇香之气,是外国所贡,一着人,则历月不歇。(《十洲记》曰:"汉武帝时,西域月氏国王遣使献香四两,大如雀卵,黑如桑椹,烧之,芳气经三月不歇。"盖此香也。)充计武帝唯赐己及陈骞⑦,余家无此香,疑寿与女通,而垣墙重密,门阁急峻,何由得尔?乃托言有盗,令人修墙。使反曰:"其馀无异,唯东北角如有人迹。而墙高,非人所逾。"充乃取女左右婢考问,即以状对。充秘之⑧,以女妻寿。

---

① 贾充(217—282):字公闾,平阳襄陵(今山西襄汾)人,西晋王朝的开国元勋,与晋帝室司马氏结为姻亲,地位显赫。掾,佐史,官署属员。贾充为司空,召韩寿为司空掾。
② 青琐:以青漆饰窗。富贵豪奢人家才有。贾充有二女,姊字南风,即惠帝后;此女是贾午。
③ 说:同"悦"。
④ 音问:音讯,消息。
⑤ 拂拭:打扮。
⑥ 说:同"悦"。说畅:欢悦舒畅。
⑦ 武帝:晋武帝。陈骞:字休渊,仕晋官至大司马。晋武帝时,贾充与陈骞等并为心膂。
⑧ 秘之:隐瞒此事。

(《郭子》谓与韩寿通者,乃是陈骞女,即以妻寿,未婚而女亡。寿因娶贾氏,故世因传是充女。)

周兴陆辑著《世说新语汇校汇注汇评》,凤凰出版社 2017 年版。

吴 均

  吴均(469—520),字叔庠,吴兴故鄣(今浙江安吉)人。他出身贫寒,却好学而有才气,梁武帝天监二年(503),柳恽为吴兴刺史,征召吴均为郡主簿,二人常常相互赋诗。后吴均受到建安王萧伟的器重,被召为记室,掌管文翰。几年后,柳恽又将其推荐给梁武帝,吴均深受赏识,官至奉朝请。吴均工诗文,他的作品曾被同时代的文人争相效仿,号"吴均体"。他也精通史学,曾上表请求撰写《齐书》却未获批准,便私撰《齐春秋》,结果被武帝下令焚毁,后又注范晔的《后汉书》。吴均著述颇丰,惜今多已亡佚。南朝宋时,东阳无疑曾撰有小说《齐谐记》,吴均仿照他的体例,编纂了《续齐谐记》一卷。其取材部分辑自旧集,并吸收了不少民间故事,内容奇诡而富有想象力。今本仅存十七条,多被后世话本小说及传奇引为素材,足见其影响之深远。

阳羡书生

  【解题】中国有信仰巫术的传统,秦汉时期神仙之说非常盛行,东汉末年又出现许多鬼怪信仰,加上佛教传入中国,致使魏晋至隋唐时期,出现大量谈论鬼神、描述灵异事件的小说。这些小说既有出自佛道教徒之手的,也有出自文人之手的。文人笔下的这些神怪故事,往往简洁生动,富有文采。《阳羡书生》是《续齐谐记》中最为"奇诡"的一则。该则记述了担鹅人许彦路上遇到一位书生,书生不仅要求坐到鹅笼中与其同行,而且还在休息时从嘴里吐出美味佳肴和一位年轻女子,随后又发生了女子吐出一男子、而后男子又复吐出一女子、最终在书生醒来前所有人又依次回到腹中等一系列匪夷所思的事件,颇具想象力。实际上这种故事结构并非出自中国,而是带有明显的佛教转世意味。三国时期传入中国的佛经《旧杂譬喻经》里便记载了僧人梵志吐出一个壶,壶中藏有一女一男、而女子腹中又藏有男子这样类似的情节;《观佛三昧海经》也有菩萨入毛中,而"菩萨不小,毛亦不大"这一与"入鹅笼"相类似的表述,晋代的《灵鬼志》也写了人入笼中而笼大小不变的异事,但主人公是外国来的"道人"。魏晋以来,伴随着佛教文献的大量翻译,佛经中的故事也在民间广为流传,这些故事经过吴均等文人的改编后逐渐变得"本土化",主人公自然也变成了中国书生。这则故事经过整合加工后,结构变得更加曲折诡异,而语言却简洁凝练,寥寥数语便叙述了这样一个奇特的故事,隐喻世间诸相、男女情欲本为虚幻,具有一定的警世意味。

  阳羡许彦①,于绥安山行②,遇一书生,年十七八,卧路侧,云脚痛,求寄鹅笼中。彦以为戏言。书生便入笼,笼亦不更广,书生亦不更小,宛然与双鹅并坐,鹅亦不惊。彦负笼而去,都不觉重。前行息树下,书生乃出笼,谓彦曰:"欲为君薄设③。"彦曰:"善。"乃口中吐出一铜奁子④,奁子中具诸肴馔,珍羞方丈⑤。其器皿皆铜物,气味香旨,世所罕见。酒数行,谓彦曰:"向将一妇人自随⑥,今欲暂邀之。"彦曰:"善。"又于口中吐一女子,年可十五六,衣服绮丽,容貌殊绝⑦,共坐宴。俄而书生醉卧,此女谓彦曰:"虽与书生结妻,而实怀怨。向亦窃得一男子同行,书生既眠,暂唤之,君幸勿言。"彦曰:"善。"女子于口中吐出一男子,年可二十三四,亦颖悟可爱⑧,乃与彦叙寒温⑨。书生卧欲觉,女子口吐一锦行障⑩,遮书生。书生乃留女子

---

① 阳羡:秦所置县,在今江苏宜兴。
② 绥安:在今湖北仙桃。
③ 薄设:摆上简略的酒宴。薄,自谦之意。
④ 奁子:盒子。
⑤ 珍羞方丈:指美食摆在席上,占去一丈的面积,形容美食多。羞,同"馐"。
⑥ 将:携带。
⑦ 殊绝:超出众人。
⑧ 颖悟:聪明。
⑨ 寒温:寒暄。
⑩ 行障:魏晋人出行时携带的屏风。

共卧。男子谓彦曰:"此女子虽有心,情亦不甚①,向复窃得一女人同行,今欲暂见之,愿君勿泄。"彦曰:"善。"男子又于口中吐一妇人,年可二十许,共酌,戏谈甚久。闻书生动声,男子曰:"二人眠已觉。"因取所吐女人,还内口中。须臾,书生处女乃出,谓彦曰:"书生欲起。"乃吞向男子,独对彦坐。然后书生起,谓彦曰:"暂眠遂久,君独坐,当悒悒邪②?日又晚,当与君别。"遂吞其女子,诸器皿悉内口中。留大铜盘,可二尺广,与彦别曰:"无以藉君,与君相忆也。"彦大元中为兰台令史,以盘饷侍中张散③。散看其铭题,云是永平三年作④。

《续齐谐记》,上海古籍出版社2012年版。

---

① 不甚:不好,不专一。
② 悒悒:闷闷不乐的样子。
③ 饷:赠送。
④ 永平三年:公元60年,永平为东汉明帝刘庄的年号。

四、唐宋传奇

唐代文学有双璧,一是众所周知的唐诗,将中国古典诗歌艺术领向高潮;一是或多或少被忽视的小说,唐话本(如《庐山远公话》)是中国短篇白话小说的先驱,拉开了通俗小说的序幕,唐传奇标志着中国文言小说在艺术上走向成熟,也标志着古典小说在文体上的独立。

传奇,始名于唐代裴铏的小说集《传奇》,后来用以指唐宋人用文言写作的短篇小说。其文体渊源可追溯到战国时的《穆天子传》、秦汉间的《燕丹子》,以及脱胎于史传的六朝人物杂传。李昉等编的《太平广记》"杂传记"收录唐传奇《李娃传》、许尧佐《柳氏传》、陈鸿《长恨传》、蒋防《霍小玉传》、元稹《莺莺传》、李公佐《谢小娥传》等作品,说明北宋初年的文士们意识到了唐传奇与杂传记的渊源关系。明人胡应麟说:"《飞燕》(即《赵飞燕外传》),传奇之首也。"(《少室山房笔丛·九流绪论下》)清代学者纪晓岚亦指出"《飞燕外传》《会真记》,传记类也"(《阅微草堂笔记·盛时彦跋》)。皆直言杂传为唐传奇的源头。当然,除了杂传,唐传奇还融合了志怪小说、史传、诗传、诗歌、辞赋、民间说唱等多种文体因素,成为一种注重文采与意象,人物形象鲜明,故事情节委曲,篇幅相对较长,可见史笔、诗才、议论的文体。

王度的《古镜记》是唐传奇的开山之作,该篇是在郭宪《洞冥记》、葛洪《西京杂记》,及托名为陶潜的《搜神后记》等关于"镜异"之事的基础上,变"丛残小语"为传奇之文——虽仍存志怪余风,"然叙述宛转,文辞华艳,与六朝之粗陈梗概者较,演进之迹甚明"(鲁迅《中国小说史略》),实已自创新体。之后《补江总白猿传》为劫美妇为妻的白猿立传,《游仙窟》以骈体写男女遇合之情,《任氏传》用精微笔触叙人狐恋爱,并于末节中说:"惜郑生非精人,徒悦其色而不征其情性。向使渊识之士,必能揉变化之理,察神人之际,著文章之美,传要妙之情,不止于赏析风态而已。"沈既济的这一认识表明,"唐人小说观已从以功利为核心转变为以审美为核心"(李剑国《唐五代志怪传奇叙录》)。

建中初年,沈既济《枕中记》、白行简《李娃传》、李朝威《柳毅传》、许尧佐《柳氏传》、李公佐《南柯太守传》、元稹《莺莺传》,相继而作,或以梦幻寄寓人生荣辱穷达之道,或以娼女助书生博取功名而表彰妇女节行,或以才子对佳人的"始乱之,终弃之"的爱情悲剧宣扬红颜祸水论,可谓众彩纷呈。尤其是爱情题材的兴起,进士与妓女母题的书写,使得《霍小玉传》这类小说成为唐传奇园地中最为璀璨的明珠。除此之外,还有杜光庭的《虬髯客传》,既写歌妓与英雄的爱情,又写豪侠慧眼识英雄之义,其间包含着较浓的宿命论思想,为大唐帝国的解体唱了一首挽歌。

相对于六朝小说,唐传奇已经突破了史传的实录精神,开始有意识地虚构情节。胡应麟曾说:"变异之谈,盛于六朝,然多是传录舛讹,未必尽幻设语,至唐人乃作意好奇,假小说以寄笔端。"(《少室山房笔丛》)汪辟疆也说:"唐人小说之绝异于六朝者,其一在掇拾怪异,偶笔短书,本无意于小说之作;其一则在搜集题材,供其谈藻,乃始有意为小说者也。"(《汪辟疆文集》)可见唐代文人有意识地创作小说已成为有识之士的共识。唐传奇以人物为中心,不管是才子、佳人,还是妓女、豪侠,大都个性鲜明,令人过目难忘。而其故事情节委婉曲折,往往具有戏剧性的冲突,尤其是表现在女子身上的情感与礼教的矛盾,常常令人扼腕叹息。而其语言幽艳绮丽,韵散交融,乐韵诗情悦耳目,史笔议论寓劝惩。可以说,唐传奇是文言小说中最富有诗性魅力的文体,其在人物描写、情节结构、语言艺术等方面,都达到了一个新的水平,对后来的小说戏曲影响深远。

到了宋代,传奇作品数量亦不少,诸如乐史《绿珠传》《杨太真外传》,吴淑《江淮异人录》《祕阁闲谈》,以及传奇集《青琐高议》《云斋广录》,大抵荟萃稗史而成,"或平实而欠幻丽之趣,或拘束而乏飞动之致"(李剑国《宋代志怪传奇叙录》),显得文采不足,想象钝化。加上宋人对唐传奇的模仿,仅得其外表;对六朝小说的追步,亦只得其形似,故一定程度上缺乏独创。不过,宋代传奇亦有自己的特点,就是题材的市井化,叙述的重心由士大夫圈子走向市井细民的日常生活;以及语言的通俗化,由典雅绮丽走向通俗浅显。整体来说,宋传奇在艺术水准上远不如唐传奇,其成就有限,变化也不大。

沈既济

沈既济(约750—约797),苏州吴县人。唐代小说家、史学家。德宗即位初,试太常寺协律郎。建中元年(780),因其史才特出,宰相杨炎雅善之,召拜左拾遗、史馆修撰。次年冬,杨炎因故被贬,沈既济也被贬为处州司户参军。后又入朝,官终礼部员外郎。他博通群籍,史笔尤工,著有《建中实录》十卷,《选举志》十卷,以上二书皆不传。《全唐文》录其文六篇,著有传奇作品《枕中记》和《任氏传》。

任 氏 传

【解题】唐代盛行谈狐之风,《太平广记》卷四四七至四五五选载的谈狐小说就有八十三篇,《任氏传》载于卷四五二,是唐传奇名篇。本传开创了人狐之恋的先河,贫士郑六与狐女任氏相爱同居,郑六妻族富家兄弟韦崟听闻任氏甚美,白日登门,施强暴之行,任氏坚决不从,遇暴不失节,并对其责以大义。韦崟为人豪俊有义烈,听闻任氏之语,止暴致歉,从此对任氏愈加尊重爱护。

本传在人物塑造上使用了善恶兼书的方法,揭示了人性的复杂性。关于人性的复杂性可上溯到先秦孟子、告子和荀子,汉代扬雄在《法言·修身》中已谈道:"人之性也,善恶混。修其善则为善人,修其恶则为恶人。"沈既济有意识地将人性复杂性运用到创作中,间接反映了中唐时期文士阶层对人性认知水平的提高。联系到唐代施行的是以宰相为最高宗主和权力核心的座主政治体制或门生政治体制,文人学士一入官场便把命运交给了座主,座主的兴衰浮沉决定了他们的穷通利达,这与古代女子以夫为纲常、一生荣辱系于一人极其相似。此传正是写于杨炎（沈既济的座主）集团覆灭的时间点上，以两性关系隐喻为官者的命运，以"遇暴不失节，徇人以至死"的雌狐任氏自喻，讽刺刘晏背叛元载人不如妖——中唐代、德二朝之际，元载、杨炎和刘晏、卢杞两个统治阶级内部集团借由财政改革进行了激烈的党争，此前刘晏被罢相，经元载推荐才被重新起用，然大历十二年，代宗下令逮捕元载极其党羽，刘晏被代宗任命为元载集团腐败案的"专案组组长"，并倾力剿灭元载一党。沈既济遂讽刺刘晏背叛元载，不如"遇暴不失节"的雌狐。此观点带有明显的朋党偏见——揭示封建社会座主与门生政治中应该遵循的道德与准则，正是作者沈既济的深层意旨。

从艺术层面来看，本传是唐传奇中"用传奇法以志怪"的典型。虽写狐魅，却赋予其人情、人性。作者一改志怪小说能简则简的粗陈梗概，甚至不惜笔墨多角度表现任氏的美好品格，好似不曾将其视为异类狐怪，而是一位善良忠贞的居家贤妇。这是小说史上第一次将狐怪作为小说的主要人物进行精心刻画，也是人狐关系由对立走向两不伤害的破冰之举。作者开辟了狐怪小说创作新路径，被后世作家竞相效仿。刘斧《青锁高议》之《小莲记》《西池春游》，李献民的《西蜀异遇》，蒲松龄的《聊斋志异》之《青凤》《鸦头》《小翠》等后世创作的较为精彩的狐怪小说，皆可看到《任氏传》的影子。

　　任氏，女妖也。
　　有韦使君者①，名崟，第九②，信安王祎之外孙③。少落拓④，好饮酒。其从父妹婿曰郑六⑤，不记其名。早习武艺，亦好酒色，贫无家，托身于妻族；与崟相得⑥，游处不间⑦。

---

① 使君：古时称刺史为"使君"。韦崟后来做了陇州刺史，所以称为使君。
② 第九：在家中兄弟里排行第九，唐人习惯用排行相称。下文"第二十""第六"，也是用排行代人称。
③ 信安王祎：指李祎，封信安郡王，曾任礼部尚书。
④ 落拓：放荡不羁的样子。
⑤ 从（cóng）父：伯父或叔父。
⑥ 相得：相处得好。
⑦ 不间（jiàn）：不离开，不分开。

唐天宝九年夏六月①，鋻与郑子偕行于长安陌中②，将会饮于新昌里③。至宣平之南，郑子辞有故，请间去，继至饮所。鋻乘白马而东④。郑子乘驴而南，入升平之北门。偶值三妇人行于道中，中有白衣者，容色姝丽。郑子见之惊悦，策其驴⑤，忽先之，忽后之，将挑而未敢⑥。白衣时时盼睐⑦，意有所受。郑子戏之曰："美艳若此，而徒行⑧，何也？"白衣笑曰："有乘不解相假⑨，不徒行何为？"郑子曰："劣乘不足以代佳人之步，今辄以相奉。某得步从，足矣。"相视大笑。同行者更相眩诱，稍已狎暱。郑子随之东，至乐游园⑩，已昏黑矣。见一宅，土垣车门⑪，室宇甚严。白衣将入，顾曰："愿少踟蹰⑫。"而入。女奴从者一人，留于门屏间⑬，问其姓第⑭，郑子既告，亦问之。对曰："姓任氏，第二十。"少顷延入。郑縶驴于门，置帽于鞍。始见妇人年三十余，与之承迎，即任氏姊也。列烛置膳，举酒数觞⑮。任氏更妆而出，酬饮极欢。夜久而寝，其妍姿美质，歌笑态度，举措皆艳，殆非人世所有。将晓，任氏曰："可去矣。某兄弟名系教坊⑯，职属南衙⑰，晨兴将出，不可淹留⑱。"乃约后期

---

① 天宝：唐玄宗的年号。
② 陌中：街市里。
③ 新昌里：就是新昌坊。唐时里即坊，下文"宣平""升平"，都是当时长安坊名。
④ 东：作动词，往东去。
⑤ 策：鞭打。
⑥ 挑：挑逗勾引。
⑦ 盼睐(lài)：眼睛斜着偷看。
⑧ 徒行：步行。
⑨ 乘(shèng)：坐骑。
⑩ 乐游园：就是"乐游原"，也称"乐游庙"，在今西安曲江北面秦宜春苑旧址，是唐代贵族于农历每月月底或上巳、重九等节令时登临游赏的地方。
⑪ 车门：古时富贵人家为方便车马进出专修的门。
⑫ 踟(chí)蹰(chú)：走来走去，徘徊的样子。
⑬ 门屏间：门与门墙之间。屏，当门的小墙。
⑭ 姓第：姓，姓名；第，兄弟间的排行。
⑮ 举酒数(shuò)觞：举起杯来，多次劝酒。数，屡次。觞，酒器，这里当动词用，劝人饮酒。
⑯ 名系教坊：归到教坊名下，由教坊管辖。教坊，古代管理宫廷音乐的官署，唐始置，专管雅乐以外的音乐、歌唱、舞蹈、百戏的教习、演出等事务。
⑰ 职属南衙：唐代皇帝的禁卫军分为南北两衙。教坊设在禁中，由南衙或北衙管辖，"职属南衙"即为在南衙任职。
⑱ 淹留：迟留，久留。

四、唐宋传奇

而去。

　　既行,及里门,门扃未发①。门旁有胡人鬻饼之舍②,方张灯炽炉③。郑子憩其帘下,坐以候鼓④,因与主人言。郑子指宿所以问之曰:"自此东转,有门者,谁氏之宅?"主人曰:"此隤墉弃地⑤,无第宅也。"郑子曰:"适过之⑥,曷以云无?"与之固争。主人适悟,乃曰:"呀!我知之矣。此中有一狐,多诱男子偶宿,尝三见矣,今子亦遇乎?"郑子赧而隐曰⑦:"无。"质明⑧,复视其所,见土垣车门如故。窥其中,皆榛荒及废圃耳⑨。既归,见鋑。鋑责以失期⑩。郑子不泄,以他事对。然想其艳冶,愿复一见之心,尝存之不忘。

　　经十许日,郑子游,入西市衣肆⑪,瞥然见之⑫,曩女奴从。郑子遽呼之。任氏侧身周旋于稠人中以避焉⑬。郑子连呼前迫,方背立,以扇障其后,曰:"公知之,何相近焉?"郑子曰:"虽知之,何患?"对曰:"事可愧耻。难施面目⑭。"郑子曰:"勤想如是,忍相弃乎?"对曰:"安敢弃也,惧公之见恶耳。"郑子发誓,词旨益切。任氏乃回眸去扇,光彩艳丽如初,谓郑子曰:"人间如某之比者非一,公自不识耳,无独怪也。"

　　郑子请之与叙欢。对曰:"凡某之流,为人恶忌者,非他,为其伤人耳。某则不

---

① 门扃(jiōng)未发:门闩锁着还没有开。扃,门闩。
② 胡人:我国古代对北方边地及西域各民族的称呼。唐时有很多到长安、扬州等地杂居或做生意的少数民族和外国人。鬻(yù):卖。
③ 张灯炽炉:点着灯火,生起炉子。
④ 候鼓:唐时长安夜晚实行宵禁,暮鼓后和晨鼓前皆不许在街道上通行。这里指早上等待晨鼓。
⑤ 隤墉:坏墙。隤,同"颓"字。
⑥ 适:方才。
⑦ 赧(nǎn)而隐:因愧疚而隐藏着不说出实情。赧,愧疚而脸红的样子。
⑧ 质明:天大亮的时候。
⑨ 榛(zhēn)荒:荆棘丛生的荒地。
⑩ 失期:失约。
⑪ 西市:西市和东市,是唐代长城内占地最广、规模最大的两个有名的市场。东市有珠宝行、肉行、铁行等,西市有鞍辔行、衣肆、绢行、药行等。
⑫ 瞥然:目光掠过,很快看一下的样子。
⑬ 稠(chóu)人中:密集的人群里。
⑭ 难施面目:有什么脸面相见呢?

然。若公未见恶,愿终己以奉巾栉①。"郑子许与谋栖止②。任氏曰:"从此而东,大树出于栋间者,门巷幽静,可税以居③。前时自宣平之南,乘白马而东者,非君妻之昆弟乎④?其家多什器,可以假用。"

是时崟伯叔从役于四方,三院什器,皆贮藏之。郑子如言访其舍,而诣崟假什器。问其所用。郑子曰:"新获一丽人,已税得其舍,假其以备用。"崟笑曰:"观子之貌,必获诡陋。何丽之绝也。"崟乃悉假帷帐榻席之具,使家僮之惠黠者⑤,随以觇之。俄而奔走返命,气吁汗洽。崟迎问之:"有乎?"又问:"容若何?"曰:"奇怪也!天下未尝见之矣。"崟姻族广茂⑥,且凤从逸游,多识美丽。乃问曰:"孰若某美?"僮曰:"非其伦也⑦!"崟遍比其佳者四五人,皆曰:"非其伦。"是时吴王之女有第六者⑧,则崟之内妹⑨,秾艳如神仙,中表素推第一⑩。崟问曰:"孰与吴王家第六女美?"又曰:"非其伦也。"崟抚手大骇曰:"天下岂有斯人乎?"遽命汲水澡颈,巾首膏唇而往⑪。

既至,郑子适出。崟入门,见小僮拥篲方扫⑫,有一女奴在其门,他无所见。徵于小僮⑬。小僮笑曰:"无之。"崟周视室内,见红裳出于户下。迫而察焉,见任氏戢身匿于扇间⑭。崟别出,就明而观之,殆过于所传矣。崟爱之发狂,乃拥而凌之⑮,

---

① 愿终己以奉巾栉:愿意终身服侍照顾你。奉巾栉,照料梳洗的意思。栉,梳、篦的总名。
② 谋栖止:找一个住处,同居的意思。栖止,居住,寄居。
③ 税:租赁。
④ 昆弟:兄弟。
⑤ 惠黠:聪慧。
⑥ 姻族广茂:家族庞大,亲戚众多。
⑦ 非其伦:不是同等,此处比不上任氏的意思。伦,同等。
⑧ 吴王:名李琨,信安王袆的父亲。
⑨ 内妹:妻妹。
⑩ 中表:表兄妹(姊妹)。中为内,表为外,"中表"是内外的意思。父亲姊妹的儿子为外兄弟,母亲兄弟姊妹的儿子为内兄弟,故称"中表"。
⑪ 巾首膏(gào)唇:戴头巾,搽唇膏。巾、膏,用作动词。
⑫ 拥篲:拿着扫帚。
⑬ 徵:询问。
⑭ 戢:收敛。
⑮ 凌:侵犯。这里是强迫求欢的意思。

不服。崟以力制之，方急，则曰："服矣。请少回旋①。"既从，则捍御如初②，如是者数四③。崟乃悉力急持之。任氏力竭，汗若濡雨。自度不免，乃纵体不复拒抗，而神色惨变。崟问曰："何色之不悦？"任氏长叹息曰："郑六之可哀也！"崟曰："何谓？"对曰："郑生有六尺之躯，而不能庇一妇人，岂丈夫哉！且公少豪侈，多获佳丽，遇某之比者众矣。而郑生穷贱耳。所称惬者，唯某而已。忍以有馀之心，而夺人之不足乎？哀其穷馁，不能自立，衣公之衣，食公之食，故为公所系耳④。若糠糗可给⑤，不当至是。"崟豪俊有义烈，闻其言，遽置之，敛衽而谢曰⑥："不敢。"俄而郑子至，与崟相视咍乐⑦。

自是，凡任氏之薪粒牲饩⑧，皆崟给焉。任氏时有经过，出入或车马舆步，不常所止。崟日与之游，甚欢。每相狎暱，无所不至，唯不及乱而已。是以崟爱之重之，无所怪惜⑨，一食一饮，未尝忘焉。任氏知其爱己，因言以谢曰："愧公之见爱甚矣。顾以陋质，不足以答厚意。且不能负郑生，故不得遂公欢⑩。某，秦人也⑪，生长秦城；家本伶伦⑫，中表姻族，多为人宠媵⑬，以是长安狭斜⑭，悉与之通。或有姝丽，悦而不得者，为公致之可矣。愿持此以报德。"崟曰："幸甚！"鄽中有鬻衣之妇曰张十五娘者⑮，肌体凝结，崟常悦之。因问任氏识之乎。对曰："是某表娣妹⑯，致之易耳。"旬馀，果致之，数月厌罢。任氏曰："市人易致，不足以展效。或有幽绝之

---

① 少回旋：稍为放松一会儿。
② 捍御：捍卫抵抗。
③ 数(shuò)四：反复，好几次。
④ 系：掌握，摆布。
⑤ 糠糗(qiǔ)可给：自己有口饭吃，能够维持基本生活。糠糗，粗粮。
⑥ 敛衽(rèn)而谢：衽，衣襟。敛衽，整理衣襟，古人表示恭敬的礼节。谢，道歉。
⑦ 咍(hāi)乐：嬉笑高兴。
⑧ 薪粒牲饩(xì)：柴米和肉食。饩，没有经过加工、烹饪的食物。
⑨ 怪：同"吝"字。舍不得，吝啬珍惜。
⑩ 遂：顺从。
⑪ 秦：陕甘一带的古称。
⑫ 伶伦：古时乐人或戏曲演员的代称。
⑬ 宠媵(yìng)：深受宠爱的姬妾。
⑭ 狭斜：原指小路、曲巷。因狭路曲巷多为娼妓所居，故以"狭斜"指妓院。
⑮ 鄽(chán)中：街市。鄽，同"廛"字。
⑯ 表娣妹：表弟媳的妹妹。

难谋者①,试言之,愿得尽智力焉。"崟曰:"昨者寒食②,与二三子游于千福寺。见刁将军缅张乐于殿堂。有善吹笙者,年二八,双鬟垂耳,娇姿艳绝。当识之乎③?"任氏曰:"此宠奴也。其母,即妾之内姊也。求之可也。"崟拜于席下,任氏许之。乃出入刁家。月余,崟促问其计。任氏愿得双缣以为赂④。崟依给焉。后二日,任氏与崟方食,而缅使苍头控青骊以迓任氏⑤。任氏闻召,笑谓崟曰:"谐矣⑥。"初,任氏加宠奴以病,针饵莫减⑦。其母与缅忧之方甚,将征诸巫。任氏密赂巫者,指其所居,使言从就为吉。及视疾,巫曰:"不利在家,宜出居东南某所,以取生气⑧。"缅与其母详其地⑨,则任氏之第在焉。缅遂请居。任氏谬辞以逼狭⑩,勤请而后许。乃辇服玩⑪,并其母偕送于任氏。至,则疾愈,未数日,任氏密引崟以通之,经月乃孕。其母惧,遽归以就缅,由是遂绝。

他日,任氏谓郑子曰:"公能致钱五六千乎?将为谋利。"郑子曰:"可。"遂假求于人,获钱六千。任氏曰:"鬻马于市者,马之股有疵,可买以居之⑫。"郑子如市⑬,果见一人牵马求售者,眚在左股⑭。郑子买以归。其妻昆弟皆嗤之⑮,曰:"是弃物也。买将何为?"无何,任氏曰:"马可鬻矣,当获三万。"郑子乃卖之。有酬二万⑯,

---

① 幽绝:深藏、隐藏。
② 昨者寒食:昨者,泛指前些日子。农历清明节前一天(一说前两天)为寒食。古人在这一天禁火寒食,相传春秋时晋国的介之推辅佐晋文公回国后归隐山林,文公为了逼他出来,遂令人放火烧山,介子推不出,最终抱树烧死。文公为了纪念他,下令严禁在介子推焚死之日生火煮饭,只吃冷食。
③ 当:这里是可能或者的意思。
④ 双缣:缣,浅黄色双丝织细绢。古时用作馈赠礼品。双缣,两匹或两段缣。
⑤ 苍头:仆人。苍,青色。汉代规定仆隶用青色头巾包头,后来就用苍头代指仆人。青骊:毛色青黑相杂的马。
⑥ 谐矣:谈妥,办成了。
⑦ 针饵莫减:扎针吃药都没有使病情减轻。
⑧ 生气:指使万物生长发育的自然之气。
⑨ 详其地:仔细研究那个地方。
⑩ 谬:假意。
⑪ 辇(niǎn):用车子装运。
⑫ 居之:养着它。
⑬ 如市:到市场去。
⑭ 眚(shěng):疾病,疾苦。这里指黑斑。
⑮ 嗤(chī)之:讥讽嘲笑他。
⑯ 酬:给出价格。

郑子不与。一市尽曰:"彼何苦而贵卖,此何爱而不鬻?"郑子乘之以归;买者随至其门,累增其估①,至二万五千也。不与,曰:"非三万不鬻。"其妻昆弟聚而诟之②。郑子不获已,遂卖,卒不登三万。既而密伺买者,征其由,乃昭应县之御马疵股者③,死三岁矣,斯吏不时除籍④。官徵其估,计钱六万。设其以半买之,所获尚多矣。若有马以备数,则三年刍粟之估,皆吏得之。且所偿盖寡,是以买耳。任氏又以衣服故弊,乞衣于崟。崟将买全彩与之⑤。任氏不欲,曰:"愿得成制者。"崟召市人张大为买之,使见任氏,问所欲。张大见之,惊谓崟曰:"此必天人贵戚⑥,为郎所窃。且非人间所宜有者,愿速归之,无及于祸。"其容色之动人也如此。竟买衣之成者而不自纫缝也,不晓其意。

后岁余,郑子武调⑦,授槐里府果毅尉⑧,在金城县⑨。时郑子方有妻室,虽昼游于外,而夜寝于内,多恨不得专其夕。将之官⑩,邀与任氏俱去。任氏不欲往,曰:"旬月同行,不足以为欢。请计给粮饩,端居以迟归⑪。"郑子恳请,任氏愈不可。郑子乃求崟资助。崟与更劝勉,且诘其故。任氏良久,曰:"有巫者言某是岁不利西行,故不欲耳。"郑子甚惑也,不思其他,与崟大笑曰:"明智若此,而为妖惑,何哉!"固请之。任氏曰:"倘巫者言可征,徒为公死,何益?"二子曰:"岂有斯理乎?"恳请如初。任氏不得已,遂行。崟以马借之,出祖于临皋⑫,挥袂别去⑬。

---

① 累增其估:一次次地加价。
② 诟(gòu):怒骂。
③ 昭应县:位于长安县东,在今陕西临潼区。
④ 斯吏不时除籍:斯吏,这里指养马的吏役。不时除籍,不等任满就解职。
⑤ 全彩:整匹的绸子。
⑥ 天人:如天上神仙一般的人。形容貌极美。
⑦ 武调:调任为武官。
⑧ 授槐里府果毅尉:任命到槐里府做果毅尉。槐里,隋代以前的县名,在今陕西兴平市东南;槐里府当为作者杜撰,唐朝并无槐里府。果毅尉,果毅都尉的简称,武官名。
⑨ 金城县:今甘肃兰州市。
⑩ 之官:上任。之,往,赴。
⑪ 端居以迟归:安心地住着等待归来。迟,等待。
⑫ 出祖于临皋:在临皋这个地方为他们饯行。相传道路神叫做"祖神",出门的人临行前都会祭拜祖神祈求平安,后来就称饯行的酒宴为"祖饯",简称"祖"。
⑬ 挥袂(mèi):送行时挥动袖子,招手示意。袂,袖子。

信宿①,至马嵬②。任氏乘马居其前,郑子乘驴居其后;女奴别乘,又在其后。是时西门圉人教猎狗于洛川③,已旬日矣。适值于道,苍犬腾出于草间。郑子见任氏欻然坠于地④,复本形而南驰。苍犬逐之。郑子随走叫呼,不能止。里余,为犬所获。郑子衔涕出囊中钱⑤,赎以瘗之⑥,削木为记⑦。回睹其马,啮草于路隅⑧,衣服悉委于鞍上,履袜犹悬于镫间,若蝉蜕然⑨。唯首饰坠地,馀无所见。女奴亦逝矣。

旬余,郑子还城。崟见之喜,迎问曰:"任子无恙乎?"郑子泫然对曰⑩:"殁矣。"崟闻之亦恸⑪,相持于室,尽哀。徐问疾故。答曰:"为犬所害。"崟曰:"犬虽猛,安能害人?"答曰:"非人。"崟骇曰:"非人,何者?"郑子方述本末。崟惊讶叹息不能已。明日,命驾与郑子俱适马嵬,发瘗视之,长恸而归。追思前事,唯衣不自制,与人颇异焉。其后郑子为总监使⑫,家甚富,有枥马十余匹。年六十五卒。

大历中⑬,沈既济居钟陵⑭,尝与崟游,屡言其事,故最详悉。后崟为殿中侍御史⑮,兼陇州刺史⑯,遂殁而不返。嗟乎,异物之情也,有人焉!遇暴不失节,徇人以至死⑰,虽今妇人,有不如者矣。惜郑生非精人,徒悦其色而不征其情性。向使渊识之士,必能揉变化之理,察神人之际,著文章之美,传要妙之情,不止于赏玩风态

---

① 信宿:两夜。古时称一宿为"舍",再"宿"为"信"。
② 马嵬(wéi):在今陕西兴平县西。相传晋人马嵬在此处建筑马嵬城,故名。
③ 圉(yǔ)人:养马的官员。洛川:唐县名,今陕西洛川县。
④ 欻(xū)然:忽然。
⑤ 衔涕:眼中含着泪水。
⑥ 瘗(yì):埋葬。
⑦ 削木为记:砍根木头插在坟前作为可以辨识的标志。
⑧ 啮(niè):咬。
⑨ 若蝉蜕然:好像蝉蜕掉的壳一样。
⑩ 泫然:流泪的样子。
⑪ 恸(tòng):悲哀过度,大哭的样子。
⑫ 总监使:唐代主管盐池、宫苑、养牧的官员。
⑬ 大历:唐代宗(李豫)的年号(766—779)。
⑭ 钟陵:唐县名,在今江西进贤县西北。
⑮ 殿中侍御史:唐代主管宫殿仪礼,纠察京城官员。
⑯ 陇州:旧州名,也称汧(qiān)阳郡,辖区相当于今陕西汧水流域及甘肃华亭县地。
⑰ 徇:同"殉"字,为了某种目的而死。

四、唐宋传奇

而已。惜哉！

　　建中二年①，既济自左拾遗于金吾将军裴冀②，京兆少尹孙成③，户部郎中崔需④，右拾遗陆淳皆适居东南⑤，自秦徂吴⑥，水陆同道。时前拾遗朱放，因旅游而随焉。浮颍涉淮⑦，方舟沿流，昼宴夜话，各徵其异说。众君子闻任氏之事，共深叹骇，因请既济传之⑧，以志异云。沈既济撰。

李昉等编《太平广记》，中华书局1961年版。

---

① 建中：唐德宗李适的年号(780—783)。
② 左拾遗：唐代的谏官，有左拾遗和右拾遗。分属门下、中书两省。他们的职责是对皇上的过失进行讽劝，使其察觉自己言行上的遗失，故称为"拾遗"。于：这里是"与""和"的意思。
③ 京兆少尹：京兆尹的副职。
④ 郎中：唐代中央政府六部下面设若干司，司的主官为郎中。
⑤ 适居东南：当时沈既济由左拾遗谪贬到处州做司户参军。适，同"谪"字，贬谪。
⑥ 徂(cú)：往。
⑦ 浮颍涉淮：乘船经过颍水和淮水。
⑧ 传(zhuàn)：用文字记载。

陈玄祐

陈玄祐,生卒年不详,唐代宗大历末前后在世。事迹无可考,著有唐传奇《离魂记》。

离 魂 记

【解题】离魂文学兴起于六朝志怪小说,演至唐代,在传奇创作中渐趋成熟。所谓离魂,即是灵魂暂时离开躯体,待达成心中所欲后,又回附于躯体。《离魂记》载于《太平广记》卷三五八,是唐传奇比较成熟的作品,前承干宝《搜神记·无名夫妇》、刘义庆《幽明录·庞阿》,下启元杂剧《倩女离魂》、明传奇《牡丹亭》、清小说《聊斋志异·阿宝》等一系列离魂故事,是中国古代离魂系列中具有承前启后意义的佳作。

故事讲述官宦之女张倩娘,与青梅竹马的表兄王宙相爱,彼时张父曾亲口将倩娘许婚给王宙,后因利益关系另许给他人。性格简净的王宙托故赴京,倩娘的灵魂追随王宙逃往蜀地,留躯体在闺中侍奉父母。脱离躯体的灵魂与王宙结婚生子,客居蜀地五年后因思亲返乡。小说中的"生而离魂"是对"安得身轻如飞燕,随风飘渺到君旁"的真实写照,倩娘想要与王宙结合的愿望与现实生活中父亲的阻隔相冲突,使自己陷入无法妥协的艰难困境,于是选择神魂与形体分离的方式进行反抗。这一设计不仅缓解了理想与现实的冲突,更是对女子大胆追求爱情和婚姻自由的讴歌。而倩娘思亲归乡,实现了灵与肉翕然合一的大团圆结局,是封建礼教与自由爱情实现和解的表现,是作者的美好愿景。小说塑造了一个勇敢可爱、有主见且富于反抗精神的少女倩娘,她爱得投入,爱得炙热,知道父亲要将自已许给他人后抑郁寡欢;王宙负气离开后,她更是连夜跣足追去,是一个活脱脱的热恋中的少女形象。

较之六朝时期平直简质的离魂作品,《离魂记》已是蔚然可观,短小精悍,思想深刻且富有韵味,跌宕起伏的情节设计读来扣人心弦,富有动作性的语言和细腻的心理描写展现出人物性格鲜明的个人化形象,于思想和艺术两方面都可称之为脱离六朝志怪之风,实乃离魂故事的定型之作。

天授三年①,清河张镒因官家于衡州②。性简静,寡知友。无子,有女二人。其长早亡。幼女倩娘,端妍绝伦③。镒外甥太原王宙④,幼聪悟,美容范。镒常器重,每曰:"他时当以倩娘妻之。"后各长成。宙与倩娘常私感想于寤寐,家人莫知其状。后有宾寮之选者求之⑤,镒许焉。女闻而郁抑,宙亦深恚恨⑥。托以当调,请赴京,止之不可,遂厚遣之⑦。宙阴恨悲恸⑧,决别上船⑨。日暮,至山郭数里。夜方半,宙不寐,忽闻岸上有一人行声甚速,须臾至船。问之,乃倩娘,徒行跣足而至⑩。宙惊喜发狂,执手问其从来。泣曰:"君厚意如此,寝食相感,今将夺我此志。又知君深情不易,思将杀身奉报,是以亡命来奔⑪。"宙非意所望,欣跃特甚。遂匿倩娘于船,连夜遁去。倍道兼行,数月至蜀⑫。

凡五年,生两子,与镒绝信。其妻常思父母,涕泣言曰:"吾曩日不能相负⑬,弃

---

① 天授:唐武则天皇帝的年号(690—691)。
② 衡州:也称衡阳郡,州治在今湖南省衡阳县。
③ 端妍绝伦:端庄貌美,无人能及。
④ 太原:唐府名,当时的北都,也称并州,州治在今太原市。
⑤ 宾寮之选者:(张镒的)幕僚里一个将赴吏部选官的人。寮,同"僚"。选,选部,指吏部。之,往,赴。
⑥ 恚(huì):发怒,怨恨。
⑦ 厚遣之:备了厚礼送他走。
⑧ 阴:暗地里,私下。
⑨ 决别:离别。决,同"诀"。
⑩ 跣(xiǎn)足:赤脚,没穿鞋子。唐代风俗,入室只能穿袜子,需把鞋子脱在门外。这里形容倩娘逃跑时匆忙又着急,连鞋子都没来得及穿。
⑪ 奔:古时指女子不经媒人说合私自投奔所爱之人的行为。
⑫ 蜀:四川一带地方的古称。
⑬ 曩日:从前。

大义而来奔君①。向近五年②，恩慈间阻③。覆载之下④，胡颜独存也？"宙哀之⑤，曰："将归，无苦。"遂俱归衡州。既至，宙独身先至镒家，首谢其事。镒曰："倩娘病在闺中数年，何其诡说也⑥！"宙曰："见在舟中⑦！"镒大惊，促使人验之⑧。果见倩娘在船中，颜色怡畅。讯使者曰："大人安否？"家人异之，疾走报镒⑨。室中女闻喜而起，饰妆更衣，笑而不语，出与相迎，翕然而合为一体⑩，其衣裳皆重。其家以事不正，秘之，惟亲戚间有潜知之者⑪。后四十年间，夫妻皆丧。二男并孝廉擢第⑫，至丞尉⑬。

事出陈玄佑《离魂记》云。玄佑少常闻此说，而多异同，或谓其虚。大历末，遇莱芜县令张仲规⑭，因备述其本末。镒则仲规堂叔祖，而说极备悉，故记之。

李昉等编《太平广记》，中华书局1961年版。

---

① 大义：男女结合应该遵循的礼仪规范。
② 向近：至今。
③ 恩慈间(jiàn)阻：和父母分离。恩慈，指父母。
④ 覆载之下：生存于天地之间。覆载，天覆地载，指天地。
⑤ 哀：可怜，怜悯。
⑥ 何其诡说也：为什么要这样胡说？
⑦ 见：同"现"，出现。
⑧ 促：急忙。
⑨ 疾：赶快。
⑩ 翕然：一致的样子。
⑪ 间(jiàn)有：或有，偶有。
⑫ 孝廉擢第：以孝廉的资格考取了明经或进士。这里"孝廉"是泛指郡荐应考之人。
⑬ 丞尉：县丞、县尉。县丞，辅佐县令处理政务的官员。
⑭ 莱芜：今山东莱芜市。

元稹

元稹(779—831),字微之,河南府东都洛阳人。唐朝著名文学家。父元宽,母郑氏,祖先为鲜卑族人,原姓拓跋氏,北魏孝文帝迁都洛阳,元稹祖父随之南迁,定居洛阳,改汉姓元。元稹学诗始于九岁,贞元九年春明经及第,移家长安;贞元十九年与白居易同登书判拔萃科,娶韦夏卿女韦丛为妻,历任中书舍人、承旨学士、工部侍郎同中书门下平章事、节度使,一度官至宰相。但仕途不顺,多次被贬。文学上早年和白居易共同提倡"新乐府运动",两人诗坛齐名,世称"元白",著有《元氏长庆集》六十卷、补遗六卷。

莺 莺 传

【解题】《莺莺传》收于《太平广记》卷四八八,原名《传奇》。另有《会真记》一名,是明人据传中张生《会真诗》、元稹《续会真诗》改的题目,会真即为神仙聚会。古代文人雅士喜谈文士艳遇仙女,托遇仙来写艳遇美女。故张生会崔女,是以遇仙相况。此传与《霍小玉传》《李娃传》并称为唐代"三大传奇"。此后流传数百年,自宋代秦观、毛滂《调笑令》,赵令畤鼓子词《商调蝶恋花》,金代董解元《西厢记》诸官调到元代王实甫杂剧《西厢记》臻于成熟。

本传作于贞元二十年(804),元稹时年二十六岁。故事发生在贞元年间,书生张生游历蒲州,留住于普救寺,巧遇表亲崔家母女。其间蒲州发生兵变,张生设法保护了崔家,并与崔家小姐莺莺一见钟情,转托婢女红娘送诗逗其心性,莺莺由摇摆不定、顾虑重重到主动找张生,自荐枕席,完全沉浸在自由恋爱的喜悦中。不久张生赴京赶考,滞留不归,另娶高门,抛弃莺莺,并在友人面前大谈一番女人祸水论。此后两人各自婚娶,张生欲以表兄身份再见莺莺,遭拒。两人的爱情在张诗的浓情中开始,在崔诗的决绝中结束,是一出始乱终弃的爱情悲剧。

造成这一悲剧的原因是多方面的。唐代门阀制度下寒门士人入仕需要依靠裙带关系。一个"内秉坚孤,非礼不可入"的白衣书生沦为渔猎女色玩弄感情的薄情郎,不只因为其复杂的性格,更是社会风俗使然。而莺莺是一个拥有青春躁动追求自由爱情,又被封建礼教自我抑制,集渴望与担忧于一身的闺中少女。这一矛盾性格使她在面对突降的爱情时不知所措,与张生的相处亦是忽冷忽热,患得患失,这让张生对其渐失兴趣,而叛逆少女莺莺在被弃后不但没有责难张生,反而陷入"有自献之羞"的无限悔恨之中。这是长期浸淫在封建礼教思想中形成的根深蒂固的性格悲剧,即使莺莺有冲破封建礼教藩篱、争取自由爱情的勇气,现世中也没有可以支撑这份勇气走下去的凭靠,社会舆论的压迫,个人贞节观的鞭挞,张生的妖言秽语,逼迫着她把矛头指向自己,实在可怜可叹!

　　唐贞元中,有张生者,性温茂①,美风容,内秉坚孤,非礼不可入②。或朋从游宴,扰杂其间,他人皆汹汹拳拳,若将不及;张生容顺而已③,终不能乱。以是年二十三,未尝近女色。知者诘之,谢而言曰:"登徒子非好色者④,是有凶行。余真好色者,而适不我值。何以言之? 大凡物之尤者,未尝不留连于心,是知其非忘情者也。"诘者识之。

　　无几何,张生游于蒲⑤,蒲之东十余里,有僧舍曰普救寺,张生寓焉。适有崔氏孀妇,将归长安,路出于蒲,亦止兹寺。崔氏妇,郑女也;张出于郑⑥,绪其亲⑦,乃异

---

① 性温茂:性格温和而美好。
② 内秉坚孤,非礼不可入:内心清高坚韧,脾气孤僻,凡是不合于礼的事情,他都不予采纳,不能打动他诱惑他。
③ 容顺:面色和顺。
④ 登徒子:战国时期楚国的大夫。宋玉《登徒子好色赋》言大夫登徒子曾在楚王面前说他好色,宋玉自辩说他东边邻居有一个女子,容貌姣好,许多人都为她着迷,此女子攀墙窥探他三年,他都不曾接受。而登徒子却和自己貌丑身疾的妻子生了五个孩子。谁好女色,一比即知。后来就用"登徒子"形容好色之徒。
⑤ 蒲:蒲州,州治在今运城蒲州镇。
⑥ 张出于郑:张生的母亲也是郑家的女儿。
⑦ 绪其亲:攀亲戚。

四、唐宋传奇

派之从母①。是岁,浑瑊薨于蒲②。有中人丁文雅③,不善于军,军人因丧而扰,大掠蒲人。崔氏之家,财产甚厚,多奴仆,旅寓惶骇,不知所托。先是,张与蒲将之党有善,请吏护之,遂不及于难。十余日,廉使杜确将天子命以总戎节④,令于军,军由是戢⑤。郑厚张之德甚,因饰馔以命张⑥,中堂宴之。复谓张曰:"姨之孤嫠未亡⑦,提携幼稚,不幸属师徒大溃,实不保其身,弱子幼女,犹君之生,岂可比常恩哉?今俾以仁兄礼奉见,冀所以报恩也。"命其子曰欢郎,可十余岁,容甚温美。次命女:"出拜尔兄,尔兄活尔。"久之,辞疾⑧。郑怒曰:"张兄保尔之命,不然,尔且掳矣,能复远嫌乎⑨?"久之,乃至。常服睟容⑩,不加新饰。垂鬟接黛⑪,双脸销红而已。颜色艳异,光辉动人。张惊,为之礼,因坐郑旁。以郑之抑而见也⑫,凝睇怨绝,若不胜其体者。问其年纪,郑曰:"今天子甲子岁之七月,终于贞元庚辰,生年十七矣。"张生稍以词导之,不对。终席而罢。

张自是惑之,愿致其情,无由得也。崔之婢曰红娘,生私为之礼者数四,乘间遂道其衷⑬。婢果惊沮⑭,腆然而奔⑮。张生悔之。翼日⑯,婢复至。张生乃羞而谢之,不复云所求矣。婢因谓张曰:"郎之言,所不敢言,亦不敢泄。然而崔之姻族,

---

① 从母:姨母。
② 浑瑊(jiān):唐朝将领,西域铁勒九姓的浑部人,世为唐将。屡立战功,做到兵马副元帅,封咸宁郡王,后死在绛州节度使任内。
③ 中人:监军宦官。
④ 杜确:接任河中尹兼绛州观察使的官员。将(jiāng):秉承,带领。总戎节:主管军事,号令全军。
⑤ 军由是戢:军队从此安定下来。戢,收敛。
⑥ 饰馔以命张:准备好酒好菜款待张生。
⑦ 孤嫠(lí)未亡:寡妇的统称。孤,孤独。嫠,守寡。未亡,未亡人,是旧时寡妇的自称。
⑧ 辞疾:以生病作为推辞的理由。
⑨ 远嫌:远离以避疑。
⑩ 睟(suì)容:面容光润。睟,光润。
⑪ 垂鬟接黛:一种少女的发式,两鬟垂在眉旁。黛,青黑色的颜料。古时女子用以画眉,后来作为妇女眉毛的代称。
⑫ 抑而见:强迫出来见面。
⑬ 道其衷:说出自己的心事。
⑭ 惊沮(jǔ):指吓坏了,快要哭出来。
⑮ 腆(tiǎn)然:害羞的样子。
⑯ 翼日:第二天。

君所详也。何不因其德而求娶焉?"张曰:"余始自孩提,性不苟合。或时纨绮间居,曾莫流盼。不为当年,终有所蔽。昨日一席间,几不自持。数日来,行忘止,食忘饱,恐不能逾旦暮,若因媒氏而娶,纳采问名①,则三数月间,索我于枯鱼之肆矣②。尔其谓我何?"婢曰:"崔之贞慎自保,虽所尊不可以非语犯之③。下人之谋,固难入矣。然而善属文④,往往沉吟章句⑤,怨慕者久之。君试为喻情诗以乱之。不然,则无由也。"张大喜,立缀《春词》二首以授之⑥。是夕,红娘复至,持彩笺以授张,曰:"崔所命也。"题其篇曰《明月三五夜》。其词曰:"待月西厢下,迎风户半开。拂墙花影动,疑是玉人来。"张亦微喻其旨。

是夕,岁二月旬有四日矣⑦。崔之东有杏花一株,攀援可踰。既望之夕⑧,张因梯其树而踰焉⑨。达于西厢,则户半开矣。红娘寝于床。生因惊之。红娘骇曰:"郎何以至?"张因绐之曰:"崔氏之笺召我也,尔为我告之。"无几,红娘复来,连曰:"至矣!至矣!"张生且喜且骇,必谓获济⑩。及崔至,则端服严容,大数张曰⑪:"兄之恩,活我之家,厚矣。是以慈母以弱子幼女见托。奈何因不令之婢⑫,致淫逸之词。始以护人之乱为义,而终掠乱以求之⑬,是以乱易乱,其去几何?诚欲寝其词,则保人之奸,不义。明之于母,则背人之惠,不祥。将寄于婢仆,又惧不得发其真

---

① 纳采问名:古时订婚的手续。纳采,用雁为礼物送给对方。问名,问女方的姓名占卜吉凶,以决定婚事能否进行。
② 索我于枯鱼之肆:《庄子·外物》里的寓言。庄子在路上遇到一条被困在车道里的鲫鱼,心生怜悯,许诺要到吴越引西江的水救它。但鱼只需要一点点水就能活命,等他引来西江的水,鱼早就变成了店铺里的鱼干。此处用这个故事比喻远水不能救近火。
③ 非语:冒犯、不正经的话。
④ 善属(zhǔ)文:会作文章。把东西连缀起来叫做"属";缀字成文,所以称作文章为"属文"。
⑤ 沉吟章句:沉吟,本是迟疑不决的意思,这里作思考、推敲解释。沉吟章句,指研究诗文作法。
⑥ 缀:作。
⑦ 旬有四日:十四日。有,同"又"。
⑧ 望:农历每月的第十五日,就是月圆的日子。
⑨ 梯:此处用作动词爬。
⑩ 必谓获济:以为一定会成功,一定能得救。
⑪ 数(shǔ):列举事实来责备。
⑫ 不令:不懂事。
⑬ 掠乱:乘着混乱要挟。

四、唐宋传奇

诚。是用托短章,愿自陈启,犹惧兄之见难①,是用鄙靡之词,以求其必至。非礼之动,能不愧心,特愿以礼自持,无及于乱。"言毕,翻然而逝。张自失者久之,复踰而出,于是绝望。

数夕,张生临轩独寝,忽有人觉之②。惊骇而起,则红娘敛衾携枕而至。抚张曰:"至矣!至矣!睡何为哉?"并枕重衾而去。张生拭目危坐久之③,犹疑梦寐,然而修谨以俟④。俄而红娘捧崔氏而至。至,则娇羞融冶,力不能运支体,曩时端庄,不复同矣。是夕,旬有八日也。斜月晶莹,幽辉半床。张生飘飘然,且疑神仙之徒,不谓从人间至矣。有顷,寺钟鸣,天将晓。红娘促去。崔氏娇啼宛转,红娘又捧之而去,终夕无一言。张生辨色而兴,自疑曰:"岂其梦邪?"及明,睹妆在臂,香在衣,泪光荧荧然⑤,犹莹于茵席而已。

是后又十余日,杳不复知。张生赋《会真诗》三十韵⑥,未毕,而红娘适至,因授之,以贻崔氏。自是复容之。朝隐而出,暮隐而入,同安于曩所谓西厢者,几一月矣。张生常诘郑氏之情。则曰:"我不可奈何矣。"因欲就成之。无何,张生将之长安,先以情谕之。崔氏宛无难词,然而愁怨之容动人矣。将行之再夕,不可复见,而张生遂西下。数月,复游于蒲,会于崔氏者又累月。崔氏甚工刀札⑦,善属文。求索再三,终不可见。往往张生自以文挑,亦不甚睹览。大略崔之出人者,艺必穷极,而貌若不知;言则敏辩,而寡于酬对。待张之意甚厚,然未尝以词继之。时愁艳幽邃,恒若不识,喜愠之容,亦罕形见。异时独夜操琴,愁弄凄恻。张窃听之。求之,则终不复鼓矣。以是愈惑之。张生俄以文调及期⑧,又当西去。当去之夕,不复自言其情,愁叹于崔氏之侧。崔已阴知将诀矣,恭貌怡声,徐谓张曰:"始乱

---

① 见难:有顾虑。
② 觉:唤醒。
③ 危坐:端坐、挺直身子坐起来。
④ 修谨以俟:打扮得整齐,恭恭敬敬地等待着。修,修饰。谨,恭谨。
⑤ 荧荧然:晶莹闪烁。
⑥ 《会真诗》三十韵:元稹作。描写张生在井桐庭竹声中遇一美人,一见钟情后交颈合欢,互赠礼物并许下同命同心的爱情誓言。
⑦ 刀札:札,书简。古时无纸将字写在竹简上,写错便用刀削除,叫做"刀札"。此指书写。
⑧ 文调及期:赴京应试的日子到了。

之,终弃之,固其宜矣。愚不敢恨。必也君乱之,君终之,君之惠也。则殁身之誓,其有终矣。又何必深感于此行?然而君既不怿,无以奉宁。君常谓我善鼓琴,向时羞颜,所不能及。今且往矣,既君此诚。"因命拂琴,鼓《霓裳羽衣序》,不数声,哀音怨乱,不复知其是曲也。左右皆欷歔。崔亦遽止之。投琴,泣下流连,趋归郑所,遂不复至。明旦而张行。

明年,文战不胜,张遂止于京。因贻书于崔,以广其意。崔氏缄报之词,粗载于此。曰:捧览来问,抚爱过深,儿女之情,悲喜交集。兼惠花胜一合①,口脂五寸,致耀首膏唇之饰。虽荷殊恩,谁复为容?睹物增怀,但积悲叹耳。伏承使于京中就业,进修之道,固在便安②。但恨僻陋之人,永以遐弃。命也如此,知复何言?自去秋已来,常忽忽如有所失。于喧哗之下,或勉为语笑,闲宵自处,无不泪零。乃至梦寝之间,亦多感咽,离忧之思,绸缪缱绻,暂若寻常,幽会未终,惊魂已断。虽半衾如暖,而思之甚遥。一昨拜辞,倏逾旧岁。长安行乐之地,触绪牵情。何幸不忘幽微,眷念无斁③。鄙薄之志,无以奉酬。至于终始之盟,则固不忒④。鄙昔中表相因,或同宴处。婢仆见诱,遂致私诚。儿女之心,不能自固。君子有援琴之挑⑤,鄙人无投梭之拒⑥。及荐寝席,义盛意深。愚陋之情,永谓终托。岂期既见君子,而不能定情。致有自献之羞,不复明侍巾帻。没身永恨,含叹何言!倘仁人用心,俯遂幽眇⑦,虽死之日,犹生之年。如或达士略情,舍小从大,以先配为丑行,以要盟为可欺⑧。则当骨化形销,丹诚不泯⑨,因风委露,犹托清尘。存没之诚,言尽

---

① 花胜:古时妇女戴在发髻上、"剪彩为之"的一种装饰品,大约为今天绒花一类的东西。
② 便(pián)安:安静。便,也是安的意思。
③ 眷念无斁(yì):时刻挂念着。无斁,不厌。
④ 不忒:不变。
⑤ 援琴之挑:汉代司马相如弹琴作歌来挑引富人卓王孙之女卓文君,后来卓文君随他私奔。故事见于《史记·司马相如列传》。
⑥ 投梭之拒:晋代谢鲲调戏邻家女,邻女用织布的梭投掷他打掉了他两颗牙齿。故事见于《晋书·谢鲲传》。
⑦ 幽眇:指隐微的心事。
⑧ 要(yāo)盟:用胁迫手段签订的盟约。
⑨ 丹诚不泯(mǐn):忠诚的心不会改变。丹诚,赤心,忠诚的心。不泯,不灭。

四、唐宋传奇

于此。临纸呜咽,情不能申。千万珍重!珍重千万!玉环一枚,是儿婴年所弄①,寄充君子下体所佩。玉取其坚润不渝,环取其终始不绝。兼乱丝一绚②,文竹茶碾子一枚③。此数物不足见珍,意者欲君子如玉之真,弊志如环不解。泪痕在竹,愁绪萦丝。因物达情,永以为好耳。心迩身遐,拜会无期。幽愤所钟,千里神合。千万珍重!春风多厉,强饭为嘉④。慎言自保,无以鄙为深念。"

　　张生发其书于所知,由是时人多闻之。所善杨巨源好属词⑤,因为赋《崔娘诗》一绝云:"清润潘郎玉不如,中庭蕙草雪销初。风流才子多春思,肠断萧娘一纸书⑥。"河南元稹亦续生《会真诗》三十韵⑦,诗曰:"微月透帘栊,萤光度碧空⑧。遥天初缥缈,低树渐葱茏⑨。龙吹过庭竹,鸾歌拂井桐⑩。罗绡垂薄雾,环佩响轻风⑪。绛节随金母,云心捧玉童⑫。更深人悄悄,晨会雨濛濛。珠莹光文履,花明隐绣龙⑬。瑶钗行彩凤,罗帔掩丹虹⑭。言自瑶华浦,将朝碧玉宫⑮。因游洛城北,偶

---

① 儿:唐、宋时妇女的自称。
② 一绚(qú):一缕、一绞。
③ 文竹茶碾(niǎn)子:竹制的茶磨。"文竹",刻有花纹的竹子。另湖南新化县出产一种竹子,也叫文竹。茶碾子,古时一种内圆外方、有槽有轮的碾茶叶的器具,也称茶磨,通常为银、铁或木制。
④ 强(qiǎng)饭为嘉:努力加餐,多吃一点的好。
⑤ 所善:指交好的朋友。杨巨源:唐蒲州人,曾任国子司业。
⑥ 萧娘:唐代以"萧娘"作为女子的泛称。这里指崔莺莺。
⑦ 河南:唐府名,也称河南郡,府治在今河南洛阳市。
⑧ 微月透帘栊,萤光度碧空:微弱的月光穿过窗帘照进房间,天空也因月光之皎洁愈发白亮。栊,窗户。碧空,青天。
⑨ 遥天初缥缈,低树渐葱茏:遥远的天际隐约朦胧,地上的树木逐渐显出青翠的颜色。
⑩ 龙吹过庭竹,鸾歌拂井桐:风吹庭前之竹,声如龙吟,梧桐拂过井边像鸾鸟在歌唱。
⑪ 罗绡垂薄雾,环佩响轻风:罗衣如轻薄的雾气,腰间的环佩被清风吹动着发出悦耳的声响。
⑫ 绛节随金母,云心捧玉童:仙人仪仗跟随着西王母,高空中的云雾围绕着玉童。绛节,赤节,汉代使节为赤色,这里借指仙人的仪仗。时人以西方属金指莺莺,玉童指张生,把他们比作天上的神仙。
⑬ 珠莹光文履,花明隐绣龙:绣鞋上镶嵌着珠玉一类的饰品,光耀夺目,鞋面上还一并绣着暗藏龙形的花纹。
⑭ 瑶钗行彩凤,罗帔掩丹虹:行走时头上形如彩凤的玉钗颤动着,身穿的罗帔五彩缤纷犹如霓虹一般。瑶钗,玉钗。
⑮ 言自瑶华浦,将朝碧玉宫:从仙境瑶华浦来,要到玉宫朝见仙长。"瑶华浦"和"碧玉宫"都是仙人居住的地方,这里指莺莺和张生的住所。即为莺莺将要从自己的住所到张生那里去。

向宋家东①。戏调初微拒,柔情已暗通。低鬟蝉影动②,回步玉尘蒙。转面流花雪③,登床抱绮丛④。鸳鸯交颈舞,翡翠合欢笼⑤。眉黛羞偏聚,唇朱暖更融。气清兰蕊馥⑥,肤润玉肌丰。无力慵移腕⑦,多娇爱敛躬。汗流珠点点,发乱绿葱葱。方喜千年会,俄闻五夜穷⑧。留连时有恨,缱绻意难终。慢脸含愁态⑨,芳词誓素衷⑩。赠环明运合,留结表心同⑪。啼粉流宵镜,残灯远暗虫⑫。华光犹苒苒,旭日渐瞳瞳⑬。乘鹜还归洛⑭,吹箫亦上嵩⑮。衣香犹染麝,枕腻尚残红。幂幂临塘草⑯,飘飘思渚蓬⑰。素琴鸣怨鹤⑱,清汉望归鸿⑲。海阔诚难渡,天高不易冲。行云无处所,萧史在楼中⑳。"张之友闻之者,莫不耸异之,然而张志亦绝矣。稹特与

---

① 因游洛城北,偶向宋家东:顺路在洛阳北面游览,偶然来到宋家的东面。张生游蒲,无意间获得和莺莺相恋的机会。
② 低鬟蝉影动:低头时如蝉翼一般的发鬟在颤动着。古时少女把发鬟梳得细致精巧,像蝉的翅膀一样,称为"蝉鬓",据说始于三国魏时。《古今注》:"魏文帝(曹丕)宫人莫琼树,始制为蝉鬓,望之飘渺如蝉翼然。"
③ 花雪:如花一般艳丽,像雪一样净白。
④ 绮丛:指丝绸一类的被子。
⑤ 笼:聚拢在一起。
⑥ 馥:香气。
⑦ 慵:懒。
⑧ 穷:尽。
⑨ 慢脸:慵懒的脸色。
⑩ 芳词誓素衷:盟誓时说出的真心话。
⑪ 结:同心结。古时候用锦带结成连环回文的花样,用以表示爱情。
⑫ 啼粉流宵镜,残灯远暗虫:夜间对着镜子重新梳妆,因离别将至甚为伤感,以致脂粉随着眼泪一同流淌。此刻坐在昏暗的灯光下听着远处虫鸣唧唧,愈发凄冷感伤。
⑬ 华光犹苒苒,旭日渐瞳瞳:莺莺重整行妆以后依然容光焕发楚楚动人,这个时候天渐渐明了,太阳也升起来了。华,铅华,指粉。华光,涂脂抹粉后显出的光彩。旭日,早晨刚升起的太阳。瞳瞳,渐渐发亮的样子。
⑭ 乘鹜还归洛:洛妃乘着鹜回到洛水去。"洛"指洛水。这里把莺莺离开张生比作洛妃的归去。
⑮ 吹箫亦上嵩:借用王子乔乘鹤仙去比喻张生的离去。王子乔,名晋,周灵王太子。好吹笙曾入嵩山修炼,后乘白鹤仙去。
⑯ 幂幂:浓密弥漫的样子。
⑰ 渚蓬:小洲上的蓬草。
⑱ 素琴鸣怨鹤:怨鹤,指《别鹤操》,琴曲名。古时商陵牧子娶妻五年无子,父兄为他别娶,其妻听闻愈发悲痛,夜里倚户疾哭,牧子闻之感伤便作此曲。这里指离别后琴声中流露出了哀怨的曲调。
⑲ 清汉望归鸿:仰望天空盼望鸿雁归来。引申为盼望游人归。清汉,银河。
⑳ 萧史:传说萧史为春秋时期的人,擅长吹箫。娶秦穆公女儿弄玉为妻,每天教弄玉吹箫学凤鸣,后果有凤飞来,秦穆公便为他们建了一座凤台,最后弄玉乘凤、萧史乘龙仙去。见《列仙传》。

四、唐宋传奇

张厚，因徵其词。张曰："大凡天之所命尤物也，不妖其身①，必妖于人。使崔氏子遇合富贵，乘宠娇，不为云为雨，则为蛟为螭②，吾不知其所变化矣。昔殷之辛、周之幽③，据百万之国，其势甚厚，然而一女子败之。溃其众，屠其身，至今为天下僇笑④。予之德不足以胜妖孽，是用忍情。"于时坐者皆为深叹。

后岁余，崔已委身于人⑤，张亦有所娶。适经所居，乃因其夫言于崔，求以外兄见⑥。夫语之，而崔终不为出。张怨念之诚，动于颜色，崔知之，潜赋一章，词曰："自从消瘦减容光，万转千回懒下床。不为旁人羞不起，为郎憔悴却羞郎。"竟不之见。后数日，张生将行，又赋一章以谢绝云："弃置今何道，当时且自亲。还将旧时意，怜取眼前人。"自是，绝不复知矣。

时人多许张为善补过者。予常于朋会之中，往往及此意者，夫使知者不为，为之者不惑。贞元岁九月，执事李公垂宿于予靖安里第⑦，语及于是。公垂卓然称异，遂为《莺莺歌》以传之。崔氏小名莺莺，公垂以命篇。

李昉等编《太平广记》，宋刻本，中华书局1961年版。

---

① 妖：祸害。
② 螭：一种像龙但无角的动物。
③ 殷之辛、周之幽：指殷纣王和周幽王。纣王宠爱妲己，幽王宠爱褒姒，两人都亡了国。所以古代帝王荒淫无道，历史一贯偏狭地把责任推在女人身上，言其祸水，多为不公。
④ 僇(lù)笑：耻笑。
⑤ 委身：出嫁。
⑥ 外兄：表兄。
⑦ 执事李公垂：执事，本是供使令的人，这里代指友人。李公垂，即唐诗人李绅，公垂是他的字，曾担任尚书右仆射、门下侍郎等官职。他与元稹、白居易相交甚好，常在一起唱和。

许尧佐

许尧佐,唐德宗时人,生卒年不详,籍贯无可考,许康佐弟。擢进士第,又举宏辞,为太子校书郎。贞元十二年受辟于西川节度府为判官,贞元十八年与张宗本、郑权皆佐征西府。元和八年官吉州司户参军,元和十一年以左赞善大夫充册立吊祭南诏副使,官终谏议大夫。《全唐文》存文六篇,《全唐诗》存诗一首。

柳 氏 传

【解题】《柳氏传》,收于《太平广记》卷四八五。故事主要讲述了韩翊和柳氏在安史之乱前后经历悲欢离合的爱情故事。书生韩翊才华横溢,诗名远播,豪士李生负气爱才,与之交好。李生有一家姬柳氏爱慕韩翊之才,李生遂将柳氏嫁与韩翊。后爆发安史之乱,二人离散,柳氏剪发毁形为尼,后被藩将沙吒利强占为己有,义士许俊知情后,乘骑径入沙吒利府邸,机智夺回柳氏,送归韩翊。

家姬柳氏虽与韩翊有情人终成眷属,但此间却如同货物一般被赠来抢去,没有独立人格,更没有自主权利可言,真实地反映了当时女性的社会地位和生存境遇,实为可叹。面对强暴,柳氏心想守礼却不得;面对不平,许俊向往侠义却没能做到,空怀勇敢之心却不能有所作为。作者把矛头直指上层统治者,言其集权不放权,不识人亦不用人,使人才被埋没,欲建功勋而无门,实为可悲。此外,因为身负战功便在京师横行霸道的武将,强夺人妻之事败露后不但没有遭受处罚,反被予以重金抚慰,实为可恨。这篇传奇创作于中唐时期,通过文本可深层次地了解到安史之乱爆发后人民生活和封建统治的基本面貌。与其说这是一个凄美的爱情故事,不如说是中唐社会的真实写照。

这个故事在当时及后世流传甚广,传中韩翊寻找柳氏时题诗"章台柳",使得"章台柳"成为中国文学史上一条颇具意味的文学创作链,后被改编为杂剧、戏文、小说等多种文学形式。话本小说《韩翊柳氏远离再会》、宋元戏文《韩翊章台柳》、明代戏文《金钱记》、明代梅鼎祚的传奇《玉合记》等都是以《柳氏传》的"章台柳"为底本改编而成。后世"章台柳"逐渐成为娼妓的代名词。

天宝中,昌黎韩翊有诗名①。性颇落托②,羁滞贫甚。有李生者,与翊友善,家累千金,负气爱才③。其幸姬曰柳氏,艳绝一时,喜谈谑,善讴咏④。李生居之别第,与翊为宴歌之地,而馆翊于其侧⑤。翊素知名,其所问候⑥,皆当时之彦⑦。柳氏自门窥之,谓其侍者曰:"韩夫子岂长贫贱者乎!"遂属意焉⑧。李生素重翊,无所悋惜。后知其意,乃具膳请翊饮。酒酣,李生曰:"柳夫人容色非常,韩秀才文章特异。欲以柳荐枕于韩君⑨,可乎?"翊惊栗,避席曰⑩:"蒙君之恩,解衣辍食久之⑪,岂宜夺所爱乎?"李坚请之。柳氏知其意诚,乃再拜,引衣接席。李坐翊于客位,引满极欢⑫。李生又以资三十万,佐翊之费。翊仰柳氏之色,柳氏慕翊之才,两情皆获,喜可知也。明年,礼部侍郎杨度擢翊上第⑬,屏居间岁⑭。柳氏谓翊曰:"荣名及

---

① 昌黎韩翊:昌黎,古郡名,郡治在今辽宁义县。韩翊,一作"韩翃(hóng)",唐代著名诗人,字君平,南阳(今河南南阳县)人。北朝时,韩姓为黎郡望族。
② 落托:同"落拓",放荡不羁的样子。
③ 负气:看重气节,以气节自负。
④ 善讴(ōu)咏:擅长歌唱。讴,歌唱。咏,歌唱。
⑤ 馆:招待吃住,供膳供宿。
⑥ 所问候:前来拜访问候的人。
⑦ 彦(yàn):指有才学的人。
⑧ 属意:中意。
⑨ 荐枕:亦作"荐枕席",即进献枕席,借指侍寝。
⑩ 避席:古人多为席地而坐,这里指离开座位让席,表示恭敬、客气之意。
⑪ 解衣辍食:解衣,脱掉衣服把自己的衣服给人穿;辍食,停食,把自己的食物给人吃,形容待人宽厚,恩惠于人。
⑫ 引满:斟满酒杯一饮而尽。
⑬ 礼部:唐代中央政府里的六部之一,是主管礼仪和学校贡举的官署。上第:唐代考选制度,明经依成绩分上上第、上中第、上下第、中上第四等,进士依成绩分甲第、乙等两等。这里"上第",指明经的上上第或进士的甲第。
⑭ 屏居间(jiàn)岁:隐居一年。

亲,昔人所尚。岂宜以濯浣之贱,稽采兰之美乎?且用器资物,足以待君之来也。"翊于是省家于清池。岁馀,乏食,鬻妆具以自给。

天宝末,盗覆二京,士女奔骇。柳氏以艳独异,且惧不免,乃剪发毁形,寄迹法灵寺。是时侯希逸自平卢节度淄青①,素藉翊名②,请为书记③。洎宣皇帝以神武返正④,翊乃遣使间行求柳氏⑤,以练囊盛麸金⑥,题之曰:"章台柳⑦,章台柳!昔日青青今在否?纵使长条似旧垂,亦应攀折他人手。"柳氏捧金鸣咽,左右凄悯,答之曰:"杨柳枝,芳菲节⑧,所恨年年赠离别。一叶随风忽报秋,纵使君来岂堪折!"无何,有蕃将沙吒利者⑨,初立功,窃知柳氏之色,劫以归第,宠之专房⑩。

及希逸除左仆射⑪,入觐⑫,翊得从行。至京师,已失柳氏所止,叹想不已。偶于龙首冈见苍头以驳牛驾辎軿⑬,从两女奴。翊偶随之,自车中问曰:"得非韩员外乎?某乃柳氏也。"使女驻窃言失身沙吒利,阻同车者,请诘旦幸相待于道政里门⑭。及期而往,以轻素结玉合⑮,实以香膏⑯,自车中授之,曰:"当遂永诀⑰,愿置

---

① 侯希逸自平卢节度淄青:"侯希逸",唐营州(辽宁锦州市西北)人。原为平卢节度使安禄山部将,后归顺朝廷。平卢、淄青,均唐代方镇名。
② 素藉:久仰的意思。素,一向,平素。藉,原意为交错杂乱的样子,这里引申为听说、知道。
③ 书记:唐代管理函牍章奏之类文件的幕僚,有如后来的秘书、文书。
④ 洎(jì):介词,等到……时候。
⑤ 间(jiàn)行:在暗地里行动。
⑥ 麸金:碎金,砂金。
⑦ 章台柳:章台,汉代长安街名。当时柳氏滞留在长安,这里以"章台柳"比喻柳氏,一语双关。
⑧ 芳菲节:花草芳香盛开的时节,即为春季。芳菲,指花草。
⑨ 蕃将:唐代任用各族投降的将领为将,称为"蕃将"。蕃,同"番"。
⑩ 宠之专房:独获宠爱。
⑪ 左仆射(yè):唐代设左右仆射,是尚书省的副长官(尚书省的长官为尚书令,因为唐太宗做秦王时,曾任这一官职,后来就不再设置),和侍中、中书令共同主持中央政务,通常是宰相的位置。
⑫ 入觐:地方官员入朝拜见帝王。
⑬ 龙首冈:即龙首山,也称龙首原,长安县北一座不高的土山。汉、唐时,在上面建筑城郭宫殿,山地变得更平坦。驳(bó)牛:杂色的牛。辎(zī)軿(píng):辎车和軿车的并称。后来泛指有屏蔽的车子。辎,有帷盖的载重大车。軿,四面有帷幔的车子。
⑭ 诘旦:第二天早上。
⑮ 合:同"盒",盒子。
⑯ 实以:填满。
⑰ 永诀:永别。

诚念。"乃回车,以手挥之,轻袖摇摇,香车辚辚①,目断意迷,失于惊尘②。翊大不胜情。会淄青诸将合乐酒楼,使人请翊。翊强应之,然意色皆丧,音韵凄咽。有虞候许俊者③,以材力自负,抚剑言曰:"必有故。愿一效用。"翊不得已,具以告之。俊曰:"请足下数字④,当立致之。"乃衣缦胡,佩双鞬⑤,从一骑⑥,径造沙吒利之第⑦。候其出行里馀,乃被衽执辔⑧,犯关排闼⑨,急趋而呼曰:"将军中恶,使召夫人!"仆侍辟易,无敢仰视。遂升堂,出翊札示柳氏,挟之跨鞍马,逸尘断鞅⑩,倏忽乃至。引裾而前曰⑪:"幸不辱命⑫。"四座惊叹。柳氏与翊执手涕泣,相与罢酒。

是时沙吒利恩宠殊等,翊、俊惧祸,乃诣希逸。希逸大惊曰:"吾平生所为事,俊乃能尔乎?"遂献状曰⑬:"检校尚书、金部员外郎兼御史韩翊⑭,久列参佐,累彰勋效,顷从乡赋⑮。有妾柳氏,阻绝凶寇,依止名尼。今文明抚运,遐迩率化⑯。将军沙吒利凶恣挠法⑰,凭恃微功,驱有志之妾,干无为之政⑱。臣部将兼御使中丞许俊,族本幽、蓟⑲,雄心勇决,却夺柳氏,归于韩翊。义切中抱⑳,虽昭感激之诚,事不

---

① 辚辚:拟声词,车行声。
② 失于惊尘:消失在飞扬的尘土中。
③ 虞候:本隋代东宫禁卫官名,唐代藩镇以亲信武官为都虞候、虞候,有如后来的侍从副官。
④ 请足下数字:请您写几个字,指写一个字据以取得柳氏的信任。足下,古时对他人的敬称。
⑤ 鞬(jiān):马上盛弓的器具。
⑥ 从一骑:跟随着一个骑马的卫士。
⑦ 造:到。
⑧ 被衽执辔:披着衣服,拉着马缰绳。被,同"披"。
⑨ 犯关排闼:冲进大门,又闯进里面的小门。关,指大门。闼,指里面的小门。
⑩ 逸尘断鞅:指马奔跑时扬起尘土,挣断马鞅,形容马跑得飞快。鞅,马拉车时套在马脖子上的皮带,一说在马腹。
⑪ 裾(jū):衣的前襟。
⑫ 辱命:指没有完成上级的使命或他人的嘱咐。
⑬ 状:向上级陈报事实的文书叫做"状"。
⑭ 金部员外郎:户部里主管库藏金宝和度量等事务的官员。
⑮ 乡赋:唐代由州郡保送士人进京参加考试叫做"乡赋",又叫"乡贡"。
⑯ 遐迩:远近。
⑰ 凶恣挠法:凶狠放肆,扰乱法治。
⑱ 干:冒犯、破坏。
⑲ 族本幽、蓟:本是幽、蓟一带的人。幽,幽州,也称范阳郡,州治在今北京市。蓟,蓟州,也称渔阳郡,州治在今蓟县。
⑳ 中抱:中怀,内心。

先闻,故乏训齐之令。"寻有诏①,柳氏宜还韩翊,沙吒利赐钱二百万。柳氏归翊,翊后累迁至中书舍人②。然即柳氏,志防闲而不克者③;许俊慕感激而不达者也。向使柳氏以色选,则当熊辞辇之诚可继;许俊以才举,则曹柯渑池之功可建。夫事由迹彰,功待事立。惜郁堙不偶④,义勇徒激,皆不入于正。斯岂变之正乎?盖所遇然也。

李昉等编《太平广记》,宋刻本,中华书局1961年版。

---

① 寻:不久。
② 中书舍人:唐代中书省为皇帝起草诏书、诰命等文件的官员。
③ 防闲:防备阻止。
④ 郁堙不偶:被埋没,运气不好不得意的意思。偶,偶数。古人认为偶数吉利奇数不吉利,"不偶"即为运气不好。

四、唐宋传奇

杜光庭

杜光庭(850—933),字圣宾(又作宾圣),号东瀛子。处州缙云(今属浙江)人。为人博学工文。唐咸通(860—873)年间应九经试,不中,遂隐天台山学道。居上都太清宫,赐号弘教大师。唐僖宗闻其名声,召入宫廷,赐以紫袍,充麟德殿文章应制,为内供奉。中和元年(881),随僖宗入蜀,见唐祚衰微,便留蜀不返。王建创立前蜀,任为光禄大夫尚书户部侍郎上柱国蔡国公,赐号"广成先生"。王衍继位后,亲在苑中受道箓,以杜光庭为"传真天师"、崇真馆大学士。杜光庭晚年在青城山白云溪潜心修道,享年八十四岁。杜光庭对道教教义、斋醮科范、修道方术等方面作了许多研究和整理,对后世道教影响很大。他将以前注解诠释《道德经》的六十余家进行比较考察,概括其意旨。同时他还调和了儒、道二家的思想,把孔孟之道统一于老君之道。他推崇唐玄宗的《御注道德经》,发挥其玄旨,撰成《道德真经广圣义》五十卷。其一生著作颇丰,传世作品有传奇小说《虬髯客传》《广成集》《太上老君说常清静经注》《道门科范大全集》《墉城集仙录》等二十余种。

虬髯客传

【解题】

《虬髯客传》是唐传奇中的名篇,亦被称为中国第一部侠义小说。中唐以前以单本形式流传,至晚唐抄本已经不止一种。杜光庭择一种进行删改,初名《虬髯客》,见于《神仙感遇传》,宋《太平广记》卷一九三收入杜光庭《虬髯客》,与现在流传于世的《虬髯客传》文字同,只有少数语句稍有差异。此传流传于后世,颇受戏曲家青睐,明代张凤翼的传奇《红拂记》,凌濛初的杂剧《李卫公慕忽姻缘》《虬髯客正本扶馀国》《北红拂》,冯梦龙的传奇《女丈夫》,近代剧作家罗瘿公为程砚秋编写的《红拂传》(又名《风尘三侠》,后成为程砚秋的代表剧目),皆据此传改编而成,近现代许多地方戏曲亦以此题材编写剧本演出,影响深远。

故事发生在隋唐易代李渊太原起兵前夕,隋大司空杨素的歌姬红拂慧眼识人,抛弃荣华富贵,与布衣李靖私奔,前往太原投靠李世民,途中结交了有争夺天下之欲的侠士虬髯客,并相约前往"有奇气"的太原,在识得李世民为"真天子"后,虬髯客诚服心死,将资财馈赠于李靖、红拂二人,勉励他们辅佐真主,自己东入扶馀国杀主自立。传中的虬髯客、李靖、红拂女被视为中国古典小说人物图谱中第一组血肉丰满的侠客群像,他们侠肝义胆,气度非凡,被称为"风尘三侠"。并且三人皆有识人之慧眼,不仅互相赏识,并识出天下之英主。小说通过描述他们对于争天下大事的讨论与行动,极力渲染李世民的真王气象,最终欲托乔木的红拂择佳木而栖,愿为人臣的李靖择明主而事,心存帝王之志的虬髯客另辟疆土。这一切似乎有让群雄退出、不与真天子争天下之意,亦有为李世民日后非法夺取皇权制造合法依据之嫌,更有维护社会稳定、巩固唐王朝统治的政治作用。

在艺术手法上,杜光庭全面总结前人小说创作经验,融汇了唐代小说中的任侠、言情、志怪题材,在写实的基础上极尽浪漫虚构之能事,营造了一个英雄与美人迭出、将相与天子共存、朝廷与江湖同在的世界,让读者在亦真亦幻之中得到多种审美体验。《虬髯客传》可称得上是前无古人、后启来者的侠义传奇小说。

  隋炀帝之幸江都也①,命司空杨素守西京②。素骄贵,又以时乱,天下之权重望崇者,莫我若也,奢贵自奉,礼异人臣③。每公卿入言,宾客上谒,未尝不踞床而见,

---

① 隋炀帝:隋朝末代皇帝杨广,后因荒淫无道亡国。江都:隋郡名,也称扬州,州治在今江苏扬州市东北。
② 杨素:隋华阴人,字处道。他曾帮助隋文帝获取政权,他执掌朝政多年,曾任司空,封越国公、楚国公。西京:隋代的都城长安。
③ 礼异人臣:享受的仪制超过臣子可以使用的规格。

四、唐宋传奇

令美人捧出①,侍婢罗列,颇僭于上②,末年愈甚。一日,卫公李靖以布衣来谒③,献奇策。素亦踞见之。靖前揖曰:"天下方乱,英雄竞起。公为帝室重臣④,须以收罗豪杰为心,不宜踞见宾客。"素敛容而起,与语,大悦,收其策而退。当靖之骋辩也⑤,一妓有殊色,执红拂,立于前,独目靖。靖既去,而拂妓临轩指吏问曰:"去者处士第几?住何处?"吏具以对。妓颔而去。靖归逆旅。其夜五更初,忽闻叩门而声低者,靖起问焉。乃紫衣戴帽人,杖揭一囊⑥。靖问:"谁?"曰:"妾,杨家之红拂妓也。"靖遽延入。脱衣去帽,乃十八九佳丽人也。素面华衣而拜。靖惊,答曰:"妾侍杨司空久,阅天下之人多矣,未有如公者。丝萝非独生⑦,愿托乔木,故来奔耳。"靖曰:"杨司空权重京师,如何?"曰:"彼尸居余气⑧,不足畏也。诸妓知其无成,去者众矣。彼亦不甚逐也。计之详矣。幸无疑焉。"问其姓,曰:"张。"问其伯仲之次。曰:"最长。"观其肌肤仪状、言词气性,真天人也。靖不自意获之⑨,愈喜愈惧,瞬息万虑不安,而窥户者足无停履⑩。数日,闻追访之声,意亦非峻⑪。乃雄服乘马,排闼而去。

　　将归太原。行次灵石旅舍⑫,既设床,炉中烹肉且熟。张氏以发长委地⑬,立梳床前。靖方刷马,忽有一人,中形⑭,赤髯如虬,乘蹇驴而来。投革囊于炉前,取枕欹卧⑮,

---

① 捧出:簇拥着出来。
② 颇僭于上:很有点皇帝的气派。僭,僭越,超过本分,指地位在下的人冒用地位在上人的名义或礼仪。
③ 卫公李靖:卫公,卫国公的简称。李靖,号药师,三原人,唐代开国功臣之一,屡立战功,封卫国公。以布衣上谒:以一个普通老百姓的身份去拜见。布衣,平民穿的衣服,代指平民的身份。
④ 重臣:肩负国家重任的大臣。
⑤ 骋(chěng)辩:滔滔不绝地辩论。骋,奔放,恣纵。
⑥ 揭:挑举着。
⑦ 丝萝:蔓生植物,"菟(tù)丝"和"女萝"的简称。
⑧ 尸居余气:如同尸体一般但还存留一口气,指处于弥留之际的人。
⑨ 不自意:没有想到,意外。
⑩ 窥户者无停履:窥户者,在窗外偷看的人。无停履,此去彼来,来来往往川流不息的样子。
⑪ 非峻:不算厉害,并不严苛。
⑫ 灵石:唐县名,今山西灵石县。
⑬ 委地:头发拖到地下。
⑭ 中形:中等身材。
⑮ 欹卧:斜躺着。

看张氏梳头。公怒甚,未决①,犹刷马。张氏熟观其面,一手握发,一手映身摇示公,令勿怒。急急梳头毕,敛衽前问其姓。卧客曰:"姓张。"对曰:"妾亦姓张。合是妹。"遽拜之。问:"第几?"曰:"第三。"问:"妹第几?"曰:"最长。"遂喜曰:"今夕幸逢一妹。"张氏遥呼曰:"李郎,且来见三兄!"靖骤拜。遂环坐。曰:"煮者何肉?"曰:"羊肉,计已熟矣。"客曰:"饥甚。"靖出市胡饼。客抽匕首,切肉共食。食竟,余肉乱切送炉前食之,甚速。客曰:"观李郎之行②,贫士也。何以致斯异人③?"曰:"靖虽贫,亦有心者焉。他人见问,故不言,兄之问,则不隐耳。"具言其由,曰:"然则将何之?"曰:"将避地太原耳。"客曰:"然吾故非君所致也。"曰:"有酒乎?"靖曰:"主人西,则酒肆也。"靖取酒一斗④。既巡,客曰:"吾有少下酒物⑤,李郎能同之乎?"靖曰:"不敢。"于是开革囊,取一人头并心肝。却收头囊中,以匕首切心肝,共食之。曰:"此人乃天下负心者,衔之十年,今始获之。吾憾释矣。"又曰:"观李郎仪形器宇,真丈夫。亦知太原有异人乎?"曰:"尝识一人,愚谓之真人也⑥。其余将帅而已。""其人何姓?"曰:"同姓。"曰:"年几?"曰:"近二十。"曰:"今何为?"曰:"州将之爱子⑦。"曰:"似矣,亦须见之。李郎能致吾一见否?"曰:"靖之友刘文静者⑧,与之狎。因文静见之可也。兄欲何为?"曰:"望气者言太原有奇气⑨,使吾访之。李郎明发,何日到太原?"靖计之某日当到⑩。曰:"达之明日方曙,我于汾阳桥待耳。"言讫,乘驴,而其行若飞,回顾已远。靖与张氏且惊且惧,久之,曰:"烈士不欺人⑪。固

---

① 未决:虽怒但还没有决裂。
② 行:行为,模样。
③ 异人:指红拂女。
④ 斗:古时酒器。
⑤ 少:一点点。
⑥ 真人:"真命天子"的意思。这里指李世民有天子之命。
⑦ 州将之爱子:指唐太宗李世民,当时他的父亲李渊做隋朝的太原留守。
⑧ 刘文静:字肇仁,武功人。隋末任晋阳令。曾协助唐高祖、太宗起兵反隋。高祖称帝后,历任户部尚书、左仆射,封鲁国公,后因故被杀。
⑨ 望气者:会看云气的人。
⑩ 计之某日:计算到达的日期。
⑪ 烈士:壮烈豪侠之士。

无畏。"但速鞭而行①。

及期,入太原候之。相见大喜,偕诣刘氏。诈谓文静曰:"有善相者思见郎君,请迎之。"文静素奇其人,方议论匡辅,一旦闻客有知人者,其心可知,遽致酒延焉。既而,太宗至,不衫不履,裼裘而来②,神气扬扬,貌与常异。虬髯默然居坐末,见之心死,饮数巡,起,招靖曰:"真天子也!"靖以告刘,刘益喜,自负。既出,而虬髯曰:"吾得十八九定矣③。亦须道兄见之。李郎宜与一妹复入京。某日午时,访我于马行东酒楼下,下有此驴及瘦驴,即我与道兄俱在其所矣。"

公到即见二乘,揽衣登楼,虬髯与一道士方对饮,见靖惊喜,召坐。环饮十数巡,曰:"楼下柜中有钱十万,择一深隐处驻一妹毕。某日复会我于汾阳桥。"如期登楼,道士、虬髯已先坐矣。共谒文静。时方弈棋,揖起而话心焉④。文静飞书迎文皇看棋⑤。道士对弈,虬髯与公旁立为侍者。俄而文皇来,长揖而坐,神清气朗,满坐风生,顾盼炜如也⑥。道士一见惨然,下棋子曰:"此局全输矣!于此失却局哉!救无路矣!知复奚言⑦!"罢弈请去。既出,谓虬髯曰:"此世界非公世界。他方可图。勉之,勿以为念。"因共入京。虬髯曰:"计李郎之程,某日方到。到之明日,可与一妹同诣某坊曲小宅。愧李郎往复相从一妹,悬然如磬⑧。欲令新妇祗谒,兼议从容⑨,无之前却。"言毕,吁嘘而去。靖亦策马遄征。

俄即到京,与张氏同往。乃一小板门,扣之,有应者,拜曰:"三郎令候一娘子、李郎久矣。"延入重门,门愈壮丽。婢三十余人,罗列于前。奴二十人,引靖入东厅,非人间之物。巾妆梳栉毕,请更衣,衣又珍奇。既毕,传云:"三郎来!"乃虬髯

---

① 速鞭:急鞭,加鞭。
② 裼裘:古代礼服之制,袒开外衣露出裘外的裼衣。裼,是把皮袍的两袖微微卷起,让里面的皮毛露出来,泛指袒露里衣,指不拘礼仪。
③ 十八九:十分之八九。
④ 话心:谈心聊天。
⑤ 文皇:唐太宗,他死后谥号为"文"。
⑥ 顾盼炜如:眼睛看人炯炯有光的样子。炜如,光亮有神的样子。
⑦ 复奚言:还有什么说的。
⑧ 悬然如磬:屋子里一无所有,就像悬挂着的石磬,四周空荡无物。比喻贫穷。磬,古时一种玉或石制的乐器,悬在横木上,可击以发声。古语"室如悬磬",出自《国语·鲁语》。
⑨ 兼议从(cōng)容:顺带着随便谈谈。从容,本义指舒缓悠闲的样子,引申为叙谈、聚会解释。

纱帽裼裘,有龙虎之姿,相见欢然。催其妻出拜,盖天人也。遂延中堂,陈设盘筵之盛,虽王公家不侔也。四人对坐,牢馔毕陈,女乐二十人,列奏于前,若从天降,非人间之度。食毕,行酒①。而家人自堂西舁出二十床,各以锦绣帕覆之。既陈,尽去其帕,乃文簿钥匙耳。虬髯谓曰:"尽是珍宝货泉之数②。吾之所有,悉以充赠。何者?某本欲于此世界求事,当或龙战三二年③,建少功业。今既有主,住亦何为?太原李氏,真英主也。三五年内,既当太平。李郎以英特之才,辅清平之主,竭心尽善,必极人臣。一妹以天人之姿,蕴不世之略④,从夫之贵,荣极轩裳⑤。非一妹不能识李郎,非李郎不能遇一妹。圣贤起陆之渐,际会如期,虎啸风生,龙腾云萃,固当然也。将余之赠,以奉真主,赞功业,勉之哉!此后十余年,当东南数千里外有异事,是吾得事之秋也。妹与李郎可沥酒相贺⑥。"顾谓左右曰:"李郎一妹,是汝主也!"言毕,与其妻戎装乘马,一奴乘马从后,数步不见。

　　靖据其宅,遂为豪家,得以助文皇缔构之资⑦,遂匡大业⑧。贞观中,靖位至仆射。东南蛮奏曰⑨:"有海贼以千艘积甲兵十万人,入扶馀国⑩,杀其主自立,国内已定矣。"靖心知虬髯成功也。归告张氏,具礼相贺,沥酒东南祝拜之。乃知真人之兴,非英雄所冀⑪。况非英雄乎?人臣之谬思乱,乃螳螂之拒走轮耳。或曰:"卫公之兵法,半是虬髯所传也。"

李昉等编《太平广记》,宋刻本,中华书局1961年版。

---

① 行酒:劝人喝酒。
② 泉:古时称钱为"泉",指钱像泉水一样到处流通。
③ 龙战:争夺帝位的战争。
④ 蕴不世之略:具有世间少有的才能。
⑤ 荣极轩裳:坐着华丽的车子,穿着华美衣裳,享受着荣华富贵。
⑥ 沥酒:洒酒于地,表示祝福或起誓。
⑦ 缔构之资:开创事业的费用。缔构,缔造,经营开创。
⑧ 匡大业:安定天下,统一政权。
⑨ 蛮:古时汉人对南方少数民族的称呼。"蛮"有野蛮之意。
⑩ 扶馀国:古国名,扶馀国,在玄菟北千里。南与高句丽、东与挹娄、西与鲜卑接,北有弱水。地方二千里,本濊地也。位置相当于今日吉林省。
⑪ 非英雄所冀:不是英雄所预料的那样。

佚名

作者无考。后世著录此传，或不署撰者，或署晚唐曹邺撰，然并无根据。梅妃故事大致自晚唐逐渐流传，早期传本"其言时有涉俗者"，至南宋初年被修润而定型。

梅 妃 传①

【解题】梅妃事迹不见于各种正史著述，唐代《明皇杂录》《高力士外传》《开元天宝遗事》等小说均未提及，唐人笔记亦未称引，梅妃未必实有其人。鲁迅《中国小说史略》说："《梅妃传》一卷亦无撰人，盖见当时图画有把梅美人号梅妃者，泛言唐明皇时人，因造此传。"《福建通志·烈女传》有"江采蘋"条，材料亦来自小说《梅妃传》。《梅妃传》故事情节与叙事方式，明显受到汉代帝王与妃子故事，以及《杨太真外传》的影响，当是宋人在其基础上踵事增华而成。

《梅妃传》主人公是福建莆田江采蘋，聪颖貌美有才华，开元间被高力士选入后宫，唐玄宗视若珍宝。因性喜梅而称"梅妃"，玄宗戏呼"梅精"。杨太真入宫后，梅妃遭其嫉恨。杨妃妒悍狡黠，梅妃善良柔弱，"亡以胜"，被迫迁入上阳东宫。后玄宗召梅妃翠华西阁密叙旧爱，杨妃大闹，玄宗亦十分无奈。梅妃作《楼东赋》以邀请上意，杨妃馋陷之，玄宗默然；玄宗密赐珍珠，梅妃不受，赋诗一首，玄宗览诗怆然不乐。安史乱起，梅妃惨死于乱兵之手。玄宗回宫，多方寻梅妃不得，因其托梦而于梅树下寻得遗骸，以妃礼葬之。

----

① 梅妃：即江采蘋。

作为宋人传奇小说的名篇之一,《梅妃传》艺术特色突出,反映了传奇小说发展到宋代产生的新变化。一、文笔细腻质朴,人物性格鲜明生动。作者成功塑造了一位姿容素雅秀丽、性喜爱梅、能诗赋、善歌舞、聪颖机敏、自尊自爱、敦厚柔顺的梅妃形象,体现了儒家后妃之德的传统观念。与恃宠泼辣,嫉妒骄悍、狡黠跋扈的杨妃形成了鲜明对比。另外,玄宗形象的塑造也很成功,比如他与梅妃日常生活点滴中表现的风流雅趣,面对杨妃寻衅馋诟的默然无奈,览梅妃赋、诗后的怅然不乐,等等,都显得非常自然真实。二、立意新颖,传达出迥异于唐人"环肥燕瘦"的审美观念。作者描述擅长惊鸿舞的梅妃,当与汉宫赵飞燕一样舞姿曼妙,体态轻盈。宋人显然有意颂扬梅妃轻盈雅致之美,讥谑杨妃为"肥婢"而贬抑之。三、抒情色彩浓郁。虽然唐玄宗、杨贵妃均是重要的历史人物,小说也涉及重大历史事件,但主要描写的是梅妃个人的感情和生活。小说细腻生动地展现了梅妃短暂幸福的爱情生活,以及梅妃的音乐、舞蹈、茶艺和诗赋文笔等才华,通过语音、神态、动作等,刻画了她失宠后的苦闷压抑、哀婉悲愁、忧怨凄恨的内心情感世界,如泣如诉,对梅妃充满了同情和怜悯,非常富有感染力。另外,梅妃死后玄宗的思念、寻觅和感梦迁葬等情节也极具抒情性,营造了浓郁的哀伤氛围。四、传达出宋人强调理性的历史观念。文末议论理性色彩很浓。唐玄宗宠幸杨贵妃,导致天下大乱,与唐玄宗晚年"殊不知明皇耄而忮忍,至一日杀三子,如轻断蝼蚁之命"的昏庸残忍并提同论,在批判唐玄宗的同时,也透露了李杨爱情并非传言中的美好。作者对杨妃骄悍妒忌和跋扈泼辣的描写,更强化了这一主题。五、平民化的历史观。玄宗密会梅妃,杨妃撒泼闹阁,玄宗束手无奈,正是市民化审美趣味的反映。小说以女色亡国来解释复杂的历史现象,也是平民历史意识的体现。将二妃之死归于报应,又反映了民间的俚俗观念。随着时间推移,这种市民化的审美趣味和历史观念呈渐趋强化趋势。明代吴世美据此创作的戏曲《惊鸿记》,结尾写安史乱起,梅妃避迹庵观,后复入宫,终得大团圆,正是市民审美趣味日益增强的体现。

四、唐宋传奇

梅妃,姓江氏,莆田人①。父仲逊,世为医。妃年九岁,能诵《二南》②。语父曰:"我虽女子,期以此为志。"父奇之,名曰采蘋③。开元中,高力士使闽粤,妃笄矣④。见其少丽,选归,侍明皇⑤,大见宠幸。长安大内、大明、兴庆三宫⑥,东都大内、上阳两宫⑦,几四万人,自得妃,视如尘土,宫中亦自以为不及⑧。妃善属文⑨,自比谢女⑩。淡妆雅服,而姿态明秀,笔不可描画。性喜梅,所居栏槛,悉植数株,上榜曰"梅亭"⑪。梅开,赋赏,至夜分尚顾恋花下不能去⑫。上以其所好,戏名曰梅妃。妃有《萧兰》《梨园》《梅花》《凤笛》《玻杯》《剪刀》《绚窗》七赋。

是时承平岁久,海内无事。上于兄弟间极友爱,日从燕间⑬,必妃侍侧。上命破橙往赐诸王。至汉邸⑭,潜以足蹙妃履,妃登时退阁。上命连趋,报言"适履珠脱缀,缀竟当来"⑮。久之,上亲往命妃。妃拽衣迓上⑯,言"胸腹疾作,不果前也⑰",卒不至。其恃宠如此。后上与妃斗茶⑱,顾诸王戏曰:"此梅精也,吹白玉笛,作《惊

---

① 莆田:唐县名,属江南东道泉州,在今福建省莆田县东南。
② 《二南》:指《诗经·国风》中的《周南》《召南》,是周南(今陕西、河南间)和召南(今河南、湖北间)的民间歌谣。旧时认为,二南诗篇大多写文王后妃和诸侯夫人修身齐家之事。
③ 采蘋:《诗经·召南》中有《采蘋》诗,歌咏士大夫之妻主持祭祀之事。梅妃之父以此为女儿之名,期望她将来成为遵循礼法、主持祭祀的主妇。
④ 笄(jī):《说文》:"簪也。"古时女子十五岁为许嫁之年,盘发插笄,表示已成年。
⑤ 明皇:即唐玄宗李隆基(712—756在位),谥号至道大圣大明孝皇帝,所以后世称为"明皇"。
⑥ 大内:皇宫的通称,此处专指长安太极宫,以别于后来兴建的大名、兴庆二宫。
⑦ 东都大内:指洛阳太初宫,下文中的上阳宫是后建的。
⑧ 宫中:指宫中的嫔妃、宫女。
⑨ 属文:撰写文章。属(zhǔ),连缀、连续。
⑩ 谢女:指历史上有名的才女,东晋女诗人谢道韫。道韫为谢安侄女,才思敏捷,尝居家遇雪,安曰:"何所似也?"安兄子朗曰:"散盐空中差可拟。"道韫曰:"未若柳絮因风起。"谢安十分赞赏。后因以"谢女"指晋女诗人谢道韫,泛指女郎或才女。
⑪ 上榜:上面题着匾额。榜,题赐的匾额。
⑫ 夜分:夜半。
⑬ 燕:同"宴"。
⑭ 汉邸:《说文》:"邸,属国舍也。"汉邸,汉王,玄宗兄弟辈。
⑮ 脱缀:脱线、断线。缀竟,缝好、缀好。竟,完,尽。
⑯ 迓上:迎接皇上。
⑰ 不果前:不能前来赴席。果,实现,做到。
⑱ 斗茶:一种比赛烹茶技艺的游戏。古人烹茶讲究火候和水质,唐宋时所谓"点茶",更有种种讲究。

鸿舞》①，一座光辉。斗茶今又胜我矣。"妃应声曰："草木之戏，误胜陛下。设使调和四海，烹践行鼎鼐，万乘自有宪法，贱妾何能较胜负也。"上大悦。

会太真杨氏入侍，宠爱日夺。上无疏意，而二人相嫉，避路而行。上方之英、皇②，议者谓广狭不类③，窃笑之。太真忌而智，妃性柔缓，亡以胜④，后竟为杨氏迁于上阳东宫。后，上忆妃，夜遣小黄门灭烛⑤，密以戏马召妃至翠华西阁⑥，叙旧爱，悲不自胜。既而上失寤⑦，侍御惊报曰："妃子已届阁前，当奈何？"上披衣，抱妃藏夹幕间。太真既至，问："'梅精'安在？"上曰："在东宫。"太真曰："乞宣至，今日同浴温泉。"上曰："此女已放屏⑧，无并往也。"太真语益坚，上顾左右不答。太真大怒，曰："肴核狼藉，御榻下有妇人遗舄⑨，夜来何人侍陛下寝，欢醉至于日出不视朝？陛下可出见群臣，妾止此阁俟驾回。"上愧甚，曳衾向屏假寐，曰："今日有疾，不可临朝。"太真怒甚，径归私第。上顷觅妃所在，已为小黄门送令步归东宫。上怒斩之。遗舄并翠钿命封赐妃。妃谓使者曰："上弃我之深乎？"使者曰："上非弃妃，诚恐太真恶情耳⑩！"妃笑曰："恐怜我则动肥婢情，岂非弃也？"妃以千金寿高力士⑪，求词人拟司马相如为《长门赋》⑫，欲邀上意。力士方奉太真，且畏其势，报曰："无人解赋。"妃乃自作《楼东赋》，略曰：

---

① 《惊鸿舞》：取义于曹植《洛神赋》。翩若惊鸿，比喻舞姿柔美自如、体态轻盈飘逸的舞蹈，已失传。
② 上方之英、皇：唐玄宗曾经把梅妃和杨贵妃比作女英和娥皇。女英和娥皇是传说中的帝尧之女，娥皇为舜后，女英为舜妃。后舜南巡苍梧而死，葬在九嶷山上。二妃千里寻夫，在湘江边抱竹痛哭而亡，化为湘江女神，娥皇为湘君，女英为湘夫人。二妃泪染青竹，竹上生斑，称为"潇湘竹"或"湘妃竹"。
③ 广狭不类：类比不当。广狭，指优劣、贤愚等。
④ 亡以胜：没有办法取胜。亡，通"无"。
⑤ 小黄门：小太监。东汉时，以宦官为黄门令、中黄门等官，后来就称宦官为"黄门"。
⑥ 戏马：游戏用具，明皇以此为信物。
⑦ 失寤：指睡过了头。寤，睡醒。
⑧ 放屏：放逐，摒弃。屏(bǐng)：除，去。
⑨ 舄(xì)：古代的一种复底鞋。
⑩ 恶情：指动怒发火。
⑪ 寿：献，赠送。
⑫ 司马相如：西汉著名辞赋家。《长门赋》：汉武帝时，陈皇后（陈阿娇）失宠，被幽禁长门宫。她以百金重托司马相如作《长门赋》，倾诉哀伤。《长门赋》借景抒情，情景交融，成功地感动了武帝，使其回心转意，陈阿娇再得宠幸。

玉鉴尘生①，凤奁香殄②。懒蝉鬓之巧梳，闲缕衣之轻练。苦寂寞于蕙宫，但凝思乎兰殿。信摽落之梅花③，隔长门而不见。况乃花心飏恨④，柳眼弄愁，暖风习习，春鸟啾啾。楼上黄昏兮，听凤吹而回首⑤；碧云日暮兮，对素月而凝眸。温泉不到，忆拾翠之旧游⑥；长门深闭，嗟青鸾之信修⑦。忆昔太液清波，水光荡浮，笙歌赏宴，陪从宸旒⑧。奏舞鸾之妙曲，乘画鹢之仙舟⑨。君情缱绻，深叙绸缪⑩。誓山海而常在，似日月而无休。奈何嫉色庸庸，妒气冲冲，夺我之爱幸，斥我乎幽宫。思旧欢之莫得，想梦著乎朦胧。度花朝与月夕，羞懒对乎春风。欲相如之奏赋，奈世才之不工。属愁吟之未尽，已响动乎疏钟。空长叹而掩袂，踌躇步于楼东。

太真闻之，诉明皇曰："江妃庸贱，以廋词宣言怨望⑪，愿赐死。"上默然。

会岭表使归⑫，妃问左右："何处驿使来，非梅使耶？"对曰："庶邦贡杨妃荔实使来⑬。"妃悲咽泣下。

---

① 玉鉴：玉镜。
② 凤奁香殄：装饰凤形的宝箱香气已经散尽，比喻久不启用。凤奁，凤形的镜匣。奁(lián)：古代盛梳妆用品的匣子。殄(tiǎn)：尽，绝。
③ 信摽(biào)落之梅花：任凭梅花随风飘落。摽落，落下。用《诗经·召南·摽有梅》的典故，不过《摽有梅》的梅指梅子，这里借指梅花。《摽有梅》："摽有梅，其实七兮。求我庶士，迨其吉兮。"摽梅，梅子成熟后落下来，比喻女子已到了出嫁的年龄，就有恋爱的要求，不然熟透了的梅子落尽，就错过了美好的年华。
④ 飏(yáng)：飞扬。
⑤ 凤吹：指笙箫一类的管乐器。
⑥ 拾翠：唐殿名，在大明宫内。也可能指唐代盛行的妇女春游采拾百草的一种游戏娱乐活动。
⑦ 嗟青鸾之信修：叹息君王车辇没有驾临的音信。青鸾，皇帝车驾上的鸾铃，解为"青鸟"亦通，指神话传说中的信使。
⑧ 宸旒：帝王之冠，借指帝王。宸(chén)：皇帝住所。旒(liú)：皇帝礼帽前后的玉串。
⑨ 画鹢：古代的船画鹢鸟于船头，以图吉利，故称画鹢。鹢(yì)：水鸟，善飞，不怕风。《淮南子·本经训》曰："龙舟鹢首，浮吹以娱。"高诱注："鹢，大鸟也。画其像著船头，故曰鹢首。"后以"画鹢"为船的别称。
⑩ 绸缪(chóu móu)：指紧密缠绵，情意深厚。《诗经·唐风·绸缪》曰："绸缪束薪。"
⑪ 廋词，隐语。《玉篇》：廋(sōu)：隐匿也。
⑫ 岭表使归：去岭南的使者回来。岭表，岭外、岭南，今广东省一带。
⑬ 庶邦：外地，属国，此处指唐朝属地。荔实：荔枝。

上在花萼楼①,会夷使至②,命封珍珠一斛密赐妃。妃不受,以诗付使者曰:"为我进御前也。"曰:

柳叶双眉久不描,残妆和泪污红绡。长门自是无梳洗,何必珍珠慰寂寥。

上览诗,怅然不乐。令乐府以新声度之③,号《一斛珠》,曲名是此始。后禄山犯阙④,上西幸,太真死。及东归,寻妃所在,不可得。上悲,谓兵火之后,流落他处。诏:"有得之,官二秩、钱百万⑤。"搜访不知所在。上又命方士飞神御气,潜经天地,亦不可得。有宦者进其画真⑥,上言:"似甚,但不活耳。"诗题于上,曰:

忆昔娇妃在紫宸⑦,铅华不御得天真。霜绡虽似当时态⑧,争奈娇波不顾人。

读之泣下,命模像刊石。后上暑月昼寝,仿佛见妃隔竹间泣,含涕障袂,如花朦雾露状。妃曰:"昔陛下蒙尘⑨,妾死乱兵之手。哀妾者埋骨池东梅株旁。"上骇然流汗而寤。登时令往太液池发视之,不获。上益不乐。忽悟温泉汤池侧有梅十馀株,岂在是乎?上自命驾,令发视。才数株,得尸,裹以锦裀⑩,盛以酒槽,附土三尺许。上大恸,左右莫能仰视。视其所伤,胁下有刀痕。上自制文诔之⑪,以妃礼

---

① 花萼楼:指花萼相辉楼,在兴庆宫内。
② 夷使:外国使节。
③ 乐府:音乐官署,这里指唐代的教坊一类的机构。 度:作曲。
④ 禄山犯阙:安禄山起兵叛乱,史称"安史之乱"。阙,宫殿、宫阙,指朝廷。
⑤ 官二秩:加官两级。秩,官员品级。
⑥ 画真:画像。真,肖像、真容。
⑦ 紫宸:唐殿名,在大明宫内。
⑧ 霜绡:白绫。亦指画在白色绫子上的真容。
⑨ 蒙尘:蒙受风尘,是皇帝出奔、逃难的委婉专称。
⑩ 锦裀:锦褥。裀(yīn),同"茵",垫子;褥子。
⑪ 诔(lěi):文体名,又称"诔辞""诔状""诔词"等,哀祭文的一种,叙述死者生平,相当于如今的致悼辞或哀悼文章。

易葬焉。

赞曰：明皇自为潞州别驾①，以豪伟闻，驰骋犬马鄠、杜之间②，与侠少游。用此起支庶，践尊位③。五十余年，享天下之奉，穷极奢侈，子孙百数。其阅万方美色众矣，晚得杨氏，变易三纲④，浊乱四海，身废国辱，思之不少悔。是固有以中其心、满其欲矣⑤。江妃者，后先其间，以色为所深嫉，则其当人主者⑥，又可知矣。议者谓或覆宗，或非命⑦，均其媢忌自取⑧。殊不知明皇耄而忮忍⑨，至一日杀三子⑩，如轻断蝼蚁之命。奔窜而归，受制昏逆⑪，四顾嫔嫱，斩亡俱尽，穷独苟活，天下哀之。《传》曰："以其所不爱及其所爱"⑫，盖天所以酬之也⑬。报复之理，毫发不差，是岂特两女子之罪哉？

汉兴，尊《春秋》，诸儒持《公》《榖》角胜负⑭，《左传》独隐而不宣⑮，最后乃出。盖古书历久始传者极众。今世图画美人把梅者，号梅妃，泛言唐明皇时人，而莫详

---

① 潞州别驾：唐玄宗为临淄王时，曾以卫尉少卿的身份兼任潞州(治所在今山西上党区)别驾。别驾，官名。
② 驰骋犬马鄠、杜之间：在鄠、杜间游猎。鄠、杜两县都在长安附近，汉武帝经常在此游猎，把农民的庄稼都踩坏了。这里借用汉武帝故事，暗含讥讽之意。鄠(hù)：在今陕西户县北。杜，在今陕西西安东南。
③ 起支庶：指玄宗为妃子所生。支庶，旁支。践尊位：做了皇帝。
④ 变易三纲：毁弃了伦常，指玄宗强纳儿子李瑁的妃子(杨玉环)为己有，违背了伦常。三纲，君为臣纲，父为子纲，夫为妻纲。纲，提网的总绳，引申为主宰的意思。
⑤ 中(zhòng)其心：合其心意。
⑥ 当(dàng)人主：合皇帝的心意。当，合宜。
⑦ 或覆宗，或非命：指杨贵妃全族被杀，梅妃死于乱兵之手。
⑧ 媢(mào)忌：嫉妒。
⑨ 耄(mào)：古称七十岁至九十岁的年纪，形容年老，引申为昏乱之义。　忮(zhì)忍：猜忌刻薄而残忍。忮，嫉妒，狠。
⑩ 一日杀三子：唐玄宗的三个儿子太子李瑛、鄂王李瑶、光王李琚，因受武惠妃的谗言，被玄宗废为庶人，后来又在同一天把他们杀死了。
⑪ 受制昏逆：唐肃宗听信宦官李辅国，把玄宗由兴庆宫移往西内太极宫，而且他所宠幸的王承恩、高力士、陈玄礼等也被迁谪了。玄宗郁郁不乐，不久就死去了。昏逆，即昏君逆臣。
⑫ 以其所不爱及其所爱：出自《孟子·尽心下》："不仁者，以其所不爱及其所爱。"意思是说，仁者把对他喜爱的人的恩惠推及到他不喜欢的人，不仁者把对他不喜欢的人的祸害推及到他喜爱的人。指唐玄宗荒淫失政，人民遭受苦难，但结果连自己心爱的两个妃子也保不住，含有自作自受的意思。原文说出自《左传》，误。
⑬ 酬之：报应。
⑭ 《公》《榖》：《公羊传》《榖梁传》，与《左传》合称"春秋三传"，都是解释《春秋》的书。
⑮ 《左传》独隐而不宣：汉代《公羊传》、《榖梁传》风行，唯独《左传》无人研究和传播。

所自也。盖明皇失邦,咎归杨氏,故词人喜传之。梅妃特嫔御擅美,显晦不同,理应尔也。此传得自万卷朱遵度家①,大中二年七月所书②,字亦媚好。其言时有涉俗者。惜乎史逸其说③。略加修润而曲循旧语,惧没其实也。惟叶少蕴与余得之④,后世之传,或在此本。又记其所从来如此。

《唐宋传奇集》,《鲁迅全集》本,人民文学出版社2005年版。

---

① 朱遵度：南唐藏书家。《宋史·文苑传一·朱昂》："朱遵度好读书,人号之为'朱万卷',目昂为'小万卷'。"
② 大中：唐宣宗李忱(chén)的年号(847—859)。
③ 史逸其说：有关梅妃的记载在历史上散失了。逸,散失。
④ 叶少蕴：名梦得(1077—1148),字少蕴,号石林居士,吴县(今江苏苏州)人。

张实

张实,字子京,魏陵人,大约生活在北宋中期,事迹不可考。作品仅存《流红记》一篇。

流 红 记

【解题】红叶题诗,逐水漂流,独具爱情浪漫气息,是历代小说、戏曲津津乐道、历久不衰的题材。红叶题诗故事最早见于唐代孟棨《本事诗》和范摅《云溪友议》,本篇将他们记载的故事融汇整合,渲染加工,情节更富传奇性,人物形象更加丰满,传达了一种更市民化的新观念、新气象。

小说最大的特色为"巧"。首先,立意精巧。唐僖宗时,士子于祐与宫女韩氏均机缘凑巧,偶然得对方红叶题诗,机缘巧合喜结连理。"千里姻缘一叶牵",真是太巧了。其次,语言灵巧。小说写景造语灵动精彩,人物情态心理刻画惟妙惟肖。于祐无意功名,但颇为重情,作者巧妙刻画了他拾得红叶后一往情深的内心世界,细腻灵动。小说对宫女们感情被禁锢的苦闷,对自由生活和美好爱情的渴望,亦描摹得出色灵动。

小说还表现出鲜活生动的市民化审美情趣。首先,它表达了有情人终成眷属的婚恋观。其次,反映了自由婚恋的追求和愿望。最后,故事情节巧合到不能再巧。另外,篇末议论,全家富贵幸福的大圆满结局,均反映了普通市民的审美观念。

后世对红叶题诗故事始终保持着浓厚兴趣,以此改编的戏曲作品很多,主要有元代白朴《韩翠苹御水流红叶》、李文蔚《金水题红怨》、明代王骥德《题红叶》等。

唐僖宗时①,有儒士于祐,晚步禁衢间②。于时万物摇落③,悲风素秋④,颓阳西倾⑤,羁怀增感⑥。视御沟⑦,浮叶续续而下。祐临流浣手。久之,有一脱叶,差大于他叶⑧,远视之,若有墨迹载于其上。浮红泛泛⑨,远意绵绵。祐取而视之,果有四句题于其上。其诗曰:

流水何太急,深宫尽日闲。殷勤谢红叶,好去到人间。

祐得之,蓄于书笥⑩,终日咏味,喜其句意新美,然莫知何人作而书于叶也。因念御沟水出禁掖,此必宫中美人所作也。祐但宝之,以为念耳,亦时时对好事者说之⑪。祐自此思念,精神俱耗。一日,友人见之,曰:"子何清削如此?必有故,为吾言之。"祐曰:"吾数月来,眠食俱废。"因以红叶句言之。友人大笑曰:"子何愚如是也!彼书之者,无意于子。子偶得之,何置念如此?子虽思爱之勤,帝禁深宫,子虽有羽翼,莫敢往也。子之愚,又可笑也。"祐曰:"天虽高而听卑⑫,人苟有志,天必从人愿耳。吾闻王仙客遇无双之事,卒得古生之奇计⑬。但患无志耳,事固未可知

---

① 唐僖宗:晚唐皇帝,名李儇(xuān),实在位十四年(873—888)。
② 禁衢:皇城里的街道。衢(qú),行,本义是四通八达的道路。唐代长安城分三部分,最北面是皇帝和后妃们居住的宫城,宫城之南为官员办公的皇城,皇城之南和宫城、皇城两侧为京城。下文的"禁掖"、"禁庭",均指皇宫。
③ 摇落:凋残,零落。
④ 素秋:秋季。古代五行之说,秋属金,其色白,故称素秋。梁元帝《纂要》:"秋曰白藏,亦曰收成;亦曰三秋、九秋、素秋、素商、高商。"
⑤ 颓阳:斜阳,落日。颓(tuí),落下。
⑥ 羁怀:寄旅的情怀,犹客思,他乡之感。
⑦ 御沟:流经皇宫的河道,也称天沟、禁沟。
⑧ 差大于他叶:略大于别的叶子。差(chā),略微,比较。
⑨ 浮红泛泛:红叶漂浮。泛泛,水流漾,荡漾的样子,浮动的样子。
⑩ 书笥:书箱。笥(sì),古代普遍使用的一种盛物器具,形状如同今日长方形小箱。凡鲜干食物、日常用品,乃至衣着巾饰等都可以盛放。
⑪ 好事者:爱管闲事的人。
⑫ 天虽高而听卑:天虽高高在上,却可以洞察人间最卑微的地方,能听到人世间的言语,而察知其善恶。卑,低下。
⑬ 王仙客遇无双之事:唐代薛调的传奇《无双传》中刘无双与王仙客的恋爱故事。二人青梅竹马,情深义笃,后遭遇叛乱,无双父母被处死,无双没籍为宫女。豪士古押衙设计救出无双,二人终得团圆,夫妇偕老。

也。"祐终不废思虑①,复题二句,书于红叶上云:

曾闻叶上题红怨,叶上题诗寄阿谁?

置御沟上流水中,俾其流入宫中②。人或笑之,亦为好事者称道。有赠之诗者,曰:

君恩不禁东流水,流出宫情是此沟。

祐后累举不捷③,迹颇羁倦,乃依河中贵人韩泳门馆④,得钱帛稍稍自给,亦无意进取。久之,韩泳召祐谓之曰:"帝禁宫人三千余得罪,使各适人⑤。有韩夫人者,吾同姓,久在宫。今出禁庭,来居我舍。子今未娶,年又逾壮,困苦一身,无所成就。孤生独处,吾甚怜汝。今韩夫人箧中不下千缗⑥,本良家女,年才三十,姿色甚丽。吾言之,使聘子⑦,何如?"祐避席伏地曰:"穷困书生,寄食门下,昼饱夜温,受赐甚久。恨无一长,不能图报,早暮愧惧,莫知所为。安敢复望如此。"泳令人通媒妁,助祐进羔雁⑧,尽六礼之数⑨,交二姓之欢。祐就吉之夕,乐甚。明日,见韩氏装橐甚厚⑩,姿色绝艳。祐本不敢有此望,自以为误入仙源,神魂飞越。既而韩氏

---

① 不废思虑:不停止思念。废,停止,不再使用。
② 俾(bǐ):使,把。
③ 累举不捷:几次参加科举考试,皆未考中。捷,成功。
④ 河中:即河中府,因位于黄河中游而得名,又称蒲州,在今山西省永济市蒲州镇。门馆:指门客,塾师。这里指在韩泳家中教书或承办文墨一类的事情。
⑤ 适人:嫁人。
⑥ 箧(qiè):小箱子,藏物之具。大曰箱,小曰箧。 千缗:旧时制钱皆用绳子穿成串,以方便携带和使用,一条绳串上一千个铜钱为"一缗",亦名"一贯"。"千缗"就是一千贯,共计一百万个铜钱。缗(mín),穿铜钱的绳子。
⑦ 使聘子:让她嫁给你。聘,聘礼,六礼中的纳征,男家将聘礼送往女家,引申为娶妻,这里指嫁给。
⑧ 羔雁:小羊和大雁,古代订婚的礼物,后代称聘礼。
⑨ 六礼:古代婚制有六礼,即纳采、问名、纳吉、纳征、请期、亲迎。
⑩ 装橐:这里指嫁妆。橐(tuó),口袋。

于祐笥中见红叶,大惊曰:"此吾所作之句,君何故得之?"祐以实告。韩氏复曰:"吾于水中亦得红叶,不知何人所作也。"乃开笥取之,乃祐所题之诗。相对惊叹感泣久之。曰:"事岂偶然哉?莫非前定也。"韩氏曰:"吾得叶之初,尝有诗,今尚藏箧中。"取以示祐。诗云:

　　独步天沟岸,临流得叶时。此情谁会得①,肠断一联诗。

闻者莫不叹异惊骇。一日,韩泳开宴召祐洎韩氏②。泳曰:"子二人今日可谢媒人也。"韩氏笑答曰:"吾为祐之合③,乃天也,非媒氏之力也。"泳曰:"何以言之?"韩氏索笔为诗,曰:

　　一联佳句题流水,十载幽思满素怀。今日却成鸾凤友,方知红叶是良媒。

泳曰:"吾今知天下事无偶然者也。"僖宗之幸蜀④,韩泳令祐将家僮百人前导⑤。韩以宫人得见帝,具言适祐事。帝曰:"吾亦微闻之。"召祐,笑曰:"卿乃朕门下旧客也。"祐伏地拜,谢罪。帝还西都,以从驾得官,为神策军虞候⑥。韩氏生五子三女。子以力学俱有官,女配名家。韩氏治家有法度,终身为命妇。宰相张濬作诗曰⑦:

---

① 会得:体会得到。
② 洎(jì):到,及。
③ 为:与、同。
④ 僖宗之幸蜀:广明元年(880),黄巢攻下洛阳,又攻入长安。次年,唐僖宗匆忙逃亡蜀地。中和三年(883),长安收复,唐僖宗才回到长安。
⑤ 将(jiāng):率领。
⑥ 神策军:唐代禁军之一,原为西北的一支戍边军队,唐玄宗天宝十三年(754)置神策军于洮州(治今甘肃临潭),统兵戍边,防遏吐蕃。唐代宗后,神策军由宦官统领,驻禁中,势力在诸军之上。虞候:官名。本为春秋时期掌管山泽的职官,西魏和隋朝以后用作军官称号,掌管警备巡查等事务。唐代后期有都虞候,为军中执法的长官,五代时都虞候为侍卫亲军的高级军官。宋代沿置,殿前司、侍卫亲军马军司、步军司均置都虞候,位次于都指挥使和副都指挥使。
⑦ 张濬:字禹川,河间人(实为宿州符离人,郡望河间,治所在今河北省河间县)。唐僖宗时任尚书右仆射,故称宰相。

长安百万户,御水日东注。水上有红叶,子独得佳句。子复题脱叶,流入宫中去。深宫千万人,叶归韩氏处。出宫三千人,韩氏籍中数。回首谢君恩,泪洒胭脂雨。寓居贵人家,方与子相遇。通媒六礼具,百岁为夫妇。儿女满眼前,青紫盈门户①。兹事自古无,可以传千古。

议曰:流水,无情也。红叶,无情也。以无情寓无情而求有情,终为有情者得之,复与有情者合,信前世所未闻也。夫在天理可合,虽胡、越之远②,亦可合也;天理不可,则虽比屋邻居③,不可得也。悦于得,好于求者,观此,可以为诫也。

《唐宋传奇集》,《鲁迅全集》本。

---

① 青紫:本为古时公卿绶带之色,借指高官显爵,亦指贵之服。
② 胡、越之远:胡地在北,越在南,比喻疏远隔绝。
③ 比屋邻居:住宅挨着住宅的邻居。比,并列,紧靠。

五、从变文到话本

唐代以前，小说的园地里文言小说一枝独秀。到了唐代，开始出现通俗小说，变文、话本、俗赋、讲经文等文献，皆于敦煌莫高窟藏经洞里得以发见。

变文，是一种说唱文学体裁，最晚兴起于唐代天宝年间，是唐代"俗讲"的底本。现存最早的敦煌变文《降魔变文》中含有"伏惟我大唐汉圣主开元天宝圣文神武应道皇帝陛下"字样，据此可知在唐玄宗天宝七年到八年（748—749）有变文问世。

对于变文的内涵，学界有两种不同的意见。一种意见把变文作为俗讲经文、变文、话本、俗赋、词文等说唱文学的通称，如王重民等编的《敦煌变文集》就包括《王昭君变文》《韩朋赋》《庐山远公话》《妙法莲华经讲经文》等多种通俗文体，这可视为广义的变文。还有一种意见，认为变文是指韵散交错、存有入韵套语、有图画配合演出的说唱文学，如《目连缘起》《李陵变文》《董永变文》《张义潮变文》等。这样，变文就跟话本、俗赋乃至俗讲区分开来；而且把《舜子变》这类韵文很少、基本不具备韵散交错特点的作品，以及《伍子胥变文》《孟姜女变文》《秋胡变文》等虽有白有唱，但没有明确文图配合痕迹的作品排除在外，可视为狭义的变文。

变文这种文体，一方面受到佛经长行与偈颂交错的影响，使其在整体上具有韵散交错的特点；另一方面，在韵文中运用骈偶句法，以及诗歌讲究对仗、押韵、平仄，无疑又得益于本土诗文传统的滋养。根据变文的内容，大致可分为两类：一类是讲唱佛教故事的，一类是讲唱我国历史故事的。前者如《目连缘起》，通过讲唱结合、韵散兼行的方式叙述了佛家弟子目连拯救堕入地狱的母亲的故事,一方面宣扬佛教的因果报应观念,一方面又融合了儒家的孝道思想,体现了佛教进入中国后的本土化调适。后者如《王昭君变文》,以散文叙述昭君抵塞北后因思念家乡抑郁而亡的故事,文中的对话多韵文,且有"上卷立铺毕,此入下卷"等配合图画讲唱的痕迹,为唐代变文的典型形式。

变文是一种新的文学样式,是当时民间文学的主流,故事曲折离奇,语言通俗易懂,韵文部分齐整、押韵,既富有建筑美,又有音乐美。它能娱目悦心,亦能劝善惩恶。其中的佛教故事,对宗教性的幻想空间有一定的开拓——"在神国、人间和地狱的分层次并列和沟通中,变文极大地拓展了中国虚构叙事的思维空间。"(杨义《中国古典小说史论》)其韵散交错的体制,对以后的话本,乃至明清章回小说,皆有直接的影响;其中的故事情节,也被后世小说、戏曲所吸收。

话本,是指"说话"艺人说唱故事所用的底本。唐代的"说话"可上溯自秦汉民间的俳优、侏儒等说唱故事艺人的活动,是一门产生于勾栏瓦肆,由市井艺人为市民讲唱普通百姓故事的艺术。唐代有话本《庐山远公话》,叙述雁门惠远舍俗出家,于庐山香炉峰结庵修行,为百姓开坛讲《大涅槃经》,以开悟世人;后被寿州盗贼白庄劫持,卖身为奴,改名善庆,得机会在福光寺与讲经人道安论辩佛理,重明身份,晋文皇帝知惠远事后,迎之入大内供养;数年后,惠远辞别宫廷,回到庐山,"造一法船,归依上界"。该篇情节曲折离奇,叙述流畅宛转,语言融雅于俗,以骈语写景,以偈语诗歌预叙故事、论说佛理,虽然韵文仅八处,但已初具话本韵散相间的雏形,与变文的韵散交错比较接近,为宋人话本之前驱。

到了宋代,随着城市经济的发展、专门说书场所的设立,以及市井细民的娱乐需求,民间的说话开始职业化、商业化,出现了"小说""讲史""说经""合生"四大说书门类,各家说书的底本均被称为话本。话本在发展过程中,逐渐形成了独特的体制,即由入话、正话、结尾几个部分组成,这几个部分中通常都含有诗词曲赋等韵文,因而亦具有"文备众体"的特点。

"合生"与后来的通俗小说关系不大,这里不讨论。"讲史""说经"与"长篇小说"关系密切,拟于"长篇小说导读"中论述,这里主要就"小说"话本作一概观。

"小说"包括银字儿(烟粉、灵怪、传奇)、说公案、说铁骑儿。宋元时把专门说"小说"的说唱艺人称为"小说人"。《都城纪胜》中说:"最畏小说人,盖小说者能以一朝一代故事,顷刻间提破。"罗烨的《新编醉翁谈录》记载"小说人"通常须具备多方面的才能:"夫小说者,虽为末学,尤务多闻,非庸常浅识之流,有博览该通之理。幼习《太平广记》,长攻历代史书。烟粉奇传,素蕴胸次之间;风月须知,只在唇吻之上。《夷坚志》无有不览,《琇莹集》所载皆通。动哨中哨,莫非《东山笑林》;引倬底倬,须还《绿窗新话》。论才词有欧、苏、黄、陈佳句;说古诗是李、杜、韩、柳篇章。"即该文后面所说的:"曰得词,念得诗,说得话,使得砌。"

小说话本,由于是讲给文化程度不高的市民听的,所以其语言必须得通俗浅易,其情节务必委曲动人。宋元小说家话本,主要从市民的日常生活中取材,表现的是市井细民的思想感情,具有浓郁的市井气息,这方面爱情题材小说与公案题材小说表现得最为突出。前者如《碾玉观音》,该篇讲述了在咸安郡王府中作养娘的璩秀秀,爱上了给郡王碾玉观音的待诏崔宁,并主动向崔宁示爱,请求结为夫妻,结果遭到了郡王的迫害,最后变成鬼魂的秀秀拉崔宁一同作了鬼夫妻。秀秀的主动果敢,完全迥异于士大夫文学中的女性形象,却是市民趣味的体现。后者如《错斩崔宁》,该篇不涉鬼神怪异,纯以世相的偶然性构成,生动地演了一出"戏言成巧祸"的巧合戏。它叙述一个小市民刘贵,从丈人借得十五贯钱,不幸被强盗杀死,小娘子陈二姐和陌生人崔宁无辜被处死的故事。小说借巧合来组织故事,反映了当时的世态人心及民间纠纷。其他如《红白蜘蛛》写死囚郑信于井底遇到蜘蛛精赤霞仙子,尽享欢愉之情,成秦晋之好;《西山一窟鬼》写与通判怀孕而产亡的孙乐娘,做鬼了也要嫁给一个读书官人,后与教书先生吴教授成夫妻;《刎颈鸳鸯会》写娇艳无比的蒋淑珍先后勾搭阿巧、二郎家西宾、朱秉中等人,这些男子偕同蒋淑珍,相继而亡,报应不爽;这些故事体现的都是民间的趣味,符合市民的审美心理。

到了明代,随着话本小说的广泛流传,一批文人一边对宋元话本进行加工润色,一边从《夷坚志》《太平广记》等前人志怪和传奇中撷取素材,模仿话本体制创作出新的小说,这样创作的白话短篇小说,被称之为"拟话本",代表作便是冯梦龙的"三言"与凌濛初的"二拍"。

"三言""二拍"与宋元话本有诸多的不同。首先,前者是供读者阅读的,属于案头文学；而后者是供场上演出的，属于场上文学。其次，前者是文化素养较高的文人创作的，其艺术价值较高，融入了文人趣味；而后者是文化水平不高的市民阶层创作的，艺术上比较粗糙，体现的是市民趣味。再次，前者的题材更为广泛，不仅从现实生活中取材，更多地从先前的书籍中找素材，而后者较少从书中取材。复次，在塑造人物群像上，前者突出了商人，对商人追求财富予以肯定，而后者很少以商人为主人公。

当然，"三言""二拍"最光辉夺目，给人印象最深的，当属对人的正常欲望的充分肯定，以及对婚恋自主的大力弘扬。《乔太守乱点鸳鸯谱》中"无媒苟合，节行已亏"的玉郎和慧娘，并没有受到严厉的惩罚，反而得到乔太守的理解，其判词曰，"移干柴近烈火，无怪其燃；以美丽配明珠，适获其偶"，并亲自为他们主婚，儒家伦理中的"三从四德"在这里遭遇到严峻的挑战。《白娘子永镇雷峰塔》中的白娘子，爱上了许宣，在向他陈明自己是个寡妇之后，便请许宣找一个媒人，以共成百年姻眷。在白娘子这里，"从一而终"的守节观念是不存在的，只要是自己喜欢的，就去大胆追求。《蒋兴哥重会珍珠衫》中的王三巧，被陈大郎引诱失贞，丈夫蒋兴哥休了她，她听从母亲的劝导改嫁；而陈大郎的妻子在丈夫死后，也改嫁他人，最后蒋兴哥不嫌三巧二度失身，重归于好。这里不仅女子突破了儒家的贞节观念，就连男子也不在意女方的贞节。

"三言""二拍"，是才子为市民社会所绘的一幅风情画，文人的儒雅与市井的俗趣在这里水乳交融。它既通俗，又经典，具有雅俗共赏的品质，标志着中国古代白话短篇小说的成熟。

目连缘起

【解题】《目连缘起》为敦煌变文篇名，载于伯2193号敦煌写本。作者不详，从其宣传佛教的倾向，以及多佛教用语的内容来看，当为僧人。原本前后完整，首题"抄《目连缘起》"，篇末有"界道真本记"。因道真（约915—987）为五代宋初敦煌僧人，道真约抄于十世纪上半叶，故创作应早于此。本篇题中所称之"缘起"，为变文的别称。敦煌变文是流行于唐五代的讲唱技艺的底本，由齐梁以来寺院僧侣讲诵经文演变而来，早期题材多出于佛经，用以宣扬佛理，后来也出现讲唱民间故事的作品，如《伍子胥变文》。形式上，变文讲唱结合，韵散兼行，而值得注意的是其说白接近当时的口语，可视为早期的通俗文学。变文无论从形式还是内容上对我国戏曲、小说都产生了深远的影响。宋元以来的诸宫调、弹词、宝卷等说唱文学，其韵散兼行的体制、宣赞的程式，可以看作是对变文的继承。变文中广为流传的民间传闻、历史故事，也成为后世戏曲、小说的素材。目前对敦煌变文整理比较完备的，是黄征、张涌泉校注的《敦煌变文校注》。

目连为释迦牟尼的十大弟子之一，全称大目犍连。与目连相关的佛教故事有很多，如《佛说目连所问佛》《目连教二弟子缘》等。"目连救母"为其中流传广泛的一种，不仅作为佛经故事，也成为戏曲、宝卷等的重要素材，如院本《打青提》、杂剧《目连救母》皆以之为素材。一般认为，"目连救母"的蓝本为西晋竺法护所译佛经——《佛说盂兰盆经》。随着佛教的逐渐兴旺，这一故事在唐代得到了进一步的流传衍变，现存敦煌写本中关于目连救母的故事就有十二种之多，本文即为其中一种。

《目连缘起》全文三千五百余字，比起仅八百字的《佛说盂兰盆经》，情节更为丰富、曲折，详尽叙述了佛弟子目连历尽艰险救母出地狱的故事：目连之母青提夫人因生性悭贪，虐杀牲畜，不敬僧佛而堕入地狱。目连得证善果，不忍其母遭难，遍历地狱想尽办法救拔,并在如来的法力与指引下,使母亲脱离苦海。变文塑造了青提夫人这一由恶佛骄横、受苦悔恨向虔诚礼佛转变的角色;亦强烈地渲染出疼惜母亲、怀恩图报、以孝感佛的目连形象。本变文所宣扬的观念:一是佛教的因果报应、六道轮回、佛力无边,以引导民众信佛;二是强调孝道。将"依教"和"孝顺"结合在一起,既是佛教在进入中国以后吸引受众的一种手段,也是其本土化的重要表现之一。

《目连缘起》作为宣扬佛教的作品,其受众主要为民间百姓,又是以变文讲唱的形式出现,故其说白通俗浅近,韵文也无隐奥之语。形式上则是先讲一段故事,再以韵文的形式总结出之,循环往复,便于理解听记。

随着时间推移,讲唱变文的表演形式逐渐淡出历史舞台。但变文故事在其他艺术中萌发了新的生机。就目连故事来说,自北宋开始出现了一系列的"目连戏"。据宋代孟元老《东京梦华录》:"构肆乐人,自过七夕,便般目连救母杂剧,直至十五日止。"其受欢迎程度,可见一斑。此外,目连故事中的元素也多为后世小说所借用,如《西游记》中关于冥界的描述,已被学者认为与目连故事相关。

昔有目连慈母,号曰青提夫人,住在西方,家中甚富,钱物无数,牛马成群,在世悭贪,多饶杀害①。自从夫主亡后,而乃孀居②。唯有一儿,小名罗卜。慈母虽然不善,儿子非常道心,拯恤孤贫,敬重三宝③,行檀布施,日设僧斋,转读大乘,不离昼夜。偶因一日,欲往经营,先至堂前,白于慈母:"儿拟外州,经营求财,侍奉尊亲。家内所有钱财,今拟分为三分:一分儿今将去,一分侍奉尊亲,一分留在家中,将施贫乏之者。"娘闻此语,深惬本情,许往外州,经营求利。

一自儿子去后,家内恣情,朝朝宰杀,日日烹胞,无念子心,岂知善恶。逢师僧时,遣家僮打棒;见孤老者,放狗咬之。不经旬日之间,罗卜经营却返,欲见慈母,

---

① 据王继如《〈目连缘起〉校释补正》,本篇中"杀"字于敦煌原卷均作"煞"。
② 孀:同"孀"。
③ 三宝:三宝分别为佛宝、法宝、僧宝。《大正藏·华严经明法品内立三宝章卷上》云:"为令众生念佛求一切智,故立佛宝。为令念法求证真如,故立法宝。为令念僧求入圣众数,故立僧宝。"

先遣使报来。慈母闻道儿归,火急铺设花幡,辽绕院庭①,纵横草秽狼藉。一两日间,儿子便到,跪拜起居:"自离左右多时,且喜阿娘万福。"阿娘见儿来欢喜:"自汝出向他州,我在家中,常修善事。"儿于一日行到邻家,见说慈母,日不曾修善,朝朝宰杀,祭祀鬼神,三宝到门,尽皆凌辱。闻此语惆怅归家,问母来由,要知虚实。母闻说已,怒色向儿:"我是汝母,汝是我儿,母子之情,重如山岳,出语不信,纳他人之闲词,将为是实。汝若今朝不信,我设咒誓,愿我七日之内命终,死堕阿鼻地狱。"儿闻此语,雨泪向前,愿母不赐嗔容,莫作如斯咒誓。慈母作咒,冥道早知,七日之间,母身将死,堕阿鼻地狱,受无间之余殃②。罗卜见母身亡,状若天崩地减,三年至孝,累七修斋。思忆如何报其恩德,唯有出家最胜,况如来在世。罗卜投佛出家,便得神通第一,世尊作号,名曰大目连,三明六通具解③,身超罗汉。既登贤圣之位,思报父母之深恩,遂乃天眼观占二亲,托生何处。慈父已生于天上,终朝快乐逍遥;母身堕在阿鼻,日日唯知受苦。

　　目连慈母号青提,本是西方长者妻。
　　在世悭贪多杀害,命终之后堕泥犁④。
　　身卧铁床无暂歇,有时驱逼上刀梯。
　　碓捣硙磨身烂坏⑤,遍身恰似淤青泥。

　　于是目连见于慈母堕在地狱,遂白佛言:"如来,请陈上事:慈母前生修善,将为死后升天,今且堕在阿鼻,此事有何所以?"
　　目连虽证罗汉,神通智慧未全。不了慈亲罪因,雨泪佛前启告。

---

① 辽绕:同"缭绕"。
② 无间:无间地狱。据《佛学大辞典》,犯五逆罪者,临命终之际,必定堕入地狱而无间隔,故称无间业,而地狱称为无间。
③ 三明六通:阿罗汉所具之德也。三明,在佛曰三达,在罗汉曰三明,知智法显了曰明。三明为:宿住智证明、死生智证明、漏尽智证明。六通,又名六神通,作用自在而无碍曰通。六通为:一身通,二天眼通,三天耳通,四知他心通,五宿命通,六漏尽通。三明对应六通中之宿命、天眼、漏尽三通。
④ 泥犁:梵语。《佛学大辞典》称:"意即地狱。又作泥黎、泥梨。即无有、无福处之义。"
⑤ 碓捣硙磨:"碓"音 duì,"硙"音 wèi,"捣"同"捣"。碓、硙均为舂米和磨粉用具。

五、从变文到话本

神通弟子目犍连，缓步登时白佛言：
"唯愿世尊慈愍我，得知慈母罪根源。
母在世时修十善，将为死后得生天。
自从一旦身亡后，何期慈母落黄泉。"

于是世尊闻，唤目连近前："汝今谛听吾言，不要聪聪啼哭①。汝母在生之日，都无一片善心。终朝杀害生灵，每日欺凌三宝。自作自受，非天与人。今既堕在阿鼻受苦，何时得出。"

我佛慈悲告目连："不要恩恩且近前。
汝母在生多杀害，悭贪广造恶因缘。
三涂受苦应难出②，一堕其中万万年。
自作之时还自受，有何道理得生天。"

目连闻金口所说，不觉闷绝号咷："既知受罪因缘，欲往三涂救拔。切恨神通力小，难开地狱之门。我今欲见阿娘，力小不能自往，伏愿世尊慈念，少借威光，忽若得见慈亲，生死不辜恩德。"

目连闻说事因由，闷绝号咷雨泪流：
"哀哀慈母黄泉下，乳哺之恩不易酬。
我今欲见慈亲面，地狱难行不可求，
愿佛慈悲方便力③，暂时得见死生休。"

---

① 聪聪：《敦煌变文校注》称此处"聪聪"应为下文"不要恩恩且近前"之"恩恩"。"恩恩"有忧愁、悲哀之意。
② 三涂：又作三途。即火涂、刀涂、血涂，义同三恶道之地狱、饿鬼、畜生，乃因身口意诸恶业所引生之处。
③ 方便力：如来十力之一。《无量义经》记载，释尊于菩提树下成道，由于众生的机根各有不同，不能直接向众人讲说其悟，才以方便力，随应众生的机根而说示教义。

于是世尊威力不可思议。目连告诉再三，我佛哀怜恳切，借十二镮锡杖①，七宝之钵盂，方便又赐神通，须臾振锡腾空，顷刻便登地狱。

　　目连蒙佛赐威雄，须臾掷钵便腾空。
　　去往犹如弹指顷，乘云往返疾如风。
　　手托钵盂携净水，振锡三声到狱中。
　　重门关锁难开得，振锡之时总自通。

其地狱者黑壁千重，乌门千刃，铁城四面，铜苟喊呀，红焰黑烟，从口而出。其中受罪之人，一日万生万死。或刀山剑树，或铁犁耕舌；或洋铜灌口，或吞热铁火丸；或抱铜柱，身体燋然烂坏②。枷锁杻械，不曾离身。牛头每日凌迟。狱卒终朝来拷。镬汤煎煮，痛苦难当。受罪既苦不休，所以名为无间。目连慈母，堕在其中。

　　受罪早经所岁，煎煮不曾休歇。
　　差恶身体干枯，岂有平生之貌。
　　目连欲见其母，求他狱卒再三。
　　一心愿见慈亲，不免低颜哀恳。

是时慈母闻唤数声，抬身强强起来，状似破车无异。于是牛头把棒，狱卒擎叉。夜叉点领罪人，鬼使令交逐后，须臾领出，得见慈亲。目连雨泪向前，抱母掩泪再三，借问："不知体气如何，在生修善既多，何得今朝受苦？"

---

① 锡杖：为比丘行路时所应携带的道具，属比丘十八物。其形状分三部分，上部即杖头，由锡、铁等金属制成，呈塔婆形，附有大环，大环下亦系数个小环。受持锡杖可"彰显圣智""行功德本"。故锡杖又名智杖、德杖。
② 燋：通"焦"。

五、从变文到话本

目连见母哭乌呼,良久之间气不苏:
"自离左右经年岁,未审娘娘万福无?
在世每常修十善,将为生天往净土。
因甚自从亡没后,阿娘特地落三涂?"

慈母告目连:"我为前生造业,广杀猪羊,善事都总不修,终日咨情为恶。今来此处,受罪难言。浆水不曾闻名,饮食何曾见面,浑身遍体,总是疮疾。受罪既旦夕不休,一日万生万死。"慈母唤目连近前:"目连,目连,

我缘在世不思量,悭贪终日杀猪羊。
将为世间无善恶,何期今日受新(斯)殃。
地狱每常长饥渴,煎煮之时入镬汤。
或上刀山并剑树,或即长时卧铁床。
更有犁耕兼拔舌,洋铜灌口苦难当。
数载不闻浆水气,饥羸遍体尽成疮。"
于是目连闻说,心中惆怅转加:
"慈母既被凌迟,旧日形容改变。
一自娘娘崩背,思量无事报恩。
遂乃投佛出家,获得神通罗汉。
今有琼浆香饭,我佛令遣将来。
母苦饥渴多时,香饭琼浆便吃。"
目连见母被凌迟,如何受苦在阿鼻。
遍体尽皆疮癣甚,形骸枯槁改容仪。
累岁不闻浆水气,干枯渴乏镇长饥。
娘娘且是亲生母,我是娘娘亲腹儿。

自从老母身亡后,出家侍佛作阇梨①。
香饭琼将都一钵②,愿母今朝吃一匙。
目连手擎香饭,充济慈母之饥。
奈何恶业又深,争那悭贪障重。
浆水来变作铜汁,香饭欲餐变成猛火。
即知悭贪障重,所招恶业如斯。
奉劝座下门徒,一一须生觉悟。
莫纵无明造业,他时必堕三涂。
今朝觉悟修行,定免如斯恶业。
母为前生造罪多,积集悭贪结网罗。
毁佛谤僧无敬信,不曾将口念弥陀。
死堕三途无间狱,终朝受罪苦波波。
见饭之时成猛火,水来近口作咸河。
目连见其慈母,饭食都总不餐。
且知慈母罪深,雨泪浑揰自武③。
慈母却归地狱,依前受苦不休。
目连振锡却回,告诉如来悲泣:
"适奉世尊威力,令往地狱之中,
见母受罪千重,一日万生万死。
所奉琼将钵饭,□□□□□□。
唯愿圣主慈悲,更赐方圆救济。"
目连心中孝顺,再三告诉如来,
唯愿赐母之方,得离三涂之苦。

---

① 阇梨:阿阇梨之略。丁福保《佛学大辞典》曰:"僧徒之师也。其义为正行。谓能纠正弟子品行。又谓之轨范师。以其能为弟子轨范也。梨亦作黎。"
② 琼将:同"琼浆"。
③ 浑揰自武:又作"浑塠自扑"。蒋礼鸿《敦煌变文字义通释》认为应当以"浑塠自扑"为正,"塠"、"武"都是错字。大意为捶击全身,自投于地。

五、从变文到话本

目连见母泪潸潸,须臾躄地自浑揃①。
母即依前归地狱,目连振锡返身回。
才到佛前头面礼,放声大哭告如来。
母向三涂作饥鬼,冥冥数载掩泉台。
受罪千重难说尽,自言万计转悲哀。
世尊更赐威光便,免教慈母受迍灾②。

佛以慈悲极切,教化万般方便,设法千重,悲心万种。遂告目连曰:"汝能行孝,愿救慈亲,欲酬乳哺之恩,其事甚为希有。汝至众僧解夏之日③,罗汉九旬告必之辰。贤圣得于祇园④,罗汉腾空于石室,办香花之供养,置盂兰之妙盆⑤。献三世之如来,奉十方之贤圣。仍须恳告,努力虔诚,诸佛必赐神光,慈母必离地狱。但若依吾教敕,便为孝顺之因。慈悲教法流传,直至于今不绝。"世尊道:目连,目连:

"汝须努力莫为难,造取些些好果盘。
待到众僧解夏日,罗汉腾空尽喜欢。
诸佛慈悲来救济,必赐神通慧眼观。
都设上来诸供养,救母三涂受苦酸。
早愿慈亲离地狱,免在三涂吞铁丸。
佛在世时留此教,故今相劝造盂兰。"

---

① 躄(bì)地:扑倒在地之意。
② 迍(zhūn)灾:灾难之意。
③ 解夏之日:印度分雨季、干季。雨季到来时,草虫活跃,四处行走的修行人很容易踩到虫虫草草,因出家人不杀生,故在雨季期间,僧人们一起生活,打坐静思。雨季过后方得到解脱,即"解夏"。解夏之日乃安居结束之日。
④ 祇园:或作祇苑、祇洹,是"祇树给孤独园"的略称。祇树为波斯匿王的太子逝多的园林,须达长者以其地建精舍献予佛陀,故为名。后为寺院的通称。
⑤ 盂兰之妙盆:又称盂兰盆会、盆会。根据《盂兰盆经》,于每年农历七月十五日举行超度历代宗亲之仪式。

目连闻金口所说，甚是喜欢，依教奉行，办诸供养。于是幡花满座，珠宝百味珍羞，炉焚海岸之香，供设苏陀蜜味，献珍馔千般羞味，造盂兰百宝装成，虔心供养如来，启告十方诸佛。愿救泥犁之苦，休居恶道之中，冥官狱卒休嗔，恶业冤家解脱。

  目连依教设香花，百味珍羞及果瓜。
  奉献十方三世佛，愿儿慈母离冤家。
  冥官业道生悲念，狱卒牛头及夜叉。
  放舍阿娘生净土，莫教业道受波咤①。

于是盂兰既设，供养将陈，诸佛慈悲，便赐方圆救济。目连慈母，得离阿鼻地狱，免教遭煎苦之忧。盖缘恶增深，未得生于人道，托荫王城内，化为女狗之身，终朝只向街衢，每日常餐不净。

  目连供佛说殷勤，不惮劬劳受苦辛。
  稽首十方三世佛，心心惟愿救慈亲。
  慈母当时离地狱，又向王舍作狗身。
  终日食他人不净，罪深犹未得人身。

于是目连天眼观见慈母已离地狱，将身又向王城化作狗身受苦。目连心中孝顺，行到王城，步步府近狗边，狗见沙门欢喜。目连知是慈母，不觉雨泪向前。遂问阿娘："久居地狱，受苦多时，今乃得离阿鼻，深助娘娘。今在人间作狗，何如地狱之时？"阿娘被问来由，不觉心中欢喜，告儿目连曰：

"我在阿鼻地狱，受苦皆是自为。

---

① 波咤：苦难、折磨。（唐）《拾得诗》其五："死后受波咤，更莫称冤屈。"

五、从变文到话本

闻汝广设盂兰,供养十方诸佛。
今得离于地狱,化为母狗之身。
不净乍可食之,不欲当时受苦。
阿鼻受苦已多时,不论日夜受凌迟。
今日喜欢离地狱,深心惭愧我娇儿。
汝设盂兰将供养,故知佛力不思议。
我乍人间食不净,不能时向在阿鼻。"

目连见母作狗,自知救济无方,火急却来白佛:"适如来教敕,广陈救母之方,依前教不敢有违,尽依处分。又蒙佛慈悲之力,阿娘得出阿鼻地狱。自知罪业增深,又向王舍作狗。愿佛慈悲,怜念母子情深,即头请陈救母之方。""吾今赐汝威光,一一事须记取,当往祇园之内,请僧四十九人,七日铺设道场,日夜六时礼忏,悬幡点灯,行道放生,转念大乘,请诸佛以虔诚。"目连依教奉行,便置道场供养,虔心圣主,愿救慈亲。蒙我佛之威光,母必离于地狱,生于天上。

慈亲作狗受迍殃,恶业须教一一当。
今朝若欲生天去,结净依吾作道场。
七日六时长礼忏,炉焚海岸六炷香。
点灯作道悬幡盖,救拔慈亲恰相当。
目连蒙佛赐威光,依教虔诚救阿娘。
不惮劬劳申供养,投佛号咷哭一场。
贤圣此时来救济,世尊又施白毫光。
皆是目连行孝顺,慈亲便得上天堂。
将知目连行孝,慈亲便离三涂。
千般万计虔诚,一种方圆救济。
奉劝座下弟子,孝顺学取目连。
二亲若也在堂,甘旨切须侍奉。

父母忽然崩背,修斋闻法酬恩。
莫学一辈愚人,不报慈亲恩德。
六畜禽兽之类,犹怀乳哺之恩。
况为人子之身,岂不行于孝顺。
且如董永卖身,迁殡葬其父母,感得织女为妻。
郭巨为母生埋子,天赐黄金五百斤。
孟宗泣竹,冬月笋生。
王祥卧冰,寒溪鱼跃。
慈乌返哺,书史皆传。
跪乳之羊,从前且说。
上来讲赞目连因,只是西方罗汉僧。
母号青提多造罪,命终之后却沉沦。
奉劝闻经诸听众,大须布施莫因循。
托若专心相用语,免作青提一会人。
须觉悟,用心听,闲念弥陀三五声。
火宅忙忙何日了,世间财宝少经营。
无上菩提勤苦作,闻法三涂岂不惊。
今日为君宣此事,明朝早来听真经。

——《界道真本记》

黄征、张涌泉校注《敦煌变文校注》,中华书局 1997 年版。

《京本通俗小说》

《京本通俗小说》被认为是现存最早的宋人话本集,大约编成于明中叶,编者不详。全书不知几卷,现存残本卷十至十六,每卷一篇。1915年缪荃孙将其刊刻印行,后编入《烟画东堂小品》丛书,《碾玉观音》《菩萨蛮》《西山一窟鬼》《志诚张主管》《拗相公》《错斩崔宁》《冯玉梅团圆》七篇全部收入。其中六篇见于《警世通言》,一篇见于《醒世恒言》,文字基本相同。《碾玉观音》和《错斩崔宁》是其中的优秀篇章。

《京本通俗小说》亦是较早用白话写成的话本集,具有话本文学的鲜明特色,所谓"话须通俗方传远,语必关风始动人"(《冯玉梅团圆》)。首先,这七篇话本小说均涉及风化风教,娱乐性强而又寄寓劝诫,确如鲁迅《中国小说史略·宋之话本》所云:"主在娱心,而杂以惩劝。"其次,采用民众喜闻乐见的题材和适合平民趣味的故事讲述方式。这七篇话本小说基本上取材于宋代社会生活,主人公大多为市井小民。故事情节跌宕曲折,叙说扑朔迷离,人物形象生动鲜明,语言自然圆熟,通俗晓畅,韵散结合,真实反映了当时市井百姓的爱情婚姻家庭等社会生活和风俗民情,以及当时社会阶级矛盾和人民的抗争精神。再次,体现了进步的新兴市民阶层的审美观。最后,大都有入话。除《菩萨蛮》开篇便是正文,其余六篇皆先陈说他事或诗词来引入正文,即鲁迅所谓"体制则什九先以闲话或他事,后乃缀合,以入正文。"(《中国小说史略》)

《京本通俗小说》疑问颇多,其真伪问题、各篇成书年代等问题引起了学界长久讨论。尤其孰真孰伪问题,二十世纪八九十年讨论非常热烈。或认为是明人所编,或认为出于伪造。

《京本通俗小说》现存版本,主要有《烟画东堂小品》本(1920),商务印书馆排印标点本,亚东图书馆排印本(改名为《宋人话本七种》),古典文学出版社据缪本标点重印本(1954)以及中华书局上海编辑所排印本(1959)。

碾 玉 观 音①

【解题】这是宋话本的优秀之作,写宋咸安郡王府刺绣养娘璩秀秀与碾玉工匠崔宁的婚姻悲剧,在思想和内容上颇多创新和开拓之处。

第一,小说的男女主人公都是宋代商业经济繁荣大背景下的市井巷陌小人物,作者深刻挖掘了他们身上所体现出来的市民气息和思想性格。女主人公璩秀秀,虽然身处社会最底层,却是时代和环境孕育的新人形象,可以说是中国文学史第一个具有反抗叛逆精神和大胆追求个性解放的女奴形象。相比之下,崔宁的性格就懦弱得多,谨慎安分,不敢触犯礼教,处处小心,远祸避害,保全自身,显得非常被动畏缩。其实,无论是秀秀的大胆热烈,还是崔宁的胆小懦弱,都是当时历史环境下的真实人物真实人生的写照,都是特定历史环境的产物。小说通过对他们的婚姻、生活和性格特征等多方面的叙写,体现了市民阶层的审美理想和思想观念。

第二,直接展现了普通小市民与封建统治阶层的矛盾冲突,同时反映了人性的弱点。主要表现为秀秀逃亡被捉回后,便遭郡王打杀,这种惩罚未免太过严酷,因为宋律并未规定奴婢逃亡就是死罪。而且,作者重点揭露的直接原因,乃是咸安郡王按耐不住暴躁怒火,不听夫人劝告的性格弱点所致,更是郭排军告密馋陷"闲磕牙"的弱点所致。这显然模糊了封建统治阶层对下层民众的迫害,带有明显的时代局限性。但是,现实生活中因人性弱点导致的悲剧性后果,却具有一定的普遍意义。

第三,展现了人物性格的复杂性。主人公璩秀秀的形象塑造最为丰满。小说既表现了她精于刺绣,聪颖美丽,大胆追求个性自由,主动执着追求婚姻美满,坚

---

① 碾(niǎn):碾压;碾轧。这里指雕刻。

强果断，有仇必报，也描写了她被郭排军发现后的息事宁人之举，最后揪住崔宁同做鬼夫妻的不舍、无奈和怨愤。崔宁是典型的顺民形象，唯唯诺诺，胆小怕事，不敢表露心事，自私自保，但碾玉技艺高超，行事谨慎和思虑长远，形象塑造并不扁平。咸安郡王韩世忠作为抗金名将，形象刻画也较丰满。韩世忠暴躁残忍，性如烈火，草菅人命而无所谓，但他又派人送银两给落魄的刘锜，对曾经的抗金将领施以援手。刘将军在村店喝酒后的慨叹，未尝不是韩世忠内心的慨叹。他轻信崔宁的供词，对崔宁从轻发落，亦可见其刚直豪爽的一面。郭排军虽是典型的顺奴形象，但性格塑造并不单一。崔宁夫妇热情招待郭排军，请其不要告诉郡王他二人之事。郭满口答应，转头就告发秀秀和崔宁，冷漠非常，可小说又描写他忠厚老实，因此被差送钱给刘将军。

　　第四，具有话本小说的鲜明特色。故事曲折生动，跌宕起伏，善于设置矛盾冲突、巧合和悬念来推动情节发展；善于抓住人物语言、神态、动作和心理，通过细节描写塑造鲜明生动的人物形象；渗透了较强的市民意识，生活气息浓郁；烟粉与灵怪融为一炉，现实与幻想相结合，亦真亦幻，真幻交织；社会描写真实可信，幻想情节奇特浪漫，自然合理，毫无突兀之感。

　　另外，小说还带有宋代社会对"欲望"的特殊理解，人物因欲望出错或招祸，所以要以理对抗人欲，反映了传统道德观念对市民阶层人性和欲望的约束。

　　值得注意的是，作者无意识中揭露了封建礼教对人性的摧残和压迫。如崔宁麻木驯顺、被动懦弱，权宜变通，甚至把逃跑责任全推到秀秀身上，明哲保身的可悲性格，是封建礼教长期熏染的结果，是特定时代特殊环境下的产物。郭排军本性并不坏，但从小服侍郡王的生存环境，使他变成了一个势利小人。秀秀与崔宁的生活，按理与他并无关涉，仅仅为了邀功，讨好主人，他就去告密，可见封建思想已经侵蚀了他的人性，使他变得奴性十足，对待相同阶层的人物缺乏起码的人情味和同情心。愚忠带给他的结果是吃了五十背花棒，亦是可怜可悲。这些或许是说书人或编写者始料不及的，却是我们今天重读《碾玉观音》的意外收获。

（上）

　　山色晴岚景物佳①，暖烘回雁起平沙。东郊渐觉花供眼，南陌依稀草吐芽。堤上柳，未藏鸦，寻芳趁步到山家②。陇头几树红梅落，红杏枝头未着花。

这首《鹧鸪天》说孟春景致，原来又不如《仲春词》做得好：

　　每日青楼醉梦中③，不知城外又春浓。杏花初落疏疏雨，杨柳轻摇淡淡风。浮画舫，跃青骢④，小桥门外绿阴笼。行人不入神仙地，人在珠帘第几重？

这首词说仲春景致，原来又不如黄夫人做着《季春词》又好⑤：

　　先自春光似酒浓，时听燕语透帘栊⑥。小桥杨柳飘香絮，山寺绯桃散落红。莺渐老，蝶西东，春归难觅恨无穷。侵阶草色迷朝雨，满地梨花逐晓风。

　　这三首词，都不如王荆公看见花瓣儿片片风吹下地来："原来这春归去，是东风断送的。"有诗道：

　　春日春风有时好，春日春风有时恶。
　　不得春风花不开，花开又被风吹落！

---

① 晴岚：晴日山中的雾气。岚（lán），山间的雾气。
② 趁步：信步，漫步。趁，利用时间、机会。
③ 青楼：这里指豪华的楼房，富贵人家的闺房。曹植《美女篇》："青楼临大路，高门结重关。"
④ 青骢：毛色青白相杂的骏马。骢（cōng），青白色的马。
⑤ 黄夫人：不详。一说为宋代黄铢之母孙道绚，号冲虚居士，建安（今福建建瓯）人。善诗词，笔力甚高，遗词六首。
⑥ 帘栊：亦作"帘笼"，窗帘和窗牖，也泛指门窗的帘子。栊（lóng），窗棂木，窗，亦借指房舍。

苏东坡道:"不是东风断送春归去,是春雨断送春归去。"有诗道:

  雨前初见花间蕊,雨后全无叶底花。
  蜂蝶纷纷过墙去,却疑春色在邻家。

秦少游道:"也不干风事,也不干雨事,是柳絮飘将春色去。"有诗道:

  三月柳花轻复散,飘飏澹荡送春归①。
  此花本是无情物,一向东飞一向西。

邵尧夫道②:"也不干柳絮事,是蝴蝶采将春色去。"有诗道:

  花正开时当三月,蝴蝶飞来忙劫劫。
  采将春色向天涯,行人路上添凄切!

曾两府道③:"也不干蝴蝶事,是黄莺啼得春归去。"有诗道:

  花正开时艳正浓,春宵何事恼芳丛?
  黄鹂啼得春归去,无限园林转首空。

---

① 飘飏:随风飞动,飘扬。飏(yáng),同"扬"。
② 邵尧夫:邵雍(1011—1077),名雍,字尧夫,谥号康节,自号安乐先生、伊川翁,后人称百源先生。北宋哲学家、易学家,有内圣外王之誉。著有《观物篇》《先天图》《伊川击壤集》《皇极经世》等。《宋史》卷四二七有传。
③ 曾两府:曾公亮(999—1078),字明仲,号乐正,泉州晋江(今福建泉州市)人,北宋著名政治家、军事家、军火家、思想家。历官知县、知州、知府、知制诰、翰林学士、端明殿学士、参知政事,枢密使同中书门下平章事等。累封鲁国公,卒赠太师、中书令,配享英宗庙廷,赐谥宣靖。为昭勋阁二十四功臣之一。曾公亮与丁度承旨编撰《武经总要》,该书是中国古代第一部官方编纂的军事科学百科全书。《宋史》卷三一二有传。宋代称中书和枢密院为两府,凡担任宰相和枢密使的人均可尊称为"两府"。

朱希真道①："也不干黄莺事，是杜鹃啼得春归去。"有诗道：

> 杜鹃叫得春归去，吻边啼血尚犹存。
> 庭院日长空悄悄，教人生怕到黄昏！

苏小小道②："都不干这几件事，是燕子衔将春色去。"有《蝶恋花》词为证：

> 妾本钱塘江上住，花开花落，不管流年度。燕子衔将春色去，纱窗几阵黄梅雨。　斜插犀梳云半吐，檀板轻敲，唱彻《黄金缕》③。歌罢彩云无觅处，梦回明月生南浦④。

王岩叟道⑤："也不干风事，也不干雨事，也不干柳絮事，也不干蝴蝶事，也不干黄莺事，也不干杜鹃事，也不干燕子事。是九十日春光已过，春归去。"曾有诗道：

> 怨风怨雨两俱非，风雨不来春亦归。
> 腮边红褪青梅小，口角黄消乳燕飞。
> 蜀魄健啼花影去⑥，吴蚕强食柘桑稀⑦。

---

① 朱希真：朱敦儒（1081—1159），字希真，洛阳人，宋代著名词人。有"词俊"之称，与"诗俊"陈与义等并称为"洛中八俊"。著有《樵歌》词三卷。《宋史》卷四四五有传。
② 苏小小：南北朝的南齐时期，生活在钱塘的著名歌妓，常坐油壁车，有貌有才，历代文人多有传颂。
③ 《黄金缕》：词牌名，即《蝶恋花》。
④ 南浦：南面的水边。《楚辞·河伯》："子交手兮东行，送美人兮南浦。"后常代称送别，或用作称送别之地。
⑤ 王岩叟（1043—1093）：字彦霖，大名清平人（今山东省临清市）。宋朝状元，书法家，论著家，朝廷重臣。曾任监察御史、侍御史、吏部侍郎、开封府知府、左司谏、起居舍人、中书舍人、枢密院直学士签书院事等职。一生才华横溢、刚直不阿，政绩卓著，建树颇丰。著有《易诗春秋传》《韩魏公别录》。传世墨迹有《秋暑帖》《与知府安抚左丞资政札》《尺牍》等。《宋史》卷三四二有传。
⑥ 蜀魄：指杜鹃鸟，俗称布谷，又名子规、杜宇、子鹃。春夏季节，杜鹃彻夜不停啼鸣，啼声清脆而短促，唤起人们多种情思。相传杜鹃鸟是望帝杜宇幻化而成。《蜀志》记载：望帝称王于蜀，得荆州人鳖灵，便立为相，"后数岁，望帝以其功高，禅位于鳖灵，望帝修道，处西山而隐，化为杜鹃鸟，至春则啼，闻者凄惨"。这便是"望帝春心托杜鹃"的由来。此外，由于其叫声"声声啼血"，也成为文人雅士用于抒发自身凄苦哀怨的代表。
⑦ 吴蚕强食柘桑稀：吴地的蚕食量大起来，桑树、柘树的叶子变得稀少了。吴，指现在浙江省北部和江苏省南部。柘（zhè），落叶灌木或乔木，树皮有长刺，叶卵形，可以喂蚕，皮可以染黄色，木材质坚而致密，是贵重的木料。

直恼春归无觅处，江湖辜负一蓑衣①！

说话的，因甚说这春归词？绍兴年间②，行在有个关西延州延安府人③，本身是三镇节度使咸安郡王，当时怕春归去，将带着许多钧眷游春④。至晚回家，来到钱塘门里，车桥前面，钧眷轿子过了，后面是郡王轿子到来。只听得桥下裱褙铺里一个人叫道⑤："我儿出来看郡王！"当时郡王在轿里看见，叫帮窗虞候道⑥："我从前要寻这个人，今日却在这里。只在你身上，明日要这个人入府中来。"当时虞候声诺，来寻这个看郡王的人，是甚色目人⑦？正是：

尘随车马何年尽，情系人心早晚休？

只见车桥下一个人家，门前出着一面招牌，写着："璩家装裱古今书画⑧。"铺里一个老儿，引着一个女儿，生得如何？

云鬓轻笼蝉翼，蛾眉淡拂春山⑨，朱唇缀一颗樱桃，皓齿排两行碎玉。莲步半折小弓弓⑩，莺啭一声娇滴滴。

便是出来看郡王轿子的人。虞候即时来他家对门一个茶坊里坐定。婆婆把

---

① 蓑衣：渔人或垂钓者。
② 绍兴：南宋高宗赵构年号（1131—1162）。
③ 行在：皇帝所在的地方，本指京都。后泛指皇帝所到之处，专指天子巡行所到之地。靖康之变后，北宋沦亡，宋高宗逃往南方建立南宋。为显示收复故土的决心，南宋在杭州设立临安府（意为临时安顿之意），称之为行在，而仍将北宋历代先帝陵寝所在的东京汴梁城称为京师。
④ 钧眷：对豪门贵族的家眷或他人的亲属的尊称。钧(jūn)，古代重量单位，合三十斤。
⑤ 裱褙铺：装裱书画的店铺。
⑥ 帮窗：靠近轿窗。
⑦ 甚色目人：哪一种人。
⑧ 璩(qú)：古代的一种耳环。这里指店主的姓。
⑨ 这两句描写了秀秀的出众容貌：鬓发轻轻笼罩着，如蝉翼一般；细长眉毛淡淡描画着，如春山黛青一般。
⑩ 半折：对折，减半。小弓弓：旧时妇女缠足所穿的鞋子，前头弯曲如弓状。

茶点来。虞候道:"启请婆婆,过对门裱褙铺里请璩大夫来说话。①"婆婆便去请到来。两个相揖了就坐。璩待诏问:"府干有何见谕?②"虞候道:"无甚事,闲问则个③。适来叫出来看郡王轿子的人是令爱么?"待诏道:"正是拙女,止有三口。"虞候又问:"小娘子贵庚④?"待诏应道:"一十八岁。"再问:"小娘子如今要嫁人,却是趋奉官员⑤?"待诏道:"老拙家寒,那讨钱来嫁人?将来也只是献与官员府第。"虞候道:"小娘子有甚本事?"待诏说出女孩儿一件本事来,有词寄《眼儿媚》为证:

深闺小院日初长,娇女绮罗裳。不做东君造化⑥,金针刺绣群芳。　斜枝嫩叶包开蕊,唯只欠馨香。曾向园林深处,引教蝶乱蜂狂。

原来这女儿会绣作。虞候道:"适来郡王在轿里,看见令爱身上系着一条绣裹肚⑦。府中正要寻一个绣作的人,老丈何不献与郡王?"璩公归去,与婆婆说了。到明日写一纸献状⑧,献来府中。郡王给与身价,因此取名秀秀养娘⑨。

不则一日,朝廷赐下一领团花绣战袍,当时秀秀依样绣出一件来。郡王看了欢喜道:"主上赐与我团花战袍,却寻甚么奇巧的物事献与官家⑩?"去府库里寻出一块透明的羊脂美玉来,即时叫将门下碾玉待诏,问:"这块玉堪做甚么?"内中一个道:"好做一副劝杯。"郡王道:"可惜!恁般一块玉⑪,如何将来只做得一副劝杯?"又一个道:"这块玉上尖下圆,好做一个摩侯罗儿⑫。"郡王道:"摩侯罗儿,只是

---

① 大夫:本是官名,这里是对于手工艺人的敬称。下文的"待招"意思相同。
② 府干:宋时显贵邸宅中的侍从。干,干办。
③ 闲问则个:随便问问罢了。则个,表示决定、敦促、命令或请求等语气的助词。
④ 贵庚:询问年龄的敬辞。
⑤ 趋奉:侍候,服侍。
⑥ 东君:春天的神。这句是说虽然不能如春神一样化育千草百花。
⑦ 绣裹肚:有花纹装饰的围肚看带,一种系在衣服外面的绣花围裙。
⑧ 献状:投献的状纸,这里指卖身状。
⑨ 养娘:对买来或雇来的婢女的称呼,不同于世代为奴的家生子。
⑩ 物事:物品、东西。官家:皇帝。
⑪ 恁般:如此,这样。恁(nèn),那么,那样,如此。
⑫ 摩侯罗儿:梵语,七月七日供乞巧的小偶人。后来成为令人喜爱的玩偶。

七月七日乞巧使得,寻常间又无用处。"数中一个后生,年纪二十五岁,姓崔,名宁,趋事郡王数年,是升州建康府人①。当时叉手向前②,对着郡王道:"告恩王,这块玉上尖下圆,甚是不好,只好碾一个南海观音。"郡王道:"好,正合我意!"就叫崔宁下手。不过两个月,碾成了这个玉观音。郡王即时写表进上御前,龙颜大喜。崔宁就本府增添请给,遭遇郡王③。

不则一日,时遇春天,崔待诏游春回来,入得钱塘门,在一个酒肆,与三四个相知方才吃得数杯,则听得街上闹吵吵,连忙推开楼窗看时,见乱烘烘道:"井亭桥有遗漏④!"吃不得这酒成,慌忙下酒楼看时,只见:

  初如萤火,次若灯光,千条蜡烛焰难当,万座糁盆敌不住⑤。六丁神推倒宝天炉,八力士放起焚山火⑥。骊山会上,料应褒姒逞娇容⑦;赤壁矶头,想是周郎施妙策。五通神牵住火葫芦,宋无忌赶番赤骡子⑧。又不曾泻烛浇油,直恁的烟飞火猛。

崔待诏望见了,急忙道:"在我本府前不远。"奔到府中看时,已搬挈得罄尽⑨,静悄悄地无一个人。崔待诏既不见人,且循着左手廊下入去,火光照得如同白日。去那左廊下,一个妇女,摇摇摆摆,从府堂里出来,自言自语,与崔宁打个胸厮撞。崔宁认得是秀秀养娘,倒退两步,低身唱个喏⑩。原来郡王当日,尝对崔宁许道:

---

① 升州建康府:唐置升州,治所在上元(今江苏南京)。北宋升为江宁府,南宋改为建康府,是东南重镇,一度作为行都,是仅次于临安的重要军事和政治中心。
② 叉手:行礼作揖。
③ 请给:俸禄,工资。遭遇:得到赏识。
④ 井亭桥:在临安西河上甘泉坊东,清代时为井亭桥大街。遗漏:失火。
⑤ 糁(shēn)盆:中国岁时民俗,于除夕祭祀先祖及百神时,架立松柴,举火焚烧以送神。
⑥ 六丁神:道教火神,因为五行中以丙丁代火,故称火神为六丁神。八力士:民间传说中的八位大力神。
⑦ 骊山会上,料应褒姒逞娇容:周幽王为博妃子褒姒一笑,在骊山(今陕西省临潼区东南)烽火戏诸侯。这里用来形容火势凶猛。
⑧ 五神通:民间传说中的妖神,惯会弄火。宋无忌:即宋毋忌,相传为火之精怪,道教奉为火仙。
⑨ 搬挈(qiè):用手提着。罄(qìng)尽:一点儿也没有了。罄,本义为器中空,引申为尽,用尽。
⑩ 唱个喏(rě):古代男子所行之礼,叉手行礼,同时出声致敬。喏,古代表示敬意的呼喊。

"待秀秀满日①,把来嫁与你。"这些众人,都撺掇道②:"好对夫妻!"崔宁拜谢了,不则一番。崔宁是个单身,却也痴心;秀秀见恁地个后生,却也指望。当日有这遗漏,秀秀手中提着一帕子金珠富贵,从左廊下出来,撞见崔宁,便道:"崔大夫,我出来得迟了。府中养娘各自四散,管顾不得,你如今没奈何,只得将我去躲避则个。"

当下崔宁和秀秀出府门,沿着河走到石灰桥。秀秀道:"崔大夫,我脚疼了,走不得。"崔宁指着前面道:"更行几步,那里便是崔宁住处,小娘子到家中歇脚,却也不妨。"到得家中坐定,秀秀道:"我肚里饥,崔大夫与我买些点心来吃。我受了些惊,得杯酒吃更好。"当时崔宁买将酒来,三杯两盏,正是:

　　　　三杯竹叶穿心过③,两朵桃花上脸来。

道不得个"春为花博士,酒是色媒人"。秀秀道:"你记得当时在月台上赏月,把我许你,你兀自拜谢④。你记得也不记得?"崔宁叉着手,只应得"喏"。秀秀道:"当日众人都替你喝彩:'好对夫妻!'你怎地到忘了?"崔宁又则应得"喏"。秀秀道:"比似只管等待⑤,何不今夜我和你先做夫妻? 不知你意下何如?"崔宁道:"岂敢。"秀秀道:"你知道不敢! 我叫将起来,教坏了你⑥,你却如何将我到家中? 我明日府里去说。"崔宁道:"告小娘子,要和崔宁做夫妻不妨,只一件,这里住不得了,要好趁这个遗漏人乱时,今夜就走开去,方才使得。"秀秀道:"我既和你做夫妻,凭你行。"当夜做了夫妻。

四更已后,各带着随身金银物件出门。离不得饥餐渴饮,夜住晓行,迤逦来到衢州⑦。崔宁道:"这里是五路总头⑧,是打那条路去好? 不若取信州路上去,我是

---

① 满日:期满之日。旧时奴仆服役到一定年限,主人就将他们放出去回家,或者择配他人。
② 撺掇(cuān duo):挑唆;怂恿,这里有喝彩、凑趣附和的意思。掇,拾取,摘取。
③ 竹叶:竹叶青,一种黄酒。
④ 兀自:副词,仍旧,还是。兀(wù),高而上平。
⑤ 比似:与其。
⑥ 教坏了你:使你坏了名声,毁了声誉。教,使,让。
⑦ 迤逦(yǐ lǐ):曲折延绵,缓行,这里指渐次、渐渐。衢州:今浙江省衢州市。
⑧ 五路总头:四通八达的地方。

五、从变文到话本

碾玉作,信州有几个相识①,怕那里安得身。"即时取路到信州。住了几日,崔宁道:"信州常有客人到行在往来,若说道我等在此,郡王必然使人来追捉,不当稳便②。不若离了信州,再往别处去。"两个又起身上路,径取潭州③。不则一日,到了潭州,却是走得远了。就潭州市里,讨间房屋,出面招牌,写着"行在崔待诏碾玉生活"。崔宁便对秀秀道:"这里离行在有二千余里了,料得无事,你我安心,好做长久夫妻。"潭州也有几个寄居官员④,见崔宁是行在待诏,日逐也有生活得做。崔宁密使人打探行在本府中事。有曾到都下的,得知府中当夜失火,不见了一个养娘,出赏钱寻了几日,不知下落。也不知道崔宁将他走了,见在潭州住。

时光似箭,日月如梭,也有一年之上。忽一日,方早开门,见两个着皂衫的⑤,一似虞候府干打扮,入来铺里坐地⑥,问道:"本官听得说有个行在崔待诏,教请过来做生活。"崔宁分付了家中,随这两个人到湘潭县路上来。便将崔宁到宅里相见官人,承揽了玉作生活,回路归家。正行间,只见一个汉子,头上带个竹丝笠儿,穿着一领白段子两上领布衫⑦,青白行缠扎着裤子口⑧,着一双多耳麻鞋,挑着一个高肩担儿,正面来,把崔宁看了一看,崔宁却不见这汉面貌,这个人却见崔宁,从后大踏步尾着崔宁来。正是:

谁家稚子鸣榔板⑨,惊起鸳鸯两处飞。

这汉子毕竟是何人?且听下回分解。

---

① 信州:今江西省上饶市。
② 不当稳便:犹言不大妥当。
③ 径取:直往。潭州:今湖南长沙市。
④ 寄居官员:指本为朝廷官员,而今返回家乡在家居住的人。
⑤ 皂衫:黑色短袖单衣,官府公差穿的衣服。
⑥ 坐地:坐下,坐着。
⑦ 两上领:内有衬领的衣领,便于拆洗。
⑧ 行缠:裹足布,绑腿布。古时男女都用,后来只有兵士或远行者用。
⑨ 榔板:为惊鱼入网而能踏出声响的木板。

(下)

竹引牵牛花满街,疏篱茅舍月光筛。琉璃盏内茅柴酒,白玉盘中簇豆梅①。　休懊恼,且开怀,平生赢得笑颜开。三千里地无知己,十万军中挂印来。

这只《鹧鸪天》词是关西秦州雄武军刘两府所作②。从顺昌大战之后③,闲在家中,寄居湖南潭州湘潭县。他是个不爱财的名将,家道贫寒,时常到村店中吃酒。店中人不识刘两府,欢呼啰唣④。刘两府道:"百万番人只如等闲⑤,如今却被他们诬罔⑥!"做了这只《鹧鸪天》,流传直到都下。当时殿前太尉是杨和王⑦,见了这词,好伤感:"原来刘两府直恁孤寒!"教提辖官差人送一项钱与这刘两府⑧。今日崔宁的东人郡王,听得说刘两府恁地孤寒,也差人送一项钱与他,却经由潭州路过。见崔宁从湘潭路上来,一路尾着崔宁到家,正见秀秀坐在柜身子里,便撞破他们道:"崔大夫,多时不见,你却在这里。秀秀养娘他如何也在这里?郡王教我下书来潭州,今日遇着你们。原来秀秀养娘嫁了你,也好。"当时吓杀崔宁夫妻两个,被他看破。那人是谁?却是郡王府中一个排军⑨,从小伏侍郡王,见他朴实,差他送钱与刘两府。这人姓郭名立,叫做郭排军。当下夫妻请住郭排军,安排酒来请他,分付道:"你到府中千万莫说与郡王知道!"郭排军道:"郡王怎知得你两个在这里。我

---

① 茅柴酒:指村酿薄酒,味苦酒烈。簇豆梅:一种盐渍的梅脯,味酸咸。
② 刘两府:南宋抗金名将刘锜,《宋史》卷三六六有传。
③ 顺昌:今安徽阜阳。刘锜曾经在这里与金兵进行过一次大战。
④ 欢呼:喧哗呼叫。啰唣:吵闹,喧闹。
⑤ 番人:我国古代对周边少数民族和外国的称呼。这里是对金兵的蔑称。
⑥ 诬罔:诬陷毁谤,这里是轻蔑的意思。罔(wǎng),蒙蔽。
⑦ 杨和王:南宋著名将领杨存中(1102—1166),本名杨沂中,宋高宗赐名为杨存中,字正甫,代州崞县(今山西原平)人。杨存中忠孝勇敢,历经大小二百余战,身受创伤五十余处。宿卫皇帝出入四十年,过错很少。去世后追封和王。《宋史》卷三六七有传。
⑧ 提辖官:古代官名,宋代州郡多设置提辖,或由守臣兼任,专管统辖军队,训练教阅、督捕盗贼。
⑨ 排军:原指一手持盾,一手执矛的士卒。后泛指官府衙门内的军兵。

没事,却说甚么。"当下酬谢了出门,回到府中,参见郡王,纳了回书,看着郡王道:"郭立前日下书回,打潭州过,却见两个人在那里住。"郡王问:"是谁?"郭立道:"见秀秀养娘并崔待诏两个,请郭立吃了酒食,教休来府中说知。"郡王听说,便道:"叵耐这两个做出这事来①!却如何直走到那里?"郭立道:"也不知他仔细,只见他在那里住地,依旧挂招牌做生活。"郡王教干办去分付临安府,即时差一个缉捕使臣,带着做公的,备了盘缠,径来湖南潭州府,下了公文,同来寻崔宁和秀秀。却似:

   皂雕追紫燕②,猛虎啖羊羔。

  不两月,捉将两个来,解到府中。报与郡王得知,即时升厅。原来郡王杀番人时,左手使一口刀,叫做"小青";右手使一口刀,叫做"大青"。这两口刀不知剁了多少番人。那两口刀,鞘内藏着,挂在壁上。郡王升厅,众人声喏,即将这两个人押来跪下。郡王好生焦躁,左手去壁牙上取下"小青"③,右手一掣,掣刀在手,睁起杀番人的眼儿,咬得牙齿剥剥地响。当时唬杀夫人,在屏风背后道:"郡王,这里是帝辇之下④,不比边庭上面,若有罪过,只消解去临安府施行,如何胡乱凯得人⑤?"郡王听说道:"叵耐这两个畜生逃走,今日捉将来,我恼了,如何不凯?既然夫人来劝,且捉秀秀入府后花园去,把崔宁解去临安府断治。"当下,喝赐钱酒,赏犒捉事人。解这崔宁到临安府,一一从头供说:"自从当夜遗漏,来到府中,都搬尽了。只见秀秀养娘从廊下出来,揪住崔宁道:'你如何安手在我怀中?若不依我口⑥,教坏了你!'要共崔宁逃走。崔宁不得已,只得与他同走。只此是实。"临安府把文案呈上郡王,郡王是个刚直的人,便道:"既然恁地,宽了崔宁,且与从轻断治。崔宁不合在逃,罪杖,发遣建康府居住。"

---

① 叵耐:不可忍耐,可恨。叵(pǒ),"不可"的合音。耐,忍耐。
② 皂雕:一种黑色大型猛禽。
③ 壁牙:壁上挂东西的短钉橛。
④ 帝辇之下:皇帝所在的地方,指京都。辇(niǎn),古代用人拉着走的车子,后多指天子或王室坐的车子。
⑤ 胡乱凯:随意杀人。凯,"砍"的通假字。
⑥ 依我口:听我的话。

当下,差人押送。方出北关门,到鹅项头,见一顶轿儿,两个人抬着,从后面叫:"崔待诏,且不得去①!"崔宁认得像是秀秀的声音,赶将来又不知怎地,心下好生疑惑。伤弓之鸟,不敢揽事,且低着头只顾走。只见后面赶将上来,歇了轿子,一个妇人走出来,不是别人,便是秀秀,道:"崔待诏,你如今去建康府,我却如何?"崔宁道:"却是怎地好?"秀秀道:"自从解你去临安府断罪,把我捉入后花园,打了三十竹篦②,遂便赶我出来。我知道你建康府去,赶将来同你去。"崔宁道:"恁地却好。"讨了船,直到建康府。押发人自回。若是押发人是个学舌的,就有一场是非出来。因晓得郡王性如烈火,惹着他不是轻放手的;他又不是王府中人,去管这闲事怎地?况且崔宁一路买酒买食,奉承得他好,回去时就隐恶而扬善了。

再说崔宁两口在建康居住,既是问断了③,如今也不怕有人撞见,依旧开个碾玉作铺。浑家道④:"我两口却在这里住得好,只是我家爹妈,自从我和你逃去潭州,两个老的吃了些苦。当日捉我入府时,两个去寻死觅活,今日也好教人去行在取我爹妈来这里同住。"崔宁道:"最好。"便教人来行在取他丈人丈母,写了他地理脚色与来人⑤。到临安府寻见他住处,问他邻舍,指道:"这一家便是。"来人去门首看时,只见两扇门关着,一把锁锁着,一条竹竿封着。问邻舍:"他老夫妻那里去了?"邻舍道:"莫说!他有个花枝也似女儿,献在一个奢遮去处⑥。这个女儿不受福德,却跟一个碾玉的待诏逃走了。前日从湖南潭州捉将回来,送在临安府吃官司,那女儿吃郡王捉进后花园里去。老夫妻见女儿捉去,就当下寻死觅活,至今不知下落,只恁地关着门在这里。"来人见说,再回建康府来,兀自未到家。

且说崔宁正在家中坐,只见外面有人道:"你寻崔待诏住处?这里便是。"崔宁叫出浑家来看时,不是别人,认得是璩父璩婆,都相见了,喜欢的做一处。那去取老儿的人,隔一日才到,说如此这般,寻不见,却空走了这遭,两个老的且自来到这

---

① 且不得去:且别走,且等一等。
② 竹篦(pí):即批头棍,一种用竹片扎成的刑具。篦,又音 bì,一种齿比梳子密的梳头用具,称"篦子"。
③ 问断:案件的判决,这里指经过审问定了罪。
④ 浑家:妻子,多见于早期白话。
⑤ 地理:地址。脚色:犹履历,包括姓名、年龄、籍贯、身份等。
⑥ 奢遮:犹言了不起,出色,指有钱的富贵人家。奢(shē),用钱没有节制,过分享受。

里了。两个老人道："却生受你①，我不知你们在建康住，教我寻来寻去，直到这里。"其时四口同住，不在话下。

且说朝廷官里②，一日到偏殿看玩宝器，拿起这玉观音来看，这个观音身上，当时有一个玉铃儿，失手脱下。即时问近侍官员："却如何修理得？"官员将玉观音反覆看了，道："好个玉观音！怎地脱落了铃儿？"看到底下，下面碾着三字："崔宁造。""恁地容易，既是有人造，只消得宣这个人来，教他修整。"敕下郡王府③，宣取碾玉匠崔宁。郡王回奏："崔宁有罪，在建康府居住。"即时使人去建康，取得崔宁到行在歇泊了④。当时宣崔宁见驾，将这玉观音教他领去，用心整理。崔宁谢了恩，寻一块一般的玉，碾一个铃儿，接住了，御前交纳。破分请给养了崔宁⑤，令只在行在居住。崔宁道："我今日遭际御前⑥，争得气，再来清湖河下寻间屋儿开个碾玉铺，须不怕你们撞见！"可煞事有斗巧⑦，方才开得铺三两日，一个汉子从外面过来，就是那郭排军。见了崔待诏，便道："崔大夫恭喜了！你却在这里住？"抬起头来，看柜身里却立着崔待诏的浑家。郭排军吃了一惊，拽开脚步就走。浑家说与丈夫道："你与我叫住那排军！我相问则个。"正是：

　　平生不作皱眉事，世上应无切齿人。

崔待诏即时赶上扯住，只见郭排军把头只管侧来侧去，口里喃喃地道："作怪，作怪！"没奈何，只得与崔宁回来，到家中坐地。浑家与他相见了，便问："郭排军，前者我好意留你吃酒，你却归来说与郡王，坏了我两个的好事。今日遭际御前，却不怕你去说！"郭排军吃他相问得无言可答，只道得一声"得罪！"相别了，便来到府

---

① 生受你：难为你了。生受，受苦。
② 官里：皇帝。
③ 敕（chì）：帝王的诏书、命令。
④ 歇泊：安顿住宿。
⑤ 破分：破例、破格。
⑥ 遭际御前：得到皇帝的赏识。
⑦ 可煞：表示极甚之辞，犹言非常。斗巧：凑巧。

里,对着郡王道:"有鬼!"郡王道:"这汉则甚①?"郭立道:"告恩王,有鬼!"郡王问道:"有甚鬼?"郭立道:"方才打清湖河下过,见崔宁开个碾玉铺,却见柜身里一个妇女,便是秀秀养娘。"郡王焦躁道:"又来胡说!秀秀被我打杀了,埋在后花园,你须也看见,如何又在那里?却不是取笑我?"郭立道:"告恩王,怎敢取笑!方才叫住郭立,相问了一回。怕恩王不信,勒下军令状了去②。"郡王道:"真个在时,你勒军令状来!"那汉也是合苦③,真个写一纸军令状来。郡王收了,叫两个当直的轿番,抬一顶轿子,教:"取这妮子来。若真个在,把来凯取一刀;若不在,郭立,你须替他凯取一刀!"郭立同两个轿番来取秀秀。正是:

麦穗两岐④,农人难辨。

郭立是关西人,朴直,却不知军令状如何胡乱勒得!三个一径来到崔宁家里,那秀秀兀自在柜身里坐地。见那郭排军来得恁地慌忙,却不知他勒了军令状来取你。郭排军道:"小娘子,郡王钧旨,教来取你则个。"秀秀道:"既如此,你们少等,待我梳洗了同去。"即时入去梳洗,换了衣服出来,上了轿,分付了丈夫。两个轿番便抬着,径到府前。郭立先入去,郡王正在厅上等待。郭立唱了喏,道:"已取到秀秀养娘。"郡王道:"着他入来!"郭立出来道:"小娘子,郡王教你进来。"掀起帘子看一看,便是一桶水倾在身上,开着口则合不得,就轿子里不见了秀秀养娘。问那两个轿番,道:"我不知,则见他上轿,抬到这里,又不曾转动。"那汉叫将入来道:"告恩王,恁地真个有鬼!"郡王道:"却不叵耐!"教人:"捉这汉,等我取过军令状来,如今凯了一刀。先去取下'小青'来。"那汉从来伏侍郡王,身上也有十数次官了⑤,盖缘是个粗人⑥,只教他做排军。这汉慌了道:"见有两个轿番见证,乞叫来问。"即时

---

① 则甚:怎么,做什么。
② 勒下:立下,写下。
③ 合苦:合该受苦,合该倒霉。
④ 麦穗两岐:一麦两穗,比喻相像的两样事物。这里指秀秀是人是鬼,真假难辨。
⑤ "身上"句:屡次立功,有十几次提拔做官的机会。
⑥ 盖缘是个粗人:大概因为是个粗人。盖:虚词,表大概如此。缘:因为。

五、从变文到话本

叫将轿番来,道:"见他上轿,抬到这里,却不见了。"说得一般,想必真个有鬼,只消得叫将崔宁来问。便使人叫崔宁来到府中。崔宁从头至尾说了一遍。郡王道:"怎地又不干崔宁事,且放他去。"崔宁拜辞去了。郡王焦躁,把郭立打了五十背花棒①。崔宁听得说浑家是鬼,到家中问丈人丈母。两个面面厮觑②,走出门,看着清湖河里,扑通地都跳下水去了。当下叫救人,打捞,便不见了尸首。原来当时打杀秀秀时,两个老的听得说,便跳在河里,已自死了,这两个也是鬼。崔宁到家中,没情没绪,走进房中,只见浑家坐在床上。崔宁道:"告姐姐,饶我性命!"秀秀道:"我因为你,吃郡王打死了,埋在后花园里。却恨郭排军多口,今日已报了冤仇,郡王已将他打了五十背花棒。如今都知道我是鬼,容身不得了。"道罢起身,双手揪住崔宁,叫得一声,匹然倒地。邻舍都来看时,只见:

　　两部脉尽总皆沉,一命已归黄壤下。

崔宁也被扯去,和父母四个,一块儿做鬼去了。后人评论得好:

　　咸安王捺不下烈火性,郭排军禁不住闲磕牙③。
　　璩秀娘舍不得生眷属,崔待诏撇不脱鬼冤家。

《京本通俗小说》,上海古籍出版社1988年版。

错斩崔宁

【解题】《错斩崔宁》是宋代公案话本小说的优秀之作,明代冯梦龙将其改编

---

① 背花棒:用棒子打脊背。
② 厮觑:相看,观望。觑,qù,看,偷看,窥探。
③ 闲磕牙:说闲话,搬弄是非。

为《十五贯戏言成巧祸》，收入《醒世恒言》第三十三卷。清代戏曲家朱素臣又据此改编为传奇《双熊梦》。二十世纪五十年代，国风苏剧团（今浙江昆剧团）改编为昆剧《十五贯》，风靡一时，很受民众欢迎，至今仍在舞台上演。

《错斩崔宁》写临安府刘贵一家因十五贯钱，一句戏言而闹出一桩曲折离奇的公案故事。刘贵虽有祖业，读书不济，转而做生意又不成，家境日渐困窘。丈人资助十五贯钱与他开柴米店。刘贵醉酒带钱回家，怪妾室陈二姐开门迟了，戏言十五贯钱将二姐典与他人，便和衣睡去。陈氏思量斟酌再三，信以为真，决定先去爹娘家中告知一声。因不敢独自夜行，遂将十五贯堆在刘贵脚边，拽上门，在邻居家朱三妈借宿一晚。第二天清晨，陈氏嘱咐邻居告知自己去处，孤身赶路，路上偶遇卖丝回家的年轻后生崔宁。崔宁主动搭话，一路帮衬带挈二姐同行。不料刘贵当夜横死家中，十五贯钱也不见踪影。第二天邻舍发现后，便去追赶，将正在厮赶同行的陈氏与崔宁厮挽转回。巧合的是，众人在崔宁搭膊中刚好搜出十五贯钱，于是扭结二人到临安府。府尹不加详审，仅凭王员外和刘贵大娘子一面之词以及邻舍说词、十五贯钱和妇人黑夜行走等证据，将崔陈二人屈打成招，处以极刑。一年后，大娘子被静山大王所掳，被迫嫁与他为压寨夫人，偶然从其口中得知真相，便到临安府喊冤，新任府尹遂将冤案平反。

这起公案并不复杂，故事情节设置也不曲折，纯粹以时间和事态发展顺序描写案情。但这一表现普通市井百姓生活的故事素材却比较典型，对社会现状的描摹和造成这起冤案的多重社会原因的体察非常深刻，艺术表现很有特色。

一、小说紧扣一个"错"字。由某人的愚行过错，引起某种严重后果，再引起自己或他人的又一次愚行，又一次引起某种严重后果，环环相扣，形成一系列密切相连的因果链条。刘贵错在戏言惹祸，导致陈二姐借宿邻居家，被强人所杀。陈二姐与崔宁之间并没有越轨行为，作者和听众都很清楚二人的清白。在作者（说话人）看来，陈二姐错在举止失当，借宿邻舍之家，致使盗贼有机可乘，而天明又与男子相伴同行，更是行为不当，结果招致剐刑。崔宁错在男子的天性使然，主动与陌生年轻女子搭讪、同行，导致误解，最终遭受杀身之祸。官府错在"率意断狱"，不加详推，捶楚之下，酿成冤死错案。

五、从变文到话本

作者(说话人)通过一个"错"字,表达了多重意思。一是某些人的愚言愚行导致了自己或他人的悲剧结局。二是深刻揭露了封建官吏草菅人命和漠视生命,执法轻率,缺乏公平明允,尖锐批判了封建司法制度的不健全。三是表达了理性对人性和欲求的约束。如果崔宁心中存有"男女授受不亲"、"男女同行,非奸即盗"等礼教思想,就不会被"明眉皓齿,莲脸生春,秋波送媚,好生动人"的二姐吸引,顾不得男女大防,又是"深深作揖",问话搭讪,又是虔诚回答。当二姐央求"带挈"时,立刻表示"情愿伏侍",马上与之同行厮赶,导致飞来横祸。四是乡里邻舍害怕牵连无头命案的冷酷世态,导致他们将过错全部推脱在崔宁和二姐身上。五是社会治安混乱,盗贼随意杀人劫财,官府无所作为,长期没有破案,等等。这些都是导致悲剧的过错。

　　多重过错,最终导致了崔、陈二人的悲剧性结局。我们今天立足故事文本,还可以解读出另外两点重要过错,却是连作者(说话人)都没有认识到的。首先是封建社会买卖妾婢的婚姻制度。正因如此,刘贵的酒后戏言才有其合理性,二姐也才思虑再三后信以为真。在当时,如二姐这般的妾室只是为传宗接代而娶,地位低下,没有人身自由和自主权,凡事更不能自己做主。以致二姐心存疑虑也不敢多问,想回娘家告知爹娘一声,又怕天亮丈夫阻拦走不脱,才借宿邻家,给了盗贼可乘之机。其次,男女大防的封建礼教思想,是造成混淆众人和府尹视听,形成错觉而错判的主要原因。王员外和他的女儿(刘贵大娘子),以及一干邻居不管二姐平时表现和为人,一口咬定凶手为崔宁和二姐,也是"男女授受不亲"的封建观念在作怪。府尹不去勘察现场,详加推审,只因崔宁与妇人同行,便断定他二人有首尾。这正是封建礼教思想先入为主,导致府尹不理会案件详情,再加上他一心想结案了事,遂造成了冤案。因此,《错斩崔宁》对这起冤案多重社会原因的揭示,就显得异常深刻,真实地描摹和展现了当时社会市井百姓千姿百态的人生图景,真实深刻地表现出人性的复杂。

　　二、具有浓郁的话本小说特色。作者(说话人)为了吸引听众的注意,必须从故事情节、人物形象塑造和环境渲染等多方面入手,营造一种让听众身临其境,感同身受的气氛。作者通过设置高度巧合的故事情节,人物的言行举止、心理神态等细节描写,使《错斩崔宁》在艺术上达到了新的高度。

首先,"无巧不成书"的情节安排。小说设置了很多巧合的偶然因素,导致了必然结果。1. 最巧的是十五贯钱。(1)刘贵戏言二姐被典与他人,以十五贯钱为证。(2)刘贵被杀,也是因为十五贯钱。(3)更巧的是众人在崔宁搭膊中刚好搜出十五贯钱。一系列巧合导致了必然的悲剧性结局。2. 巧合推动了故事情节的发展。(1)当夜二姐拽上门去邻舍家借宿,碰巧就有赌徒偷偷潜入。(2)二姐清早赶路偶遇的路人,恰好与自己赶路方向相同,且是青年后生,与二姐刚巧凑成一对青年男女。(3)临安府尹正好是一个率意断案之人,不问详情便行刑逼供,因此将二人屈打成招。(4)刘大娘子被贼人劫持,被迫嫁给此人,赶巧是谋杀丈夫之人,且贼人得了刘大娘子后发了几笔横财,有心忏悔,刘大娘子因此得以知晓事情真相。(5)刘大娘子喊冤之时,碰巧临安府尹换了新任,冤屈得以昭雪。

看似种种巧合偶然,实则有其必然性。刘贵酒后嗔怪戏言,并没有超出夫妻玩笑的范围,但玩笑确实开过了头。陈二姐不能不信,这是宋代买卖妾婢婚姻制度的必然结果,是由二姐低下的社会家庭地位决定的,何况还有其他证据。问官糊涂,被巧合、偶然和假象迷惑,不加详审,全凭主观臆断,将被告申诉统统斥责为狡辩。"部覆申详"维持原判,二人被处决,都是当时吏治腐败的必然体现。如此等等,均反映了偶然表象下的必然性,崔陈二人的悲剧也就无可避免。

其次,人物性格刻画真实鲜明。小说通过人物生活的环境和语言、神态和心理等细节描写来刻画人物,塑造了一系列有血有肉的丰满形象。陈二姐生性善良,性格懦弱却又精细,这与她出身低微的妾室身份相吻合。刘贵偕大娘子王氏前往丈人家祝寿,二姐只能看家。晚上等待丈夫归家,不敢上床,只好在灯下打瞌睡,形同仆役,毫无家庭地位可言。刘贵戏言典卖她,她也不敢抗议,只寻思禀告爹娘一声。离家前把典身钱堆在刘贵脚边,轻轻收拾随身衣物,拽上门去了邻居家,还叮嘱邻居告知去向,反映了二姐懦弱和善良精细的性格特征。因刘贵横死被追回,面对气势汹汹的众邻舍、大老婆王氏和临安府尹,只是反复重复"丈夫无端卖我,我自去对爹娘说知……"不能有理有据地为己申诉,显得懦弱而没有主张。另外刘贵夫妇、静山大王、临安府尹、众邻舍的形象塑造也是血肉丰满,鲜明生动。

最后，市民审美趣味的体现。市井百姓群像的刻画、生活中冤案错案的叙述，商人重利等市民意识的描写、通俗活泼的民间语言、因果报应思想，以及戏言口舌是祸根的观念等，都是市民阶层审美趣味的反映。

> 聪明伶俐自天生，懵懂痴呆未必真①。
> 嫉妒每因眉睫浅，戈矛时起笑谈深。
> 九曲黄河心较险，十重铁甲面堪憎②。
> 时因酒色亡家国，几见诗书误好人！

这首诗，单表为人难处。只因世路窄狭，人心叵测③。大道既远④，人情万端。熙熙攘攘，都为利来；蚩蚩蠢蠢⑤，皆纳祸去。持身保家，万千反覆。所以古人云："颦有为颦，笑有为笑。颦笑之间⑥，最宜谨慎。"这回书单说一个官人，只因酒后一时戏笑之言，遂至杀身破家，陷了几条性命。且先引下一个故事来，权做个得胜头回⑦。

我朝元丰年间⑧，有一个少年举子，姓魏名鹏举，字冲霄，年方一十八岁，娶得一个如花似玉的浑家。未及一月，只因春榜动，选场开⑨，魏生别了妻子，收拾行囊，上京应取。临别时，浑家吩咐丈夫："得官不得官，早早回来，休抛闪了恩爱夫妻！"魏生答道："功名二字，是俺本领前程，不索贤卿忧虑。"别后登程到京，果然一

---

① 懵懂：昏聩，糊涂。
② "九曲"两句：人心比九曲黄河还要险恶，面目像十层铠甲般可憎。
③ 叵测：不可度量，不可推测。
④ 大道：正道，常理。指最高的治世原则，包括伦理纲常等。
⑤ 蚩蚩蠢蠢：愚昧无知貌。蚩蚩（chī），无知惑乱貌。
⑥ 颦笑：皱眉和欢笑，借指厌恶和喜欢。颦（pín），皱眉。
⑦ 得胜头回：宋、元说书人的术语，开讲前，先穿插一两个小故事做引子，内容与正文故事关联，或无一点关联。头回，前回，话本小说的人话。
⑧ 元丰：宋神宗的年号（1078—1085）。
⑨ 春榜动，选场开：春试将要举行。春榜：指春试，会试。科举考试中，考进士的会试在春季举行，故称春试。选场，考场，试场。

举成名,榜上一甲第九名①,第二名榜眼及第,除授京职②,在京甚是华艳动人。少不得修了一封家书,差人接取家眷入京。书上先叙了寒温及得官的事,后却写下一行,道是:"我在京中早晚无人照管,已讨了一个小老婆,专候夫人到京,同享荣华。"家人收拾书程③,一径到家,见了夫人,称说贺喜,因取家书呈上。夫人拆开看了,见是如此如此,这般这般,便对家人道:"官人直恁负恩④!甫能得官⑤,便娶了二夫人。"家人便道:"小人在京,并没见有此事,想是官人戏谑之言。夫人到京便见分晓,不得忧虑。"夫人道:"恁地说,我也罢了。"却因人舟未便,一面收拾起身,一面寻觅便人,先寄封平安家书到京中去。那寄书人到了京中,寻问新科魏榜眼寓所,下了家书,管待酒饭自回。不题。

却说魏生接书,拆开来看了,并无一句闲言闲语,只说道:"你在京中娶了一个小老婆,我在家中也嫁了一个小老公,早晚同赴京师也。"魏生见了,也只道夫人取笑的说话,全不在意。未及收好,外面报说,有个同年相访⑥。京邸寓中,不比在家宽转,那人又是相厚的同年,又晓得魏生并无家眷在内,直至里面坐下。叙了些寒温,魏生起身去解手,那同年偶番桌上书帖⑦,看见了这封家书,写得好笑,故意朗诵起来。魏生措手不及,通红了脸,说道:"这是没理的事。因是小弟戏谑了他,他便取笑写来的。"那同年呵呵大笑道:"这节事却是取笑不得的。"别了就去。那人也是一个少年,喜谈乐道,把这封家书一节,顷刻间遍传京邸。也有一班妒忌魏生少年登高科的,将这桩事只当做风闻言事的一个小小新闻⑧,奏上一本,说这魏生年少不检,不宜居清要之职⑨,降处外任。魏生懊恨无及。后来毕竟做官蹭蹬不起⑩,把锦片也似

---

① 一甲:科举考试殿试第一等。
② 除授:拜官授职。
③ 书程:书信与盘缠。
④ 直恁:竟然如此。
⑤ 甫能:刚刚能。
⑥ 同年:科举考试同榜考中者的互称。
⑦ 番:同"翻"。
⑧ 风闻:传闻。言事:古代专指向君王进谏或议论政事。
⑨ 清要之职:谓尊贵显要的政务。
⑩ 蹭蹬:困顿,遭遇挫折,不得意。

一段美前程,等闲放过去了。这便是一句戏言,撒漫了一个美官①。

今日再说一个官人,也只为酒后一时戏言,断送了堂堂七尺之躯,连累两三个人,枉屈害了性命。却是为着甚的?有诗为证:

世路崎岖实可哀,旁人笑口等闲开。
白云本是无心物,又被狂风引出来。

却说高宗时②,建都临安③,繁华富贵,不减那汴京故国④。去那城中箭桥左侧,有个官人姓刘⑤,名贵,字君荐。祖上原是有根基的人家,到得君荐手中,却是时乖运蹇⑥。先前读书,后来看看不济⑦,却去改业做生意,便是半路上出家的一般。买卖行中,一发不是本等伎俩⑧,又把本钱消折去了⑨。渐渐大房改换小房,赁得两三间房子⑩,与同浑家王氏,年少齐眉⑪。后因没有子嗣,娶下一个小娘子,姓陈,是陈卖糕的女儿,家中都呼为二姐。这也是先前不十分穷薄的时做下的勾当⑫。至亲三口,并无闲杂人在家。那刘君荐,极是为人和气,乡里见爱,都称他:"你是一时运限不好,如此落莫,再过几时,定时有个亨通的日子!"说便是这般说,哪得有些些好处?只是在家纳闷,无可奈何!

却说一日闲坐家中,只见丈人家里的老王,年近七旬,走来对刘官人说道:"家

---

① 撒漫:随便就丢失掉。
② 高宗:赵构(1107—1187),字德基,宋徽宗赵佶第九子,宋钦宗赵桓异母弟,南宋开国皇帝,在位三十五年。一作"南宋"。
③ 临安:今浙江省杭州市。
④ 汴京:今河南省开封市。故国:旧时的国都。
⑤ 官人:宋元以来对一般男子的尊称,也指妻子称呼丈夫(多见于早期白话)。
⑥ 时乖运蹇:时运不好。乖,不顺,不和谐。蹇(jiǎn),迟钝,不顺利。
⑦ 不济:不成功,不中用。
⑧ 本等:本来,原来。伎俩:不正当的手段,这里指技能,本事。
⑨ 消折:因使用或受损失、受挫折而逐渐减少下来。这里指亏本,蚀本。
⑩ 赁(lìn):租。
⑪ 齐眉:即举案齐眉,指送饭时把托盘举得跟眉毛一样高,赞美夫妻婚姻美满。后形容夫妻相敬如宾。事见《后汉书·梁鸿传》。
⑫ 勾当:事情。

间老员外生日①,特令老汉接取官人、娘子去走一遭。"刘官人便道:"便是我日逐愁闷过日子,连那泰山的寿诞也都忘了②。"便同浑家王氏,收拾随身衣服,打叠个包儿③,交与老王背了。吩咐二姐:"看守家中。今日晚了,不能转回,明晚须索来家④。"说了就去。离城二十余里,到了丈人王员外家,叙了寒温。当日坐间客众,丈人女婿,不好十分叙述许多穷相。到得客散,留在客房里宿歇。直到天明,丈人却来与女婿攀话,说道:"姐夫⑤,你须不是这等算计⑥,'坐吃山空,立吃地陷';'咽喉深似海,日月快如梭'。你须计较一个常便⑦。我女儿嫁了你,一生也指望丰衣足食,不成只是这等就罢了。"刘官人叹了一口气,道:"是!泰山在上,道不得个'上山擒虎易,开口告人难'。如今的时势,再有谁似泰山这般看顾我的。只索守困⑧,若去求人,便是劳而无功。"丈人便道:"这也难怪你说。老汉却是看你们不过,今日赍助你些少本钱⑨,胡乱去开个柴米店⑩,撰得些利息来过日子⑪,却不好么?"刘官人道:"感蒙泰山恩顾,可知是好⑫。"当下吃了午饭,丈人取出十五贯钱来⑬,付与刘官人道:"姐夫,且将这些钱去,收拾起店面,开张有日,我便再应付你十贯⑭。你妻子且留在此过几日,待有了开店日子,老汉亲送女儿到你家,就来与你作贺,意下如何?"刘官人谢了又谢,驮了钱一径出门。到得城中,天色却早晚了,却撞着一个相识,顺路在他家门首经过。那人也要做经纪的人⑮,就与他商量

---

① 员外:正员之外设置的官员。后可用钱捐买,故小说戏曲中常用来借指地主豪绅。
② 泰山:岳父。
③ 打叠:整理,准备。
④ 须索:一定,必定。
⑤ 姐夫:姐姐的丈夫。这里丈人对女婿的客气称呼。
⑥ 算计:考虑,筹划。
⑦ 常便:长久方便之计。
⑧ 只索:只得,只好。守困:安于贫困。
⑨ 赍(jī)助:资助。些少:少许,一点儿。
⑩ 胡乱:随便。
⑪ 撰:同"赚",赚钱。
⑫ 可知:当然。
⑬ 贯:古代穿钱的绳索。作为计量单位,把铜钱穿在绳子上,每千个为一贯。
⑭ 应付:供应,供给。
⑮ 经纪:经营,买卖。

一会，可知是好。便去敲那人门时，里面有人应喏，出来相揖，便问："老兄下顾，有何见教？"刘官人一一说知就里①。那人便道："小弟闲在家中，老兄用得着时，便来相帮。"刘官人道："如此甚好。"当下说了些生意的勾当。那人便留刘官人在家，现成杯盘，吃了三杯两盏。刘官人酒量不济，便觉有些朦胧起来，抽身作别，便道："今日相扰，明早就烦老兄过寒家，计议生理②。"那人又送刘官人至路口，作别回家，不在话下。若是说话的同年生③，并肩长，拦腰抱住，把臂拖回，也不见得受这般灾晦。却教刘官人死得不如：

《五代史》李存孝④，《汉书》中彭越⑤。

却说刘官人驮了钱，一步一步，捱到家中。敲门已是点灯时分，小娘子二姐，独自在家，没些事做，守得天黑，闭了门，在灯下打瞌睡。刘官人打门，他哪里便听见？敲了半响，方才知觉，答应一声："来了！"起身开了门。刘官人进去，到了房中，二姐替刘官人接了钱，放在卓上⑥，便问："官人何处那移这项钱来⑦，却是甚用？"那刘官人一来有了几分酒，二来怪他开得门迟了，且戏言吓他一吓，便道："说出来，又恐你见怪，不说时，又须通你得知。只是我一时无奈，没计可施，只得把你典与一个客人⑧。又因舍不得你，只典得十五贯钱。若是我有些好处，加利赎你回来；若是照前这般不顺溜⑨，只索罢了。"那小娘子听了，欲待不信，又见十五贯钱堆

---

① 就里：内部情况，实情。
② 生理：生意，买卖。
③ 说话的：说书人的自称。
④ 李存孝(858—894)：代州飞狐(今山西灵丘)人，本姓安，名敬思，沙陀族。五代后唐李克用义子，唐末至五代著名的猛将，武艺非凡，勇猛过人。后受人构陷，被车裂于市。新旧《五代史》有传。
⑤ 彭越(？—前196)：别号彭仲，昌邑(今山东菏泽市巨野县)人。西汉开国功臣，著名将领，秦末聚兵起义，后率兵归刘邦，拜魏相国、建成侯，西汉建立后封为梁王。后因被告发谋反，被诛杀三族，枭首示众。《史记》《汉书》有传。
⑥ 卓上：桌上。卓，几案，后作"桌"。
⑦ 那移：挪借移用。
⑧ 典：典卖，典当。
⑨ 顺溜：顺利，顺当。

在面前；欲待信来，他平白与我没半句言语①，大娘子又过得好，怎么便下得这等狠心辣手。疑狐不决，只得再问道："虽然如此，也须通知我爹娘一声。"刘官人道："若是通知你爹娘，此事断然不成。你明日且到了人家，我慢慢央人与你爹娘说通，他也须怪我不得。"小娘子又问："官人今日在何处吃酒来？"刘官人道："便是把你典与人，写了文书，吃他的酒才来的。"小娘子又问："大姐姐如何不来？"刘官人道："他因不忍见你分离，待得你明日出了门才来。这也是我没计奈何，一言为定。"说罢，暗地忍不住笑。不脱衣裳，睡在床上，不觉睡去了。

那小娘子好生摆脱不下："不知他卖我与甚色样人家？我须先去爹娘家里说知。就是他明日有人来要我，寻到我家，也须有个下落。"沉吟了一会，却把这十五贯钱，一堆儿堆在刘官人脚后边。趁他酒醉，轻轻的收拾了随身衣服，款款的开了门出去②，拽上了门③。却去左边一个相熟的邻舍，叫做朱三老儿家里，与朱三妈宿了一夜，说道："丈夫今日无端卖我④，我须先去与爹娘说知。烦你明日对他说一声，既有了主顾，可同我丈夫到爹娘家中来，讨个分晓⑤，也须有个下落。"那邻舍道："小娘子说得有理，你只顾自去，我便与刘官人说知就里。"过了一宵，小娘子作别去了，不提。正是：

　　鳌鱼脱却金钩去，摆尾摇头再不回。

放下一头。却说这里刘官人一觉直至三更方醒，见桌上灯犹未灭，小娘子不在身边。只道他还在厨下收拾家火，便唤二姐讨茶吃。叫了一回，没人答应，却待挣扎起来，酒尚未醒，不觉又睡了去。不想却有一个做不是的⑥，日间赌输了钱，没处出豁⑦，夜间

---

① 平白：无缘无故，凭空。没半句言语：没有拌过嘴，吵过架。
② 款款：徐缓，轻缓。
③ 拽（zhuài）：拉，牵引。
④ 无端：无缘无故，没有来由。
⑤ 讨个分晓：问个明白。
⑥ 做不是的：做偷盗勾当的，窃贼。
⑦ 出豁：开脱，犹言找出解决办法。

五、从变文到话本

出来掏摸些东西①。却好到刘官人门首,因是小娘子出去了,门儿拽上不关,那贼略推一推,豁地开了。捏手捏脚②,直到房中,并无一人知觉。到得床前,灯火尚明。周围看时,并无一物可取。摸到床上,见一人朝着里床睡去,脚后却有一堆青钱,便去取了几贯。不想惊觉了刘官人,起来喝道:"你须不近道理③!我从丈人家借办得几贯钱来,养身活命,不争你偷了我的去④,却是怎的计结⑤!"那人也不回话,照面一拳,刘官人侧身躲过,便起身与这人相持。那人见刘官人手脚活动,便拔步出房。刘官人不舍,抢出门来,一径赶到厨房里。恰待声张邻舍,起来捉贼,那人急了,正好没出豁,却见明晃晃一把劈柴斧头,正在手边。也是人急计生,被他绰起一斧⑥,正中刘官人面门,扑地倒了,又复一斧,斫倒一边⑦。眼见得刘官人不活了,呜呼哀哉,伏惟尚飨⑧!那人便道:"一不做,二不休,却是你来赶我,不是我来寻你。"索性翻身入房,取了十五贯钱,扯条单被,包裹得停当,拽扎得爽俐⑨,出门,拽上了门就走。不提。

次早,邻舍起来,见刘官人家门也不开,并无人声息,叫道:"刘官人,失晓了⑩。"里面没人答应。捱将进去,只见门也不关。直到里面,见刘官人劈死在地。"他家大娘子,两日前已自往娘家去了;小娘子如何不见?"免不得声张起来。却有昨夜小娘子借宿的邻家朱三老儿说道:"小娘子昨夜黄昏时,到我家宿歇。说道刘官人无端卖了他,他一径先到爹娘家里去了。教我对刘官人说,既有了主顾,可同到他爹娘家中,也讨得个分晓。今一面着人去追他转来,便有下落。一面着人去

---

① 掏摸:偷窃。
② 捏手捏脚:形容轻手轻脚、小心翼翼地走。
③ 不近道理:不讲道理,不近情理。
④ 不争:若是。
⑤ 计结:打算,主张。
⑥ 绰(chāo)起:抓起,举起。
⑦ 斫(zhuó)倒:砍到。
⑧ "呜呼哀哉"二句:旧时祭文末尾的两句套语,表示哀伤,敬请灵魂享用祭祀。伏惟尚飨:指伏在地上恭敬地请被祭者享用供品。尚,希望的意思。飨(xiǎng),泛指请人受用,祭祀的意思。
⑨ 爽俐:干净利落。
⑩ 失晓了:睡得不知天亮了。

报他大娘子到来,再作区处①。"众人都道:"说得是。"先着人去到王老员外家报了凶信。老员外与女儿大哭起来,对那人道:"昨日好端端出门,老汉赠他十五贯钱,教他将来作本,如何便恁的被人杀了?"那去的人道:"好教老员外、大娘子得知,昨日刘官人归时,已自昏黑,吃得半酣,我们都不晓得他有钱没钱,归迟归早。只是今早刘官人家门儿半开,众人推将进去,只见刘官人杀死在地,十五贯钱一文也不见,小娘子也不见踪迹。声张起来,却有左邻朱三老儿出来,说道:'他家小娘子昨夜黄昏时分,借宿他家。小娘子说道:刘官人无端把他典与人了,小娘子要对爹娘说一声。住了一宵,今日径自去了。'如今众人计议,一面来报大娘子与老员外,一面着人去追小娘子。若是半路里追不着的时节,直到他爹娘家中,好歹追他转来,问个明白。老员外与大娘子,须索去走一遭,与刘官人执命②。"老员外与大娘子急急收拾起身,管待来人酒饭,三步做一步,赶入城中。不提。

却说那小娘子清早出了邻舍人家,挨上路去,行不上一二里,早是脚疼,走不动,坐在路旁。却见一个后生,头带万字头巾③,身穿直缝宽衫,背上驮了一个搭膊④,里面却是铜钱,脚下丝鞋净袜⑤,一直走上前来。到了小娘子面前,看了一看,虽然没有十二分颜色,却也明眉皓齿,莲脸生春,秋波送媚,好生动人。正是:

野花偏艳日,村酒醉人多。

那后生放下搭膊,向前深深作揖⑥:"小娘子独行无伴,却是往哪里去的?"小娘子还了万福⑦,道是:"奴家要往爹娘家去,因走不上,权歇在此。"因问:"哥哥是何处来?今要往何方去?"那后生叉手不离方寸:"小人是村里人,因往城中卖了丝帐,讨得

---

① 区处:处理,筹划安排。
② 执命:追查凶手偿命。
③ 万字头巾:头巾名。宋制万字巾下阔上狭,形同万字。
④ 搭膊:中间有袋的长带,可束腰上,亦可背在肩背上。
⑤ 净袜:白色的袜子。
⑥ 作揖:行礼形式。两手抱拳高拱,身体略弯,以示恭敬。
⑦ 万福:一种古代妇女相见行礼的方式。姿势是双手交叠放在小腹,目视下微屈膝,口中说"万福"。

些钱,要往褚家堂那边去的。"小娘子道:"告哥哥则个①,奴家爹娘也在褚家堂左侧。若得哥哥带挈奴家②,同走一程,可知是好。"那后生道:"有何不可!既如此说,小人情愿伏侍小娘子前去。"

两个厮赶着③,一路正行,行不到二三里田地,只见后面两个人脚不点地赶上前来,赶得汗流气喘,衣服拽开。连叫:"前面小娘子慢走,我却有话说知。"小娘子和那后生,看见赶得蹊跷④,都立住了脚。后边两个赶到跟前,见了小娘子与那后生,不容分说,一家扯了一个,说道:"你们干得好事!却走往哪里去?"小娘子吃了一惊,举眼看时,却是两家邻舍,一个就是小娘子昨夜借宿的主人。小娘子便道:"昨夜也须告过公公得知,丈夫无端卖我,我自去对爹娘说知。今日赶来,却有何说?"朱三老道:"我不管闲帐⑤,只是你家里有杀人公事⑥,你须回去对理。"小娘子道:"丈夫卖我,昨日钱已驮在家中,有甚杀人公事?我只是不去。"朱三老道:"好自在性儿⑦!你若真个不去,叫起地方⑧,有杀人贼在此,烦为一捉。不然,须要连累我们,你这里地方也不得清净。"那个后生见不是话头,便对小娘子道:"既如此说,小娘子只索回去,小人自家去休⑨。"那两个赶来的邻舍,齐叫起来说道:"若是没有你在此便罢,既然你与小娘子同行同止,你须也去不得。"那后生道:"却又古怪,我自半路遇见小娘子,偶然伴他行一程路儿,却有甚皂丝麻线⑩,要勒掯我回去⑪?"朱三老道:"他家有了杀人公事,不争放你去了,却打没对头官司!"当下怎容小娘子和那后生做主。看的人渐渐立满,都道:"后生,你去不得。你日间不作亏心事,半夜敲门不吃惊。便去何妨!"那赶来的邻舍道:"你若不去,便是心虚。我

---

① 则个:助词,表示祈使等语气。
② 带挈(qiè):携带。
③ 厮赶:结伴赶路。
④ 蹊跷:奇怪,可疑。
⑤ 闲帐:指与己无关的事。
⑥ 公事:官司。
⑦ 自在性儿:安闲自得,没有事情。
⑧ 地方:地保。
⑨ 休:罢了,算了。
⑩ 皂丝麻线:黑色的丝线与白色的丝线搀杂在一起。比喻瓜葛,牵连。
⑪ 勒掯:强迫或故意为难。

们却和你罢休不得。"四个人只得厮挽着,一路转来。

到得刘官人门首,好一场热闹。小娘子入去看时,只见刘官人斧劈倒在地死了,床上十五贯钱,分文也不见。开了口合不得,伸了舌缩不上去。那后生也慌了,便道:"我怎的晦气!没来由和那小娘子同走一程①,却做了干连人②。"众人都和闹着。正在那里分豁不开③,只见王老员外和女儿一步一撴④,走回家来,见了女婿身尸,哭了一场,便对小娘子道:"你却如何杀了丈夫,劫了十五贯钱,逃走出去?今日天理昭然⑤,有何理说?"小娘子道:"十五贯钱委是有的⑥。只是丈夫昨晚回来,说是无计奈何,将奴家典与他人,典得十五贯身价在此,说过今日便要奴家到他家去。奴家因不知他典与甚色样人家,先去与爹娘说知。故此趁夜深了,将这十五贯钱,一垛儿堆在他脚后边,拽上门,到朱三老家住了一宵,今早自去爹娘家里说知。我去之时,也曾央朱三老对我丈夫说,既然有了主儿,便同到我爹娘家里来交割⑦。却不知因甚杀死在此?"那大娘子道:"可又来⑧!我的父亲昨日明明把十五贯钱与他驮来作本,养赡妻小,他岂有哄你说是典来身价之理?这是你两日因独自在家勾搭上了人;又见家中好生不济,无心守耐,又见了十五贯钱,一时见财起意,杀死丈夫,劫了钱。又使见识⑨,往邻舍家借宿一夜,却与汉子通同计较⑩,一处逃走。现今你跟着一个男子同走,却有何理说,抵赖得过?"众人齐声道:"大娘子之言,甚是有理。"又对那后生道:"后生,你却如何与小娘子谋杀亲夫?却暗暗约定在僻静处等候,一同去逃奔他方,却是如何计结?"那人道:"小人自姓崔,名宁,与那小娘子无半面之识。小人昨晚入城,卖得几贯丝钱在这里,因路上遇见小娘子,小人偶然问起往哪里去的,却独自一个行走。小娘子说起,是与小人同路,

---

① 没来由:无缘无故。
② 干连人:有关系的人。
③ 分豁:分解,开脱;分辩。
④ 撴(diān):顿脚。
⑤ 昭然:明明白白,显而易见,明显的样子。
⑥ 委是:确实。
⑦ 交割:移交,交代。
⑧ 可又来:对别人所说的话表示异议或加重语气之词,相当于"这可怪了""那奇怪了"。
⑨ 见识:计谋,手段。
⑩ 通同:串通一起,共同。计较:计划,商量。

以此作伴同行。却不知前后因依①。"众人哪里肯听他分说②，搜索他搭膊中，恰好是十五贯钱，一文也不多，一文也不少。众人齐发起喊来，道："是天网恢恢，疏而不漏③。你却与小娘子杀了人，拐了钱财，盗了妇女，同往他乡，却连累我地方邻里打没头官司！"

当下，大娘子结扭了小娘子，王老员外结扭了崔宁，四邻舍都是证见，一哄都入临安府中来。那府尹听得有杀人公事④，即便升厅。便叫一干人犯，逐一从头说来。先是王老员外上去，告说："相公在上⑤，小人是本府村庄人氏，年近六旬，只生一女，先年嫁与本府城中刘贵为妻⑥。后因无子，取了陈氏为妾，呼为二姐。一向三口在家过活，并无片言。只因前日是老汉生日，差人接取女儿、女婿在家，住了一夜。次日，因见女婿家中全无活计，养赡不起，把十五贯钱与女婿作本，开店养身。却有二姐在家看守。到得昨夜，女婿到家时分，不知因甚缘故，将女婿斧劈死了。二姐却与一个后生，名唤崔宁，一同逃走，被人追捉到来。望相公可怜见老汉的女婿，身死不明，奸夫淫妇，赃证见在，伏乞相公明断⑦！"府尹听得如此如此，便叫陈氏上来："你却如何通同奸夫，杀死了亲夫，劫了钱，与人一同逃走，是何理说？"二姐告道："小妇人嫁与刘贵，虽是个小老婆，却也得他看承得好⑧，大娘子又贤慧，却如何肯起这片歹心？只是昨晚丈夫回来，吃得半酣，驮了十五贯钱进门，小妇人问他来历，丈夫说道：为因养赡不周，将小妇人典与他人，典得十五贯身价在此。又不通我爹娘得知，明日就要小妇人到他家去。小妇人慌了，连夜出门，走到邻舍家里，借宿一宵。今早一径先往爹娘家去，教他对丈夫说，既然卖我有了主顾，可到我爹妈家里来交割。才走得到半路，却见昨夜借宿的邻家赶来，捉住小妇

---

① 因依：原委，缘由。
② 分说：分辩，说明。
③ 天网恢恢，疏而不漏：天道犹如一张大网，虽然网眼疏而不密，但作恶者不会漏掉，作恶就要受惩罚。比喻作恶的人逃脱不了国法的惩处。《老子》第三十七章："天网恢恢，疏而不失。"
④ 府尹：府级的最高长官，掌地方行政。
⑤ 相公：相君。旧时对宰相的敬称，泛称官吏。
⑥ 先年：昔年，从前。
⑦ 伏乞：请求的敬辞。
⑧ 看承：对待。亦作"看待""看成"。

人回来,却不知丈夫杀死的根由。"那府尹喝道:"胡说!这十五贯钱分明是他丈人与女婿的,你却说是典你的身价,眼见的没巴臂的说话了①。况且妇人家如何黑夜行走?定是脱身之计。这桩事,须不是你一个妇人家做的,一定有奸夫帮你谋财害命,你却从实说来!"那小娘子正待分说,只见几家邻舍,一齐跪上去告道:"相公的言语,委是青天。他家小娘子,昨夜果然借宿在左邻第二家的,今早他自去了。小的们见他丈夫杀死,一面着人去赶,赶到半路,却见小娘子和那一个后生同走,苦死不肯回来②。小的们勉强捉他转来,却又一面着人去接他大娘子与他丈人,到时,说昨日有十五贯钱付与女婿做生理的。今者女婿已死,这钱不知从何而去。再三问那小娘子时,说道:他出门时,将这钱一堆儿堆在床上。却去搜那后生身边,十五贯钱分文不少。却不是小娘子与那后生通同谋杀?赃证分明,却如何赖得过?"府尹听他们言言有理,就唤那后生上来道:"帝辇之下,怎容你这等胡行?你却如何谋了他小老婆,劫了十五贯钱,杀死了亲夫?今日同往何处?从实招来!"那后生道:"小人姓崔,名宁,是乡村人氏。昨日往城中卖了丝,卖得这十五贯钱。今早偶然路上撞着这小娘子,并不知他姓甚名谁,那里晓得他家杀人公事?"府尹大怒,喝道:"胡说!世间不信有这等巧事。他家失去了十五贯钱,你却卖的丝恰好也是十五贯钱,这分明是支吾的说话了③。况且'他妻莫爱,他马莫骑',你既与那妇人没甚首尾④,却如何与他同行共宿?你这等顽皮赖骨,不打如何肯招?"当下众人将那崔宁与小娘子死去活来拷打一顿。那边王老员外与女儿并一干邻佑人等⑤,口口声声,咬他二人。府尹也巴不得结了这段公案。拷讯一回,可怜崔宁和小娘子受刑不过,只得屈招了,说是一时见财起意,杀死亲夫,劫了十五贯钱,同奸夫逃走是实。左邻右舍都指画了十字⑥,将两人大枷枷了,送入死囚牢里。将

---

① 没巴臂:无根据。
② 苦死:无论如何;极力,执意。
③ 支吾:用话应付、搪塞。
④ 首尾:事情的开头和结尾,事物的前面和后面,这里指男女私情。
⑤ 邻佑:邻居。
⑥ 指画了十字:在供状上按手印,画十字,代替签名,表示认可。

这十五贯钱给还原主,也只好奉与衙门中人做使用,也还不够哩。府尹叠成文案①,奏过朝廷,部覆申详②,倒下圣旨,说:"崔宁不合奸骗人妻,谋财害命,依律处斩。陈氏不合通同奸夫杀死亲夫,大逆不道,凌迟示众。"当下读了招状,大牢内取出二人来,当厅判一个"斩"字,一个"剐"字③,押赴市曹,行刑示众。两人浑身是口,也难分说。正是:

哑子谩尝黄蘖味④,难将苦口对人言。

看官听说,这段公事,果然是小娘子与那崔宁谋财害命的时节,他两人须连夜逃走他方,怎的又去邻舍人家借宿一宵?明早又走到爹娘家去,却被人捉住了?这段冤枉,仔细可以推详出来⑤。谁想问官糊涂,只图了事,不想捶楚之下⑥,何求不得。冥冥之中,积了阴骘⑦,远在儿孙近在身,他两个冤魂,也须放你不过。所以做官的,切不可率意断狱,任情用刑,也要求个公平明允。道不得个死者不可复生,断者不可复续,可胜叹哉!

闲话休题。却说那刘大娘子到得家中,设个灵位,守孝过日。父亲王老员外劝他转身⑧,大娘子说道:"不要说起三年之久,也须到小祥之后⑨。"父亲应允自去。

光阴迅速,大娘子在家巴巴结结⑩,将近一年。父亲见他守不过,便叫家里老王去接他来,说:"叫大娘子收拾回家,与刘官人做了周年,转了身去罢!"大娘子没

---

① 叠成文案:做成公文案卷。
② 部覆申详:刑部经过复核,再将处理意见详细向上级呈报。部覆,旧时朝廷各部的覆文。申详,向上级官府详细呈报。
③ 剐:即凌迟,封建时代一种残酷的死刑,把人的身体割成许多块。
④ 谩 màn:莫,不要。黄蘖(niè):当作"黄檗(bò)",落叶乔木,气味苦寒,亦称为"黄柏"。
⑤ 推详:仔细推究。
⑥ 捶楚:杖击、鞭打,这里指严刑拷问。
⑦ 阴骘(zhì):即阴德。
⑧ 转身:寡妇再嫁。
⑨ 小祥:死者的周年祭,穿丧服满一年。
⑩ 巴巴结结:勉强应付,处境艰难。

计奈何,细思父言,亦是有理。收拾了包裹,与老王背了,与邻舍家作别,暂去再来。一路出城,正值秋天,一阵乌风猛雨,只得落路①,往一所林子去躲,不想走错了路。正是:

  猪羊走屠宰之家,一脚脚来寻死路。

走入林子里去,只听他林子背后,大喝一声:"我乃静山大王在此!行人住脚,须把买路钱与我。"大娘子和那老王吃那一惊不小,只见跳出一个人来:

  头带乾红凹面巾,身穿一领旧战袍,腰间红绢搭膊裹肚,脚下蹬一双乌皮皂靴,手执一把朴刀。

舞刀前来。那老王该死,便道:"你这剪径的毛团②!我须是认得你,做这老性命着与你兑了罢③!"一头撞去,被他闪过空。老人家用力猛了,扑地便倒。那人大怒道:"这牛子好生无礼④!"连搠一两刀⑤,血流在地,眼见得老王养不大了⑥。那刘大娘子见他凶猛,料道脱身不得,心生一计,叫做脱空计⑦。拍手叫道:"杀得好!"那人便住了手,睁圆怪眼,喝道:"这是你什么人?"那大娘子虚心假气的答道:"奴家不幸丧了丈夫,却被媒人哄诱,嫁了这个老儿,只会吃饭。今日却得大王杀了,也替奴家除了一害。"那人见大娘子如此小心,又生得有几分颜色,便问道:"你肯跟我做个压寨夫人么⑧?"大娘子寻思,无计可施,便道:"情愿伏侍大王。"那人回

---

① 落路:离开大路,抄小路而行。
② 剪径:拦路抢劫。毛团:禽兽、畜生等谩骂之词。
③ 做这老性命着与你兑了罢:拿这老命与你拼了。兑,兑换,交换。
④ 牛子:宋元时代对村人、乡巴佬的谑称。
⑤ 搠(shuò):扎,刺。
⑥ 养不大:指活不了,死了。
⑦ 脱空:弄虚作假。
⑧ 压寨夫人:盗贼头目的妻子,常见于小说戏曲中。

五、从变文到话本

嗔作喜①,收拾了刀杖,将老王尸首撺入涧中②。领了刘大娘子,到一所庄院前来,甚是委曲③。只见大王向那地上拾些土块,抛向屋上去,里面便有人出来开门。到得草堂之上,吩咐杀羊备酒,与刘大娘子成亲。两口儿且是说得着。正是:

  明知不是伴,事急且相随。

  不想那大王自得了刘大娘子之后,不上半年,连起了几主大财④,家间也丰富了⑤。大娘子甚是有识见,早晚用好言语劝他:"自古道:'瓦罐不离井上破,将军难免阵中亡。'你我两人下半世也够吃用了,只管做这没天理的勾当,终须不是个好结果!却不道是'梁园虽好⑥,不是久恋之家'。不若改行从善,做个小小经纪,也得过养身活命。"那大王早晚被他劝转,果然回心转意,把这门道路撇了。却去城市间赁下一处房屋,开了一个杂货店。遇闲暇的日子,也时常去寺院中念佛持斋。
  忽一日,在家闲坐,对那大娘子道:"我虽是个剪径的出身,却也晓得'冤各有头,债各有主'。每日间只是吓骗人东西⑦,将来过日子⑧。后来得有了你,一向买卖顺溜,今已改行从善。闲来追思既往,止曾枉杀了两个人,又冤陷了两个人,时常挂念,思欲做些功果⑨,超度他们,一向未曾对你说知。"大娘子便道:"如何是枉杀了两个人?"那大王道:"一个是你的丈夫,前日在林子里的时节,他来撞我,我却杀了他。他须是个老人家,与我往日无仇,如今又谋了他老婆,他死也是不甘心的。"大娘子道:"不恁地时,我却哪得与你厮守?这也是往事,休提了。"又问:"杀那一个,又是甚人?"那大王道:"说起来这个人,一发天理上放不过去,且又带累了

---

① 回嗔作喜:由嗔怪转为喜悦。嗔(chēn),怒,生气。
② 撺(cuān):抛掷。
③ 委曲:指曲调、道路、河流等曲折、婉转。
④ 主:一笔或一宗钱财。
⑤ 家间:家中。
⑥ 梁园:汉代梁孝王所营建的名园,用来招纳四方宾客。故址在今河南开封东南。
⑦ 吓骗:恐吓诈骗。
⑧ 将来:拿来,取来。
⑨ 功果:请僧众念佛诵经做功德,以超度亡魂,消灾祈福。

两个人,无辜偿命①。是一年前,也是赌输了,身边并无一文,夜间便去掏摸些东西。不想到一家门首,见他门也不闩,推进去时,里面并无一人。摸到门里,只见一人醉倒在床,脚后却有一堆铜钱,便去摸他几贯。正待要走,却惊醒了那人,起来说道:'这是我丈人家与我做本钱的,不争你偷去了,一家人口都是饿死。'起身抢出房门,正待声张起来。是我一时见他不是话头,却好一把劈柴斧头在我脚边,这叫做人急计生,绰起斧来②,喝一声道:'不是我,便是你。'两斧劈倒。却去房中将十五贯钱尽数取了。后来打听得他,却连累了他家小老婆,与那一个后生,唤做崔宁,说他两人谋财害命,双双受了国家刑法。我虽是做了一世强人,只有这两桩人命,是天理人心,打不过去的。早晚还要超度他,也是该的。"

那大娘子听说,暗暗地叫苦:"原来我的丈夫也吃这厮杀了③,又连累我家二姐与那个后生无辜被戮④。思量起来,是我不合当初作弄他两人偿命⑤。料他两人阴司中,也须放我不过。"当下权且欢天喜地,并无他说。明日捉个空⑥,便一径到临安府前,叫起屈来。那时换了一个新任府尹,才得半月。正值升厅,左右捉将那叫屈的妇人进来⑦。刘大娘子到于阶下,放声大哭。哭罢,将那大王前后所为:怎的杀了我丈夫刘贵。问官不肯推详,含糊了事,却将二姐与那崔宁,朦胧偿命⑧。后来又怎的杀了老王,奸骗了奴家。今日天理昭然,一一是他亲口招承。伏乞相公高抬明镜⑨,昭雪前冤!说罢又哭。府尹见他情词可怜,即着人去捉那静山大王到来,用刑拷讯,与大娘子口词一些不差。即时问成死罪,奏过官里。待六十日限满,倒下圣旨来,勘得⑩:"静山大王谋财害命,连累无辜。准律⑪:杀一家非死罪三

---

① 无辜:无罪的人。
② 绰(chāo):匆忙地抓起,拿起。
③ 吃:被。这厮:这家伙。
④ 戮(lù):杀。
⑤ 作弄:谋害。
⑥ 捉个空:找个机会。
⑦ 左右:身边办事的人,这里指站立在公堂两旁的衙役。
⑧ 朦胧:糊涂。
⑨ 高抬明镜:称颂官吏执法严明,判案公正。
⑩ 勘:审问囚犯。
⑪ 准律:依照法律。

五、从变文到话本

人者,斩加等,决不待时①。原问官断狱失情②,削职为民。崔宁与陈氏枉死可怜,有司访其家③,谅行优恤④。王氏既系强徒威逼成亲,又有伸雪夫冤,着将贼人家产,一半没入官⑤,一半给与王氏养赡终身。"刘大娘子当日往法场上,看决了静山大王,又取其头去祭献亡夫并小娘子及崔宁,大哭一场。将这一半家私,舍入尼姑庵中,自己朝夕看经念佛,追荐亡魂,尽老百年而终。有诗为证:

善恶无分总丧躯,只因戏语酿殃危。
劝君出话须诚信,口舌从来是祸基。

《京本通俗小说》,上海古籍出版社1988年版。

---

① 决不待时:指对已判死刑的重犯,不待秋后而立即执行。封建时代处决死囚多在秋后,但案情重大者可立即处决,故谓。
② 失情:失实。
③ 有司:主管官吏。
④ 谅行:根据实际情况。优恤:给予优厚抚恤。
⑤ 没入官:没收归官府。

《清平山堂话本》

《清平山堂话本》是现存最早的话本小说集,由明代文人洪楩于嘉靖年间编刊而成。洪楩,字子美,明代嘉靖年间杭州的著名藏书家和文学家。洪楩出身望族,继承了祖先书香门第的遗业,于西湖边建有藏书楼"清平山堂"。《清平山堂话本》现仅存二十九篇,原书分《雨窗》《长灯》《随航》《欹枕》《解闷》《醒梦》六集,每集分上下两卷,每卷五种,共六十种,故又称《六十家小说》。书中收录了大量宋元及明初的话本小说,里面既有市井公案,又有民间传说,也有婚姻爱情,从中可以看到早期白话小说的原貌。尽管《清平山堂话本》中所收的这些作品从语言到结构都略显质朴,但它对后代文学作品的创作产生了重要影响。该书的许多作品被"三言二拍"改编辑选,《董永遇仙传》等作品至今仍被不断改编,是研究中国小说史与语言史的重要资料。

快嘴李翠莲记

【解题】《快嘴李翠莲记》是《清平山堂话本》中收录的极具俗文学特点的一篇作品。主人公李翠莲容貌、女红俱佳,唯独心直口快。后被媒人说合,许配给了张狼。父母担心翠莲口快遭嫌,媒人也让她谨慎少言,可她偏偏大闹婚礼现场,用一张嘴挑遍了所有人的错,让张家难堪不已。最后,翠莲彻底惹怒了公婆,张狼无奈写了休书,翠莲回到家中告别了亲人,选择出家为尼。小说的矛盾集中在李翠莲与传统的礼教之间,儒家讲究"木讷近人",女性更应该"择辞而说,不道恶语,时然后言,不厌于人"。而李翠莲却偏偏是个心直口快、伶牙俐齿之人,她敢哭敢闹,口无遮拦,用唱词式的粗俗之语,驳倒了众人之言。李翠莲的"无畏"并非源于"无知",她"书史百家,无所不通",拌起嘴来也是引经据典,博古通今。她"知礼"又刻意"破礼",既是"巧妇"又是"恶妇",这在其他作品中是不多见的。《快嘴李翠莲记》虽然是个悲剧,李翠莲最终只得出家为尼,但她身上展现的叛逆性格和独立个性却是典型的、令人津津乐道的。整篇小说通过对李翠莲婚姻故事的描写,体现了古代女性对婚姻自主的勇敢追求与对封建礼教的坚定反抗。在艺术成就上,《快嘴李翠莲记》在行文语言与结构上虽然略显粗拙,但是其对市民阶层人物尤其是李翠莲这个形象的成功塑造,还是体现了宋元话本小说的较高水平。

入话:出口成章不可轻,开言作对动人情。虽无子路才能智,单取人前一笑声。

此四句单道:昔日东京有一员外,姓张名俊,家中颇有金银。所生二子,长曰张虎,次曰张狼。大子已有妻室,次子尚未婚配。本处有个李吉员外,所生一女,小字翠莲,年方二八。姿容出众,女红针指,书史百家,无所不通。只是口嘴快些,凡向人前,说成篇,道成溜,问一答十,问十道百。有诗为证:

问一答十古来难,问十答百岂非凡。
能言快语真奇异,莫作寻常当等闲。

话说本地有一王妈妈,与二边说合,门当户对,结为姻眷,选择吉日良时娶亲。三日前,李员外与妈妈论议,道:"女儿诸般好了,只是口快,我和你放心不下。打紧他公公难理会①。不比等闲的,婆婆又兜答②,人家又大,伯伯、姆姆③,手下许多人,如何是好?"妈妈道:"我和你也须分付她一场。"只见翠莲走到爹妈面前,观见二亲满面忧愁,双眉不展,就道:

"爷是天,娘是地,今朝与儿成婚配。男成双,女成对,大家欢喜要吉利。人人

---

① 打紧:确实、实在。
② 兜答:啰嗦、唠叨。亦作"兜搭"。
③ 姆姆:称谓。尊称丈夫的嫂嫂。

说道好女婿,有财有宝又豪贵;又聪明,又伶俐,双六①、象棋通六艺②;吟得诗,做得对,经商买卖诸般会。这门女婿要如何?愁得苦水儿滴滴地。"

员外与妈妈听翠莲说罢,大怒曰:"因为你口快如刀,怕到人家多言多语,失了礼节,公婆人人不欢喜,被人笑耻,在此不乐。叫你出来,分付你少则声,颠倒说出一篇来,这个苦恼的好!"翠莲道:

"爷开怀,娘放意。哥宽心,嫂莫虑。女儿不是夸伶俐,从小生得有志气。纺得纱,绩得苎③,能裁能补能绣刺;做得粗,整得细,三茶六饭一时备;推得磨,捣得碓④,受得辛苦吃得累。烧卖⑤、匾食有何难⑥,三汤两割我也会⑦。到晚来,能仔细,大门关了小门闭;刷净锅儿掩橱柜,前后收拾自用意。铺了床,伸开被,点上灯,请婆睡,叫声'安置'进房内。如此伏侍二公婆,他家有甚不欢喜?爹娘且请放心宽,舍此之外值个屁!"

翠莲说罢,员外便起身去打。妈妈劝住,叫道:"孩儿,爹娘只因你口快了愁!今番只是少说些。古人云:'多言众所忌。'到人家只是谨慎言语,千万记着!"翠莲曰:"晓得。如今只闭着口儿罢。"

妈妈道:"隔壁张太公是老邻舍,从小儿看你大,你可过去作别一声。"员外道:"也是。"翠莲便走将过去,进得门槛,高声便道:

"张公道,张婆道,两个老的听禀告:明日寅时我上轿,今朝特来说知道。年老爹娘无倚靠,早起晚些望顾照!哥嫂倘有失礼处,父母分上休计较。待我满月回门来,亲自上门叫聒噪⑧。"

张太公道:"小娘子放心,令尊与我是老兄弟,当得早晚照管。令堂亦当着老

---

① 双六:即"双陆",一种古代的赌博游戏方式,类似于下棋。
② 六艺:即儒家所谓的礼(礼仪)、乐(音乐)、射(射箭)、御(驾车)、书(识字与书法)、数(计算)等六种才艺。也指《诗》、《书》、《礼》、《乐》、《易》和《春秋》六种经书,后泛指各种经书。
③ 绩:把麻搓捻成线或绳。苎:即苎麻,多年生草本植物,茎皮含纤维质很多,是纺织业的重要原料。
④ 碓:木石做成的捣米工具。
⑤ 烧卖:一种小吃,用不发酵的面粉制成很薄的皮,包馅,顶上捏成摺儿,然后蒸熟。
⑥ 匾食:水饺。
⑦ 三汤两割:泛指烹饪之事。
⑧ 聒噪:此处指打扰。

妻过去陪伴,不须挂意!"

作别回家,员外与妈妈道:"我儿,可收拾早睡休,明日须半夜起来打点。"翠莲便道:

"爹先睡,娘先睡,爹娘不比我班辈。哥哥、嫂嫂相傍我,前后收拾自理会。后生家熬夜有精神,老人家熬了打盹睡。"

翠莲道罢,爹妈大恼曰:"罢,罢,说你不改了!我两口自去睡也。你与哥嫂自收拾,早睡早起。"

翠莲见爹妈睡了,连忙走到哥嫂房门口高叫:

"哥哥、嫂嫂休推醉,思量你们忒没意。我是你的亲妹妹,止有今晚在家中。亏你两口下着得,诸般事儿都不理,关上房门便要睡,嫂嫂,你好不贤惠。我在家,不多时,相帮做些道怎地?巴不得打发我出门,你们两口得伶俐①?"

翠莲道罢,做哥哥的便道:"你怎生还是这等的?有父母在前,我不好说你。你自先去安歇,明日早起。凡百事,我自和嫂嫂收拾打点。"翠莲进房去睡。兄嫂二人,无多时,前后俱收拾停当②,一家都安歇了。

员外、妈妈一觉睡醒,便唤翠莲问道:"我儿,不知甚么时节了?不知天晴天雨?"翠莲便道:

"爹慢起,娘慢起,不知天晴是下雨。更不闻,鸡不语,街坊寂静无人语。只听得隔壁白嫂起来磨豆腐,对门黄公舂糕米。若非四更时,便是五更矣。且待奴家先起,烧火劈柴打下水,且把锅儿刷洗起,烧些脸汤洗一洗,梳个头儿光光地。大家也是早起些,娶亲的若来慌了腿!"

员外、妈妈并哥嫂一齐起来,大怒曰:"这早晚,东方将亮了,还不梳妆完,尚兀自调嘴弄舌③!"翠莲又道:

"爹休骂,娘休骂,看我房中巧妆画。铺两鬓,黑似鸦,调和脂粉把脸搽。点朱

---

① 伶俐:此处指清静。
② 停当:妥当。
③ 兀自:还是、仍然。调嘴弄舌:耍嘴皮子。

唇,将眉画,一对金环坠耳下。金银珠翠插满头,宝石禁步身边挂①。今日你们将我嫁,想起爹娘撇不下;细思乳哺养育恩,泪珠儿滴湿了香罗帕。猛听得外面人说话,不由我不心中怕;今朝是个好日头,只管都噜都噜说什么!"

翠莲道罢,妆办停当,直来到父母跟前,说道:

"爹拜禀,娘拜禀,蒸了馒头索了粉,果盒肴馔件件整。收拾停当慢慢等,看看打得五更紧。我家鸡儿叫得准,送亲从头再去请。姨娘不来不打紧,舅母不来不打紧,可耐姑娘没道理②,说的话儿全不准。昨日许我五更来,今朝鸡鸣不见影。歇歇进门没得说,赏她个漏风的巴掌当邀请。"

员外与妈妈敢怒而不敢言。妈妈道:"我儿,你去叫你哥嫂及早起来,前后打点。娶亲的将次来了③。"翠莲见说,慌忙走去哥嫂房门口前,叫曰:

"哥哥嫂嫂你不小,我今在家时候少。算来也用得起早,如何睡到天大晓?前后门窗须开了,点些蜡烛香花草。里外地下扫一扫,娶亲轿子将来了。误了时辰公婆恼,你两口儿讨分晓!"

哥嫂两个忍气吞声,前后俱收拾停当。员外道:"我儿,家堂并祖宗面前④,可去拜一拜,作别一声。我已点下香烛了。趁娶亲的未来,保你过门平安!"翠莲见说,拿了一炷,走到家堂面前,一边拜,一边道:

"家堂,一家之主;祖宗,满门先贤:今朝我嫁,未敢自专。四时八节⑤,不断香烟。告知神圣,万望垂怜!男婚女嫁,理之自然。有吉有庆,夫妇双全。无灾无难,永保百年。如鱼似水,胜蜜糖甜。五男二女,七子团圆。二个女婿,答礼通贤;五房媳妇,孝顺无边。孙男孙女,代代相传。金珠无数,米麦成仓。蚕桑茂盛,牛马捱肩。鸡鹅鸭鸟,满荡鱼鲜⑥。丈夫惧怕,公婆爱怜。妯娌和气,伯叔忻然。奴

---

① 禁步:旧时妇女挂在裙边的一种玉石或金属饰物。行走动裙则作响,有制止大步失礼行动的作用,以此得名。
② 可耐:可奈、可恨。姑娘:姑母。
③ 将次:即将、即刻。
④ 家堂:家中侍奉祖先的厅堂,多借指祖先的神位。
⑤ 四时八节:四时指春、夏、秋、冬;八节指立春、春分、立夏、夏至、立秋、秋分、立冬、冬至。这里泛指一年四季各节气。
⑥ 荡:小湖或沼泽。

五、从变文到话本

仆敬重,小姑有缘。不上三年之内,死得一家干净,家财都是我掌管,那时翠莲快活几年!"

翠莲祝罢,只听得门前鼓乐喧天,笙歌聒耳,娶亲车马,来到门首。张宅先生念诗曰①:

"高卷珠帘挂玉钩,香车宝马到门头②。
花红利市多多赏③,富贵荣华过百秋。"

李员外便叫妈妈将钞来,赏赐先生和媒妈妈,并车马一干人。只见妈妈拿出钞来,翠莲接过手,便道:"等我分④。"

"爹不惯,娘不惯,哥哥、嫂嫂也不惯。众人都来面前站,合多合少等我散。抬轿的合五贯,先生媒人两贯半。收好些,休嚷乱,吊下了时休埋怨!这里多得一贯文,与你这媒人婆买个烧饼,到家哄你呆老汉。"

先生与轿夫一干人听了,无不吃惊,曰:"我们见千见万,不曾见这样口快的!"大家张口吐舌,忍气吞声,簇拥翠莲上轿。一路上,媒妈妈吩咐:"小娘子,你到公婆门首,千万不要开口!"

不多时,车马一到张家前门,歇下轿子,先生念诗曰:

"鼓乐喧天响汴州,今朝织女配牵牛。
本宅亲人来接宝,添妆含饭古来留⑤。"

且说媒人婆拿着一碗饭,叫道:"小娘子,开口接饭。"只见翠莲在轿中大怒,

---

① 先生:此指阴阳先生,以相面、卜卦、看风水等为职业的人。
② 门头:门口。
③ 花红:指有关婚姻等喜庆事的礼物。利市:节日喜庆所赏的喜钱。
④ 等:让。
⑤ 添妆:向新娘赠送彩礼物品。含饭:旧时婚礼在新娘下轿进夫家前,请新娘口含饭食,以表示生活丰盛无虑。

便道：

"老泼狗，老泼狗，叫我闭口又开口。正是媒人之口无量斗①，怎当你没的番做有。你又不曾吃早酒，嚼舌嚼黄胡张口②。方才跟着轿子走，分付叫我休开口。甫能住轿到门首，如何又叫我开口？莫怪我今骂得丑，真是白面老母狗！"

先生道："新娘子息怒。她是个媒人，出言不可太甚。自古新人无有此等道理！"翠莲便道：

"先生你是读书人，如何这等不聪明？当言不言谓之讷，信这虔婆弄死人③！说我婆家多富贵，有财有宝有金银，杀牛宰马做茶饭，苏木檀香做大门，绫罗缎匹无算数，猪羊牛马赶成群。当门与我冷饭吃，这等富贵不如贫。可耐伊家忒恁村，冷饭将来与我吞。若不看我公婆面，打得你眼里鬼火生！"

翠莲说罢，恼得那媒婆一点酒也没吃，一道烟先进去了；也不管她下轿，也不管她拜堂。

本宅众亲簇拥新人到了堂前，朝西立定。先生曰："请新人转身向东，今日福禄喜神在东。"翠莲便道：

"才向西来又向东，休将新妇便牵笼。转来转去无定相，恼得心头火气冲。不知那个是妈妈，不知那个是公公。诸亲九眷闹丛丛④，姑娘小叔乱哄哄。红纸牌儿在当中，点着几对满堂红⑤。我家公婆又未死，如何点盏随身灯⑥？"

张员外与妈妈听得，大怒曰："当初只说娶个良善人家女子，谁想娶这个没规矩、没家法、长舌顽皮村妇！"诸亲九眷面面相觑，无不失惊。

先生曰："人家孩儿在家中惯了，今日初来，须慢慢的调理他。且请拜香案，拜诸亲。"

---

① 无量斗：比喻没有准确性，不足为信。无量，没有限量，没有止境。斗，量粮食的器具。
② 嚼舌嚼黄：胡说八道。
③ 虔婆：贼婆，多用来骂年老妇人。
④ 诸亲九眷：总称所有的亲戚。闹丛丛：闹哄哄。
⑤ 满堂红：灯名，这里指用红绢裹起来的灯。
⑥ 随身灯：在死者脚旁点的灯。

合家大小俱相见毕。先生念诗赋,请新人入房,坐床撒帐①:

"新人挪步过高堂,神女仙郎入洞房。
花红利市多多赏,五方撒帐盛阴阳。"

张狼在前,翠莲在后,先生捧着五谷,随进房中。新人坐床,先生拿起五谷念道:

"撒帐东,帘幕深围烛影红。佳气郁葱长不散,画堂日日是春风。
撒帐西,锦带流苏四角垂。揭开便见姮娥面②,输却仙郎捉带枝。
撒帐南,好合情怀乐且耽。凉月好风庭户爽,双双绣带佩宜男③。
撒帐北,津津一点眉间色。芙蓉帐暖度春宵,月娥苦邀蟾宫客。
撒帐上,交颈鸳鸯成两两。从今好梦叶维熊④,行见蠙珠来入掌⑤。
撒帐中,一双月里玉芙蓉。恍若今宵遇神女,红云簇拥下巫峰⑥。
撒帐下,见说黄金光照社。今宵吉梦便相随,来岁生男定声价。
撒帐前,沉沉非雾亦非烟。香里金虬相隐映,文箫今遇彩鸾仙。
撒帐后,夫妇和谐长保守。从来夫唱妇相随,莫作河东狮子吼⑦。"

说那先生撒帐未完,只见翠莲跳起身来,摸着一条面杖,将先生夹腰两面杖,

---

① 坐床撒帐:旧时婚仪,新婚夫妇拜堂后入房就坐,女向左男向右对坐,傧相口诵赞诗,手撒五谷等物于帐上,以求吉利。
② 姮娥:即嫦娥。
③ 宜男草。指宜男草。曹植有《宜男花颂》:"草号宜男,既晔且贞。"《齐民要术》引晋周处《风土记》:"宜男,草也,高六尺,花如莲。怀妊人带佩,必生男。"此处取佩戴宜男草以求生男之意。
④ 叶:音谐,和洽、和谐之意。维熊:《诗·小雅·斯干》:"吉梦维何? 维熊维罴……维熊维罴,男子之祥。"郑玄笺:"熊罴在山,阳之祥也,故为生男。"后即以"维熊"为祝生男之辞。
⑤ 蠙珠:珍珠。
⑥ 神女、巫峰二句援引"高唐神女"典故,战国时期宋玉有《高唐赋》,写楚王与巫山高唐神女相遇交欢之事,后人多用此典来指男女情爱之事。
⑦ 河东狮子吼:宋代陈慥之妻柳氏凶悍善妒,常使丈夫惧怕,后人多用此事来讥讽妻子凶悍,使丈夫畏惧。

便骂道:"你娘的臭屁!你家老婆便是河东狮子!"一顿直赶出房门外去,道:

"撒甚帐?撒甚帐?东边撒了西边样。豆儿米麦满床上,仔细思量像甚样?公婆性儿又莽撞,只道新妇不打当①。丈夫若是假乖张②,又道娘子垃圾相。你可急急走出门,饶你几下擀面杖。"

那先生被打,自出门去了。张狼大怒曰:"千不幸,万不幸,娶了这个村姑儿!撒帐之事,古来有之。"翠莲便道:

"丈夫丈夫你休气,听奴说得是不是。多想那人没好气,故将豆麦撒满地。到不叫人扫出去,反说奴家不贤惠。若还恼了我心儿,连你一顿赶出去,闭了门,独自睡,晏起早眠随心意。阿弥陀佛念几声,耳畔清宁到零利。"

张狼也无可奈何,只得出去参筵劝酒。至晚席散,众亲都去了。翠莲坐在房中自思道:"少刻丈夫进房来,必定手之舞之的,我须做个准备。"起身除了首饰,脱了衣服,上得床,将一条绵被裹得紧紧地,自睡了。

且说张狼进得房,就脱衣服,正要上床,被翠莲喝一声,便道:

"堪笑乔才你好差③,端的是个野庄家。你是男儿我是女,尔自尔来咱是咱。你道我是你媳妇,莫言就是你浑家。那个媒人那个主?行什么财礼下甚么茶?多少猪羊鸡鹅酒?什么花红到我家?多少宝石金头面?几匹绫罗几匹纱?镯缠冠钗有几付?将甚插戴我奴家?黄昏半夜三更鼓,来我床前做什么?及早出去连忙走,休要恼了我们家!若是恼咱性儿起,揪住耳朵采头发,扯破了衣裳抓破了脸,漏风的巴掌顺脸括,扯碎了网巾你休要怪,擒了你四鬓怨不得咱。这里不是烟花巷,又不是小娘儿家④,不管三七二十一,我一顿拳头打得你满地爬。"

那张狼见妻子说这一篇,并不敢近前,声也不则,远远地坐在半边。将近三更时分,且说翠莲自思:"我今嫁了他家,活是他家人,死是他家鬼。今晚若不与丈夫同睡,明日公婆若知,必然要怪。罢,罢,叫他上床睡罢。"便道:

---

① 打当:收拾整理。
② 乖张:性格执拗孤僻。
③ 乔才:狡猾、恶劣的人。
④ 小娘儿:这里指妓女。

"痴乔才,休推醉,过来与你一床睡。近前来,分付你,叉手站着莫弄嘴。除网巾,摘帽子,靴袜布衫收拾起。关了门,下幔子,添些油在晏灯里①。上床来,悄悄地,同效鸳鸯偕连理。休则声,慎言语,雨散云消脚后睡。束着脚,拳着腿,合着眼儿闭着嘴。若还蹬着我些儿,那时你就是个死!"

说那张狼果然一夜不敢则声。睡至天明,婆婆叫言:"张狼,你可教娘子早起些梳妆,外面收拾。"翠莲便道:

"不要慌,不要忙,等我换了旧衣裳。菜自菜,姜自姜,各样果子各样妆;肉自肉,羊自羊,莫把鲜鱼搅白肠;酒自酒,汤自汤,腌鸡不要混腊獐。日下天色且是凉,便放五日也不妨。待我留些整齐的,三朝点茶请姨娘。总然亲戚吃不了,剩与公婆慢慢噇。"

婆婆听得,半晌无言,欲待要骂,恐怕人知笑话,只得忍气吞声。耐到第三日,亲家母来完饭。两亲家相见毕,婆婆耐不过,从头将打先生、骂媒人、触夫主、毁公婆,一一告诉一遍。李妈妈听得,羞惭无地,径到女儿房中,对翠莲道:"你在家中,我怎生分付你来?叫你到人家,休要多言多语,全不听我。今朝方才三日光景,适间婆婆说你许多不是,使我惶恐万千,无言可答。"翠莲道:

"母亲,你且休吵闹,听我一一细禀告。女儿不是村田乐,有些话你不知道。三日媳妇要上灶,说起之时被人笑。两碗稀粥把盐蘸,吃饭无茶将水泡。今日亲家初走到,就把话儿来诉告,不问青红与白皂,一味将奴胡厮闹。婆婆性儿忒急躁,说的话儿不大妙。我的心性也不弱,不要着了我圈套。寻条绳儿只一吊,这条性命问他要!"

妈妈见说,又不好骂得,茶也不吃,酒也不尝,别了亲家,上轿回家去了。

再说张虎在家叫道:"成甚人家?当初只说娶个良善女子,不想讨了个五量店中过卖来家②,终朝四言八句,弄嘴弄舌,成何可看!"翠莲闻说,便道:

---

① 晏灯:整夜不灭的灯火,夜灯。
② 五量店:用量器零售油盐酱醋酒的店铺。五量,五种量器的合称。《汉书·律历志上》:"量者,龠、合、升、斗、斛也,所以量多少也……合龠为合,十合为升,十升为斗,十斗为斛,而五量嘉矣。"《北史·魏纪一》:"平五权,较五量,定五度。"过卖:旧指店铺或酒店饭馆中的伙计。

"大伯说话不知礼,我又不曾惹着你。顶天立地男子汉,骂我是个过卖嘴!"

张虎便叫张狼道:"你不闻古人云:'教妇初来。'虽然不至乎打他,也须早晚训诲;再不然,去告诉他那老虔婆知道。"翠莲就道:

"阿伯三个鼻子管,不曾捻着你的碗。媳妇虽是话儿多,自有丈夫与婆婆。亲家不曾惹着你,如何骂她老虔婆?等我满月回门去,到家告诉我哥哥。我哥性儿烈如火,那时叫你认得我。巴掌拳头一齐上,着你旱地乌龟没处躲!"

张虎听了大怒,就去扯住张狼要打。只见张虎的妻施氏跑将出来,道:"各人妻小各自管,干你甚事?自古道:'好鞋不踏臭粪!'"翠莲便道:

"姆姆休得要惹祸,这样为人做不过。尽自伯伯和我嚷,你又走来添些言。自古妻贤夫祸少,做出事比天来大。快快夹了里面去,窝风所在坐一坐。阿姆我又不惹你,如何将我比臭污?左右百岁也要死,和你两个做一做。我若有些长和短,阎罗殿前也不放过!"

女儿听得,来到母亲房中,说道:"你是婆婆,如何不管?尽着她放泼,像甚模样?被人家笑话!"翠莲见姑娘与婆婆说,就道:

"小姑你好不贤良,便去房中唆调娘。若是婆婆打杀我,活捉你去见阎王!我爷平素性儿强,不和你们善商量。和尚、道士一百个,七日七夜做道场。沙板棺材罗木底,公婆与我烧钱纸。小姑姆姆戴盖头,伯伯替我做孝子。诸亲九眷抬灵车,出了殡儿从新起。大小衙门齐下状,拿着银子无处使。任你家财万万贯,弄得你钱也无来人也死!"

张妈妈听得,走出来道:"早是你才来得三日的媳妇,若做了二三年媳妇,我一家大小俱不要开口了!"翠莲便道:

"婆婆休得要水性,做大不尊小不敬。小姑不要忒侥幸,母亲面前少言论。訾些轻事重重报,老蠢听得便就信。言三语四把吾伤,说的话儿不中听。我若有些长和短,不怕婆婆不偿命!"

妈妈听了,径到房中,对员外道:"你看那新媳妇,口快如刀,一家大小,逐个个都伤过。你是个阿公,便叫将出来,说她几句,怕甚么!"员外道:"我是她公公,怎么好说她?也罢,待我问她讨茶吃,且看怎的。"妈妈道:"她见你,一定不敢调嘴。"

五、从变文到话本

只见员外分付:"叫张狼娘子烧中茶吃!"

那翠莲听得公公讨茶,慌忙走到厨下,刷洗锅儿,煎滚了茶,复到房中,打点各样果子,泡了一盘茶,托至堂前,摆下椅子,走到公婆面前,道:"请公公、婆婆堂前吃茶。"又到姆姆房中道:"请伯伯、姆姆堂前吃茶。"员外道:"你们只说新媳妇口快,如今我唤她,却怎地又不敢说甚么?"妈妈道:"这番只是你使唤她便了。"

少刻,一家儿俱到堂前,分大小坐下,只见翠莲捧着一盘茶,口中道:

"公吃茶,婆吃茶,伯伯、姆姆来吃茶。姑娘、小叔若要吃,灶上两碗自去拿。两个拿着慢慢走,泡了手时哭喳喳。此茶唤作阿婆茶,名实虽村趣味佳。两个初煨黄栗子,半抄新炒白芝麻。江南橄榄连皮核,塞北胡桃去壳相。二位大人慢慢吃,休得坏了你们牙!"

员外见说,大怒曰:"女人家须要温柔稳重,说话安详,方是做媳妇的道理。那曾见这样长舌妇人!"翠莲应曰:

"公是大,婆是大,伯伯、姆姆且坐下。两个老的休得骂,且听媳妇来禀话:你儿媳妇也不村,你儿媳妇也不诈。从小生来性刚直,话儿说了心无挂。公婆不必苦憎嫌,十分不然休了罢。也不愁,也不怕,搭搭凤子回去罢①。也不招,也不嫁,不搽胭粉不妆画。上下穿件缟素衣,侍奉双亲过了罢。记得几个古贤人:张良②、蒯文通说话③、陆贾④、萧何快掉文⑤、子建⑥、杨修也不亚⑦,张仪、苏秦说六国⑧、晏

---

① 凤子:轿子。
② 张良:字子房,西汉著名谋士。在项羽邀请刘邦去"鸿门宴"时力劝刘邦忍气吞声,并通项伯使刘邦以脱身,后西汉建立功成名就,刘邦曾言:"夫运筹策帷帐之中,决胜于千里之外,吾不如子房。"
③ 蒯文通:即蒯通,西汉著名谋士。本名蒯彻,避汉武帝之讳改名通。蒯通能言善辩,曾为韩信谋士,献灭齐之策与三分天下之计,韩信被处死后被刘邦先捉后放,后为相国曹参的宾客。
④ 陆贾:汉初楚国人,早年跟随刘邦游说于各诸侯国之间,以谋术得名,善口舌之辩。
⑤ 萧何:沛丰(今江苏沛县)人,西汉著名政治家,谥号文终侯。早年跟随刘邦起义平天下建立西汉,任丞相一职,他根据秦律制定了汉律,是西汉建国、安定的重要功臣。掉文:卖弄文词,掉书袋。
⑥ 子建:即曹植,字子建,谥号陈思王,三国时期著名文学家,是曹操与卞夫人所生的第三子。
⑦ 杨修:字德祖,三国时期著名文学家,为人聪慧自大,多次助曹植通过曹操考验,后被曹操所杀。
⑧ 张仪:魏国安邑(今山西万荣)人。苏秦:字季子,雒阳(今河南洛阳)人。二人同为战国时期著名纵横家。

婴、管仲说五霸①,六计陈平②、李左车③,十二甘罗并子夏④。这些古人能说话,齐家治国平天下。公公要奴不说话,将我口儿缝住罢!"

张员外道:"罢,罢,这样媳妇,久后必被败坏门风,玷辱上祖!"便叫张狼曰:"孩儿,你将妻子休了罢!我别替你娶一个好的。"张狼口虽应承,心有不舍之意。张虎并妻俱劝员外道:"且从容教训。"翠莲听得,便曰:

"公休怨,婆休怨,伯伯、姆姆都休劝。丈夫不必苦留恋,大家各自寻方便。快将纸墨和笔砚,写了休书随我便。不曾殴公婆,不曾骂亲眷,不曾欺丈夫,不曾打良善,不曾走东家,不曾西邻串,不曾偷人财,不曾被人骗,不曾说张三,不与李四乱,不盗不妒与不淫,身无恶疾能书算,亲操井臼与庖厨,纺织桑麻拈针线。今朝随你写休书,搬去妆奁莫要怨。手印缝中七个字:'永不相逢不见面。'恩爱绝,情意断,多写几个弘誓愿。鬼门关上若相逢,别转了脸儿不厮见!"

张狼因父母作主,只得含泪写了休书,两边搭了手印,随即讨乘轿子,叫人抬了嫁妆,将翠莲并休书送至李员外家。父母并兄嫂都埋怨翠莲嘴快的不是。翠莲道:

"爹休嚷,娘休嚷,哥哥、嫂嫂也休嚷。奴奴不是自夸奖,从小生来志气广。今日离了他门儿,是非曲直俱休讲。不是奴家牙齿痒,挑描刺绣能绩纺。大裁小剪我都会,浆洗缝联不说谎。劈柴挑水与庖厨,就有蚕儿也会养。我今年小正当时,眼明手快精神爽。若有闲人把眼观,就是巴掌脸上响。"

李员外和妈妈道:"罢,罢,我两口也老了,管你不得,只怕有些一差二误,被人耻笑,可怜!可怜!"翠莲便道:

"孩儿生得命里孤,嫁了无知村丈夫。公婆利害犹自可,怎当姆姆与姑姑?我

---

① 晏婴:名婴,字仲,谥号"平",夷维(今山东省高密市)人,春秋时期齐国著名政治家、思想家、外交家,以机智善辩得名。管仲:字仲,名夷吾,谥号"敬",颍上(今安徽颍上)人,春秋时期齐国著名政治家、文学家。管仲在任齐相时,大兴改革富国强兵,使齐国成为春秋霸主之一。
② 陈平:西汉著名谋士。
③ 李左车:西汉柏人(今邢台隆尧)人,秦汉之际谋士。
④ 甘罗:秦国下蔡(今安徽凤台)人,《战国策·秦策五》载甘罗年仅十二岁时替秦国出使赵国,使秦国不费一兵一卒便得到了赵国五个城池。子夏:即卜商,字子夏,尊称"卜子"或"卜子夏"。子夏学识渊博,能言善辩,深受孔子赏识,在儒家思想的传播上也做出了突出贡献。

若略略开得口,便去搬唆与舅姑。且是骂人不吐核,动脚动手便来拖。生出许多情切话,就写离书休了奴。指望回家图自在,岂料爹娘也怪吾。夫家、娘家着不得,剃了头发做师姑。身披直裰挂葫芦①,手中拿个大木鱼。白日沿门化饭吃,黄昏寺里称念佛祖念南无,吃斋把素用工夫。头儿剃得光光地,哪个不叫一声小师姑。"说罢卸下浓妆,换了一套绵布衣服,向父母前合掌问询拜别,转身向哥嫂也别了。

哥嫂曰:"你既要出家,我二人送你到前街明音寺去。"翠莲便道:"哥嫂休送我自去,去了你们得伶俐。曾见古人说得好:'此处不留有留处。'离了俗家门,便把头来剃。是处便为家,何但明音寺?散淡又逍遥,却不倒伶俐!

不恋荣华富贵,一心情愿出家。身披一领锦袈裟,常把数珠悬挂。每日持斋把素,终朝酌水献花。纵然不做得菩萨,修得个小佛儿也罢。"

洪楩辑、程毅中校注《清平山堂话本校注》,中华书局2012年版。

---

① 直裰:本指古代的家居常服。后多指僧、道或士子所穿的衣服。

《警世通言》

　　《警世通言》是明代著名文学家冯梦龙编著的一部白话短篇小说集。冯梦龙(1574—1646),字犹龙,别署龙子犹、墨憨斋主人、顾曲散人、姑苏词奴等。长洲(今江苏苏州)人,年少时便博学多才,"一时名士推盟主,千古风流引后生",但直到崇祯三年(1630)57岁时才被选为贡生,后虽任福建寿宁知县,但不久便离任家居。清兵南下时,他曾参与抗清活动,后死于故乡。动荡的社会环境与坎坷的人生经历,让冯梦龙将毕生抱负倾于市井之中。他重视通俗文学,搜集、编录了许多市井民歌,同时还编订、刊刻了许多文言、白话小说和传奇剧本等。其中,白话短篇小说集《喻世明言》《警世通言》《醒世恒言》,后人称之为"三言"。《警世通言》是"三言"中的第二部,共四十卷,约刊行于明天启年间,多为宋元话本小说的改编。作品题材丰富,情节曲折,故事的主人公既有忠厚善良的商人,又有追求真爱的女性,这些都是以往不被关注的社会底层人物。"极摹人情世态之歧,备写悲欢离合之致",《警世通言》为后人描绘了一幅幅生动的晚明世态画卷。

杜十娘怒沉百宝箱

　　【解题】《杜十娘怒沉百宝箱》是冯梦龙根据明人宋懋澄创作的文言小说《负情侬传》改编而成,是《警世通言》中流传最广、影响最大的一篇作品。冯梦龙保留了原作的主要情节,并在原作的基础上进行了一些修改,如改李生为布政使之子李甲,添加了柳监生这个角色,最后的结局也由李生与新安人的不知所终,改为李甲与孙富受病祸之灾死去。这样的变动使得故事的主人公从《负情侬传》的李生变为杜十娘,作者所要表达的主题也从"明志"转为"殉情"。

　　《杜十娘怒沉百宝箱》中,杜十娘原是京城名妓,与富家公子李甲情投意合,私心从良跟随李甲。但李甲不思进取，在杜十娘身上花光钱财后，无力支付杜十娘的赎金，受到老鸨的百般刁难。后虽在杜十娘自己与柳监生的合力帮衬下赎出了杜十娘，仍处处为金钱受阻，最后在归乡的船上，李甲将杜十娘卖给了商人孙富。杜十娘在得知自己被出卖后，痛斥李甲，携宝投江。这篇小说最令人称道的是成功地塑造了杜十娘这个聪慧、勇敢、钟情的女子形象，虽然她是个处于社会底层的妓女，但她为了改变自己的命运，悄悄积蓄钱财，择选良人，最终将自己一生的赌注押在了李甲身上。杜十娘沉着冷静地铲除了一切阻碍，最后却发现自己还是被李甲转手出卖。李甲毫无疑问是爱着杜十娘的，他在杜十娘身上耗尽了钱财，闹得众叛亲离，但在为杜十娘赎身的过程中，暴露出了李甲自身的懦弱与无能。因此，当所有人都认为二人将要归乡成亲时，狡诈的孙富直击了他们爱情的命门——李甲的毫无主见以及二人社会身份地位的差异，所以杜十娘的悲剧就变成了必然。整篇小说通过对杜十娘爱情故事的描写，展现了古代女性对爱情的忠贞渴望与对命运的奋力抗争。另外，在写作手法上，作者将全文节奏步步推进，将悲壮的氛围层层渲染，终于在篇末达到高潮；同时，人物的心理刻画以及细节描写也入木三分，是古代白话小说中当之无愧的杰作。

　　　　　　扫荡残胡立帝畿[①]，龙翔凤舞势崔嵬。
　　　　　　左环沧海天一带，右拥太行山万围。
　　　　　　戈戟九边雄绝塞，衣冠万国仰垂衣[②]。
　　　　　　太平人乐华胥世[③]，永永金瓯共日辉[④]。

[①] 残胡：指元朝统治者。帝畿：帝都、京都。这里指北京。
[②] 垂衣：谓定衣服之制，示天下以礼。后用以称颂帝王无为而治。
[③] 华胥世：古代传说中的理想世界。华胥：传说是伏羲氏的母亲。《列子·黄帝》："（黄帝）昼寝，而梦游于华胥氏之国。华胥氏之国，在弇州之西，台州之北，不知斯齐国几千万里。盖非舟车足力之所及，神游而已。其国无帅长，自然而已；其民无嗜欲，自然而已……黄帝既寤，怡然自得。"
[④] 金瓯：金制的小盆，比喻国土完整，边防巩固。

这首诗,单夸我朝燕京建都之盛。说起燕都的形势,北倚雄关,南压区夏①,真乃金城天府,万年不拔之基。当先洪武爷扫荡胡尘,定鼎金陵,是为南京。到永乐爷从北平起兵靖难②,迁于燕都,是为北京。只因这一迁,把个苦寒地面变作花锦世界。自永乐爷九传至于万历爷③,此乃我朝第十一代的天子。这位天子,聪明神武,德福兼全,十岁登基,在位四十八年,削平了三处寇乱。哪三处?

日本关白平秀吉④,西夏哱承恩⑤,播州杨应龙⑥。

平秀吉侵犯朝鲜,哱承恩、杨应龙是土官谋叛⑦,先后削平。远夷莫不畏服,争来朝贡。真个是:

一人有庆民安乐,四海无虞国太平。

话中单表万历二十年间,日本国关白作乱,侵犯朝鲜。朝鲜国王上表告急,天朝发兵泛海往救。有户部官奏准:目今兵兴之际,粮饷未充,暂开纳粟入监之例⑧。原来纳粟入监的,有几般便宜:好读书,好科举,好中,结末来又有个小小前程结果。以此宦家公子、富室子弟,到不愿做秀才,都去援例做太学生。自开了这例,两京太学生各添至千人之外。内中有一人,姓李名甲,字乾先,浙江绍兴府人氏。父亲李布政所生三儿,惟甲居长,自幼读书在庠,未得登科,援例入于北雍。

---

① 区夏:华夏、中国。这里指中原地区。
② 永乐爷:指明成祖朱棣。朱棣,明太祖朱元璋第四子,明朝第三位皇帝,1402年登基,年号永乐,故后人称其为永乐帝、永乐大帝、永乐皇帝等。
③ 万历爷:指明神宗朱翊钧,明朝第十三位皇帝,1568年登基,年号万历,故后人称为万历皇帝。
④ 关白:日本古代官职名,相当于中国古代的丞相。平秀吉:即丰臣秀吉,曾任关白一职,后在万历年间侵略朝鲜,被明朝援军击败。
⑤ 哱承恩:宁夏副总兵,袭父哱拜之职。与其父于万历二十年在宁夏聚众叛乱,后兵败哱拜自尽,哱承恩被擒。
⑥ 杨应龙:四川播州(今贵州遵义)世袭土司,曾于万历二十五年反叛,后被贵州总兵李化龙平定。
⑦ 土官:即土司,明代等朝代用来封授西北、西南地区的少数民族部族头领,官位世袭。
⑧ 纳粟入监:明清时期富家子弟通过捐纳粟米得官或入国子监为监生,可直接参加省城、京都的考试。

因在京坐监,与同乡柳遇春监生同游教坊司院内,与一个名姬相遇。那名姬姓杜名媺,排行第十,院中都称为杜十娘,生得:

  浑身雅艳,遍体娇香,两弯眉画远山青,一对眼明秋水润。脸如莲萼①,分明卓氏文君;唇似樱桃,何减白家樊素。可怜一片无瑕玉,误落风尘花柳中。

那杜十娘,自十三岁破瓜,今一十九岁,七年之内,不知历过了多少公子王孙。一个个情迷意荡,破家荡产而不惜。院中传出四句口号来,道是:

  坐中若有杜十娘,斗筲之量饮千觞②;
  院中若识杜老媺,千家粉面都如鬼。

却说李公子,风流年少,未逢美色,自遇了杜十娘,喜出望外,把花柳情怀,一担儿挑在他身上。那公子俊俏庞儿,温存性儿,又是撒漫的手儿③,帮衬的勤儿,与十娘一双两好,情投意合。十娘因见鸨儿贪财无义,久有从良之志,又见李公子忠厚志诚,甚有心向他。奈李公子惧怕老爷,不敢应承。虽则如此,两下情好愈密,朝欢暮乐,终日相守,如夫妇一般,海誓山盟,各无他志。真个:

  恩深似海恩无底,义重如山义更高。

再说杜妈妈,女儿被李公子占住,别的富家巨室闻名上门,求一见而不可得。初时李公子撒漫用钱,大差大使,妈妈胁肩谄笑,奉承不暇。日往月来,不觉一年有余,李公子囊箧渐渐空虚,手不应心,妈妈也就怠慢了。老布政在家闻知儿子嫖院,几遍写字来唤他回去。他迷恋十娘颜色,终日延捱。后来闻知老爷在家发怒,

---

① 莲萼:荷花瓣。
② 斗筲:十升为一斗,一斗二升为一筲,斗和筲都是容量较小的容器。这里指酒量小。
③ 撒漫:指花钱慷慨不吝啬,有挥霍之意。

越不敢回。

古人云："以利相交者，利尽而疏。"那杜十娘与李公子真情相好，见他手头愈短，心头愈热。妈妈也几遍教女儿打发李甲出院，见女儿不统口，又几遍将言语触突李公子，要激怒他起身。公子性本温克，词气愈和。妈妈没奈何，日逐只将十娘叱骂道："我们行户人家①，吃客穿客，前门送旧，后门迎新，门庭闹如火，钱帛堆成垛。自从那李甲在此，混帐一年有余②，莫说新客，连旧主顾都断了。分明接了个钟馗老，连小鬼也没得上门，弄得老娘一家人家，有气无烟，成什么模样！"

杜十娘被骂，耐性不住，便回答道："那李公子不是空手上门的，也曾费过大钱来。"妈妈道："彼一时，此一时，你只教他今日费些小钱儿，把与老娘办些柴米，养你两口也好。别人家养的女儿便是摇钱树，千生万活，偏我家晦气，养了个退财白虎③。开了大门七件事，般般都在老身心上。到替你这小贱人白白养着穷汉，教我衣食从何处来？你对那穷汉说，有本事出几两银子与我，到得你跟了他去，我别讨个丫头过活却不好？"十娘道："妈妈，这话是真是假？"妈妈晓得李甲囊无一钱，衣衫都典尽了，料他没处设法，便应道："老娘从不说谎，当真哩。"十娘道："娘，你要他许多银子？"妈妈道："若是别人，千把银子也讨了。可怜那穷汉出不起，只要他三百两，我自去讨一个粉头代替④。只一件，须是三日内交付与我，左手交银，右手交人。若三日没有银时，老身也不管三七二十一，公子不公子，一顿孤拐，打那光棍出去。那时莫怪老身！"十娘道："公子虽在客边乏钞，谅三百金还措办得来⑤。只是三日忒近，限他十日便好。"妈妈想道："这穷汉一双赤手，便限他一百日，他那里来银子？没有银子，便铁皮包脸，料也无颜上门。那时重整家风，嫩儿也没得话讲。"答应道："看你面，便宽到十日。第十日没有银子，不干老娘之事。"十娘道："若十日内无银，料他也无颜再见了。只怕有了三百两银子，妈妈又翻悔起来。"妈

---

① 行户：此指妓院。
② 混帐：胡搅蛮缠。
③ 白虎：中国古代神话传说中的凶神。
④ 粉头：妓女。
⑤ 措办：筹措办理。

妈道:"老身年五十一岁了,又奉十斋①,怎敢说谎?不信时与你拍掌为定。若翻悔时,做猪做狗!"

> 从来海水斗难量,可笑虔婆意不良。
> 料定穷儒囊底竭,故将财礼难娇娘。

是夜,十娘与公子在枕边,议及终身之事。公子道:"我非无此心。但教坊落籍②,其费甚多,非千金不可。我囊空如洗,如之奈何!"十娘道:"妾已与妈妈议定,只要三百金,但须十日内措办。郎君游资虽罄,然都中岂无亲友可以借贷?倘得如数,妾身遂为君之所有,省受虔婆之气。"公子道:"亲友中为我留恋行院,都不相顾。明日只做束装起身③,各家告辞,就开口假贷路费,凑聚将来,或可满得此数。"起身梳洗,别了十娘出门。十娘道:"用心作速,专听佳音。"公子道:"不须分付。"

公子出了院门,来到三亲四友处,假说起身告别,众人到也欢喜。后来叙到路费欠缺,意欲借贷。常言道:"说着钱,便无缘。"亲友们就不招架。他们也见得是,道李公子是风流浪子,迷恋烟花,年许不归,父亲都为他气坏在家。他今日抖然要回,未知真假。倘或说骗盘缠到手,又去还脂粉钱,父亲知道,将好意翻成恶意,始终只是一怪,不如辞了干净。便回道:"目今正值空乏,不能相济,惭愧,惭愧!"人人如此,个个皆然,并没有个慷慨丈夫,肯统口许他一十二十两。李公子一连奔走了三日,分毫无获,又不敢回决十娘,权且含糊答应。到第四日又没想头,就羞回院中。平日间有了杜家,连下处也没有了,今日就无处投宿,只得往同乡柳监生寓所借歇。

柳遇春见公子愁容可掬④,问其来历。公子将杜十娘愿嫁之情,备细说了。遇

---

① 十斋:即十斋日,念佛之人如不能长期吃素,则每月择十日吃斋。
② 落籍:古代妓女列名乐籍,如果要从良必须得到主管官吏的允许,才能将名字从乐籍中除去。
③ 束装:收拾行装。
④ 可掬:可以用手捧住,指情绪充溢。

春摇首道：“未必，未必。那杜媺曲中第一名姬，要从良时，怕没有十斛明珠①，千金聘礼。那鸨儿如何只要三百两？想鸨儿怪你无钱使用，白白占住他的女儿，设计打发你出门。那妇人与你相处已久，又碍却面皮，不好明言。明知你手内空虚，故意将三百两卖个人情，限你十日，若十日没有，你也不好上门。便上门时，他会说你笑你，落得一场褒渎②，自然安身不牢，此乃烟花逐客之计。足下三思，休被其惑。据弟愚意，不如早早开交为上③。"公子听说，半晌无言，心中疑惑不定。遇春又道：“足下莫要错了主意。你若真个还乡，不多几两盘费，还有人搭救；若是要三百两时，莫说十日，就是十个月也难。如今的世情，那肯顾缓急二字的！那烟花也算定你没处告债，故意设法难你。"公子道：“仁兄所见良是。"口里虽如此说，心中割舍不下。依旧又往外边东央西告，只是夜里不进院门了。

公子在柳监生寓中，一连住了三日，共是六日了。杜十娘连日不见公子进院，十分着紧，就教小厮四儿街上去寻。四儿寻到大街，恰好遇见公子。四儿叫道："李姐夫④，十娘在家里望你。"公子自觉无颜，回复道："今日不得功夫，明日来罢。"四儿奉了十娘之命，一把扯住，死也不放，道："十娘叫咱寻你，是必同去走一遭。"李公子心上也牵挂着婊子，没奈何，只得随四儿进院。见了十娘，嘿嘿无言。十娘问道："所谋之事如何？"公子眼中流下泪来。十娘道："莫非人情淡薄，不能足三百之数么？"公子含泪而言，道出二句：

不信上山擒虎易，果然开口告人难。

一连奔走六日，并无铢两，一双空手，羞见芳卿，故此这几日不敢进院。今日承命呼唤，忍耻而来。非某不用心，实是世情如此。"十娘道："此言休使虔婆知道。郎君今夜且住，妾别有商议。"十娘自备酒肴，与公子欢饮。睡至半夜，十娘对公子

---

① 斛：中国古代量器，一斛为十斗，宋末改为五斗，此处指数量多。
② 褒渎：侮辱。
③ 开交：解决，摆脱。
④ 姐夫：此指妓院中对嫖客的称呼。

道:"郎君果不能办一钱耶?妾终身之事,当如何也?"公子只是流涕,不能答一语。

渐渐五更天晓。十娘道:"妾所卧絮褥内藏有碎银一百五十两,此妾私蓄,郎君可持去。三百金,妾任其半,郎君亦谋其半,庶易为力。限只四日,万勿迟误!"十娘起身将褥付公子,公子惊喜过望,唤童儿持褥而去。径到柳遇春寓中,又把夜来之情与遇春说了。将褥拆开看时,絮中都裹着零碎银子,取出兑时,果是一百五十两。遇春大惊道:"此妇真有心人也。既系真情,不可相负,吾当代为足下谋之。"公子道:"倘得玉成,决不有负。"当下柳遇春留李公子在寓,自出头各处去借贷。两日之内,凑足一百五十两交付公子道:"吾代为足下告债,非为足下,实怜杜十娘之情也。"

李甲拿了三百两银子,喜从天降,笑逐颜开,欣欣然来见十娘。刚是第九日,还不足十日。十娘问道:"前日分毫难借,今日如何就有一百五十两?"公子将柳监生事情,又述了一遍。十娘以手加额道^①:"使吾二人得遂其愿者,柳君之力也!"两个欢天喜地,又在院中过了一晚。

次日,十娘早起,对李甲道:"此银一交,便当随郎君去矣。舟车之类,合当预备。妾昨日于姊妹中借得白银二十两,郎君可收下为行资也。"公子正愁路费无出,但不敢开口,得银甚喜。说犹未了,鸨儿恰来敲门叫道:"媺儿,今日是第十日了。"公子闻叫,启门相延道:"承妈妈厚意,正欲相请。"便将银三百两放在桌上。鸨儿不料公子有银,嘿然变色^②,似有悔意。十娘道:"儿在妈妈家中八年,所致金帛,不下数千金矣。今日从良美事,又妈妈亲口所订,三百金不欠分毫,又不曾过期。倘若妈妈失信不许,郎君持银去,儿即刻自尽。恐那时人财两失,悔之无及也。"鸨儿无词以对。腹内筹画了半晌,只得取天平兑准了银子,说道:"事已如此,料留你不住了。只是你要去时,即今就去。平时穿戴衣饰之类,毫厘休想!"说罢,将公子和十娘推出房门,讨锁来就落了锁。此时九月天气。十娘才下床,尚未梳洗,随身旧衣,就拜了妈妈两拜。李公子也作了一揖。一夫一妇,离了虔婆大门。

---

① 以手加额:把手放在额头上,表示庆幸、感激。
② 嘿然:默然,不作声。

鲤鱼脱却金钩去,摆尾摇头再不来。

公子教十娘且住片时:"我去唤个小轿抬你,权往柳荣卿寓所去,再作道理①。"十娘道:"院中诸姊妹平昔相厚,理宜话别。况前日又承他借贷路费,不可不一谢也。"乃同公子到各姊妹处谢别。姊妹中惟谢月朗、徐素素与杜家相近,尤与十娘亲厚。十娘先到谢月朗家。月朗见十娘秃髻旧衫②,惊问其故。十娘备述来因,又引李甲相见。十娘指月朗道:"前日路资,是此位姐姐所贷,郎君可致谢。"李甲连连作揖。月朗便教十娘梳洗,一面去请徐素素来家相会。十娘梳洗已毕,谢、徐二美人各出所有,翠钿金钏③,瑶簪宝珥④,锦袖花裙,鸾带绣履,把杜十娘装扮得焕然一新,备酒作庆贺筵席。月朗让卧房与李甲、杜媺二人过宿。次日,又大排筵席,遍请院中姊妹。凡十娘相厚者,无不毕集,都与他夫妇把盏称喜。吹弹歌舞,各逞其长,务要尽欢,直饮至夜分。十娘向众姊妹一一称谢。众姊妹道:"十姊为风流领袖,今从郎君去,我等相见无日。何日长行,姊妹们尚当奉送。"月朗道:"候有定期,小妹当来相报。但阿姊千里间关,同郎君远去,囊箧萧条⑤,曾无约束,此乃吾等之事。当相与共谋之,勿令姊有穷途之虑也。"众姊妹各唯唯而散。

是晚,公子和十娘仍宿谢家。至五鼓,十娘对公子道:"吾等此去,何处安身?郎君亦曾计议有定着否?"公子道:"老父盛怒之下,若知娶妓而归,必然加以不堪,反致相累。展转寻思,尚未有万全之策。"十娘道:"父子天性,岂能终绝?既然仓卒难犯,不若与郎君于苏、杭胜地,权作浮居⑥。郎君先回,求亲友于尊大人面前劝解和顺,然后携妾于归,彼此安妥。"公子道:"此言甚当。"

次日,二人起身辞了谢月朗,暂往柳监生寓中,整顿行装。杜十娘见了柳遇春,倒身下拜,谢其周全之德:"异日我夫妇必当重报。"遇春慌忙答礼道:"十娘钟

---

① 道理:这里指处理或打算。
② 秃髻:发髻上没戴首饰。
③ 翠钿:用翡翠镶嵌的首饰。金钏:金手镯。
④ 瑶簪:玉簪。宝珥:镶嵌珠宝的耳环。
⑤ 囊箧:收藏器物的容器,这里指行李。
⑥ 浮居:暂居。

情所欢,不以贫窭易心①,此乃女中豪杰。仆因风吹火,谅区区何足挂齿!"三人又饮了一日酒。

次早,择了出行吉日,雇倩轿马停当。十娘又遣童儿寄信,别谢月朗。临行之际,只见肩舆纷纷而至②,乃谢月朗与徐素素拉众姊妹来送行。月朗道:"十姊从郎君千里间关,囊中消索,吾等甚不能忘情。今合具薄赆③,十姊可检收,或长途空乏,亦可少助。"说罢,命从人挈一描金文具至前④,封锁甚固,正不知什么东西在里面。十娘也不开看,也不推辞,但殷勤作谢而已。须臾,舆马齐集,仆夫催促起身。柳监生三杯别酒,和众美人送出崇文门外,各各垂泪而别。正是:

他日重逢难预必,此时分手最堪怜。

再说李公子同杜十娘行至潞河,舍陆从舟。却好有瓜洲差使船转回之便⑤,讲定船钱,包了舱口。比及下船时,李公子囊中并无分文余剩。你道杜十娘把二十两银子与公子,如何就没了?公子在院中嫖得衣衫蓝缕,银子到手,未免在解库中取赎几件穿着,又置办了铺盖⑥,剩来只够轿马之费。公子正当愁闷,十娘道:"郎君勿忧,众姊妹合赠,必有所济。"乃取钥开箱。公子在傍自觉惭愧,也不敢窥觑箱中虚实。只见十娘在箱里取出一个红绢袋来,掷于桌上道:"郎君可开看之。"公子提在手中,觉得沉重,启而观之,皆是白银,计数整五十两。十娘仍将箱子下锁,亦不言箱中更有何物。但对公子道:"承众姊妹高情,不惟途路不乏,即他日浮寓吴、越间,亦可稍佐吾夫妻山水之费矣。"公子且惊且喜道:"若不遇恩卿,我李甲流落他乡,死无葬身之地矣。此情此德,白头不敢忘也!"自此每谈及往事,公子必感激流涕,十娘亦曲意抚慰。一路无话。

---

① 贫窭:贫困。
② 肩舆:轿子。
③ 赆(jìn):临别时赠送给远行人的路费。
④ 挈:用手提着。
⑤ 瓜洲:古地名,位于今江苏省扬州市。
⑥ 铺盖:被褥卧具。

不一日,行至瓜洲,大船停泊岸口,公子别雇了民船,安放行李。约明日侵晨①,剪江而渡。其时仲冬中旬,月明如水,公子和十娘坐于舟首。公子道:"自出都门,困守一舱之中,四顾有人,未得畅语。今日独据一舟,更无避忌。且已离塞北,初近江南,宜开怀畅饮,以舒向来抑郁之气。恩卿以为何如?"十娘道:"妾久疏谈笑,亦有此心,郎君言及,足见同志耳②。"公子乃携酒具于船首,与十娘铺毡并坐,传杯交盏。饮至半酣,公子执卮对十娘道③:"恩卿妙音,六院推首④。某相遇之初,每闻绝调,辄不禁神魂之飞动。心事多违,彼此郁郁,鸾鸣凤奏,久矣不闻。今清江明月,深夜无人,肯为我一歌否?"十娘兴亦勃发,遂开喉顿嗓,取扇按拍,呜呜咽咽,歌出元人施君美《拜月亭》杂剧上"状元执盏与婵娟"一曲,名《小桃红》⑤。真个:

声飞霄汉云皆驻,响入深泉鱼出游。

却说他舟有一少年,姓孙名富,字善赉,徽州新安人氏。家资巨万,积祖扬州种盐。年方二十,也是南雍中朋友⑥。生性风流,惯向青楼买笑,红粉追欢,若嘲风弄月,到是个轻薄的头儿。事有偶然,其夜亦泊舟瓜洲渡口,独酌无聊,忽听得歌声嘹亮,凤吟鸾吹,不足喻其美。起立船头,伫听半晌,方知声出邻舟。正欲相访,音响倏已寂然⑦,乃遣仆者潜窥踪迹,访于舟人。但晓得是李相公雇的船,并不知歌者来历。孙富想道:"此歌者必非良家,怎生得他一见?"展转寻思,通宵不寐。

---

① 侵晨:天快亮。
② 同志:志趣相投。
③ 卮(zhī):古代盛酒的器皿。
④ 六院:即妓院。明初南京妓院最著名的有来宾、重译、轻烟、淡粉、梅妍、柳翠等六院,故将六院作为妓院的代名词。
⑤《拜月亭》:元朝南戏曲目,主要讲述了王尚书的女儿瑞兰和新科状元蒋世隆的爱情故事,传为施惠所作。施惠,字君美,元代戏曲作家。
⑥ 南雍:指明代的国子监。
⑦ 倏:忽然。

捱至五更，忽闻江风大作。及晓，彤云密布①，狂雪飞舞。怎见得，有诗为证：

  千山鸟飞绝，万径人踪灭。
  孤舟蓑笠翁，独钓寒江雪。

  因这风雪阻渡，舟不得开。孙富命艄公移船，泊于李家舟之傍。孙富貂帽狐裘，推窗假作看雪。值十娘梳洗方毕，纤纤玉手揭起舟傍短帘，自泼盂中残水，粉容微露，却被孙富窥见了，果是国色天香。魂摇心荡，迎眸注目，等候再见一面，杳不可得。沉思久之，乃倚窗高吟高学士《梅花诗》二句②，道：

  雪满山中高士卧，月明林下美人来。

  李甲听得邻舟吟诗，舒头出舱，看是何人。只因这一看，正中了孙富之计。孙富吟诗，正要引李公子出头，他好乘机攀话。当下慌忙举手，就问："老兄尊姓何讳？"李公子叙了姓名乡贯③，少不得也问那孙富。孙富也叙过了。又叙了些太学中的闲话④，渐渐亲熟。孙富便道："风雪阻舟，乃天遣与尊兄相会，实小弟之幸也。舟次无聊，欲同尊兄上岸，就酒肆中一酌，少领清诲，万望不拒。"公子道："萍水相逢，何当厚扰？"孙富道："说哪里话！'四海之内，皆兄弟也'。"喝教艄公打跳，童儿张伞，迎接公子过船，就于船头作揖。然后让公子先行，自己随后，各各登跳上涯。
  行不数步，就有个酒楼。二人上楼，拣一副洁净座头，靠窗而坐。酒保列上酒肴。孙富举杯相劝，二人赏雪饮酒。先说些斯文中套话，渐渐引入花柳之事。二人都是过来之人，志同道合，说得入港⑤，一发成相知了。

---

① 彤云：下雪前密布的灰暗浓云。
② 高学士：指明初著名诗人高启，字季迪，号青丘子，长洲（今江苏苏州）人，与刘基、宋濂并称"明初诗文三大家"，又与杨基、张羽、徐贲并称"吴中四杰"。
③ 乡贯：籍贯。
④ 太学：我国古代设立在京城，用以培养人才、传授儒家经典的最高学府。
⑤ 入港：交谈投机。

孙富屏去左右，低低问道："昨夜尊舟清歌者，何人也？"李甲正要卖弄在行，遂实说道："此乃北京名姬杜十娘也。"孙富道："既系曲中姊妹，何以归兄？"公子遂将初遇杜十娘，如何相好，后来如何要嫁，如何借银讨他，始末根由，备细述了一遍。孙富道："兄携丽人而归，固是快事，但不知尊府中能相容否？"公子道："贱室不足虑，所虑者老父性严，尚费踌躇耳！"孙富将机就机，便问道："既是尊大人未必相容，兄所携丽人，何处安顿？亦曾通知丽人，共作计较否？"公子攒眉而答道①："此事曾与小妾议之。"孙富欣然问道："尊宠必有妙策。"公子道："他意欲侨居苏杭，流连山水。使小弟先回，求亲友宛转于家君之前，俟家君回嗔作喜，然后图归。高明以为何如？"孙富沉吟半响，故作愀然之色，道："小弟乍会之间，交浅言深，诚恐见怪。"公子道："正赖高明指教，何必谦逊？"孙富道："尊大人位居方面②，必严帷薄之嫌③，平时既怪兄游非礼之地，今日岂容兄娶不节之人？况且贤亲贵友，谁不迎合尊大人之意者？兄枉去求他，必然相拒。就有个不识时务的进言于尊大人之前，见尊大人意思不允，他就转口了。兄进不能和睦家庭，退无词以回复尊宠。即使留连山水，亦非长久之计。万一资斧困竭，岂不进退两难！"

公子自知手中只有五十金，此时费去大半，说到资斧困竭，进退两难，不觉点头道是。孙富又道："小弟还有句心腹之谈，兄肯俯听否？"公子道："承兄过爱，更求尽言。"孙富道："疏不间亲，还是莫说罢。"公子道："但说何妨！"孙富道："自古道：'妇人水性无常。'况烟花之辈，少真多假。他既系六院名姝，相识定满天下；或者南边原有旧约，借兄之力，挈带而来，以为他适之地。"公子道："这个恐未必然。"孙富道："既不然，江南子弟，最工轻薄。兄留丽人独居，难保无逾墙钻穴之事。若挈之同归，愈增尊大人之怒。为兄之计，未有善策。况父子天伦，必不可绝。若为妾而触父，因妓而弃家，海内必以兄为浮浪不经之人。异日妻不以为夫，弟不以为兄，同袍不以为友，兄何以立于天地之间？兄今日不可不熟思也！"

公子闻言，茫然自失，移席问计："据高明之见，何以教我？"孙富道："仆有一

---

① 攒眉：皱紧眉头。
② 方面：独当一面的职务，指地方的军政要职或长官。李甲的父亲是布政使，故称之。
③ 帷薄：帷幕和帘子，这里指男女间非礼的交往。

计,于兄甚便。只恐兄溺枕席之爱,未必能行,使仆空费词说耳!"公子道:"兄诚有良策,使弟再睹家园之乐,乃弟之恩人也。又何惮而不言耶?"孙富道:"兄飘零岁余,严亲怀怒,闺阁离心,设身以处兄之地,诚寝食不安之时也。然尊大人所以怒兄者,不过为迷花恋柳,挥金如土,异日必为弃家荡产之人,不堪承继家业耳!兄今日空手而归,正触其怒。兄倘能割衽席之爱,见机而作,仆愿以千金相赠。兄得千金以报尊大人,只说在京授馆①,并不曾浪费分毫,尊大人必然相信。从此家庭和睦,当无闲言。须臾之间,转祸为福。兄请三思,仆非贪丽人之色,实为兄效忠于万一也!"

李甲原是没主意的人,本心惧怕老子,被孙富一席话,说透胸中之疑,起身作揖道:"闻兄大教,顿开茅塞。但小妾千里相从,义难顿绝,容归与商之。得其心肯,当奉复耳。"孙富道:"说话之间,宜放婉曲。彼既忠心为兄,必不忍使兄父子分离,定然玉成兄还乡之事矣。"二人饮了一回酒,风停雪止,天色已晚。孙富教家僮算还了酒钱,与公子携手下船。正是:

逢人且说三分话,未可全抛一片心。

却说杜十娘在舟中,摆设酒果,欲与公子小酌,竟日未回,挑灯以待。公子下船,十娘起迎。见公子颜色匆匆,似有不乐之意,乃满斟热酒劝之。公子摇首不饮,一言不发,竟自床上睡了。十娘心中不悦,乃收拾杯盘,为公子解衣就枕,问道:"今日有何见闻,而怀抱郁郁如此?"公子叹息而已,终不启口。问了三四次,公子已睡去了。十娘委决不下,坐于床头而不能寐。到夜半,公子醒来,又叹一口气。十娘道:"郎君有何难言之事,频频叹息?"公子拥被而起,欲言不语者几次,扑簌簌掉下泪来。十娘抱持公子于怀间,软言抚慰道:"妾与郎君情好,已及二载,千辛万苦,历尽艰难,得有今日。然相从数千里,未曾哀戚。今将渡江,方图百年欢笑,如何反起悲伤?必有其故。夫妇之间,死生相共,有事尽可商量,万勿讳也。"

---

① 授馆:指做家庭教师。

公子再四被逼不过，只得含泪而言道："仆天涯穷困，蒙恩卿不弃，委曲相从，诚乃莫大之德也。但反覆思之，老父位居方面，拘于礼法，况素性方严，恐添嗔怒，必加黜逐。你我流荡，将何底止？夫妇之欢难保，父子之伦又绝。日间蒙新安孙友邀饮，为我筹及此事，寸心如割！"十娘大惊道："郎君意将如何？"公子道："仆事内之人，当局而迷。孙友为我画一计颇善，但恐恩卿不从耳！"十娘道："孙友者何人？计如果善，何不可从？"公子道："孙友名富，新安盐商，少年风流之士也。夜间闻子清歌，因而问及。仆告以来历，并谈及难归之故，渠意欲以千金聘汝。我得千金，可藉口以见吾父母，而恩卿亦得所天①。但情不能舍，是以悲泣。"说罢，泪如雨下。

十娘放开两手，冷笑一声道："为郎君画此计者，此人乃大英雄也！郎君千金之资既得恢复，而妾归他姓，又不致为行李之累，发乎情，止乎礼②，诚两便之策也。那千金在哪里？"公子收泪道："未得恩卿之诺，金尚留彼处，未曾过手。"十娘道："明早快快应承了他，不可挫过机会。但千金重事，须得兑足交付郎君之手，妾始过舟，勿为贾竖子所欺。"

时已四鼓，十娘即起身挑灯梳洗道："今日之妆，乃迎新送旧，非比寻常。"于是脂粉香泽，用意修饰，花钿绣袄，极其华艳，香风拂拂，光采照人。装束方完，天色已晓。孙富差家僮到船头候信。十娘微窥公子，欣欣似有喜色，乃催公子快去回话，及早兑足银子。公子亲到孙富船中，回复依允。孙富道："兑银易事，须得丽人妆台为信。"公子又回复了十娘，十娘即指描金文具道："可便抬去。"孙富喜甚，即将白银一千两，送到公子船中。十娘亲自检看，足色足数，分毫无爽。乃手把船舷，以手招孙富。孙富一见，魂不附体。十娘启朱唇，开皓齿，道："方才箱子可暂发来，内有李郎路引一纸，可检还之也。"孙富视十娘已为瓮中之鳖，即命家童送那描金文具，安放船头之上。

---

① 所天：指丈夫。
② 发乎情，止乎礼：出自《诗大序》。原文为"故变风发乎情，止乎礼义。发乎情，民之性也；止乎礼义，先王之泽也。"指的是《诗经》中变风的特色。这里指杜十娘与李甲的爱情被礼教所扼杀。

十娘取钥开锁,内皆抽替小箱。十娘叫公子抽第一层来看,只见翠羽明珰①,瑶簪宝珥,充牣于中②,约值数百金。十娘遽投之江中。李甲与孙富及两船之人,无不惊诧。又命公子再抽一箱,乃玉箫金管;又抽一箱,尽古玉紫金玩器,约值数千金。十娘尽投之于水。舟中岸上之人,观者如堵,齐声道:"可惜,可惜!"正不知什么缘故。最后又抽一箱,箱中复有一匣。开匣视之,夜明之珠,约有盈把。其他祖母绿③、猫儿眼④,诸般异宝,目所未睹,莫能定其价之多少。众人齐声喝彩,喧声如雷。十娘又欲投之于江。李甲不觉大悔,抱持十娘恸哭,那孙富也来劝解。

十娘推开公子在一边,向孙富骂道:"我与李郎备尝艰苦,不是容易到此。汝以奸淫之意,巧为谗说,一旦破人姻缘,断人恩爱,乃我之仇人。我死而有知,必当诉之神明,尚妄想枕席之欢乎!"又对李甲道:"妾风尘数年,私有所积,本为终身之计。自遇郎君,山盟海誓,白首不渝。前出都之际,假托众姊妹相赠,箱中韫藏百宝,不下万金。将润色郎君之装,归见父母,或怜妾有心,收佐中馈⑤,得终委托,生死无憾。谁知郎君相信不深,惑于浮议⑥,中道见弃,负妾一片真心。今日当众目之前,开箱出视,使郎君知区区千金,未为难事。妾椟中有玉,恨郎眼内无珠。命之不辰,风尘困瘁,甫得脱离,又遭弃捐。今众人各有耳目,共作证明,妾不负郎君,郎君自负妾耳!"于是众人聚观者,无不流涕,都唾骂李公子负心薄幸。公子又羞又苦,且悔且泣,方欲向十娘谢罪。十娘抱持宝匣,向江心一跳。众人急呼捞救,但见云暗江心,波涛滚滚,杳无踪影。可惜一个如花似玉的名姬,一旦葬于江鱼之腹!

　　三魂渺渺归水府,七魄悠悠入冥途。

---

① 珰:古代妇女戴在耳垂上的装饰品。
② 充牣(rèn):充满。
③ 祖母绿:一种深绿色的宝石。
④ 猫儿眼:一种宝石,可反射出类似蛋白光的游彩,如同猫眼一般。
⑤ 中馈:指妻子。佐中馈即为辅佐妻子,这里指杜十娘愿为妾。
⑥ 浮议:毫无根据的议论或街谈巷语。

当时旁观之人,皆咬牙切齿,争欲拳殴李甲和那孙富。慌得李、孙二人,手足无措,急叫开船,分途遁去。李甲在舟中,看了千金,转忆十娘,终日愧悔,郁成狂疾,终身不痊。孙富自那日受惊,得病卧床月馀,终日见杜十娘在傍诟骂,奄奄而逝。人以为江中之报也。

却说柳遇春在京坐监完满,束装回乡,停舟瓜步①。偶临江净脸,失坠铜盆于水,觅渔人打捞。及至捞起,乃是个小匣儿。遇春启匣观看,内皆明珠异宝,无价之珍。遇春厚赏渔人,留于床头把玩。是夜梦见江中一女子,凌波而来,视之,乃杜十娘也。近前万福,诉以李郎薄幸之事。又道:"向承君家慷慨,以一百五十金相助,本意息肩之后②,徐图报答。不意事无终始。然每怀盛情,悒悒未忘③。早间曾以小匣托渔人奉致,聊表寸心,从此不复相见矣。"言讫,猛然惊醒,方知十娘已死,叹息累日。

后人评论此事,以为孙富谋夺美色,轻掷千金,固非良士;李甲不识杜十娘一片苦心,碌碌蠢才,无足道者。独谓十娘千古女侠,岂不能觅一佳侣,共跨秦楼之凤④,乃错认李公子,明珠美玉,投于盲人,以致恩变为仇,万种恩情,化为流水,深可惜也!有诗叹云:

> 不会风流莫妄谈,单单情字费人参。
> 若将情字能参透,唤作风流也不惭。

冯梦龙编《警世通言》,中华书局 2014 年版。

---

① 瓜步:一作瓜埠,山名,在今南京市六合区东南,亦名桃叶山。
② 息肩:让肩膀得到休息,指卸除负担而获得休息。
③ 悒悒:忧愁郁闷的样子。
④ 秦楼之凤:刘向《列仙传·萧史》载萧史与秦穆公女儿弄玉住在凤台,后二人乘凤而去。后人常以此指情人离开原先的住处。

《醒世恒言》

《醒世恒言》是明代著名文学家冯梦龙编著的白话小说集"三言"(《喻世明言》、《警世通言》、《醒世恒言》)中的最后一部。全书共收录白话小说作品四十篇,与前两部多为宋元话本的改编不同,《醒世恒言》所收的篇目多为明代的作品,对于我们了解明代社会生活具有极高的价值。在"三言"中,《醒世恒言》艺术成就也是最高的,突出表现在:题材丰富多样、人物形象更加鲜明、叙事技巧更为娴熟和叙事语言朴实精炼。其中的一些名篇如《卖油郎独占花魁》、《乔太守乱点鸳鸯谱》、《十五贯戏言成巧祸》等,更是广为流传,经久不衰。

卖油郎独占花魁

【解题】《卖油郎独占花魁》是《醒世恒言》中涉及婚姻爱情题材的翘楚之作,讲述了名妓莘瑶琴与卖油郎秦重"有情人终成眷属"的故事。明末清初著名戏曲作家李玉将其改编为戏曲《占花魁》,故事情节基本沿袭了原著。在冯梦龙的《卖油郎独占花魁》中,莘瑶琴与秦重二人皆因战乱流离失所,莘瑶琴流落妓院成为花魁,而秦重则被油坊朱家过继成为卖油郎,二人改名易姓本无交集,却因秦重一日卖油相遇。善良的秦重对瑶琴一见钟情,省吃俭用,终于得与瑶琴相会,瑶琴却因整日与王孙贵族交际对秦重不屑一顾。后来时过境迁,瑶琴在被吴八公子羞辱后幸逢秦重,秦重将瑶琴送归青楼,瑶琴也被秦重感动,自启香囊赎身嫁与秦重,最后在秦重店里认出生身父母,秦重也在天竺寺内寻得了自己父亲,家人团聚,皆大欢喜。

《卖油郎独占花魁》打破了一般才子佳人的故事模式,通过对秦、莘二人爱情故事的描写,表现了市民阶层的浪漫爱情。卖油郎秦重既不是寒门书生也不是王孙权贵,而是一个位居社会底层的小商贩。商人在古代社会一直位于士农工商阶层的最下层,尤为士人所鄙夷,在许多文学作品中商人都是以负面形象出现,往往是自私、浅薄的象征。但这篇小说的主人公秦重,却处处体现着善良与真诚。他踏实能干、善良真挚,通过自己的努力终得佳人芳心。瑶琴形象的塑造体现了作者的深厚功力,从一开始的单纯善良到迷失在权贵之间,最后遭遇挫折,幡然醒悟,与秦重结合,完成了自我的救赎。伴随故事情节的曲折变化,瑶琴的形象逐步丰满完整。总之,无论是对社会生活的反映,还是写人的艺术成就,这篇小说都是中国古代小说中的上乘之作。

  年少争夸风月,场中波浪偏多。有钱无貌意难和,有貌无钱不可。
  就是有钱有貌,还须着意揣摩。知情识趣俏哥哥,此道谁人赛我。

  这首词名为《西江月》,是风月机关中撮要之论①。常言道:"妓爱俏,妈爱钞。"所以子弟行中,有了潘安般貌,邓通般钱②,自然上和下睦,做得烟花寨内的大王,鸳鸯会上的主盟。然虽如此,还有个两字经儿,叫做"帮衬"。帮者,如鞋之有帮;衬者,如衣之有衬。但凡做小娘的,有一分所长,得人衬贴,就当十分。若有短处,曲意替他遮护,更兼低声下气,送暖偷寒,逢其所喜,避其所讳,以情度情,岂有不爱之理。这叫做帮衬。风月场中,只有会帮衬的最讨便宜,无貌而有貌,无钱而有钱。假如郑元和在卑田院做了乞儿③,此时囊箧俱空,容颜非旧,李亚仙于雪天遇之,便动了一个恻隐之心,将绣襦包裹,美食供养,与他做了夫妻,这岂是爱他之钱,恋他之貌?只为郑元和识趣知情,善于帮衬,所以亚仙心中舍他不得。你只看亚仙病中想马板肠汤吃,郑元和就把个五花马杀了,取肠煮汤奉之。只这一节上,

---

① 风月机关:即风月场所,妓院。撮要:摘取要点,此处指重点。
② 邓通:汉文帝男宠,汉文帝赐他四川铜山,于是自行铸钱,富甲天下。
③ 郑元和与李亚仙的故事最早出现于唐代,后被不断改编为小说戏曲作品。书生郑元和与妓女李亚仙彼此相爱,后来郑元和花光钱财被老鸨赶出妓院,贫困交加之际幸得人收容,在殡仪铺中靠唱挽歌度日。在一日挽歌比赛后被父亲认出,逐出家门,沦为乞丐。终于机缘巧合之际,李亚仙认出正在行乞的郑元和并将他迎回家里,调养生息,最终郑元和发备读书考上状元,父亲也不计前嫌,郑、李二人结为百年之好。

亚仙如何不念其情！后来郑元和中了状元，李亚仙封为汧国夫人。莲花落打出万年策①，卑田院只做了白玉楼②。一床锦被遮盖，风月场中反为美谈。这是：

运退黄金失色，时来铁也生光。

话说大宋自太祖开基，太宗嗣位，历传真、仁、英、神、哲，共是七代帝王，都则偃武修文，民安国泰。到了徽宗道君皇帝，信任蔡京、高俅、杨戬、朱勔之徒，大兴苑囿，专务游乐，不以朝政为事，以致万民嗟怨。金虏乘之而起，把花锦般一个世界，弄得七零八落。直至二帝蒙尘③，高宗泥马渡江④，偏安一隅，天下分为南北，方得休息。其中数十年，百姓受了多少苦楚。正是：

甲马丛中立命，刀枪队里为家。
杀戮如同戏耍，抢夺便是生涯。

内中单表一人，乃汴梁城外安乐村居住，姓莘，名善，浑家阮氏⑤。夫妻两口，开个六陈铺儿⑥。虽则粜米为生⑦，一应麦、豆、茶、酒、油、盐、杂货，无所不备，家道颇颇得过。年过四旬，止生一女，小名叫做瑶琴。自小生得清秀，更且资性聪明。七岁上送在村学中读书，日诵千言。十岁时，便能吟诗作赋。曾有《闺情》一绝，为人传诵。诗云：

朱帘寂寂下金钩，香鸭沉沉冷画楼。

---

① 莲花落：旧时乞丐所唱的歌曲。
② 卑田院：本是佛教僧人收养老弱病残的地方，后引申为乞丐收容所。
③ 二帝蒙尘：即靖康之变后，宋徽宗赵佶和宋钦宗赵桓先后被金兵所俘。
④ 高宗泥马渡江：高宗即赵构，宋徽宗赵佶第九子，金兵俘获徽宗、钦宗后，传说赵构危难中骑马渡过长江躲过金兵追捕，过江后发现原来是一匹泥马。
⑤ 浑家：妻子。
⑥ 六陈铺：贩卖米、麦及其他杂粮的粮食店。
⑦ 粜(tiào)米：卖米。粜，卖粮食。

移枕怕惊鸳并宿,挑灯偏恨蕊双头。

到十二岁,琴棋书画,无所不通。若题起女工一事,飞针走线,出人意表。此乃天生伶俐,非教习之所能也。莘善因为自家无子,要寻个养女婿,来家靠老。只因女儿灵巧多能,难乎其配,所以求亲者颇多,都不曾许。不幸遇了金虏猖獗,把汴梁城围困,四方勤王之师虽多,宰相主了和议,不许厮杀,以致虏势愈甚,打破了京城,劫迁了二帝。那时城外百姓,一个个亡魂丧胆,携老扶幼,弃家逃命。

却说莘善领着浑家阮氏和十二岁的女儿,同一般逃难的,背着包裹,结队而走。

忙忙如丧家之犬,急急如漏网之鱼。担渴担饥担劳苦,此行谁是家乡;叫天叫地叫祖宗,惟愿不逢鞑虏。正是:宁为太平犬,莫作乱离人!

正行之间,谁想鞑子到不曾遇见①,却逢着一阵败残的官兵。他看见许多逃难的百姓,多背得有包裹,假意呐喊道:"鞑子来了!"沿路放起一把火来。此时天色将晚,吓得众百姓落荒乱窜,你我不相顾。他就乘机抢掠,若不肯与他,就杀害了。这是乱中生乱,苦上加苦。

却说莘氏瑶琴被乱军冲突,跌了一交,爬起来,不见了爹娘。不敢叫唤,躲在道旁古墓之中,过了一夜。到天明,出外看时,但见满目风沙,死尸横路,昨日同时避难之人,都不知所往。瑶琴思念父母,痛哭不已。欲待寻访,又不认得路径,只得望南而行,哭一步,挨一步。约莫走了二里之程,心上又苦,腹中又饥。望见土房一所,想必其中有人,欲待求乞些汤饮。及至向前,却是破败的空屋,人口俱逃难去了。瑶琴坐于土墙之下,哀哀而哭。

自古道:"无巧不成话。"恰好有一人从墙下而过,那人姓卜,名乔,正是莘善的近邻。平昔是个游手游食,不守本分,惯吃白食,用白钱的主儿,人都称他是卜大郎。也是被官军冲散了同伙,今日独自而行。听得啼哭之声,慌忙来看。瑶琴自小相认,今日患难之际,举目无亲,见了近邻,分明见了亲人一般,即忙收泪,起身

---

① 鞑子:古代汉人对北方少数民族的称呼。

相见,问道:"卜大叔,可曾见我爹妈么?"卜乔心中暗想:"昨日被官军抢去包裹,正没盘缠。天生这碗衣饭送来与我,正是奇货可居①。"便扯个谎道:"你爹和妈寻你不见,好生痛苦,如今前面去了。分付我道:'倘或见我女儿,千万带了他来,送还了我。'许我厚谢。"瑶琴虽是聪明,正当无可奈何之际,君子可欺以其方②,遂全然不疑,随着卜乔便走。正是:

  情知不是伴,事急且相随。

  卜乔将随身带的干粮,把些与他吃了,分付道:"你爹妈连夜走的,若路上不能相遇,直要过江到建康府,方可相会。一路上同行,我权把你当女儿,你权叫我做爹。不然,只道我收留迷失子女,不当稳便。"瑶琴依允。从此陆路同步,水路同舟,爹女相称。到了建康府,路上又闻得金兀术四太子,引兵渡江,眼见得建康不得宁息。又闻得康王即位,已在杭州驻跸③,改名临安。遂趁船到润州,过了苏、常、嘉、湖,直到临安地面,暂且饭店中居住。也亏卜乔,自汴京至临安,三千余里,带那莘瑶琴下来,身边藏下些散碎银两,都用尽了,连身上外盖衣服,脱下准了店钱,止剩得莘瑶琴一件活货,欲行出脱。访得西湖上烟花王九妈家要讨养女,遂引九妈到店中,看货还钱。九妈见瑶琴生得标致,讲了财礼五十两。卜乔兑足了银子,将瑶琴送到王家。原来卜乔有智,在王九妈前只说:"瑶琴是我亲生之女,不幸到你门户人家,须是款款的教训,他自然从顺,不要性急。"在瑶琴面前又说:"九妈是我至亲,权时把你寄顿他家。待我从容访知你爹妈下落,再来领你。"以此,瑶琴欣然而去。

---

① 奇货可居:出自《史记·吕不韦列传》:"子楚,秦诸庶孽孙,质于诸侯,车乘进用不饶,居处困,不得意。吕不韦贾邯郸,见而怜之,曰:'此奇货可居。'"后比喻仰仗某种专长或具有利用价值的东西作为资本以谋利。
② 君子可欺以其方:出自《孟子·万章章句上》:"故君子可欺以其方,难罔以非其道。"意思是君子为人正直,不要心眼,有时人们就利用这一点来欺骗他。
③ 驻跸:帝王出巡时,沿途停留暂住。

> 可怜绝世聪明女,堕落烟花罗网中。

王九妈新讨了瑶琴,将他浑身衣服,换个新鲜,藏于曲楼深处。终日好茶好饭,去将息他①,好言好语,去温暖他。瑶琴既来之,则安之。住了几日,不见卜乔回信。思量爹妈,噙着两行珠泪,问九妈道:"卜大叔怎不来看我?"九妈道:"那个卜大叔?"瑶琴道:"便是引我到你家的那个卜大郎。"九妈道:"他说是你的亲爹。"瑶琴道:"他姓卜,我姓莘。"遂把汴梁逃难,失散了爹妈,中途遇见了卜乔,引到临安,并卜乔哄他的说话,细述一遍。九妈道:"原来恁地!你是个孤身女儿无脚蟹②,我索性与你说明罢!那姓卜的把你卖在我家,得银五十两去了。我们是门户人家,靠着粉头过活③。家中虽有三四个养女,并没个出色的。爱你生得齐整,把做个亲女儿相待。待你长成之时,包你穿好吃好,一生受用。"瑶琴听说,方知被卜乔所骗,放声大哭,九妈劝解,良久方止。

自此九妈将瑶琴改做王美,一家都称为美娘,教他吹弹歌舞,无不尽善。长成一十四岁,娇艳非常。临安城中这些富豪公子,慕其容貌,都备着厚礼求见。也有爱清标的,闻得他写作俱高,求诗求字的,日不离门,弄出天大的名声出来,不叫他美娘,叫他做"花魁娘子"。西湖上子弟编出一只《挂枝儿》,单道那花魁娘子的好处:

> 小娘中,谁似得王美儿的标致,又会写,又会画,又会做诗,吹弹歌舞都馀事。常把西湖比西子,就是西子比他也还不如。那个有福的汤着他身儿,也情愿一个死。

只因王美有了个盛名,十四岁上就有人来讲梳弄④。一来王美不肯,二来王九

---

① 将息:调养生息。
② 无脚蟹:没有腿的螃蟹,比喻无依无靠的人。
③ 粉头:妓女。
④ 梳弄:旧指妓女第一次接客伴宿。

妈把女儿做金子看成,见他心中不允,分明奉了一道圣旨,并不敢违拗。又过了一年,王美年方十五。原来门户中梳弄,也有个规矩:十三岁太早,谓之"试花",皆因鸨儿爱财,不顾痛苦;那子弟也只博个虚名,不得十分畅快取乐。十四岁,谓之"开花",此时天癸已至①,男施女受,也算当时了。到十五,谓之"摘花"。在平常人家,还算年小,惟有门户人家以为过时。王美此时未曾梳弄,西湖上子弟又编出一只《挂枝儿》来:

王美儿,似木瓜,空好看,十五岁,还不曾与人汤一汤。有名无实成何干!便不是石女,也是二行子的娘。若还有个好好的羞羞,也如何熬得这些时痒。

王九妈听得这些风声,怕坏了门面,来劝女儿接客。王美执意不肯,说道:"要我会客时,除非见了亲生爹妈。他肯做主时,方才使得!"王九妈心里又恼他,又不舍得难为他,捱了好些时。

偶然有个金二员外,大富之家,情愿出三百两银子,梳弄美娘。九妈得了这主大财,心生一计,与金二员外商议,若要他成就,除非如此如此,金二员外意会了。其日八月十五日,只说请王美湖上看潮,请至舟中,三四个帮闲,俱是会中之人,猜拳行令,做好做歉,将美娘灌得烂醉如泥。扶到王九妈家楼中,卧于床上,不省人事。此时天气和暖,又没几层衣服,妈儿亲手伏侍,剥得他赤条条,任凭金二员外行事。金二员外那话儿,又非兼人之具,轻轻的撑开两股,用些涎沫,送将进去。比及美娘梦中觉痛,醒将转来,已被金二员外耍得够了。欲待挣扎,争奈手足俱软,由他轻薄了一回。直待绿暗红飞,方始雨收云散。正是:

雨中花蕊方开罢,镜里娥眉不似前。

五鼓时,美娘酒醒,已知鸨儿用计,破了身子。自怜红颜命薄,遭此强横。起

① 天癸:指女子月经。

来解手，穿了衣服，自在床边一个斑竹榻上，朝着里壁睡了，暗暗垂泪。金二员外来亲近他时，被他劈头劈脸，抓有几个血痕。金二员外好生没趣，捱得天明，对妈儿说声："我去也！"妈儿要留他时，已自出门去了。

从来梳弄的子弟，早起时，妈儿进房贺喜，行户中都来称贺，还要吃几日喜酒。那子弟多则住一二月，最少也住半月二十日。只有金二员外侵早出门，是从来未有之事。王九妈连叫诧异，披衣起身上楼，只见美娘卧于榻上，满眼流泪。九妈要哄他上行，连声招许多不是，美娘只不开口，九妈只得下楼去了。美娘哭了一日，茶饭不沾。从此托病，不肯下楼，连客也不肯会面了。

九妈心下焦躁，欲待把他凌虐，又恐他烈性不从，反冷了他的心肠。欲待由他，本是要他赚钱，若不接客时，就养到一百岁也没用。踌躇数日，无计可施。忽然想起，有个结义妹子，叫做刘四妈，时常往来。他能言快语，与美娘甚说得着，何不接取他来，下个说词。若得他回心转意，大大的烧个利市①。当下叫保儿去请刘四妈到前楼坐下，诉以衷情。刘四妈道："老身是个女随何②，雌陆贾③，说得罗汉思情，嫦娥想嫁。这件事都在老身身上。"九妈道："若得如此，做姐的情愿与你磕头。你多吃杯茶去，免得说话时口干。"刘四妈道："老身天生这副海口，便说到明日，还不干哩。"

刘四妈吃了几杯茶，转到后楼，只见楼门紧闭，刘四妈轻轻的叩了一下，叫声："侄女！"美娘听得是四妈声音，便来开门。两下相见了，四妈靠桌朝下而坐，美娘傍坐相陪。四妈看他桌上铺着一幅细绢，才画得个美人的脸儿，还未曾着色。四妈称赞道："画得好！真是巧手！九阿姐不知怎生样造化，偏生遇着你这一个伶俐女儿。又好人物，又好技艺，就是堆上几千两黄金，满临安走遍，可寻出个对儿么？"美娘道："休得见笑，今日甚风吹得姨娘到来？"刘四妈道："老身时常要来看你，只为家务在身，不得空闲。闻得你恭喜梳弄了，今日偷空而来，特特与九阿姐

---

① 烧个利市：即烧利市，一种民间习俗。商店在开业时，烧纸钱祭奠神明，希望能获得福佑。后称遇吉庆等事的焚烧祭拜。
② 随何：西汉初年人士，为人能言善辩，曾被汉高祖刘邦派去说服九江王英布降汉。
③ 陆贾：汉初楚国人，早年跟随刘邦游说于各诸侯国之间，以谋术为名，善口舌之辩。

叫喜。"美儿听得提起"梳弄"二字,满脸通红,低着头不来答应。

刘四妈知他害羞,便把椅儿掇上一步,将美娘的手儿牵着,叫声:"我儿!做小娘的,不是个软壳鸡蛋,怎的这般嫩得紧?似你恁地怕羞,如何赚得大主银子?"美娘道:"我要银子做甚?"四妈道:"我儿,你便不要银子,做娘的看得你长大成人,难道不要出本?自古道'靠山吃山,靠水吃水。'九阿姐家有几个粉头,那一个赶得上你的脚跟来?一园瓜,只看得你是个瓜种。九阿姐待你也不比其他,你是聪明伶俐的人,也须识些轻重。闻得你自梳弄之后,一个客也不肯相接,是甚么意儿?都像你的意时,一家人口,似蚕一般,那个把桑叶喂他?做娘的抬举你一分,你也要与他争口气儿,莫要反讨众丫头们批点。"美娘道:"由他批点,怕怎的!"刘四妈道:"阿呀!批点是个小事,你可晓得门户中的行径么?"美娘道:"行径便怎的?"刘四妈道:"我们门户人家,吃着女儿,穿着女儿,用着女儿,侥幸讨得一个像样的,分明是大户人家置了一所良田美产。年纪幼小时,巴不得风吹得大,到得梳弄过后,便是田产成熟,日日指望花利到手受用①。前门迎新,后门送旧,张郎送米,李郎送柴,往来热闹,才是个出名的姊妹行家。"

美娘道:"羞答答,我不做这样事!"刘四妈掩着口,格的笑了一声,道:"不做这样事,可是由得你的?一家之中,有妈妈做主,做小娘的若不依他教训,动不动一顿皮鞭,打得你不生不死,那时不怕你不走他的路儿。九阿姐一向不难为你,只可惜你聪明标致,从小娇养的,要惜你的廉耻,存你的体面。方才告诉我许多话,说你不识好歹,放着鹅毛不知轻,顶着磨子不知重,心下好生不悦,教老身来劝你。你若执意不从,惹他性起,一时翻过脸来,骂一顿,打一顿,你待走上天去?凡事只怕个起头。若打破了头时,朝一顿,暮一顿,那时熬这些痛苦不过,只得接客。却不把千金声价弄得低微了,还要被姊妹中笑话。依我说,吊桶已自落在他井里,挣不起了。不如千欢万喜,倒在娘的怀里,落得自己快活。"美娘道:"奴是好人家儿女,误落风尘。倘得姨娘主张从良②,胜造九级浮图。若要我倚门献笑,送旧迎新,宁甘一死,决不情愿!"

---

① 花利:利息收入。
② 从良:旧指妓女脱离乐籍,嫁与良民。

刘四妈道："我儿，从良是个有志气的事，怎么说道不该！只是从良也有几等不同。"美娘道："从良有甚不同之处？"刘四妈道："有个真从良，有个假从良；有个苦从良，有个乐从良。有个趁好的从良，有个没奈何的从良。有个了从良，有个不了的从良。我儿，耐心听我分说。如何叫做真从良？大凡才子必须佳人，佳人必须才子，方成佳配。然而好事多磨，往往求之不得。幸然两下相逢，你贪我爱，割舍不下，一个愿讨，一个愿嫁，好像捉对的蚕蛾，死也不放。这个谓之真从良。怎么叫做假从良？有等子弟爱着小娘，小娘却不爱那子弟。本心不愿嫁他，只把个嫁字儿吹他心热，撒漫银钱。比及成交，却又推故不就。又有一等痴心的子弟，晓得小娘心肠不对他，偏要娶他回去，拚着一主大钱①，动了妈儿的火，不怕小娘不肯。勉强进门，心中不顺，故意不守家规，小则撒泼放肆，大则公然偷汉。人家容留不得，多则一年，少则半载，依旧放他出来，为娼接客。把从良二字，只当个撰钱的题目②。这个谓之假从良。如何叫做苦从良？一般样子弟爱小娘，小娘不爱那子弟，却被他以势凌之。妈儿惧祸，已自许了。做小娘的，身不由主，含泪而行。一入侯门，如海之深，家法又严，抬头不得，半妾半婢，忍死度日。这个谓之苦从良。如何叫做乐从良？做小娘的，正当择人之际，偶然相交个子弟，见他情性温和，家道富足，又且大娘子乐善，无男无女，指望他日过门，与他生育，就有主母之分。以此嫁他，图个日前安逸，日后出身。这个谓之乐从良。如何叫做趁好的从良？做小娘的，风花雪月，受用已勾③，趁这盛名之下，求之者众，任我拣择个十分满意的嫁他，急流勇退，及早回头，不致受人怠慢。这个谓之趁好的从良。如何叫做没奈何的从良？做小娘的，原无从良之意，或因官司逼迫，或因强横欺瞒，又或因债负太多，将来赔偿不起，别口气，不论好歹，得嫁便嫁，买静求安，藏身之法。这谓之没奈何的从良。如何叫做了从良？小娘半老之际，风波历尽，刚好遇个老成的孤老，两下志同道合，收绳卷索，白头到老。这个谓之了从良。如何叫做不了的从良？一般你贪我爱，火热的跟他，却是一时之兴，没有个长算。或者尊长不

---

① 拚：舍弃。
② 撰钱：即赚钱。
③ 勾：通"够"。

容,或者大娘妒忌,闹了几场,发回妈家,追取原价。又有个家道凋零,养他不活,苦守不过,依旧出来赶趁。这谓之不了的从良。"

美娘道:"如今奴家要从良,还是怎地好?"刘四妈道:"我儿,老身教你个万全之策。"美娘道:"若蒙教导,死不忘恩!"刘四妈道:"从良一事,入门为净。况且你身子已被人捉弄过了,就是今夜嫁人,叫不得个黄花女儿。千错万错,不该落于此地,这就是你命中所招了。做娘的费了一片心机,若不帮他几年,趁过千把银子,怎肯放你出门?还有一件,你便要从良,也须拣个好主儿,这些臭嘴臭脸的,难道就跟他不成?你如今一个客也不接,晓得那个该从,那个不该从?假如你执意不肯接客,做娘的没奈何,寻个肯出钱的主儿,卖你去做妾,这也叫做从良。那主儿或是年老的,或是貌丑的,或是一字不识的村牛,你却不肮脏了一世?比着把你料在水里,还有扑通的一声响,讨得旁人叫一声可惜。依着老身愚见,还是俯从人愿,凭着做娘的接客。似你恁般才貌,等闲的料也不敢相扳,无非是王孙公子,贵客豪门,也不辱莫了你。一来风花雪月,趁着年少受用;二来作成妈儿起个家事;三来使自己也积趱些私房,免得日后求人。过了十年五载,遇个知心着意的,说得来,话得着,那时老身与你做媒,好模好样的嫁去,做娘的也放得你下了,可不两得其便?"美娘听说,微笑而不言。刘四妈已知美娘心中活动了,便道:"老身句句是好话。你依着老身的话时,后来还要感激我哩。"说罢起身。

王九妈伏在楼门之外,一句句都听得的。美娘送刘四妈出房门,劈面撞着了九妈,满面羞惭,缩身进去。王九妈随着刘四妈,再到前楼坐下。刘四妈道:"侄女十分执意,被老身右说左说,一块硬铁看看熔做热汁。你如今快快寻个覆帐的主儿①,他必然肯就。那时做妹子的再来贺喜。"王九妈连连称谢。是日备饭相待,尽醉而别。后来西湖上子弟们又有只《挂枝儿》,单说那刘四妈说词一节:

  刘四妈,你的嘴舌儿好不利害!便是女随何,雌陆贾,不信有这大才。说着长,道着短,全没些破败。就是醉梦中,被你说得醒;就是聪明的,被你说得

---

① 覆帐:这里指再次接客。

呆。好个烈性的姑姑,也被你说得他心地改。

再说王美娘才听了刘四妈一席话儿,思之有理。以后有客求见,欣然相接。覆帐之后,宾客如市,捱三顶五,不得空闲,声价愈重,每一晚白银十两,兀自你争我夺。王九妈赚了若干钱钞,欢喜无限。美娘也留心要拣个知心着意的,急切难得。正是:

易求无价宝,难得有情郎。

话分两头。却说临安城清波门里,有个开油店的朱十老,三年前过继一个小厮,也是汴京逃难来的,姓秦名重,母亲早丧,父亲秦良,十三岁上将他卖了,自己在上天竺去做香火①。朱十老因年老无嗣,又新死了妈妈,把秦重做亲子看成,改名朱重,在店中学做卖油生理。初时父子坐店甚好,后因十老得了腰痛的病,十眠九坐,劳碌不得,另招个伙计,叫做邢权,在店相帮。

光阴似箭,不觉四年有余。朱重长成一十七岁,生得一表人才,虽然已冠,尚未娶妻。那朱十老家有个侍女,叫做兰花,年已二十之外,有心看上了朱小官人,几遍的倒下钩子去勾搭他。谁知朱重是个老实人,又且兰花龌龊丑陋,朱重也看不上眼,以此落花有意,流水无情。那兰花见勾搭朱小官人不上,别寻主顾,就去勾搭那伙计邢权。邢权是望四之人,没有老婆,一拍就上。两个暗地偷情,不止一次。反怪朱小官人碍眼,思量寻事赶他出门。邢权与兰花两个,里应外合,使心设计。兰花便在朱十老面前假意撇清,说:"小官人几番调戏,好不老实!"朱十老平时与兰花也有一手,未免有拈酸之意②。邢权又将店中卖下的银子藏过,在朱十老面前说道:"朱小官在外赌博,不长进,柜里银子几次短少,都是他偷去了。"初次朱十老还不信,接连几次,朱十老年老糊涂,没有主意,就唤朱重过来,责骂了一场。

---

① 上天竺:这里指杭州的上天竺寺,是中国白衣观音的起源地。香火:指寺庙中掌理烧香、点灯等杂务的人。
② 拈酸:吃醋。

朱重是个聪明的孩子，已知邢权与兰花的计较，欲待分辩，惹起是非不小，万一老者不听，枉做恶人。心生一计，对朱十老说道："店中生意淡薄，不消得二人。如今让邢主管坐店，孩儿情愿挑担子出去卖油。卖得多少，每日纳还，可不是两重生意？"朱十老心下也有许可之意，又被邢权说道："他不是要挑担出去，几年上偷银子做私房，身边积趱有余了，又怪你不与他定亲，心下怨恨，不愿在此相帮，要讨个出场，自去娶老婆，做人家去。"朱十老叹口气道："我把他做亲儿看成，他却如此歹意，皇天不祐！罢，罢，不是自身骨血，到底粘连不上，由他去罢！"遂将三两银子把与朱重，打发出门，寒夏衣服和被窝都教他拿去，这也是朱十老好处。朱重料他不肯收留，拜了四拜，大哭而别。正是：

孝己杀身因谤语，申生丧命为谗言①。
亲生儿子犹如此，何怪螟蛉受枉冤②。

原来秦良上天竺做香火，不曾对儿子说知。朱重出了朱十老之门，在众安桥下赁了一间小小房儿，放下被窝等件，买巨锁儿锁了门，便往长街短巷，访求父亲。连走几日，全没消息。没奈何，只得放下。在朱十老家四年，赤心忠良，并无一毫私蓄，只有临行时打发这三两银子，不够本钱，做什么生意好？左思右量，只有油行买卖是熟闲③。这些油坊多曾与他识熟，还去挑个卖油担子，是个稳足的道路。当下置办了油担家伙，剩下的银两，都交付与油坊取油。那油坊里认得朱小官是个老实好人，况且小小年纪，当初坐店，今朝挑担上街，都因邢伙计挑拨他出来，心中甚是不平，有心扶持他，只拣窨清的上好净油与他，签子上又明让他些。朱重得了这些便宜，自己转卖与人，也放些宽，所以他的油比别人分外容易出脱。每日尽有些利息，又且俭吃俭用，积下东西来，置办些日用家业，及身上衣服之类，并无妄

---

① 孝己：殷高宗武丁的儿子，以孝得名，因后母谗害被放逐而死。申生：春秋时期晋国太子，生母齐姜死后，晋献公提拔骊姬为夫人，后骊姬为使其子成为继承人诋毁陷害申生，致其自缢。
② 螟蛉：螟蛉经常被蜾蠃捕捉作为幼虫的食物，古人误以为蜾蠃将螟蛉作为养子，因此将养子称为螟蛉。
③ 熟闲：熟练，娴熟。

废。心中只有一件事未了,牵挂着父亲,思想:"向来叫做朱重,谁知我是姓秦!倘或父亲来寻访之时,也没个因由。"遂复姓为秦。

　　说话的,假如上一等人,有前程的,要复本姓,或具札子奏过朝廷,或关白礼部①、太学、国学等衙门,将册籍改正,众所共知。一个卖油的,复姓之时,谁人晓得?他有个道理,把盛油的桶儿,一面大大写个"秦"字,一面写"汴梁"二字,将油桶做个标识,使人一览而知。以此临安市上,晓得他本姓,都呼他为"秦卖油"。

　　时值二月天气,不暖不寒,秦重闻知昭庆寺僧人,要起个九昼夜功德②,用油必多,遂挑了油担来寺中卖油。那些和尚们也闻知秦卖油之名,他的油比别人又好又贱,单单作成他。所以一连这九日,秦重只在昭庆寺走动。正是:

　　　　刻薄不赚钱,忠厚不折本。

　　这一日是第九日了。秦重在寺出脱了油,挑了空担出寺。其日天气晴明,游人如蚁。秦重绕河而行,遥望十景塘桃红柳绿,湖内画船箫鼓,往来游玩,观之不足,玩之有馀。走了一回,身子困倦,转到昭庆寺右边,望个宽处,将担儿放下,坐在一块石上歇脚。近侧有个人家,面湖而住,金漆篱门,里面朱栏内,一丛细竹。未知堂室何如,先见门庭清整。只见里面三四个戴巾的从内而出,一个女娘后面相送。到了门首,两下把手一拱,说声:"请了。"那女娘竟进去了。秦重定睛观之,此女容颜娇丽,体态轻盈,目所未睹,准准的呆了半晌,身子都酥麻了。他原是个老实小官,不知有烟花行径,心中疑惑,正不知是什么人家。方正疑思之际,只见门内又走出个中年的妈妈,同着一个垂髫的丫头,倚门闲看。那妈妈一眼瞧着油担,便道:"阿呀!方才我家无油,正好有油担子在这里,何不与他买些?"那丫鬟取了油瓶出来,走到油担子边,叫声:"卖油的!"秦重方才知觉,回言道:"没有油了!妈妈要用油时,明日送来。"那丫鬟也认得几个字,看见油桶上写个秦字,就对妈妈道:"卖油的姓秦。"妈妈也听得人闲讲,有个秦卖油,做生意甚是忠厚。遂分付秦

---

① 关白:禀报。
② 功德:指和尚做法事礼佛、诵经、布施。

重道:"我家每日要油用,你肯挑来时,与你做个主顾①。"秦重道:"承妈妈作成,不敢有误。"那妈妈与丫鬟进去了。秦重心中想道:"这妈妈不知是那女娘的什么人?我每日到他家卖油,莫说赚他利息,图个饱看那女娘一回,也是前生福分。"正欲挑担起身,只见两个轿夫,抬着一顶青绢幔的轿子,后边跟着两个小厮,飞也似跑来。到了其家门首,歇下轿子,那小厮走进里面去了。秦重道:"却又作怪。看他接什么人?"少顷之间,只见两个丫鬟,一个捧着猩红的毡包,一个拿着湘妃竹攒花的拜匣②,都交付与轿夫,放在轿座之下。那两个小厮手中,一个抱着琴囊,一个捧着几个手卷,腕上挂碧玉箫一枝,跟着起初的女娘出来。女娘上了轿,轿夫抬起望旧路而去。丫鬟小厮,俱随轿步行。秦重又得亲炙一番,心中愈加疑惑,挑了油担子,洋洋的去。

不过几步,只见临河有一个酒馆。秦重每常不吃酒,今日见了这女娘,心下又欢喜,又气闷,将担子放下,走进酒馆,拣个小座头坐了。酒保问道:"客人还是请客,还是独酌?"秦重道:"有上好的酒,拿来独饮三杯。时新果子一两碟,不用荤菜。"酒保斟酒时,秦重问道:"那边金漆篱门内是什么人家?"酒保道:"这是齐衙内的花园,如今王九妈住下。"秦重道:"方才看见有个小娘子上轿,是什么人?"酒保道:"这是有名的粉头,叫做王美娘,人都称为花魁娘子。他原是汴京人,流落在此。吹弹歌舞,琴棋书画,件件皆精。来往的都是大头儿,要十两放光才宿一夜哩!可知小可的也近他不得。当初住在涌金门外,因楼房狭窄,齐舍人与他相厚,半载之前,把这花园借与他住。"秦重听得说是汴京人,触了个乡思之念,心中更有一倍光景。

吃了数杯,还了酒钱,挑了担子,一路走,一路的肚中打稿道:"世间有这样美貌的女子,落于娼家,岂不可惜!"又自家暗笑道:"若不落于娼家,我卖油的怎生得见!"又想一回,越发痴起来了,道:"人生一世,草生一秋。若得这等美人搂抱了睡一夜,死也甘心。"又想一回道:"呸!我终日挑这油担子,不过日进分文,怎么想这

---

① 主顾:买主,顾客。
② 拜匣:旧时拜客或送礼时放置帖子、名片等的盒子。

等非分之事！正是癞蛤蟆在阴沟里想着天鹅肉吃，如何到口？"又想一回道："他相交的，都是公子王孙。我卖油的，纵有了银子，料他也不肯接我。"又想一回道："我闻得做老鸨的，专要钱钞。就是个乞儿，有了银子，他也就肯接了，何况我做生意的青青白白之人。若有了银子，怕他不接？只是那里来这几两银子？"一路上胡思乱想，自言自语。你道天地间有这等痴人，一个小经纪的①，本钱只有三两，却要把十两银子去嫖那名妓，可不是个春梦！自古道："有志者事竟成。"被他千思万想，想出一个计策来。他道："从明日为始，逐日将本钱扣出，馀下的积攒上去。一日积得一分，一年也有三两六钱之数。只消三年，这事便成了。若一日积得二分，只消得年半。若再多得些，一年也差不多了。"想来想去，不觉走到家里，开锁进门。只因一路上想着许多闲事，回来看了自家的睡铺，惨然无欢，连夜饭也不要吃，便上了床。这一夜翻来覆去，牵挂着美人，哪里睡得着。

只因月貌花容，引起心猿意马。

捱到天明，爬起来，就装了油担，煮早饭吃了，锁了门，挑着担子，一径走到王九妈家去。进了门，却不敢直入，舒着头，往里面张望。王九妈恰才起床，还蓬着头，正分付保儿买饭菜。秦重认得声音，叫声："王妈妈！"九妈往外一张，见是秦卖油，笑道："好忠厚人！果然不失信。"便叫他挑担进来，称了一瓶，约有五斤多重，公道还钱，秦重并不争论。王九妈甚是欢喜，道："这瓶油，只勾我家两日用。但隔一日，你便送来，我不往别处去买了。"秦重应诺，挑担而出。只恨不曾遇见花魁娘子："且喜扳下主顾②，少不得一次不见，二次见；二次不见，三次见。只是一件，特为王九妈一家挑这许多路来，不是做生意的勾当。这昭庆寺是顺路，今日寺中虽然不做功德，难道寻常不用油的？我且挑担去问他。若扳得各房头做个主顾，只消走钱塘门这一路，那一担油尽勾出脱了。"秦重挑担到寺内问时，原来各房和尚也正想着秦卖油，来得正好，多少不等，各各买他的油。秦重与各房约定，也是间

---

① 经纪：生意；商人。
② 扳：结交。

一日便送油来用。这一日是个双日,自此日为始,但是单日,秦重别街道上做买卖;但是双日,就走钱塘门这一路。一出钱塘门,先到王九妈家里,以卖油为名,去看花魁娘子。有一日会见,也有一日不会见。不见时费了一场思想,便见时也只添了一层思想。正是:

　　天长地久有时尽,此恨此情无尽期。

再说秦重到了王九妈家多次,家中大大小小,没一个不认得是秦卖油。时光迅速,不觉一年有馀。日大日小,只拣足色细丝①,或积三分,或积二分,再少也积下一分。凑得几钱,又打做大块头。日积月累,有了一大包银子,零星凑集,连自己也不知多少。

其日是单日,又值大雨,秦重不出去做买卖,看了这一大包银子,心中也自喜欢。"趁今日空闲,我把他上一上天平,见个数目。"打个油伞,走到对门倾银铺里,借天平兑银。那银匠好不轻薄,想着:"卖油的多少银子,要架天平?只把个五两头等子与他,还怕用不着头纽哩!"秦重把银子包解开,都是散碎银两,大凡成锭的见少,散碎的就见多。银匠是小辈,眼孔极浅,见了许多银子,别是一番面目,想道:"人不可貌相,海水不可斗量。"慌忙架起天平,搬出若大若小许多砝码。秦重尽包而兑,一厘不多,一厘不少,刚刚一十六两之数,上秤便是一斤。秦重心下想道:"除去了三两本钱,余下的做一夜花柳之费,还是有余。"又想道:"这样散碎银子,怎好出手?拿出来也被人看低了!见成倾银店中方便,何不倾成锭儿,还觉冠冕。"当下兑足十两,倾成一个足色大锭,再把一两八钱,倾成水丝一小锭。剩下四两二钱之数,拈一小块,还了火钱,又将几钱银子,置下镶鞋净袜,新褶了一顶万字头巾。回到家中,把衣服浆洗得干干净净,买几根安息香,薰了又薰。拣个晴明好日,侵早打扮起来。

---

① 足色细丝:纹银,成色最好的银子。

虽非富贵豪华客,也是风流好后生。

秦重打扮得齐齐整整,取银两藏于袖中,把房门锁了,一径望王九妈家而来,那一时好不高兴。及至到了门首,愧心复萌,想道:"时常挑了担子在他家卖油,今日忽地去做嫖客,如何开口?"正在踌躇之际,只听得呀的一声门响,王九妈走将出来。见了秦重,便道:"秦小官今日怎的不做生意,打扮得恁般济楚①,往那里去贵干?"事到其间,秦重只得老着脸,上前作揖,妈妈也不免还礼。秦重道:"小可并无别事,专来拜望妈妈。"那鸨儿是老积年,见貌辨色,见秦重恁般装束,又说拜望,"一定是看上了我家那个丫头,要嫖一夜,或是会一个房。虽然不是个大势主菩萨,搭在篮里便是菜,捉在篮里便是蟹,赚他钱把银子买葱菜,也是好的。"便满脸堆下笑来,道:"秦小官拜望老身,必有好处。"秦重道:"小可有句不识进退的言语,只是不好启齿。"王九妈道:"但说何妨,且请到里面客坐里细讲。"秦重为卖油虽曾到王家整百次,这客坐里交椅,还不曾与他屁股做个相识,今日是个会面之始。王九妈到了客坐,不免分宾而坐,向着内里唤茶。少顷,丫鬟托出茶来,看时却是秦卖油,正不知什么缘故妈妈恁般相待,格格低了头只是笑。王九妈看见,喝道:"有甚好笑!对客全没些规矩!"丫鬟止住笑,收了茶杯自去。王九妈方才开言问道:"秦小官有甚话要对老身说?"秦重道:"没有别话,要在妈妈宅上请一位姐姐吃杯酒儿。"九妈道:"难道吃寡酒?一定要嫖了。你是个老实人,几时动这风流之兴?"秦重道:"小可的积诚,也非止一日。"九妈道:"我家这几个姐姐,都是你认得的,不知你中意那一位?"秦重道:"别个都不要,单单要与花魁娘子相处一宵。"九妈只道取笑他,就变了脸道:"你出言无度!莫非奚落老娘么?"秦重道:"小可是个老实人,岂有虚情。"九妈道:"粪桶也有两个耳朵,你岂不晓得我家美儿的身价!倒了你卖油的灶,还不勾半夜歇钱哩!不如将就拣一个适兴罢。"秦重把头一缩,舌头一伸,道:"恁的好卖弄!不敢动问,你家花魁娘子一夜歇钱要几千两?"九妈见他说要话,却又回嗔作喜,带笑而言道:"那要许多?只要得十两敲丝,其他东道杂

---

① 济楚:整齐漂亮。

费,不在其内。"秦重道:"原来如此,不为大事。"袖中摸出这秃秃里一大锭放光细丝银子,递与鸨儿道:"这一锭十两重,足色足数,请妈妈收着。"又摸出一小锭来,也递与鸨儿,又道:"这一小锭,重有二两,相烦备个小东。望妈妈成就小可这件好事,生死不忘,日后再有孝顺。"九妈见了这锭大银,已自不忍释手,又恐怕他一时高兴,日后没了本钱,心中懊悔,也要尽他一句才好。便道:"这十两银子,你做经纪的人,积趱不易,还要三思而行。"秦重道:"小可主意已定,不要你老人家费心。"

九妈把这两锭银子收于袖中,道:"是便是了,还有许多烦难哩!"秦重道:"妈妈是一家之主,有甚烦难?"九妈道:"我家美儿,往来的都是王孙公子,富室豪家,真个是'谈笑有鸿儒,往来无白丁'。他岂不认得你是做经纪的秦小官,如何肯接你?"秦重道:"但凭妈妈怎的委曲宛转,成全其事,大恩不敢有忘!"九妈见他十分坚心,眉头一皱,计上心来,扯开笑口道:"老身已替你排下计策,只看你缘法如何。做得成,不要喜;做不成,不要怪。美儿昨日在李学士家陪酒,还未曾回。今日是黄衙内约下游湖。明日是张山人一班清客,邀他做诗社。后日是韩尚书的公子,数日前送下东道在这里。你且到大后日来看。还有句话,这几日你且不要来我家卖油,预先留下个体面。又有句话,你穿着一身的布衣布裳,不像个上等嫖客。再来时,换件绸缎衣服,教这些丫鬟们认不出你是秦小官,老娘也好与你装谎。"秦重道:"小可一一理会得。"说罢,作别出门。且歇这三日生理,不去卖油,到典铺里买了一件见成半新半旧的绸衣,穿在身上,到街坊闲走,演习斯文模样。正是:

  未识花院行藏,先习孔门规矩。

丢过那三日不题。到第四日,起个清早,便到王九妈家去。去得太早,门还未开,意欲转一转再来。这番装扮希奇,不敢到昭庆寺去,恐怕和尚们批点,且到十景塘散步。良久又踅转去,王九妈家门已开了。那门前却安顿得有轿马,门内有许多仆从,在那里闲坐。秦重虽然老实,心下到也乖巧,且不进门,悄悄的招那马夫问道:"这轿马是谁家的?"马夫道:"韩府里来接公子的。"秦重已知韩公子夜来留宿,此时还未曾别。重复转身,到一个饭店之中,吃了些见成茶饭,又坐了一回,方才到王家探信。只见门前轿马已自去了。进得门时,王九妈迎着,便道:"老身得罪,今日又不得工夫了。恰才韩公子拉去东庄赏早梅,他是个长嫖,老身不好违拗。闻得说来日还要到灵隐寺,访个棋师赌棋哩。齐衙内又来约过两三次了,这是我家房主,又是辞不得的。他来时,或三日五日的住了去,连老身也定不得个日子。秦小官,你真个要嫖,只索耐心再等几日。不然,前日的尊赐,分毫不动,要便奉还。"秦重道:"只怕妈妈不作成。若还迟,终无失,就是一万年,小可也情愿等着。"九妈道:"恁地时,老身便好张主。"秦重作别,方欲起身,九妈又道:"秦小官人,老身还有句话。你下次若来讨信,不要早了,约莫申牌时分①,有客没客,老身把个实信与你。倒是越晏些越好②,这是老身的妙用,你休错怪。"秦重连声道:"不敢,不敢!"这一日秦重不曾做买卖。次日,整理油担,挑往别处去生理,不走钱塘门一路。每日生意做完,傍晚时分就打扮齐整,到王九妈家探信。只是不得功夫,又空走了一月有馀。

那一日是十二月十五,大雪方霁③,西风过后,积雪成冰,好不寒冷,却喜地下干燥。秦重做了大半日买卖,如前妆扮,又去探信。王九妈笑容可掬,迎着道:"今日你造化,已是九分九厘了。"秦重道:"这一厘是欠着什么?"九妈道:"这一厘么?正主儿还不在家。"秦重道:"可回来么?"九妈道:"今日是俞太尉家赏雪,筵席就备在湖船之内。俞太尉是七十岁的老人家,风月之事,已是没分,原说过黄昏送来。你且到新人房里,吃杯烫风酒,慢慢的等他。"秦重道:"烦妈妈引路。"王九妈引着秦重,弯弯曲曲,走过许多房头,到一个所在,不是楼房,却是个平屋三间,甚是高爽。左一间是丫鬟的空房,一般有床榻桌椅之类,却是备官铺的;右一间是花魁娘子卧室,锁着在那里,两旁又有耳房。中间客坐,上面挂一幅名人山水,香几上博山古铜炉,烧着龙涎香饼,两旁书桌,摆设些古玩,壁上贴许多诗稿。秦重愧非文人,不敢细看。心下想道:"外房如此整齐,内室铺陈,必然华丽,今夜尽我受用。十两一夜,也不为多!"九妈让秦小官坐于客位,自己主位相陪。少顷之间,丫鬟掌

---

① 申牌时分:即申时,下午三点到五点。
② 晏:迟、晚。
③ 霁:雨雪停止,天放晴。

灯过来,抬下一张八仙桌儿,六碗时新果子,一架攒盒。佳肴美酝,未曾到口,香气扑人。九妈执盏相劝:"今日众小女都有客,老身只得自陪,请开怀畅饮几杯。"秦重酒量本不高,况兼正事在心,只吃半杯。吃了一会,便推不饮。九妈道:"秦小官想饿了,且用些饭再吃酒。"丫鬟捧着雪花白米饭,一吃一添,放于秦重面前,就是一盏杂和汤。鸨儿量高,不用饭,以酒相陪。秦重吃了一碗,就放箸。九妈道:"夜长哩,再请些。"秦重又添了半碗。丫鬟提个行灯来,说:"浴汤热了,请客官洗浴。"秦重原是洗过澡来的,不敢推托,只得又到浴堂,肥皂香汤,洗了一遍,重复穿衣入坐。九妈命撤去肴盒,用暖锅下酒。此时黄昏已绝,昭庆寺里的钟都撞过了,美娘尚未回来。

  玉人何处贪欢耍,等得情郎望眼穿!

  常言道:等人心急。秦重不见婊子回家,好生气闷。却被鸨儿夹七夹八,说些风话劝酒,不觉又过了一更天气。只听得外面热闹闹的,却是花魁娘子回家。丫鬟先来报了,九妈连忙起身出迎,秦重也离坐而立。只见美娘吃得大醉,侍女扶将进来,到于门首,醉眼朦胧,看见房中灯烛辉煌,杯盘狼藉,立住脚问道:"谁在这里吃酒?"九娘道:"我儿,便是我向日与你说的那秦小官人。他心中慕你,多时的送过礼来。因你不得工夫,担阁他一月有余了。你今日幸而得空,做娘的留他在此伴你。"美娘道:"临安郡中,并不闻说起有什么秦小官人,我不去接他。"转身便走。九妈双手托开,即忙拉住道:"他是个至诚好人,娘不误你。"美娘只得转身,才跨进房门,抬头一看那人,有些面善,一时醉了,急急叫不出来,便道:"娘,这个人我认得他的,不是有名称的子弟,接了他,被人笑话。"九妈道:"我儿,这是涌金门内开段铺的秦小官人。当初我们住在涌金门时,想你也曾会过,故此面善。你莫识认错了。做娘的见他来意志诚,一时许了他,不好失信。你看做娘的面上,胡乱留他一晚。做娘的晓得不是了,明日却与你赔礼。"一头说,一头推着美娘的肩头向前。美娘拗妈妈不过,只得进房相见。正是:

千般难出虔婆口,万般难脱虔婆手。

饶君纵有万千般,不如跟着虔婆走。

这些言语,秦重一句句都听得,佯为不闻。美娘万福过了,坐于侧首。仔细看着秦重,好生疑惑,心里甚是不悦,默默无言。唤丫鬟将热酒来,斟着大钟。鸨儿只道他敬客,却自家一饮而尽。九妈道:"我儿醉了,少吃些么!"美儿那里依他,答应道:"我不醉!"一连吃上十来杯。这是酒后之酒,醉中之醉,自觉立脚不住。唤丫鬟开了卧房,点上银釭①,也不卸头,也不解带,躧脱了绣鞋②,和衣上床,倒身而卧。鸨儿见女儿如此做作,甚不过意,对秦重道:"小女平日惯了,他专会使性。今日他心中不知为什么有些不自在,却不干你事,休得见怪!"秦重道:"小可岂敢!"鸨儿又劝了秦重几杯酒,秦重再三告止。鸨儿送入卧房,向耳旁分付道:"那人醉了,放温存些。"又叫道:"我儿起来,脱了衣服,好好的睡。"美娘已在梦中,全不答应,鸨儿只得去了。

丫鬟收拾了杯盘之类,抹了桌子,叫声:"秦小官人,安置罢。"秦重道:"有热茶要一壶。"丫鬟泡了一壶浓茶,送进房里,带转房门,自去耳房中安歇。秦重看美娘时,面对里床,睡得正熟,把锦被压于身下。秦重想酒醉之人,必然怕冷,又不敢惊醒他。忽见栏杆上又放着一床大红纻丝的锦被,轻轻的取下,盖在美娘身上。把银灯挑得亮亮的,取了这壶热茶,脱鞋上床,捱在美娘身边,左身抱着茶壶在怀,右手搭在美娘身上,眼也不敢闭一闭。正是:

未曾握雨携云,也算偎香倚玉。

却说美娘睡到半夜,醒将转来,自觉酒力不胜,胸中似有满溢之状。爬起来,坐在被窝中,垂着头,只管打干哕③。秦重慌忙也坐起来,知他要吐,放下茶壶,用

---

① 银釭:银灯。
② 躧脱:蹬脱。
③ 干哕(yuě):想吐吐不出来。

手抚摩其背。良久,美娘喉间忍不住了,说时迟,那时快,美娘放开喉咙便吐。秦重怕污了被窝,把自己的道袍袖子张开,罩在他嘴上。美娘不知所以,尽情一呕,呕毕,还闭着眼,讨茶漱口。秦重下床,将道袍轻轻脱下,放在地平之上。摸茶壶还是暖的,斟上一瓯香喷喷的浓茶,递与美娘。美娘连吃了二碗,胸中虽然略觉豪燥,身子兀自倦怠,仍旧倒下,向里睡去了。秦重脱下道袍,将吐下一袖的腌臜①,重重裹着,放于床侧,依然上床,拥抱似初。

美娘那一觉直睡到天明方醒,覆身转来,见傍边睡着一人,问道:"你是那个?"秦重答道:"小可姓秦。"美娘想起夜来之事,恍恍惚惚,不甚记得真了,便道:"我夜来好醉!"秦重道:"也不甚醉。"又问:"可曾吐么?"秦重道:"不曾。"美娘道:"这样还好。"又想一想道:"我记得曾吐过的,又记得曾吃过茶来,难道做梦不成?"秦重方才说道:"是曾吐来。小可见小娘子多了杯酒,也防着要吐,把茶壶暖在怀里。小娘子果然吐后讨茶,小可斟上,蒙小娘子不弃,饮了两瓯。"美娘大惊道:"脏巴巴的,吐在那里?"秦重道:"恐怕小娘子污了被褥,是小可把袖子盛了。"美娘道:"如今在那里?"秦重道:"连衣服裹着,藏过在那里。"美娘道:"可弄坏了你一件衣服。"秦重道:"这是小可的衣服,有幸得沾小娘子的馀沥。"美娘听说,心下想道:"有这般识趣的人!"心里已有四五分欢喜了。

此时天色大明,美娘起身,下床小解。看着秦重,猛然想起是秦卖油,遂问道:"你实对我说,是什么样人? 为何昨夜在此?"秦重道:"承花魁娘子下问,小子怎敢妄言。小可实是常来宅上卖油的秦重。"遂将初次看见送客,又看见上轿,心下想慕之极,及积趱嫖钱之事,备细述了一遍。"夜来得亲近小娘子一夜,三生有幸,心满意足"。美娘听说,愈加可怜,道:"我昨夜酒醉,不曾招接得你。你干折了多少银子,莫不懊悔?"秦重道:"小娘子天上神仙,小可惟恐伏侍不周,但不见责,已为万幸,况敢有非意之望!"美娘道:"你做经纪的人,积下些银两,何不留下养家? 此地不是你来往的。"秦重道:"小可单只一身,并无妻小。"美娘顿了一顿,便道:"你今日去了,他日还来么?"秦重道:"只这昨宵相亲一夜,已慰生平,岂敢又作痴想!"

---

① 腌臜:不干净,脏东西。

美娘想道："难得这好人，又忠厚，又老实，又且知情识趣，隐恶扬善，千百中难遇此一人。可惜是市井之辈，若是衣冠子弟，情愿委身事之。"

正在沉吟之际，丫鬟捧洗脸水进来，又是两碗姜汤。秦重洗了脸，因夜来未曾脱帻，不用梳头，呷了几口姜汤，便要告别。美娘道："少住不妨，还有话说。"秦重道："小可仰慕花魁娘子，在旁多站一刻，也是好的。但为人岂不自揣？夜来在此，实是大胆，惟恐他人知道，有玷芳名。还是早些去了安稳。"美娘点了一点头，打发丫鬟出房，忙忙的开了减妆①，取出二十两银子，送与秦重道："昨夜难为了你，这银两权奉为资本，莫对人说。"秦重那里肯受。美娘道："我的银子，来路容易。这些须酬你一宵之情，休得固逊。若本钱缺少，异日还有助你之处。那件污秽的衣服，我叫丫鬟湔洗干净了还你罢②。"秦重道："粗衣不烦小娘子费心，小可自会湔洗。只是领赐不当。"美娘道："说那里话！"将银子挜在秦重袖内③，推他转身。秦重料难推却，只得受了，深深作揖，卷了脱下这件龌龊道袍，走出房门。打从鸨儿房前经过，鸨儿看见，叫声："妈妈！秦小官去了！"王九妈正在净桶上解手，口中叫道："秦小官，如何去得恁早？"秦重道："有些贱事，改日特来称谢！"

不说秦重去了，且说美娘与秦重虽然没点相干，见他一片诚心，去后好不过意。这一日因害酒，辞了客在家将息，千个万个孤老都不想，倒把秦重整整的想了一日。有《挂枝儿》为证：

俏冤家，须不是串花家的子弟④，你是个做经纪本分人儿，那匡你会温存，能软款，知心知意。料你不是个使性的，料你不是个薄情的。几番待放下思量也，又不觉思量起。

话分两头，再说邢权在朱十老家，与兰花情热，见朱十老病废在床，全无顾忌，

---

① 减妆：化妆盒。
② 湔洗：洗涤、洗刷。
③ 挜：把东西硬塞给别人。
④ 串花家：逛妓院。

十老发作了几场,两个商量出一条计策来,俟夜静更深,将店中资本席卷,双双的桃之夭夭①,不知去向。次日天明,十老方知,央及邻里,出了个失单,寻访数日,并无动静。深悔当日不合为邢权所惑,逐了朱重,如今日久见人心,闻知朱重赁居众安桥下,挑担卖油,不如仍旧收拾他回来,老死有靠。只怕他记恨在心,教邻舍好生劝他回家,但记好,莫记恶。秦重一闻此言,即日收拾了家伙,搬回十老家里。相见之间,痛哭了一场。十老将所存囊橐②,尽数交付秦重。秦重自家又有二十余两本钱,重整店面,坐柜卖油。因在朱家,仍称朱重,不用秦字。不上一月,十老病重,医治不痊,呜呼哀哉!朱重捶胸大恸,如亲父一般,殡殓成服,七七做了些好事。朱家祖坟在清波门外,朱重举丧安葬,事事成礼,邻里皆称其厚德。

  事定之后,仍先开店。原来这油铺是个老店,从来生意原好,却被邢权刻剥存私,将主顾弄断了多少。今见朱小官在店,谁家不来作成?所以生理比前越盛③。朱重单身独自,急切要寻个老成帮手。有个惯做中人的,叫做金中,忽一日引着一个五十余岁的人来。原来那人正是莘善,在汴梁城外安乐村居住。因那年避乱南奔,被官兵冲散了女儿瑶琴,夫妻两口,凄凄惶惶,东逃西窜,胡乱的过了几年。今日闻临安兴旺,南渡人民,大半安插在彼。诚恐女儿流落此地,特来寻访,又没消息。身边盘缠用尽,欠了饭钱,被饭店中终日赶逐,无可奈何。偶然听见金中说起朱家油铺,要寻个卖油帮手,自己曾开过六陈铺子,卖油之事,都则在行。况朱小官原是汴京人,又是乡里,故此央金中引荐到来。朱重问了备细,乡人见乡人,不觉感伤。"既然没处投奔,你老夫妻两口,只住在我身边,只当个乡亲相处,慢慢的访着令爱消息,再作区处。"当下取两贯钱把与莘善,去还了饭钱,连浑家阮氏也领将来,与朱重相见了。收拾一间空房,安顿他老夫妇在内。两口儿也尽心竭力,内外相帮,朱重甚是欢喜。光阴似箭,不觉一年有余。多有人见朱小官年长未娶,家道又好,做人又志诚,情愿白白把女儿送他为妻。朱重因见了花魁娘子十分容貌,等闲的不看在眼,立心要访求个出色的女子,方才肯成亲。以此日复一日,担阁下

---

① 桃之夭夭:"桃"谐音"逃",逃跑。
② 囊橐:装有财物的口袋。
③ 生理:这里指生意买卖。

去。正是：

  曾观沧海难为水，除却巫山不是云。

  再说王美娘在九妈家，盛名之下，朝欢暮乐，真个口厌肥甘，身嫌锦绣。然虽如此，每遇不如意之处，或是子弟们任情使性，吃醋挑槽；或自己病中醉后，半夜三更，没人疼热，就想起秦小官人的好处来，只恨无缘再会。也是他桃花运尽，合当变更，一年之后，生出一段事端来。

  却说临安城中，有个吴八公子，父亲吴岳，见为福州太守。这吴八公子新从父亲任上回来，广有金银，平昔间也喜赌钱吃酒，三瓦两舍走动①。闻得花魁娘子之名，未曾识面，屡屡遣人来约，欲要嫖他。王美娘闻他气质不好，不愿相接，托故推辞，非止一次。那吴八公子也曾和着闲汉们亲到王九妈家几番，都不曾会。其时清明节届，家家扫墓，处处踏青。美娘因连日游春困倦，且是积下许多诗画之债，未曾完得，分付家中："一应客来，都与我辞去！"闭了房门，焚起一炉好香，摆设文房四宝，方欲举笔，只听得外面沸腾，却是吴八公子，领着十余个狼仆，来接美娘游湖。因见鸨儿每次回他，在中堂行凶，打家打火，直闹到美娘房前，只见房门锁闭。原来妓家有个回客法儿，小娘躲在房内，却把房门反锁，支吾客人，只推不在。那老实的就被他哄过了，吴公子是惯家，这些套子，怎地瞒得？分付家人扭断了锁，把房门一脚踢开。美娘躲身不迭，被公子看见，不由分说，教两个家人，左右牵手，从房内直拖出房外来，口中兀自乱嚷乱骂。王九妈欲待上前赔礼解劝，看见势头不好，只得闪过。家中大小，躲得没半个影儿。吴家狼仆牵着美娘，出了王家大门，不管他弓鞋窄小，望街上飞跑。八公子在后，扬扬得意。直到西湖口，将美娘扠下了湖船，方才放手。美娘十二岁到王家，锦绣中养成，珍宝般供养，何曾受恁般凌贱，下了船，对着船头，掩面大哭。吴八公子全不放下面皮，气忿忿的像关云长单刀赴会，一把交椅，朝外而坐，狼仆侍立于傍。一面分付开船，一面数一数二

---

① 三瓦两舍：宋元时城市中的妓院及各种娱乐场所。

的发作一个不住："小贱人，小娼根！不受人抬举！再哭时，就讨打了！"美娘那里怕他，哭之不已。船至湖心亭，吴八公子分付摆盒在亭子内，自己先上去了，却分付家人："叫那小贱人来陪酒。"美娘抱住了栏杆，那里肯去？只是嚎哭。吴八公子也觉没兴，自己吃了几杯淡酒，收拾下船，自来扯美娘。美娘双脚乱跳，哭声愈高。八公子大怒，教狼仆拔去簪珥。美娘蓬着头，跑到船头上，就要投水，被家童们扶住。公子道："你撒赖便怕你不成！就是死了，也只费得我几两银子，不为大事。只是送你一条性命，也是罪过。你住了啼哭时，我就放你回去，不难为你。"美娘听说放他回去，真个住了哭。八公子分付移船到清波门外僻静之处，将美娘绣鞋脱下，去其裹脚，露出一对金莲，如两条玉笋相似。教狼仆扶他上岸，骂道："小贱人！你有本事，自走回家，我却没人相送。"说罢，一篙子撑开，再向湖中而去。正是：

  焚琴煮鹤从来有①，惜玉怜香几个知！

  美娘赤了脚，寸步难行，思想："自己才貌两全，只为落于风尘，受此轻贱。平昔枉自结识许多王孙贵客，急切用他不着，受了这般凌辱。就是回去，如何做人？到不如一死为高。只是死得没些名目，枉自享个盛名，到此地位，看着村庄妇人，也胜我十二分。这都是刘四妈这个花嘴，哄我落坑堕堑，致有今日！自古红颜薄命，亦未必如我之甚！"越思越苦，放声大哭。

  事有偶然，却好朱重那日到清波门外朱十老的坟上，祭扫过了，打发祭物下船，自己步回，从此经过。闻得哭声，上前看时，虽然蓬头垢面，那玉貌花容，从来无两，如何不认得？吃了一惊，道："花魁娘子，如何这般模样？"美娘哀哭之际，听得声音厮熟，止啼而看，原来正是知情识趣的秦小官！美娘当此之际，如见亲人，不觉倾心吐胆，告诉他一番。朱重心中十分疼痛，亦为之流泪。袖中带得有白绫汗巾一条，约有五尺多长，取出劈半扯开，奉与美娘裹脚，亲手与他拭泪。又与他挽起青丝，再三把好言宽解。等待美娘哭定，忙去唤个暖轿，请美娘坐了，自己步

---

① 焚琴煮鹤：焚烧琴去煮白鹤。比喻随意糟蹋美好的事物。

送,直到王九妈家。

九妈不得女儿消息,在四处打探,慌迫之际,见秦小官送女儿回来,分明送一颗夜明珠还他,如何不喜!况且鸨儿一向不见秦重挑油上门,多曾听得人说,他承受了朱家的店业,手头活动,体面又比前不同,自然刮目相待。又见女儿这等模样,问其缘故,已知女儿吃了大苦,全亏了秦小官,深深拜谢,设酒相待。日已向晚,秦重略饮数杯,起身作别。美娘如何肯放,道:"我一向有心于你,恨不得你见面。今日定然不放你空去!"鸨儿也来扳留,秦重喜出望外。是夜,美娘吹弹歌舞,曲尽生平之技,奉承秦重。秦重如做了一个游仙好梦,喜得魄荡魂消,手舞足蹈。夜深酒阑,二人相挽就寝。云雨之事,其美满更不必言。一个是足力后生,一个是惯情女子。这边说,三年怀想,费几多役梦劳魂;那边说,一载相思,喜侥幸粘皮贴肉。一个谢前番帮衬,合今番恩上加恩;一个谢今夜总成,比前夜爱中添爱。红粉妓倾翻粉盒,罗帕留痕;卖油郎打泼油瓶,被窝沾湿。可笑村儿干折本,做成小丫弄风流。

云雨已罢,美娘道:"我有句心腹之言与你说,你休得推托。"秦重道:"小娘子若用得着小可时,就赴汤蹈火,亦所不辞,岂有推托之理?"美娘道:"我要嫁你!"秦重笑道:"小娘子就嫁一万个,也还数不到小可头上,休得取笑,枉自折了小可的食料。"美娘道:"这话实是真心,怎说取笑二字!我自十四岁被妈妈灌醉,梳弄过了,此时便要从良,只为未曾相处得人,不辨好歹,恐误了终身大事。以后相处的虽多,都是豪华之辈,酒色之徒,但知买笑追欢的乐意,那有怜香惜玉的真心。看来看去,只有你是个志诚君子,况闻你尚未娶亲,若不嫌我烟花贱质,情愿举案齐眉,白头奉侍。你若不允之时,我就将三尺白罗,死于君前,表白我这片诚心。也强如昨日死于村郎之手,没名没目,惹人笑话。"说罢,呜呜的哭将起来。秦重道:"小娘子休得悲伤。小可承小娘子错爱,将天就地,求之不得,岂敢推托?只是小娘子千金声价,小可家贫力薄,如何摆布,也是力不从心了。"美娘道:"这却不妨。不瞒你说,我只为从良一事,预先积趱些东西,寄顿在外,赎身之费,一毫不费你心力。"秦重道:"就是小娘子自己赎身,平昔住惯了高堂大厦,享用了锦衣玉食,在小可家,如何过活?"美娘道:"布衣蔬食,死而无怨!"秦重道:"小娘子虽然,只怕妈妈不

五、从变文到话本

从!"美娘道:"我自有道理。"如此如此,这般这般,两个直说到天明。

原来黄翰林的衙内,韩尚书的公子,齐太尉的舍人,这几个相知的人家,美娘都寄顿得有箱笼。美娘只推要用,陆续取到,密地约下秦重,教他收置在家。然后一乘轿子,抬到刘四妈家,诉以从良从事。刘四妈道:"此事老身前日原说过的。只是年纪还早,又不知你要从那一个?"美娘道:"姨娘,你莫管是甚人,少不得依着姨娘的言语,是个真从良,乐从良,了从良;不是那不真、不假、不了、不绝的勾当。只要姨娘肯开口时,不愁妈妈不允。做侄女的别没孝顺,只有十两金子,奉与姨娘,胡乱打些钗子。是必在妈妈前做个方便,事成之时,媒礼在外。"刘四妈看见这金子,笑得眼儿没缝,便道:"自家儿女,又是美事,如何要你的东西!这金子权时领下,只当与你收藏,此事都在老身身上。只是你的娘,把你当个摇钱之树,等闲也不轻放你出去,怕不要千把银子,那主儿可是肯出手的么?也得老身见他一见,与他讲通方好。"美娘道:"姨娘莫管闲事,只当你侄女自家赎身便了。"刘四妈道:"妈妈可晓得你到我家来?"美娘道:"不晓得。"四妈道:"你且在我家便饭,待老身先到你家,与妈妈讲,讲得通时,然后来报你。"

刘四妈雇乘轿子,抬到王九妈家,九妈相迎入内。刘四妈问起吴八公子之事,九妈告诉了一遍。四妈道:"我们行户人家①,倒是养成个半低不高的丫头,尽可赚钱,又且安稳。不论什么客就接了,倒是日日不空的。侄女只为声名大了,好似一块鲞鱼落地②,马蚁儿都要钻他,虽然热闹,却也不得自在。说便许多一夜,也只是个虚名。那些王孙公子来一遍,动不动有几个帮闲,连宵达旦,好不费事。跟随的人又不少,个个要奉承得他到,一些不到之处,口里就出粗,哩嗹罗嗹的骂人,还要暗损你家伙,又不好告诉得他家主,受了若干闷气。况且山人墨客,诗社棋社,少不得一月之内,又有几时官身。这些富贵子弟,你争我夺,依了张家,违了李家,一边喜,少不得一边怪了。就是吴八公子这一个风波,吓杀人的,万一失蹉,却不连本送了?官宦人家,与他打官司不成,只索忍气吞声。今日还亏着你家香烟高,太平没事,一个霹雳空中过去了。倘然山高水低,悔之无及。妹子闻得吴八公子不

---

① 行户:妓院。
② 鲞鱼:剖开晾干的鱼。

怀好意,还要与你家索闹。侄女的性气又不好,不肯奉承人。第一这一件,乃是个惹祸之本。"九妈道:"便是这件,老身好不担忧。就是这八公子,也是有名有称的人,又不是下贱之人,这丫头抵死不肯接他,惹出这场寡气。当初他年纪小时,还听人教训。如今有了个虚名,被这些富贵子弟夸他奖他,惯了他性情,骄了他气质,动不动自作自主。逢着客来,他要接便接。他若不情愿时,便是九牛也休想牵得他转!"刘四妈道:"做小娘的略有些身分,都则如此。"

王九妈道:"我如今与你商议,倘若有个肯出钱的,不如卖了他去,到得干净,省得终身担着鬼胎过日。"刘四妈道:"此言甚妙。卖了他一个,就讨得五六个。若凑巧撞得着相应的,十来个也讨得的。这等便宜事,如何不做?"王九妈道:"老身也曾算计过来。那些有钱有力的不肯出钱,专要讨人便宜;及至肯出几两银子的,女儿又嫌好道歉,做张做智的不肯①。若有好主儿,妹子做媒,作成则个。倘若这丫头不肯时节,还求你撺掇。这丫头做娘的话也不听,只你说得他信,话得他转。"刘四妈呵呵大笑道:"做妹子的此来,正为与侄女做媒。你要许多银子便肯放他出门?"九妈道:"妹子,你是明理的人,我们这行户中,只有贱买,哪有贱卖?况且美儿数年盛名满临安,谁不知他是花魁娘子?难道三百四百,就容他走动?少不得要他千金。"刘四妈道:"待妹子去讲,若肯出这个数目,做妹子的便来多口。若合不着时,就不来了。"临行时,又故意问道:"侄女今日在哪里?"王九妈道:"不要说起,自从那日吃了吴八公子的亏,怕他还来淘气,终日里抬个轿子,各宅去分诉。前日在齐太尉家,昨日在黄翰林家,今日又不知在哪家去了!"刘四妈道:"有了你老人家做主,按定了坐盘星,也不容侄女不肯。万一不肯时,做妹子自会劝他。只是寻得主顾来,你却莫要捉班做势②。"九妈道:"一言既出,并无他说。"九妈送至门首。刘四妈叫声咶噪,上轿去了。这才是:

数黑论黄雌陆贾,说长话短女随何。
若还都像虔婆口,尺水能兴万丈波。

---

① 做张做智:装模作样,故意拿腔调。
② 捉班做势:故意摆架子,装模作样。

刘四妈回到家中，与美娘说道："我对你妈妈如此说，这般讲，你妈妈已自肯了。只要银子见面，这事立地便成。"美娘道："银子已曾办下，明日姨娘千万到我家来，玉成其事，不要冷了场，改日又费讲。"四妈道："既然约定，老身自然到宅。"美娘别了刘四妈，回家一字不题。

次日午牌时分，刘四妈果然来了。王九妈问道："所事如何？"四妈道："十有八九，只不曾与侄女说过。"四妈来到美娘房中，两下相叫了，讲了一回说话。四妈道："你的主儿到了不曾？那话儿在哪里？"美娘指着床头道："在这几只皮箱里。"美娘把五六只皮箱一时都开了，五十两一封，搬出十三四封来，又把些金珠宝玉算价，足勾千金之数。把个刘四妈惊得眼中出火，口内流涎，想道："小小年纪，这等有肚肠！不知如何设法，积下许多东西？我家这几个粉头，一般接客，赶得着他那里！不要说不会生发，就是有几文钱在荷包里，闲时买瓜子磕，买糖儿吃，两条脚布破了，还要做妈的与他买布哩！偏生九阿姐造化，讨得着，年时赚了若干钱钞，临出门还有这一主大财，又是取诸宫中，不劳余力。"这是心中暗想之语，却不曾说出来。美娘见刘四妈沉吟，只道他作难索谢，慌忙又取出四匹潞绸，两股宝钗，一对凤头玉簪，放在桌上，道："这几件东西，奉与姨娘为伐柯之敬①。"刘四妈欢天喜地，对王九妈说道："侄女情愿自家赎身，一般身价，并不短少分毫，比着孤老赎身更好，省得闲汉们从中说合，费酒费浆，还要加一加二的谢他。"

王九妈听得说女儿皮箱内有许多东西，到有个怫然之色②。你道却是为何？世间只有鸨儿的狠，做小娘的设法些东西，都送到他手里，才是快活。也有做些私房在箱笼内，鸨儿晓得些风声，专等女儿出门，抻开锁钥，翻箱倒笼取个罄空。只为美娘盛名之下，相交都是大头儿，替做娘的挣得钱钞，又且性格有些古怪，等闲不敢触他。故此卧房里面，鸨儿的脚也不挷进去，谁知他如此有钱！刘四妈见九妈颜色不善，便猜着了，连忙道："九阿姐，你休得三心两意。这些东西，就是侄女自家积下的，也不是你本分之钱。他若肯花费时，也花费了；或是他不长进，把来

---

① 伐柯之敬：对媒人的感谢。"伐柯"出自《诗经·豳风·伐柯》："伐柯如何？匪斧不克。取妻如何？匪媒不得。"后人因此将"伐柯"代指作媒。
② 怫（fú）然：不悦、不开心的样子。

津贴了得意的孤老,你也哪里知道?这还是他做家的好处。况且小娘自己手中没有钱钞,临到从良之际,难道赤身赶他出门?少不得头上脚下都要收拾得光鲜,等他好去别人家做人。如今他自家拿得出这些东西,料然一丝一线不费你的心。这一主银子,是你完完全全鳖在腰胯里的。他就赎身出去,怕不是你女儿?倘然他挣得好时,时朝月节,怕他不来孝顺你?就是嫁了人时,他又没有亲爹亲娘,你也还去做得着他的外婆,受用处正有哩!"只这一套话,说得王九妈心中爽然,当下应允。刘四妈就去搬出银子,一封封兑过,交付与九妈,又把这些金珠宝玉,逐件指物作价,对九妈说道:"这都是做妹子的故意估下他些价钱,若换与人,还便宜得几十两银子。"王九妈虽同是个鸨儿,到是个老实头儿,凭刘四妈说话,无有不纳。

刘四妈见王九妈收了这主东西,便叫亡八写了婚书,交付与美儿。美儿道:"趁姨娘在此,奴家就拜别了爹妈出门,借姨娘家住一两日,择吉从良,未知姨娘允否?"刘四妈得了美娘许多谢礼,生怕九妈翻悔,巴不得美娘出了他门,完成一事,说道:"正该如此!"当下美娘收拾了房中自己的梳台、拜匣、皮箱、铺盖之类,但是鸨儿家中之物,一毫不动。收拾已完,随着四妈出房,拜别了假爹假妈,和那姨娘行中,都相叫了。王九妈一般哭了几声。美娘唤人挑了行李,欣然上轿,同刘四妈到刘家去。四妈出一间幽静的好房,顿下美娘行李,众小娘都来与美娘叫喜。是晚,朱重差莘善到刘四妈家讨信,已知美娘赎身出来。择了吉日,笙箫鼓乐娶亲。刘四妈就做大媒送亲,朱重与花魁娘子花烛洞房,欢喜无限!

虽然旧事风流,不减新婚佳趣。

次日,莘善老夫妇请新人相见,各各相认,吃了一惊。问起根由,至亲三口,抱头而哭。朱重方才认得是丈人、丈母,请他上坐,夫妻二人,重新拜见。亲邻闻知,无不骇然。是日,整备筵席,庆贺两重之喜,饮酒尽欢而散。三朝之后,美娘教丈夫备下几副厚礼,分送旧相知各宅,以酬其寄顿箱笼之恩,并报从良信息,此是美娘有始有终处。王九妈、刘四妈家,各有礼物相送,无不感激。满月之后,美娘将箱笼打开,内中都是黄白之资,吴绫蜀锦,何止百计,共有三千余金,都将匙钥交付丈夫,慢慢的买房置产,整顿家当。油铺生理,都是丈人莘公管理。不上一年,把家业挣得花锦般相似,驱奴使婢,甚有气象。

朱重感谢天地神明保佑之德,发心于各寺庙喜舍合殿油烛一套,供琉璃灯油三个月,斋戒沐浴,亲往拈香礼拜。先从昭庆寺起,其他灵隐、法相、净慈、天竺等寺,以次而行。就中单说天竺寺,是观音大士的香火,有上天竺、中天竺、下天竺,三处香火俱盛,却是山路,不通舟楫。朱重叫从人挑了一担香烛,三担清油,自己乘轿而往。先到上天竺来,寺僧迎接上殿,老香火秦公点烛添香。此时朱重居移气,养移体,仪容魁岸,非复幼时面目,秦公哪里认得他是儿子。只因油桶上有个大大的"秦"字,又有"汴梁"二字,心中甚以为奇。也是天然凑巧,刚刚到上天竺,偏用着这两只油桶。朱重拈香已毕,秦公托出茶盘,主僧奉茶。秦公问道:"不敢动问施主,这油桶上为何有此三字?"朱重听得问声,带着汴梁人的土音,忙问道:"老香火,你问他怎么?莫非也是汴梁人么?"秦公道:"正是。"朱重道:"你姓甚名谁?为何在此出家?共有几年了?"秦公把自己姓名、乡里,细细告诉:"其年上避兵来此,因无活计,将十三岁的儿子秦重,过继与朱家,如今有八年之远。一向为年老多病,不曾下山问得信息。"朱重一把抱住,放声大哭道:"孩儿便是秦重!向在朱家挑油买卖,正为要访求父亲下落,故此于油桶上,写'汴梁秦'三字,做个标识。谁知此地相逢,真乃天与其便!"众僧见他父子别了八年,今朝重会,各各称奇。朱重这一日,就歇在上天竺,与父亲同宿,各叙情节。

次日,取出中天竺、下天竺两个疏头换过①,内中朱重,仍改做秦重,复了本姓。两处烧香礼拜已毕,转到上天竺,要请父亲回家,安乐供养。秦公出家已久,吃素持斋,不愿随儿子回家。秦重道:"父亲别了八年,孩儿有缺侍奉。况孩儿新娶媳妇,也得他拜见公公方是。"秦公只得依允。秦重将轿子让父亲乘坐,自己步行,直到家中。秦重取出一套新衣,与父亲换了,中堂设坐,同妻莘氏双双参拜。亲家莘公、亲母阮氏,齐来见礼。此日大排筵席,秦公不肯开荤,素酒素食。次日,邻里敛财称贺,一则新婚,二则新娘子家眷团圆,三则父子重逢,四则秦小官归宗复姓,共

---

① 疏头:和尚、道士在诵经前焚化的祷词。

是四重大喜,一连又吃了几日喜酒。秦公不愿家居,思想上天竺故处清净出家。秦重不敢违亲之志,将银二百两,于上天竺另造净室一所,送父亲到彼居住。其日用供给,按月送去。每十日亲往候问一次,每一季同莘氏往候一次。那秦公活到八十余,端坐而化,遗命葬于本山。此是后话。

却说秦重和莘氏,夫妻偕老,生下两个孩儿,俱读书成名。至今风月中市语,凡夸人善于帮衬,都叫做"秦小官",又叫"卖油郎"。有诗为证:

> 春来处处百花新,蜂蝶纷纷竞采春。
> 堪爱豪家多子弟,风流不及卖油人。

冯梦龙《醒世恒言》,中华书局2014年版。

六、明清文言短篇小说

明清时期,话本、拟话本、章回小说等通俗小说成为文学的主流,但文言小说也有一定的发展,取得很高的成就。

明初洪武年间,才敏学博却终生蹉跎的瞿佑,继承唐人传奇的传统,创作出一部纪异述奇、哀穷悼屈而又劝善惩恶的文言小说集《剪灯新话》。该小说集常写一个文才出众的书生进入了一个异域空间,然后遇见鬼神怪异,或辩难作诗,或人鬼相恋,或降妖除魔,如《龙堂灵会录》写子述善于歌诗,一日于龙王庙题古风一首,遂被龙王邀至水晶宫,见到越国的范蠡、晋国的张使君、唐朝的陆处士、吴国的伍子胥,于是有异代名士同聚一堂辩难、作诗的故事;《滕穆醉游聚景园记》写善吟咏的永滕穆,一夜醉至聚景园,遇一"弃人间已久"的美人,两人酒席上相互唱和,尽享欢愉;《永州野庙记》写书生毕应祥来到永州郊野的神庙,恰逢妖蟒作怪,靠口诵《玉枢经》逃此一难,后谒南岳祠,具状焚诉,借神将天兵剿灭妖蟒及数十鬼。《剪灯新话》还会借写冥间故事来批判社会现实,如《修文舍人传》写博学多闻的夏颜死后于冥间任修文舍人,路遇友人,备述冥间之状:"冥司用人,选择甚精,必当其才,必称其职,然后官位可居,爵禄可致。非若人间可以贿赂而通,可以门第而进,可以外貌而滥充,可以虚名而躐取也。"借冥间之用人精当,来批判人间靠贿赂、门第、外貌及虚名而致官爵的黑暗现象,亦可称得上一篇奇文。

《剪灯新话》写得最精彩、最令人印象深刻的篇章,当属那些乱世背景下的爱情婚姻悲剧。如《翠翠传》叙述生而颖悟的刘翠翠,与聪明俊雅的同学金定结为夫妇,过了一段恩爱的夫妻生活;然而一场战乱,翠翠被张士诚部下李将军所掳,金定不远千里在湖州找到翠翠,却迫于李将军的威焰赫奕,只能以兄妹的名义与翠翠相认,两人不得相见,金定遂染沉疴而死,翠翠亦因疾而亡——一场战乱拆散了一对自主择婚、过着幸福生活的恩爱夫妻。又如带有自传色彩的《秋香亭记》写商生与表妹杨采采两情相悦,迫于封建礼教,两人仅能以绫帕题诗互通心曲,恰逢高邮张氏起兵,三吴扰乱,商生与采采分隔异地,十年不通音耗,待商生遣苍头去金陵找采采,得知采采已为人妇——一场战乱拆散了一对青梅竹马、向往甜蜜未来的恋人。总之,《剪灯新话》中有不少可喜可悲、可惊可叹的故事,情节大多曲折委婉,描写细腻,语言典雅,一定程度上反映了元明之际社会的动荡不安及战争给百姓带来的灾难。但作者喜欢炫耀才华,部分作品穿插了过多的诗词骈文,对叙事的流畅度有一定影响。又由于作者旨在"劝善惩恶,动存鉴戒",不少作品存在较浓的因果报应思想。然而瑕不掩瑜,《剪灯新话》的创作是较为成功的,在当时引起了很大的反响,引得文人纷纷效仿,出现了一大批传奇作品,其中较佳者有李昌祺的《剪灯余话》、赵弼的《效颦集》、邱濬的《钟情丽集》、邵景詹的《觅灯因话》等。这些作品,连同《剪灯新话》,皆有意步武唐人传奇,塑造了一批个性鲜明的人物形象,在题材、主题及叙事模式方面皆有所开拓,是唐人传奇到清代《聊斋志异》的过渡,在文学史上具有承上启下的意义,而且为短篇白话小说及戏曲提供了丰富的素材,积累了创作经验。

明代传奇的勃兴,标志着文言小说的复兴,清代初期的《聊斋志异》则标志着文言小说创作的高峰。一生仕途偃蹇的蒲松龄,根据自己多方搜集到的民间故事传说,以传奇笔法志怪,借花妖狐鬼的故事来抒发内心的孤愤之情,寄寓人生理想。蒲松龄虽有大才,却一生科场蹭蹬,故不少篇目对科举制的弊端有深刻的揭露,如《司文郎》写一瞽僧凭鼻嗅焚稿而知文章好坏,然科考时文章妙绝的王平子下第,而文章让瞽僧"刺鼻棘心"的余杭生却领魁。正如瞽僧所叹:"仆虽盲于目,而不盲于鼻,帘中人并鼻盲矣。"这正是对当时科举考试的绝妙讽刺。《贾奉雉》写同名主人公效法拙劣文章应试,反中了经魁;《叶生》写文章词赋冠绝当时的秀才科场铩羽,半生沦落,皆是对科举制的抨击。《聊斋志异》中对官场的腐败亦有一定的揭露,如《席方平》写阴曹地府城隍、郡司乃至冥王的贪赃枉法,昏庸残暴,但其影射的实为现实生活中官场吏治的腐败。其他如《成仙》写黄吏部与知县沆瀣一气,将有冤屈的周生投进监狱,且诬告他与海寇同伙;《续黄粱》写考中进士的曾孝廉,梦见自己得到皇上的重视,因而作威作福,"荼毒人民,奴隶官府",皆是对官场黑暗现象的讽刺。

　　《聊斋志异》中最光彩夺目、也最让人心驰神往的当属花妖狐鬼的故事。《青凤》讲的是一个人狐相恋的故事。耿生是一位勇敢、狂放的豪士,他对狐女青凤的感情是真挚的,自见青凤之后,未尝须臾忘怀。清明扫墓,归途中无意救了青凤,也未因异类而见憎。青凤虽是狐魅,但美丽、温柔,富有人情。她敢于越出"闺训",爱慕耿生。最后通过耿生的急难相助,终于得偿宿愿。《连琐》写杨于畏于泗水之滨,夜遇一慧黠可爱之女鬼,欲与之欢,但女鬼不忍损其寿命,遂拒之。女鬼喜读《连昌宫词》,与杨谈诗论文,为杨抄书,又教杨弹琵琶。后来,女鬼遭一龌龊隶逼充媵妾,得杨相救,又得其精血,遂复活为人,终成眷属。《娇娜》写工诗蕴藉的书生孔雪笠,对狐女娇娜有爱悦之情。后来孔雪笠虽然与另一狐女松姑结婚,但当娇娜遇到危难之时,孔雪笠以身赴难,从鬼物利爪之下救出娇娜,而自己被暴雷震毙。娇娜则"以舌度红丸入,又接吻而呵之",救活了孔雪笠。以至蒲松龄忍不住借异史氏曰:"余于孔生,不羡其得艳妻,而羡其得腻友也。观其容,可以疗饥;听其声,可以解颐。得此良友，时一谈宴，则'色授魂与'，尤胜于'颠倒衣裳'矣。"蒲松龄对人鬼相知、人狐相知的推崇，其实透露出其内心的孤独。如果说写科场之弊、官场之黑，是蒲松龄借以抒发"愤"的感情，那么在这些花妖狐鬼的篇章里，他更多抒发的是自己在现实中的孤独，所以才会把善解人意、通情达理的狐鬼当作书生的知己，在她们身上寄寓美好的人生理想。

《聊斋志异》是一部"孤愤之书"，既有对科场、官场之"愤"，亦有在现实中找不到知音之"孤"。这种情感寄寓于光怪陆离的故事中，也体现在"异史氏曰"的议论中，加上文中多含诗词骈文，具有强烈的抒情性。小说语言瑰丽清逸，典雅纯熟。故事委曲奇幻，动人心魂，既有六朝志怪的精炼简括，又具唐人传奇的丰赡委曲，给我们营构了一个丰富多彩而又极具人情味的花妖狐鬼的世界，成为后世公认的谈狐说鬼的翘楚。

《聊斋志异》引发当时文人的竞相规摹，如袁枚《子不语》、沈起凤《谐铎》、邦额《夜谭随录》等，大抵志怪述异，借谈狐说鬼写世间百态，于离奇中寄讽喻，于谐谑中含批判。与此同时，《聊斋志异》也引起一些文人的不满。大学者纪昀不满于《聊斋志异》的才子笔法，故以"著书者之笔"，借《论衡》、《风俗通义》等杂说来改造志怪，作《阅微草堂笔记》来对抗《聊斋志异》。

《阅微草堂笔记》写了不少鬼怪故事，跟蒲松龄笔下具有人情味的狐鬼不同的是，纪昀笔下的狐鬼大多有学问、讲德行。《滦阳消夏录（一）》有一篇讲一鬼对两位老儒谈世间无鬼论，并阐发程朱二气屈伸之理，疏通证明，词条流畅，令二儒首肯。《滦阳消夏录（六）》有一篇写朱晦庵与五公山人树下谈《易》，却被一自称为江南崔寅的鬼讥笑他们所说的是术家之《易》，而不是儒家之《易》，然后详加解释，令二者折服。《槐西杂志（二）》有一篇写张子克遇一温雅之鬼士，两人谈《孝经》之今文古文，论太极无极之旨，辩天道人事之微。纪昀笔下的鬼怪，大多满腹经纶，博学善辩，这一方面是源于"著书者之笔"，另一方面又是由杂说文体决定的。

纪昀也写了不少人不畏鬼、鬼倒怕人的故事，颇为有趣。《滦阳消夏录（六）》有一篇写南皮许南金胆识过人，夜半读书遇鬼，鬼目光如炬，许却携书背之坐，借光诵读。又一夕如厕，鬼突然自地面涌出，对之而笑。童仆吓得掷烛扑地，许却拾烛置之鬼顶，曰："烛正无台，君来又甚善。"且嘲其为"海上有逐臭之夫"，以秽纸拭其口，把鬼给赶跑了。这则写人不怕鬼，鬼倒遭人戏弄，甚有奇趣。《滦阳消夏录（一）》有一篇写曹竹虚居于友人之家，夜半有女鬼对其披发吐舌，作缢鬼状，曹丝毫不惧。女鬼又摘其首置案上，曹又笑曰："有首尚不足畏，况无首耶！"女鬼技穷，就逃走了。《如是我闻（二）》有一篇写姜三莽勇而憨，欲捉鬼而买酒肉，谁知鬼都怕他，避而远之。这些故事别具一格，在志怪小说中颇有新意。

此外，《阅微草堂笔记》还借鬼怪来批判官场吏界的弊端，如《滦阳消夏录（六）》有一篇写一鬼生时为县令，因为厌恶官场的货利相攘、进取相轧，遂弃职归田，死后祈阎罗改做阴官，不料阴间官场一样相攘相轧，只好弃职归墓，避居僻静之处。这篇是对于官场的绝妙讽刺，不仅阳世官场相攘相轧，阴间官场亦复如是。同卷还有一篇借冥吏之口说："最为民害者，一曰吏，一曰役，一曰官之亲属，一曰官之仆隶。是四种人，无官之责，有官之权。官或自顾考成，彼则惟知牟利，依草附木，怙势作威，足使人敲髓洒膏，吞声泣血。"这便是直接对官吏及亲属、仆隶害国害民的讨伐了。

除此之外，《阅微草堂笔记》中还有对道学家的虚伪及僵化理学的批判。《滦阳消夏录（四）》有一篇写两位塾师以道学自任，会同讲学，严词正色地辩论天性，不巧微风吹落片纸，生徒拾而视之，原来是二人谋夺一寡妇田产的密札。小说虽未对两位塾师多置一词，但他们的虚伪歹毒已穷形尽相地展现出来。《如是我闻（三）》写一因偷情怀孕而被逼自缢的女鬼，在阴间状告某医生，因其当初不肯卖给她堕胎药，害死了她及婴儿两条命。医生在这里成了理学的象征，他恪守所谓的"天理"而断送两条人命，是谓"理学杀人"。其他诸如京师风尚、边地民俗、炎凉世态、风土人情，罔不毕载，可谓包罗万象矣。

《阅微草堂笔记》尚质黜华，叙述简古，虽然故事性较弱，有时议论说教过多，但正如鲁迅《中国小说史略》所言，其"测鬼神之情状，发人间之幽微，托狐鬼以抒己见者，隽思妙语，时足解颐；间杂考辨，亦有灼见。叙述复雍容淡雅，天趣盎然，故后来无人能夺其席"。

明清文言短篇小说，以传奇复兴于前，而《聊斋志异》鼎盛于后，《阅微草堂笔记》虽对志怪有所创造与发展，但艺术价值难以比勘前者。其后虽也有一些作品，如许元仲《三异笔谈》、俞鸿渐《印雪轩随笔》、俞樾《右台仙馆笔记》，皆不成气候，难以挽回文言小说创作的衰颓之势。不过，文言小说的余绪，一直延续到民国初年，其在语言、想象、叙事视角等多方面促进了现代小说叙事模式的转变与创新。

李渔

　　李渔（1611—1680），初名仙侣，后改名渔，字谪凡，号笠翁，浙江兰溪人，清初著名戏曲家、小说家、戏曲批评家、出版家。李渔自幼聪颖，有才子之誉，喜游历四方，结交名士。他曾设家班到各地演出，积累了丰富的戏曲创作、演出经验。其著作颇丰，有戏曲《笠翁十种曲》，小说集《十二楼》《无声戏》，杂著《笠翁一家言》等。所撰《闲情偶寄》，第一次全面总结了中国古代的戏曲理论，形成了内容丰富、逻辑严密、具有民族特色的戏剧理论体系。

秦淮健儿传

　　【解题】本传脱胎于《世说新语》卷五《周处自新》，与唐传奇《盗侠》，明宋懋澄《九籥别集》卷二《刘东山》，凌濛初《初刻拍案惊奇》卷三《刘东山夸技顺城门 十八兄奇踪村酒肆》内容相似而各具特色。李渔为秦淮健儿立传，没有把重点放在他的勇力、武艺、狂妄自大、称霸乡里上，而是重点表现其被少年豪侠折服后的痛改前非，目的在于劝善惩恶，彰显超凡气质和浩然正气，表现其对理想侠客重武功更重武德的深刻识见。本篇在艺术上最大的特点，在于比较、烘托手法的突出运用，前后对照渲染，铺垫刻画，使人物性格更加鲜明生动，主题更加突出。

　　嘉靖中[①]，秦淮民间有一儿[②]，貌魁梧，色黝异。生数月，便不乳，与大人同饮啜[③]。

[①] 嘉靖：明朝第十一位皇帝，明世宗朱厚熜的年号（1522—1566）。
[②] 秦淮：河名。流经南京，是南京名胜之一，也是南京的古代别称之一。
[③] 饮啜（chuò）：吃喝。

周岁怙恃交失①,鞠于外氏②。长,有膂力③,善拳击,尝以一掌毙一犬,人遂呼为"健儿"。与群儿斗,莫不辟易④。群儿结数十辈攻之,健儿纵拳四挥,或啼或号,各抱头归,诉其父兄。父兄来叱曰:"谁家豚犬,敢与老子相触耶!"健儿曰:"焉敢相触?为长者服步武之劳则可耳⑤。"乃至父兄前,以两手擎父兄⑥,两胫去地二尺许⑦,且行且止,或昂之使高,或抑之使下,父兄恐颠仆⑧,莫敢如何,但咥咥笑⑨,乡人閧焉⑩。

健儿性善动,不喜读书。外氏命就外傅⑪,不率教⑫。师夏楚之⑬,则夺朴裂眦曰⑭:"功名应赤手致,焉用琐琐章句为⑮!"师出,即与同塾诸儿斗,诸儿无完肤。又时盗其外氏簪珥衣物⑯,向酒家饮,醉即猖狂生事。外氏苦之,逐于外。为人牧羊,每窃羊换饮,诈言多歧亡⑰。主人怒,复见摈⑱。

时已弱冠矣⑲,闻倭入寇⑳,乃大快曰:"是我得意时也!"即去海上从军。从小校擢功至裨将㉑。与僚友饮,酒酣斗力,毙之,罪当死,遂弃官,逃之泗㉒,易姓名,隐

---

① 怙(hù)恃:依仗,凭借,父母的代称。
② 鞠(jū)于外氏:有外祖父母家抚养。鞠,养育,抚养。外氏,外祖父母家。
③ 膂(lǚ)力:体力,力气。
④ 莫不:无不,没有一个不。辟易:退避,多指受惊吓后,控制不住而离开原地。
⑤ 步武:脚步,步子。
⑥ 擎(qíng):向上托,举。
⑦ 胫(jìng):小腿,从膝盖到脚跟的一段。
⑧ 颠仆:失去平衡而跌倒、跌落。
⑨ 咥(xī):笑的样子。
⑩ 閧(hòng):同"哄",喧闹。
⑪ 外傅:教学的老师,别于内傅而言。
⑫ 不率教:不遵从教导。
⑬ 夏(jiǎ)楚:古代学校中施行体罚的器具,泛指用棍棒等进行体罚。夏,同"榎"。
⑭ 朴:杖,戒尺。这里指上文的夏楚。裂眦(zì):眼眶裂开,形容极端愤怒。眦,眼眶。
⑮ 琐琐章句:繁琐地研读古文的章句。章句,分析古文的章节和句读。
⑯ 簪珥:发簪与耳饰,皆妇女首饰。
⑰ 诈言:谎称。歧:岔道,偏离正道的小路。
⑱ 摈:排除,抛弃。
⑲ 弱冠:二十岁。古代男子二十岁行冠礼,表示已经成人,但体还未壮,所以称做弱冠,后泛指男子二十左右的年纪。
⑳ 倭人:指元末到明中叶,抢劫骚扰我国沿海的日本海商与海盗集团。
㉑ 小校:小头目,小军官。擢:提拔,提升。裨(pí)将:副将,副使,偏将。
㉒ 泗:水名,在我国山东省。

于庖丁。民家有犊,丙夜往盗之①。牵出,必遽呼曰②:"君家牛我骑去矣!"呼毕,倒骑牛背,以斧砍牛臀。牛畏痛,迅奔若风,追之莫及。次日,亡牛者适市物色之③,健儿曰:"昨过君家取牛者我也④,告而后取,道也,奚其盗⑤?"索之,则牛已脯矣⑥,无可凭。市中恶少,推为盟主,昼纵六博⑦,夜游狭邪⑧,自恃日甚⑨。尝叹曰:"世人皆不足敌,但恨生千载后,不得与拔山举鼎之雄一较胜负耳⑩!"

邑使者禁屠牛,健儿无所事事,取向所屠牛皮及骨角⑪,往瓜、扬间售之⑫,得三十金。将归,饮于馆中,解金置案头。酒家翁见之,谓曰:"前途多豪客⑬,此物宜善藏之。"健儿掷杯砍案曰:"吾纵横天下三十年,未逢敌手,有能取得腰间物者,当叩首降之。"时有少年数人,醵于左席⑭,闻之错愕,起问姓名里居。健儿曰:"某姓名不传,向尝竖功于边陲,今挂冠微服⑮,牛耳于泗上诸英雄⑯。"少年问能敌几何辈。健儿曰:"遇万万敌,遇千千敌,计人而敌,斯下矣!"诸少年益错愕。

健儿饮毕,束装上马。不二三里,一骑追之甚迅。健儿自度曰:"殆所云豪客耶⑰?"比至,则一后生,健儿遂不介意。后生问何之,健儿曰:"归泗。"后生曰:"予小子亦泗人,归途迷失,望长者指南之。"于是健儿前驱,马上谈笑颇相得。健儿谓

---

① 丙夜:三更时候,为晚上十一时至翌日凌晨一时。
② 遽:突然。
③ 适市物色:到市场上去找(牛)。适,往,归向。物色,有目的或按标准寻找、挑选。
④ 过:到,访。
⑤ 奚:疑问词,为何,为什么。
⑥ 脯(fǔ):肉干。
⑦ 纵:放任,不拘束。六博:一种古代博戏,共有十二棋子,六白六黑,投六箸行六棋。
⑧ 狭邪:小街曲巷,多指娼家。
⑨ 自恃:骄傲自负。
⑩ 拔山举鼎:比喻力大无比。《史记·项羽本纪》:"籍长八尺余,力能扛鼎,才气过人。""力拔山兮气盖世,时不利兮骓不逝。"
⑪ 向:以前。
⑫ 瓜、扬间:瓜洲、扬州之间。
⑬ 豪客:豪士,侠义之人,这里指江湖上的盗贼。
⑭ 醵(jù):凑钱喝酒。
⑮ 挂冠微服:辞官为民。挂冠,指辞去官职。微服,帝王或高官为隐蔽身份而改穿的平民便服、服装。
⑯ 牛耳:古代诸侯会盟时,盟主割牛耳取血,分与诸侯宣誓,以表守信。后指在某方面居于领袖地位的人,这里指小头目。
⑰ 殆:大概,可能。

后生曰："子服弓矢，善决拾乎？"后生曰："习矣，而未娴。"健儿援弓试之，力尽而弓不及彀①，弃之，曰："此物无用，佩之奚为？"后生曰："物自有用，用物者无用耳！"乃引自试。时有鹜唳空②，后生一发饮羽③，鹜坠马前。健儿异之。后生曰："君腰短刀，必善击刺。"健儿曰："然。我所长不在彼，在此。"脱以相示。后生视而噱曰④："此割鸡屠狗物，将焉用之？"以两手一折，刀曲如钩，复以两手伸之，刀直如故。健儿失色，自筹腰间物非复我有矣⑤。虽与偕行，而股栗之状，渐不自持。后生转以温言慰之。

复前数里，四顾无人，后生纵声一喝，健儿坠马。后生先斩其马曰："今日之事，有不唯我命者，如此马！"健儿匍伏请所欲。后生曰："无用物，盍解腰缠来献⑥！"健儿解囊输之，顿首乞命。后生曰："吾得此一囊金，差可十日醉。子犹草莱⑦，何足诛锄？"拨马寻故道去。健儿神气沮丧，足循循不前。自思三十金非长物，但半世英雄，败于乳臭儿之手⑧，何颜复见诸弟兄？遂不归泗，向一村墅结庐，卖酒聊生。每思往事，辄恧恧欲死⑨。

一日，春风淡荡，有数少年索饮。裘马甚都⑩，似五陵公子⑪，而意气豪纵⑫，又似长安游侠儿⑬。击案狂歌，旁若无人。且曰："涤器翁似不俗，当偕之。"遂拉健儿入座。健儿视九人皆弱冠，唯一总角者⑭，貌白皙若处子，等闲不发一言，一言则九人倾听；坐则右之，饮则先之。健儿不解其故。而末坐一冠者，似尝谋面，睇视

---

① 弓不及彀：没有拉到满弓。彀(gòu)：张满弓弩。
② 鹜：野鸭。唳：鹤、雁等鸟高亢地鸣叫。
③ 一发饮羽：一箭就射中了。饮羽，箭深没羽，形容射箭的力量极强。
④ 噱(jué)：大笑。
⑤ 筹：算计，心中暗自盘算。
⑥ 盍(hé)：何不，表示反问或疑问。
⑦ 草莱：杂草，也指布衣、平民。
⑧ 乳臭儿：对年轻人的蔑称，指年幼无知。
⑨ 恧恧(nǜ)：惭愧貌。
⑩ 裘马甚都：衣着和马匹都十分华美。都，美好。
⑪ 五陵公子：富贵人家的子弟。
⑫ 豪纵：豪放不羁。
⑬ 游侠儿：见义勇为，打抱不平之人。
⑭ 总角：古代未成年的人把头发扎成髻，借指童年、少年。

之①,则向斩马劫财之人也。谓健儿曰:"东君尚识故人耶?"健儿不敢应。后生曰:"畴昔途中,解囊缠赠我者,非子而谁?我侪岂攘攫者流②,特于邮旁肆中,闻子大言恐世,故来与子雌雄,不意竟输我一筹③!今来归赵璧耳。"遂出左袖三十金置案头,曰:"此母也④。于今一年,子当肖之⑤。"又探右袖,出三十金,共予之。健儿不敢受,旁一后生拔剑努目曰:"物为人攫而不能复,还之又不敢取,安用此懦夫!"健儿惧,急内袖中⑥,乃治鸡黍为欢⑦。诸后生不肯留。归金者曰:"翁亦可怜矣,峻拒之则难堪。"众乃止。时爨下薪穷⑧,健儿欲乞诸邻,后生指屋旁枯株谓之曰:"盍载斧斤⑨?"健儿曰:"正苦无斧斤耳。"后生踌躇久之,曰:"此事须让十弟,我九人无能为也。"总角者以两手抱株,左右数挠,株已卧矣,遂拔剑砍旁柯燃之⑩。酒至无算⑪,乃辞去,竟不知其何许人。

健儿自是绝不与人较力,人殴之则袖手不报。或曰:"子曩日英雄安在⑫?"健儿则以衰朽谢之。后得以天年终,不可谓非后生力也。

《李渔全集》,浙江古籍出版社2013年版。

---

① 睇(dì)视:斜视,细看。
② 侪(chái):辈,同类的人们。攘攫:掠夺。攫,抓取。
③ 一筹:指一个等级、程度。
④ 母:本金。
⑤ 肖:相似,像。
⑥ 内:同"纳",收入,接受。
⑦ 鸡黍:以鸡作菜,以黍作饭。指招待宾客的家常菜肴,也表示招待朋友情意真率。
⑧ 爨(cuàn):灶。
⑨ 斧斤:斧头。
⑩ 柯:草木的枝茎。
⑪ 无算:无法算计,形容数目多。
⑫ 曩(nǎng)日:从前。

蒲松龄

　　蒲松龄(1640—1715),字剑臣,号留仙,别名柳泉居士,世称聊斋先生,山东淄川县(今淄博市淄川区)蒲家庄人。蒲家自明万历年间起科甲相继,是累代书香的诗礼世家,至蒲松龄父亲蒲槃因科举失利家道中落,遂弃儒经商。蒲松龄少颖悟,十九岁应童子试,以县、府、道三试第一补博士弟子员,文名籍籍于齐鲁,深得山东学道施闰章赏识。然此后科场蹭蹬,三十一岁时,迫于生计,应同邑进士、宝应知县孙蕙之邀,为幕宝应、高邮。游幕宝应是清贫执傲的蒲松龄一生中唯一一次混迹官场,使其看到了达官贵人的醉生梦死和普罗众生的啼饥号寒。次年秋他便辞幕返里,以教书为生,在毕际友家为西席,前后三十年,直至七十岁方撤帐归家。其间仍不废科举,但屡试不第,七十一岁才援例补岁贡生。蒲松龄一生舌耕笔耘,著有《聊斋志异》、《聊斋文集》、《聊斋诗集》、《聊斋词集》,另有杂著《日用俗字》、《农桑经》、《药祟书》、《青草传》、《伤寒药性赋》,以及通俗俚曲十四种,戏三出。虽然他自叹一事无成,实际上可谓著作等身。

　　《聊斋志异》包含近五百篇短篇小说,描绘了中国十七世纪整个社会的群像。书中多借狐鬼故事,以抒发对现实的不满,刻画社会的黑暗污浊、官场科举的腐败,抨击不合理的婚姻制度。小说主要讲述人与异物之间的故事,描写对象包括神仙精怪、花妖狐鬼,也有少量奇人异事,十分丰富广博。在《聊斋自志》中,蒲松龄写道:"集腋为裘,妄续《幽冥》之录;浮白载笔,仅成孤愤之书。"作者借怪异之事表达了个人的寄托与思考,奇异故事都蒙上了一层人间温情与人性色彩。小说也反映了蒲松龄对于科举制度的复杂心态:一方面他对科举的舞弊不公、压制人才深恶痛绝,另一方面又十分重视科举制度的存在。若将《聊斋志异》与《儒林外史》中写科举的章回对读,可以发现:前者是"个中人"的心态,哀愤较为感性;后者是

"过来人"的心态,批评较为理性。讲述婚恋爱情的篇目往往是《聊斋志异》中最为出色的作品。作者在书中歌颂纯洁爱情,表现自由恋爱,同情女性,批判世俗礼教。《聊斋志异》描绘出了一些较为自由的婚恋关系,并丰富了婚恋题材的内容。例如对婚后家庭的感情生活、男女公开社交、婚姻中的共同话题、一夫二妻制度、婚外恋等方面均有描写,突破了以往才子佳人小说的套路。书中涉及商人的篇目超过七十篇,展现了商人的经济生活、契约意识和人生追求,塑造了一些典型的"儒商"形象,是明清社会儒商生活的真实反映。作者平等对待商人,体现出士人思想的进步。

《聊斋志异》是中国古代文言小说艺术达到顶峰的标志。作者"用传奇法,而以志怪",描写细致委曲,用笔变幻多端,曲折入胜,行文洗练,文约意丰,将文言短篇小说推到了空前而后人又难以为继的艺术境界。

画 皮

【解题】《画皮》是《聊斋志异》中广为人熟识的名篇。经考证,《画皮》的原型故事有以下来源:南朝宋刘义庆《异苑》卷三《女子变虎》;唐薛用弱《集异记》之《崔韬》(据《天平广记》卷四百三十三《虎》八);唐牛僧孺《玄怪录》卷四《王煌》;唐段成式《酉阳杂俎续集》卷之二《支皋诺中·王申新妇》;唐张读《宣室志》中的《吴生妾刘氏》;宋洪迈《夷坚甲志》卷八《京师异妇人》;明冯梦龙《古今谭概》"妖异部"第三十四《鬼张》。蒲松龄在诸本事的基础上丰富小说的内涵与形态,增加了小说艺术性,点铁成金,完成此篇上乘之作。

故事讲述一狞鬼披人皮扮成美妇,太原王生爱其美色而渔之,藏匿家中,妻子陈氏与偶遇道士先后提醒他打发此女离开,王生皆不听,后被狞鬼剖腹取心而死,妻子陈氏食人之唾才将其救活。本篇蕴含了较为丰富的道德劝诫内容,告诫人们不要为表象所迷惑,人鬼不分、忠妄不辨,要学会透过现象看本质、戒色止淫、心术端正,才不会被鬼魅所惑。此外,通过王生渔人之色最后报应在妻子身上的结局,宣扬了因果报应的思想。现在"画皮"一词常用来形容掩盖狰狞面目或丑恶本质的美丽外貌，《画皮》也成为《聊斋志异》中被改编、翻拍最多的篇目。

　　太原王生，早行，遇一女郎，抱襆独奔①，甚艰于步。急走趁之②，乃二八姝丽③，心相爱乐。问："何夙夜踽踽独行④？"女曰："行道之人，不能解愁忧，何劳相问。"生曰："卿何愁忧？或可效力，不辞也。"女黯然曰："父母贪赂⑤，鬻妾朱门。嫡妒甚，朝詈而夕楚辱之⑥，所弗堪也，将远遁耳。"问："何之？"曰："在亡之人，乌有定所。"生言："敝庐不远，即烦枉顾⑦。"女喜，从之。生代携襆物，导与同归。女顾室无人，问："君何无家口？"答云："斋耳⑧。"女曰："此所良佳。如怜妾而活之，须秘密，勿泄。"生诺之。乃与寝合。使匿密室，过数日而人不知也。生微告妻。妻陈，疑为大家媵妾⑨，劝遣之。生不听。

　　偶适市，遇一道士，顾生而愕。问："何所遇？"答言："无之。"道士曰："君身邪气萦绕，何言无？"生又力白⑩。道士乃去，曰："惑哉！世固有死将临而不悟者！"生以其言异，颇疑女。转思明明丽人，何至为妖，意道士借魇禳以猎食者⑪。无何，至斋门，门内杜⑫，不得入。心疑所作，乃逾垝垣⑬。则室门亦闭。蹑迹而窗窥之，见一狞鬼，面翠色，齿巉巉如锯⑭。铺人皮于榻上，执彩笔而绘之。已而掷笔，举皮，如振衣状，披于身，遂化为女子。睹此状，大惧，兽伏而出⑮。急追道士，不知所往。

---

① 抱襆(fú)独奔：抱着包袱一个人赶路。襆，同"袱"，包袱。
② 趁：追赶。
③ 姝丽：美女。
④ 夙夜：天还没亮的时候。踽踽(jǔ jǔ)：孤独的样子。
⑤ 贪赂：贪财。赂，赠送的财物，这里指纳聘的财礼。
⑥ 詈：骂。
⑦ 枉顾：屈尊来访，敬辞。
⑧ 斋：书房。
⑨ 媵(yìng)妾：古代诸侯嫁女时陪嫁的姬妾。
⑩ 力白：竭尽全力去辩白。白，说明，辩解。
⑪ 魇(yǎn)禳(rǎng)以猎食者：趁着祭祀鬼神消除灾祸的时机骗吃骗喝。魇禳，祭祀鬼神以祈求消除祸患。猎食，伺机掠取，骗吃骗喝。
⑫ 杜：关门。
⑬ 垝(guǐ)垣：残缺的院墙。
⑭ 巉巉(chán)：本意为峭拔险峻的样子，这里用以形容女鬼牙齿长得很锋利。
⑮ 兽伏而出：像兽一般伏在地上，爬行而出。

遍迹之,遇于野,长跪乞救。道士曰:"请遣除之。此物亦良苦,甫能觅代者,予亦不忍伤其生。"乃以蝇拂授生①,令挂寝门。临别,约会于青帝庙②。

生归,不敢入斋,乃寝内室,悬拂焉。一更许,闻门外戢戢有声③,自不敢窥也,使妻窥之。但见女子来,望拂子不敢进,立而切齿,良久乃去。少时,复来,骂曰:"道士吓我。终不然④,宁入口而吐之耶!"取拂碎之,坏寝门而入。径登生床,裂生腹,掬生心而去⑤。妻号。婢入烛之,生已死,腔血狼藉⑥。陈骇涕不敢声。

明日,使弟二郎奔告道士。道士怒曰:"我固怜之,鬼子乃敢尔!"即从生弟来。女子已失所在。既而仰首四望,曰:"幸遁未远。"问:"南院谁家?"二郎曰:"小生所舍也。"道士曰:"现在君所。"二郎愕然,以为未有。道士问曰:"曾否有不识者一人来?"答曰:"仆早赴青帝庙,良不知⑦。当归问之。"去,少顷而返,曰:"果有之。晨间一妪来,欲佣为仆家操作,室人止之⑧,尚在也。"道士曰:"即是物矣。"遂与俱往。仗木剑,立庭心,呼曰:"孽魅!偿我拂子来!"妪在室,惶遽无色⑨,出门欲遁。道士逐击之。妪仆,人皮划然而脱⑩,化为厉鬼,卧嗥如猪。道士以木剑枭其首⑪;身变作浓烟,匝地作堆⑫。道士出一葫芦,拔其塞,置烟中,飕飕然如口吸气⑬,瞬息烟尽。道士塞口入囊。共视人皮,眉目手足,无不备具。道士卷之,如卷画轴声,亦囊之,乃别欲去。

---

① 蝇拂:驱蝇除尘的工具,又名拂尘,用马尾一类的毛制成。
② 青帝:又称"苍帝"。中国古代神话中五位天帝之一,系东方之神。
③ 戢戢有声:窸窸窣窣细微的声音。
④ 终不然:终不会这样,暗示下面所说的情况不会发生。
⑤ 掬:双手捧取。
⑥ 狼藉:血迹模糊的样子。
⑦ 良:的确。
⑧ 室人止之:我的妻子将她留了下来。室人,妻子。止,留。
⑨ 惶遽:惊恐,慌张。
⑩ 划然:皮肉撕裂的声音。
⑪ 枭其首:斩首并悬挂示众。
⑫ 匝:环绕。
⑬ 飕飕(liú):象声词,指风吹入的声音。

陈氏拜迎于门,哭求回生之法。道士谢不能①。陈益悲,伏地不起。道士沉思曰:"我术浅,诚不能起死。我指一人,或能之,往求必合有效。"问:"何人?"曰:"市上有疯者,时卧粪土中。试叩而哀之。倘狂辱夫人,夫人勿怒也。"二郎亦习知之。乃别道士,与嫂俱往。见乞人颠歌道上②,鼻涕三尺,秽不可近。陈膝行而前。乞人笑曰:"佳人爱我乎?"陈告之故。又大笑曰:"人尽夫也③,活之何为?"陈固哀之。乃曰:"异哉!人死而乞活于我。我阎摩耶④?"怒以杖击陈。陈忍痛受之。市人渐集如堵。乞人咯痰唾盈把⑤,举向陈吻曰⑥:"食之!"陈红涨于面,有难色;既思道士之嘱,遂强啖焉⑦。觉入喉中,硬如团絮,格格而下,停结胸间。乞人大笑曰:"佳人爱我哉!"遂起,行已不顾。尾之,入于庙中。迫而求之,不知所在。前后冥搜,殊无端兆⑧,惭恨而归。

　　既悼夫亡之惨,又悔食唾之羞,俯仰哀啼,但愿即死。方欲展血敛尸⑨,家人伫望,无敢近者。陈抱尸收肠,且理且哭。哭极声嘶,顿欲呕,觉鬲中结物⑩,突奔而出,不及回首,已落腔中。惊而视之,乃人心也。在腔中突突犹跃,热气腾蒸如烟然。大异之,急以两手合腔,极力抱挤,少懈,则气氤氲自缝中出⑪,乃裂缯帛急束之⑫。以手抚尸,渐温。覆以衾裯⑬。中夜启视,有鼻息矣。天明,竟活。为言:"恍惚若梦,但觉腹隐痛耳。"视破处,痂结如钱,寻愈⑭。

　　异史氏曰:"愚哉世人!明明妖也,而以为美。迷哉愚人!明明忠也,而以为

---

① 谢不能:推辞请求,表示无能为力。谢,推辞。
② 颠歌:疯疯癫癫地歌唱。
③ 人尽夫也:任何一个男人都可以成为你的丈夫。语出《左传·桓公十五年》:"人尽夫也,父一而已。"
④ 阎摩:阎罗王。印度神话中的鬼王,佛教传入中国后,成为我国民间掌管地狱的阎王。
⑤ 盈把:满满的一把。
⑥ 吻:这里指嘴唇。
⑦ 啖:吃。
⑧ 端兆:线索。
⑨ 展血敛尸:擦掉血污,将尸体收入棺椁。展,拂拭。敛,收拾。
⑩ 鬲中:胸腹之间,胸腔中。
⑪ 氤氲(yīn yūn):烟气弥漫的样子。
⑫ 缯帛:古代丝绸的总称。
⑬ 衾(qīn)裯(chóu):被褥一类的床上用品。
⑭ 寻:不久。

妄。然爱人之色而渔之^①,妻亦将食人之唾而甘之矣。天道好还^②,但愚而迷者不寤耳。可哀也夫!"

《聊斋志异》,中华书局 2015 年版。

红　玉

【解题】《红玉》是《聊斋志异》中一篇颇具浪漫传奇色彩的小说。故事讲述狐女红玉与书生冯相如私下发生爱情,同床共枕半年,冯父发现后对他们严厉训斥,刚烈的红玉为冯相如介绍勤俭顺德的卫氏女,慷慨出资帮助他成亲后主动离开。冯家同乡土豪劣绅宋御史贪恋冯妻美色,巧取豪夺,打伤冯氏父子,夺走卫氏女,并上下勾结迫害冯相如入狱,卫氏女自尽,使其家破人亡。伸张正义的虬髯豪客杀死宋御史,警告县令,救出冯相如。就在冯相如穷困潦倒痛不欲生之际,红玉带着曾被弃在山野的冯子回到冯家,与冯相如结为夫妻,勤俭持家,帮助他重振家业,过上美满生活。

蒲松龄以红玉和冯相如的爱情为引,生动地描写了土豪劣绅与官府上下勾结,残害百姓的罪恶行径,对黑暗现实进行无情的批判。蒲松龄饱含激情地塑造了富有正义感的"人侠"虬髯豪客和"狐侠"红玉,对他们给予了充分的肯定和颂扬,使得善恶与美丑构成强烈的对比,并以善战胜恶、美战胜丑的结局表达了自己的美好愿望。

该小说的故事情节跌宕起伏,曲折多变,超出常规逻辑,然而细想亦都在情理之中,让人惊奇欣喜。小说在人物塑造上也十分成功,冯相如的书生意气,冯父的方正耿直,虬髯客的侠肝义胆,特别是柔情与侠义并存的红玉,个个鲜活灵动,给人呼之欲出之感。

---

① 渔:渔色,即贪婪地追求和占有女色。
② 天道好(hào)还:世间一切善恶有报,警戒世人不要作恶之意。天道,天理。

广平冯翁有一子①,字相如,父子俱诸生②。翁年近六旬,性方鲠③,而家屡空④。数年间,媪与子妇又相继逝,井臼自操之⑤。一夜,相如坐月下,忽见东邻女自墙上来窥。视之,美。近之,微笑。招以手,不来亦不去。固请之,乃梯而过,遂共寝处。问其姓名,曰:"妾邻女红玉也。"生大爱悦,与订永好,女诺之。夜夜往来,约半年许。

翁夜起,闻女子含笑语,窥之见女,怒,唤生出,骂曰:"畜产所为何事⑥!如此落寞⑦,尚不刻苦,乃学浮荡耶?人知之,丧汝德;人不知,亦促汝寿!"生跪自投,泣言知悔。翁叱女曰:"女子不守闺戒,既自玷,而又以玷人。倘事一发,当不仅贻寒舍羞!"骂已,愤然归寝。女流涕曰:"亲庭罪责⑧,良足愧辱!我二人缘分尽矣。"生曰:"父在不得自专⑨。卿如有情,尚当含垢为好。"女言辞决绝,生乃洒涕。女止之曰:"妾与君无媒妁之言,父母之命,逾墙钻隙⑩,何能白首?此处有一佳耦,可聘也。告以贫。女曰:"来宵相俟,妾为君谋之。"次夜,女果至,出白金四十两赠生。曰:"去此六十里,有吴村卫氏女,年十八矣,高其价,故未售也。君重赂之⑪,必合谐允。"言已,别去。

生乘间语父,欲往相之⑫。而隐馈金不敢告⑬。翁自度无赀,以是故止之。生又婉言:"试可乃已。"翁颔之。生遂假仆马,诣卫氏⑭。卫故田舍翁,生呼出引与闲语。卫知生望族⑮,又见仪采轩豁⑯,心许之,而虑其靳于赀⑰。生听其词意吞吐,

---

① 广平:即明清时代的广平府,在今河北省南部邯郸一带,治所在今永年县东南广府镇广平府古城。
② 俱诸生:这里指父子都是秀才。
③ 方鲠:方正耿直。
④ 屡空(kòng):非常贫穷,家里经常缺衣少食。空,匮乏。
⑤ 井臼:从井里打水,用白舂米,这里比喻做家务。
⑥ 畜产:畜生。
⑦ 落寞:冷落寂寞,指萧条的处境。
⑧ 亲庭:父亲的训诲。古时候父教被称为庭训。
⑨ 自专:自作主张。
⑩ 逾墙钻隙:爬墙钻洞,这里指男女私相结合。
⑪ 重赂之:花费重金来满足其要求。
⑫ 相:相亲。
⑬ 馈金:赠金,礼金。
⑭ 诣:到。
⑮ 望族:有声望的家族。
⑯ 仪采轩豁:仪态大方,气宇轩昂。
⑰ 靳:吝惜。

会其旨，倾囊陈几上。卫乃喜，浼邻生居间，书红笺而盟焉。生入拜媪。居室偪侧①，女依母自幛。微睇之，虽荆布之饰②，而神情光艳，心窃喜。卫借舍款婿，便言："公子无须亲迎。待少作衣妆，即合卺送去。"生与订期而归。诡告翁，言："卫爱清门③，不责赀④。"翁亦喜。至日，卫果送女至。女勤俭，有顺德，琴瑟甚笃⑤。

逾二年，举一男，名福儿。会清明抱子登墓⑥，遇邑绅宋氏。宋官御史，坐行赇免⑦，居林下⑧，大煽威虐。是日亦上墓归，见女艳之。问村人，知为生配。料冯贫士，诱以重赂，冀可摇，使家人风示之。生骤闻，怒形于色，既思势不敌，敛怒为笑，归告翁。大怒，奔出，对其家人，指天画地，诟骂万端。家人鼠窜而去。宋氏亦怒，竟遣数人入生家，殴翁及子，汹若沸鼎。女闻之，弃儿于床，披发号救。群篡舁之⑨，哄然便去。父子伤残，吟呻在地，儿呱呱啼室中。邻人共怜之，扶之榻上。经日，生杖而能起。翁忿不食，呕血寻毙。生大哭，抱子兴词⑩，上至督抚，讼几遍⑪，卒不得直⑫。后闻妇不屈死，益悲。冤塞胸吭，无路可伸。每思要路刺杀宋，而虑其扈从繁⑬，儿又罔托⑭。日夜哀思，双睫为不交。

忽一丈夫吊诸其室⑮，虬髯阔颔，曾与无素⑯。挽坐，欲问邦族。客遽曰："君有杀父之仇，夺妻之恨，而忘报乎？"生疑为宋人之侦，姑伪应之。客怒眦欲裂，遽出

---

① 偪(bī)侧：逼仄，空间狭小。
② 荆布之饰：贫寒人家女子的妆束。布，荆钗布裙。
③ 清门：清寒门第。
④ 责：索取，苛求。
⑤ 琴瑟甚笃：古时以琴瑟称美夫妇，这里比喻夫妇感情深厚。
⑥ 登墓：扫墓。
⑦ 坐行赇(qiú)：因触犯行贿罪遭到免职。坐，获罪。赇，贿赂。
⑧ 居林下：指罢官后返乡居住。林下：山野退隐之地。
⑨ 篡：抢夺。
⑩ 兴词：起诉，告状。
⑪ 讼：诉讼，打官司。
⑫ 卒不得直：始终不能得到公平的处理。
⑬ 扈从：护驾的随从。
⑭ 罔托：无人托付。
⑮ 吊：吊唁。
⑯ 无素：从来没有交往过，没有见过面。素，旧交。

曰："仆以君人也，今乃如不足齿之伧①！"生察其异，跪而挽之，曰："诚恐宋人餂我②。今实布腹心：仆之卧薪尝胆者③，固有日矣。但怜此褓中物，恐坠宗祧④。君义士，能为我杵臼否⑤？"客曰："此妇人女子之事，非所能。君所欲托诸人者，请自任之；所欲自任者，愿得而代庖焉⑥。"生闻，崩角在地⑦。客不顾而出。生追问姓字，曰："不济⑧，不任受怨；济，亦不任受德。"遂去。生惧祸及，抱子亡去。

至夜，宋家一门俱寝，有人越重垣入⑨，杀御史父子三人，及一媳一婢。宋家具状告官。官大骇。宋执谓相如，于是遣役捕生，生遁不知所之，于是情益真。宋仆同官役诸处冥搜，夜至南山，闻儿啼，迹得之，系缧而行⑩。儿啼愈嗔，群夺儿抛弃之。生冤愤欲绝。见邑令，问："何杀人？"生曰："冤哉！某以夜死，我以昼出，且抱呱呱者，何能逾垣杀人？"令曰："不杀人，何逃乎？"生词穷，不能置辩，乃收诸狱。生泣曰："我死无足惜，孤儿何罪？"令曰："汝杀人子多矣；杀汝子，何怨？"生既褫革⑪，屡受梏惨⑫，卒无词。令是夜方卧，闻有物击床，震震有声，大惧而号。举家惊起，集而烛之，一短刀，铦利如霜⑬，剡床入木者寸馀，牢不可拔。令睹之，魂魄丧失。荷戈遍索，竟无踪迹。心窃馁。又以宋人死，无可畏惧，乃详诸宪，代生解免，竟释生。

生归，瓮无升斗⑭，孤影对四壁。幸邻人怜馈食饮，苟且自度。念大仇已报，则

---

① 不足齿之伧：不值得一提的粗俗之人。"不足齿"，不足挂齿。伧，伧夫，粗鲁庸俗之辈，古时骂人语。
② 餂（tiǎn）：用甜言蜜语的假话骗人。
③ 卧薪尝胆：比喻刻苦自励，忍辱负重，立志报仇雪耻。
④ 坠宗祧（tiāo）：断绝了后代。宗，宗庙。祧，远祖之庙。
⑤ 能为我杵臼否：能像公孙杵臼照顾赵氏孤儿那样替我照顾孩子吗？杵臼，公孙杵臼。春秋时晋国权臣屠岸贾欲灭赵氏满门，杀死赵朔后又四处搜捕其孤儿赵武。赵氏门客公孙杵臼同程婴设计救出赵氏孤儿延其子嗣，最终报了冤仇。事见《史记·赵世家》。
⑥ 代庖：代替厨师做饭，比喻超出自己的职责范围代替别人做事。
⑦ 崩角：叩头的声响如山崩一般。角，额角。
⑧ 济：成功。
⑨ 重垣：多层围墙。
⑩ 系缧：用绳子绑起来。
⑪ 褫（chì）革：剥去衣冠，革除功名。褫，革除。
⑫ 梏（gù）惨：酷刑。梏，木质的手铐，用来拘禁犯人。
⑬ 铦（xiān）利：锋利。
⑭ 瓮：一种盛水或酒的缸。

輾然喜①;思惨酷之祸,几于灭门,则泪潸潸堕;及思半生贫彻骨,宗支不续②,则于无人处,大哭失声,不复能自禁。如此半年,捕禁益懈。乃哀邑令,求判还卫氏之骨。及葬而归,悲怛欲死,辗转空床,竟无生路。忽有款门者,凝神寂听,闻一人在门外,譨譨与小儿语③。生急起窥觇,似一女子。扉初启,便问:"大冤昭雪,可幸无恙?"其声稔熟,而仓卒不能追忆。烛之,则红玉也。挽一小儿,嬉笑跨下。生不暇问,抱女鸣哭,女亦惨然。既而推儿曰:"汝忘尔父耶?"儿牵女衣,目灼灼视生,细审之,福儿也。大惊,泣问:"儿哪得来?"女曰:"实告君,昔言邻女者,妄也。妾实狐。适宵行,见儿啼谷口,抱养于秦。闻大难既息,故携来与君团聚耳。"生挥涕拜谢。儿在女怀,如依其母,竟不复能识父矣。

天未明,女即遽起。问之,答曰:"奴欲去。"生裸跪床头,涕不能仰。女笑曰:"妾诳君耳。今家道新创,非凤兴夜寐不可④。"乃剪莽拥篲⑤,类男子操作。生忧贫乏,不自给。女曰:"但请下帷读⑥,勿问盈歉⑦,或当不殍饿死⑧。"遂出金治织具,租田数十亩,雇佣耕作。荷镵诛茅⑨,牵萝补屋⑩,日以为常。里党闻妇贤,益乐资助之。约半年,人烟腾茂,类素封家。生曰:"灰烬之余,卿白手再造矣。然一事未就安妥,如何?"诘之,答云:"试期已迫,巾服尚未复也。"女笑曰:"妾前以四金寄广文⑪,已复名在案。若俟君言,误之已久。"生益神之。是科遂领乡荐。时年三十六,腴田连阡,夏屋渠渠矣⑫。女袅娜如随风欲飘去⑬,而操作过农家妇,虽严冬自

---

① 輾然:笑的样子。
② 宗支:同一个宗族的支派。
③ 譨譨(nóng):多言也,同"哝哝"。
④ 凤兴夜寐:早起晚睡,辛勤持家。凤,早晨。
⑤ 剪莽拥篲(huì):将杂草剪除,并拿着扫帚清扫。莽,野草。篲,扫帚。
⑥ 下帷读:闭门苦读。下帷:放下室内的帷幕。
⑦ 盈歉:丰收歉收。
⑧ 殍(piǎo):饿死,饿死的人。
⑨ 荷镵诛茅:扛起锄锹铲除杂草,这里指辛勤耕作。镵,掘土的工具。
⑩ 牵萝补屋:用薜萝修补房屋的纰漏,这里指修理房屋。萝,薜萝。
⑪ 广文:指教官。唐代国子监增开广文馆,设博士、助教等职。明清时泛称儒学教官为广文或广文先生。
⑫ 渠渠:深广。
⑬ 袅娜:身姿婀娜,轻盈柔美。

苦，而手腻如脂。自言三十八岁，人视之，常若二十许人。

异史氏曰："其子贤，其父德，故其报之也侠。非特人侠，狐亦侠也。遇亦奇矣！然官宰悠悠①，竖人毛发②，刀震震入木，何惜不略移床上半尺许哉？使苏子美读之，必浮白曰：'惜乎击之不中！'"

《聊斋志异》，中华书局 2015 年版。

席　方　平

【解题】《席方平》是《聊斋志异》中具有公案性质的小说，讲的是孝子席方平代父伸冤的故事。席父席田因在阳间与里中富室羊某有仇恨，病危时被先死的羊某贿通冥使捞掠。席方平气忿难平，离魂入阴曹代父伸冤，告羊某于城隍，告城隍于郡司，告郡司于冥王，由地方到中央逐级状告，但因他们上下勾结，官官相护，对有理无钱的席方平施以严刑，软硬兼施，设法阻止他继续上诉。诉讼无门的席方平看清阴曹的暗昧腐败，转赴天庭告冥王于二郎神，终得昭雪覆盆，为父伸冤，重返阳间。它揭露了封建社会吏治黑暗，生动呈现了古代诉讼制度的基本面貌，表现了蒲松龄对封建社会司法系统的清醒认识以及无情讽刺，赞扬了硬汉席方平孝义志坚、万劫不移、不屈不挠的斗争精神。

席方平伸冤的经过赤裸裸地揭露了各级冥官金光盖地、铜臭熏天、贪赃枉法的腐朽本质，把封建官僚"明镜高悬""公正廉明"的遮羞布撕得粉碎。最终虽然二郎神主持了公道，让席家沉冤昭雪，但这意在宣扬真、善、美，批判假、丑、恶的美好愿景，在现实世界是不可能实现的。而作者塑造的刚毅顽强、不畏强暴，酷刑没有动其志，诱骗不能乱其心的英雄席方平，对于饱受凌辱的封建社会下层人民有着多方面的启迪和积极的教育意义，鼓励受压迫者去进行斗争、反抗。

蒲松龄是一位长期生活在乡野间里且有着强烈政治抱负的知识分子，长期的

---

① 悠悠：荒谬。这里指官员判案错误百出。
② 竖人毛发：恶行使人发怒，令人发指。

底层生活使得他对土豪劣绅的阴险凶残以及下层百姓的沉重苦难,有切身感受。蒲松龄结合具体生活体验,借阴曹地府影射黑暗人间,以善恶有报寄托美好心愿,用复仇英雄鼓励反抗和斗争。这是作者的追求,更是百姓的愿景。

席方平,东安人①。其父名廉,性戆拙②。因与里中富室羊姓有隙③,羊先死,数年,廉病垂危,谓人曰:"羊某今贿嘱冥使搒我矣④。"俄而身赤肿,号呼遂死。席惨怛不食⑤,曰:"我父朴讷⑥,今见陵于强鬼⑦。我将赴地下,代伸冤气耳。"自此不复言,时坐时立,状类痴,盖魂已离舍矣。

席觉初出门,莫知所往,但见路有行人,便问城邑。少选⑧,入城。其父已收狱中。至狱门,遥见父卧檐下,似甚狼狈。举目见子,潸然流涕,便谓:"狱吏悉受赇嘱⑨,日夜搒掠,胫股摧残甚矣⑩!"席怒,大骂狱吏:"父如有罪,自有王章,岂汝等死魅所能操耶!"遂出,抽笔为词⑪。值城隍早衙,喊冤以投。羊惧,内外贿通,始出质理⑫。城隍以所告无据,颇不直席⑬。席忿气无所复伸,冥行百余里,至郡,以官役私状,告之郡司。迟之半月⑭,始得质理。郡司扑席⑮,仍批城隍覆案⑯。席至邑,备受械梏⑰,惨冤不能自舒⑱。城隍恐其再讼,遣役押送归家。

---

① 东安:府县名。或指顺天府东安,今河北安次,或指山东沂水。
② 戆拙:刚直朴拙。戆,憨厚刚直。
③ 隙:嫌隙。
④ 冥使:阴间的差役。搒:搒掠,拷打。
⑤ 怛(dá):悲痛,悲伤。
⑥ 朴讷(nè):老实,不善言辞。
⑦ 陵:凌辱欺负。
⑧ 少选:没过多久。
⑨ 赇(qiú)嘱:贿赂嘱托。赇,贿赂。
⑩ 胫:小腿。股:大腿。
⑪ 词:这里指讼状。
⑫ 质理:对质理论,此处指受理官司。
⑬ 不直席:不认为席方平有理。
⑭ 迟:延迟,耽搁。
⑮ 扑:拷打。
⑯ 覆案:重审。
⑰ 械梏:用刑具拷打。
⑱ 不能自舒:无处申诉自己的巨大冤屈。

役至门辞去。席不肯入,遁赴冥府,诉郡邑之酷贪。冥王立拘质对①。二官密遣腹心②,与席关说③,许以千金,席不听。过数日,逆旅主人告曰:"君负气已甚,官府求和而执不从④,今闻于王前各有函进⑤,恐事殆矣。"席以道路之口,犹未深信。俄有皂衣人唤入。升堂,见冥王有怒色,不容置词⑥,命笞二十。席厉声问:"小人何罪?"冥王漠若不闻。席受笞,喊曰:"受笞允当,谁教我无钱也!"冥王益怒,命置火床。两鬼捽席下⑦,见东墀有铁床,炽火其下,床面通赤。鬼脱席衣,掬置其上,反复揉捺之。痛极,骨肉焦黑,苦不得死。约一时许,鬼曰:"可矣。"遂扶起,促使下床着衣,犹幸跛而能行。复至堂上,冥王问:"敢再讼乎?"席曰:"大冤未伸,寸心不死,若言不讼,是欺王也。必讼!"又问:"讼何词?"席曰:"身所受者,皆言之耳。"冥王又怒,命以锯解其体。二鬼拉去,见立木,高八九尺许,有木板二,仰置其下,上下凝血模糊。方将就缚,忽堂上大呼"席某",二鬼即复押回。冥王又问:"尚敢讼否?"答云:"必讼!"冥王命捉去速解。既下,鬼乃以二板夹席,缚木上。锯方下,觉顶脑渐辟,痛不可禁,顾亦忍而不号。闻鬼曰:"壮哉此汉!"锯隆隆然寻至胸下。又闻一鬼云:"此人大孝无辜,锯令稍偏,勿损其心。"遂觉锯锋曲折而下,其痛倍苦。俄顷,半身辟矣;板解,两身俱仆。鬼上堂大声以报。堂上传呼,令合身来见。二鬼即推令复合,曳使行。席觉锯缝一道,痛欲复裂,半步而踣。一鬼于腰间出丝带一条授之,曰:"赠此以报汝孝。"受而束之,一身顿健,殊无少苦。遂升堂而伏。冥王复问如前,席恐再罹酷毒,便答:"不讼矣。"冥王立命送还阳界。

隶率出北门,指示归途,返身遂去。席念阴曹之暗昧尤甚于阳间,奈无路可达帝听。世传灌口二郎为帝勋戚⑧,其神聪明正直,诉之当有灵异。窃喜两隶已去,遂转身南向。奔驰间,有二人追至,曰:"王疑汝不归,今果然矣。"捽回复见冥王。

---

① 冥王:阎王。
② 腹心:心腹,身边可靠的亲信。
③ 关说:打通关节,游说人情。
④ 执:固执。
⑤ 函进:成箱地送钱财,这里指贿赂。函,匣,盒子。
⑥ 置词:申辩,辩护。
⑦ 捽:揪住,抓住。
⑧ 灌口二郎:神名,即传说中的二郎神杨戬。灌口,今四川都江堰市。

窃意冥王益怒，祸必更惨。而王殊无厉容①，谓席曰："汝志诚孝。但汝父冤，我已为若雪之矣。今已往生富贵家，何用汝鸣呼为？今送汝归，予以千金之产、期颐之寿②，于愿足乎？"乃注籍中，嵌以巨印，使亲视之。席谢而下。鬼与俱出，至途，驱而骂曰："奸猾贼！频频翻覆，使人奔波欲死！再犯，当捉入大磨中，细细研之！"席张目叱曰："鬼子胡为者！我性耐刀锯，不耐挞楚。请反见王，王如令我自归，亦复何劳相送。"乃返奔。二鬼惧，温语劝回。席故蹇缓③，行数步，辄憩路侧。鬼含怒不敢复言。

约半日，至一村，一门半辟④，鬼引与共坐，席便据门阈⑤。二鬼乘其不备，推入门中。惊定自视，身已生为婴儿。愤啼不乳，三日遂殇⑥。魂摇摇不忘灌口，约奔数十里，忽见羽葆来⑦，幡戟横路。越道避之，因犯卤簿，为前马所执，絷送车前。仰见车中一少年，丰仪瑰玮。问席："何人？"席冤愤正无所出，且意是必巨官，或当能作威福⑧，因缅诉毒痛⑨。车中人命释其缚，使随车行。俄至一处，官府十余员，迎谒道左，车中人各有问讯。已而指席谓一官曰："此下方人，正欲往愬⑩，宜即为之剖决。"席询之从者，始知车中即上帝殿下九王，所嘱即二郎也。席视二郎，修躯多髯⑪，不类世间所传。

九王既去，席从二郎至一官廨，则其父与羊姓并衙隶俱在。少顷，槛车中有囚人出⑫，则冥王及郡司、城隍也。当堂对勘⑬，席所言皆不妄。三官战栗，状若伏鼠。

---

① 厉容：严厉、严肃的面容。
② 期（qī）颐之寿：百岁的寿数。期，百岁。颐，养也。语出《礼记·曲礼上》："百年曰期，颐。"
③ 蹇（jiǎn）缓：走得艰难缓慢。
④ 辟：开。
⑤ 门阈（yù）：门槛。
⑥ 殇（shāng）：夭折，指未成年而死。
⑦ 羽葆：以鸟羽为饰的仪仗。葆，把羽毛挂在竿头制成的仪仗，常常用在车上。
⑧ 作威福：这里指官吏滥用职权，横行霸道。
⑨ 缅诉：追诉，详细地控诉。
⑩ 愬（sù）：诉说冤屈。
⑪ 修躯多髯：身躯修长，胡须浓密。修，长。髯，胡须。
⑫ 槛（jiàn）车：装载猛兽或囚禁罪犯的车子。
⑬ 对勘：当面对质进行审讯。勘，审问，审核。

二郎援笔立判,顷之,传下判语,令案中人共视之。判云:

勘得冥王者①:职膺王爵②,身受帝恩。自应贞洁,以率臣僚,不当贪墨以速官谤③。而乃繁缨棨戟④,徒夸品秩之尊⑤;羊很狼贪⑥,竟玷人臣之节。斧敲斫⑦,斫入木,妇子之皮骨皆空;鲸吞鱼⑧,鱼食虾,蝼蚁之微生可悯。当掬西江之水,为尔湔肠⑨;即烧东壁之床⑩,请君入瓮⑪。

城隍、郡司:为小民父母之官⑫,司上帝牛羊之牧⑬。虽则职居下列,而尽瘁者不辞折腰⑭;即或势逼大僚,而有志者亦应强项⑮。乃上下其鹰鸷之手⑯,既罔念夫民贫;且飞扬其狙狯之奸⑰,更不嫌乎鬼瘦。惟受赃而枉法,真人面而兽心⑱!是宜剔髓伐毛⑲,暂罚冥死;所当脱皮换革,仍令胎生。

隶役者:既在鬼曹,便非人类。只宜公门修行⑳,庶还落蓐之身㉑;何得苦海生

---

① 勘得:勘查、核实。旧时写在判决书开头的套语。
② 膺(yīng):受,担任。
③ 贪墨以速官谤:因贪财图利而招到责难。贪墨,同"贪冒",贪财图利。速,招致。官谤,居官不称职而受到责难。
④ 繁缨棨戟:高级官员的仪仗,平时排列在官署门内,出行时作为前导。繁,通"鞶",马腹带。缨,马颈革。棨戟,有缯衣或涂漆的木戟,用为仪仗。
⑤ 品秩:官位品级。
⑥ 羊很狼贪:比喻冥王的凶狠与贪婪,也指官吏对下层人民的压迫与盘剥。很,同"狠"。
⑦ 斫(zhuó):砍,击。
⑧ 鲸:鲸鲵,比喻凶恶之人。语出《左传·宣公十二年》:"古者明王伐不敬,取其鲸鲵而封之,以为大戮。"
⑨ 湔(jiān):用水清洗。
⑩ 东壁之床:火床。
⑪ 请君入瓮:比喻以其人之道还治其人之身。
⑫ 父母之官:古时称地方官为父母官,指县令。
⑬ 司上帝牛羊之牧:本意是代替天帝管理凡间人民之事。这里指奉君主之命,代为管理百姓。
⑭ 尽瘁:竭尽心力,不辞劳苦。
⑮ 强项:挺直脖子不低头,喻刚直不阿,不屈服的样子。
⑯ 上下其鹰鸷之手:上下串通徇私枉法,颠倒是非黑白。鹰鸷,极其凶猛的老鹰。
⑰ 狙狯(jū kuài):亦作"狙侩",狡猾奸诈。狙,一种性情狡猾的猕猴。
⑱ 人面而兽心:拥有人的外貌,内心却如同禽兽一般邪恶凶残。
⑲ 剔髓伐毛:剔除骨髓,刮掉毛发。比喻脱胎换骨,弃恶从善。
⑳ 公门修行:在衙门中为官,可以随时随地行善救人。公门,衙门。修行,修身行善。指不徇私枉法残害百姓。
㉑ 落蓐之身:指再生为人。落蓐,指人的降生。蓐,产蓐。

波,益造弥天之孽①? 飞扬跋扈②,狗脸生六月之霜③;隳突叫号④,虎威断九衢之路⑤。肆淫威于冥界,咸知狱吏为尊⑥;助酷虐于昏官,共以屠伯是惧⑦。当于法场之内⑧,剁其四肢;更向汤镬之中⑨,捞其筋骨。

羊某:富而不仁⑩,狡而多诈。金光盖地,因使阎摩殿上,尽是阴霾⑪;铜臭熏天⑫,遂教枉死城中⑬,全无日月。余腥犹能役鬼⑭,大力直可通神⑮。宜籍羊氏之家⑯,以赏席生之孝。即押赴东岳施行。"

又谓席廉:"念汝子孝义,汝性良懦,可再赐阳寿三纪⑰。"因使两人送之归里。

席乃抄其判词,途中父子共读之。既至家,席先苏,令家人启棺视父,僵尸犹冰,俟之终日⑱,渐温而活。又索抄词,则已无矣。自此,家道日丰,三年间,良沃遍野。而羊氏子孙微矣⑲,楼阁田产,尽为席有。里人或有买其田者,必梦神人叱之曰:"此席家物,汝乌得有之!"初未深信;既而种作,则终年升斗无所获,于是复鬻于席⑳。席父九十余岁而卒。

---

① 弥天之孽:天大的罪孽。弥天,漫天。
② 飞扬跋扈:骄横放纵,目中无人。跋扈,恃强横暴的样子。
③ 狗脸生六月之霜:脸上像蒙了霜一样冷酷无情。狗脸,指隶役的面孔。
④ 隳(huī)突叫号:横冲直撞、暴跳如雷的样子。隳突,冲撞毁坏,横行霸道。叫号,大喊大叫。
⑤ 九衢,指四通八达的道路。衢,大路。
⑥ 狱吏为尊:指狱吏的厉害。
⑦ 屠伯:刽子手。这里比喻滥杀无辜的官吏。
⑧ 法场:刑场。
⑨ 汤镬:古代把人投入烧有开水的锅中烫死的一种酷刑。
⑩ 富而不仁:有钱但心狠手辣,没有慈悲怜悯之心。
⑪ 金光盖地:用金钱的闪光笼罩整个地府,比喻钱财的威力高强。金光,指金钱的魔力。这里比喻官府贿赂之风盛行,昏暗不明没有天理。
⑫ 铜臭:用钱来买官。
⑬ 枉死城:这里指地狱。
⑭ 余腥:钱的余臭。
⑮ 大力:指巨额金钱的威力,这里指有钱能使鬼推磨。
⑯ 籍:抄家,没收财产。
⑰ 纪:古代以十二年为一纪。三纪:三十六年。
⑱ 俟(sì):等。
⑲ 微:衰微,败落。
⑳ 鬻(yù):卖。

异史氏曰:"人人言净土①,而不知生死隔世,意念都迷,且不知其所以来,又乌知其所以去?而况死而又死,生而复生者乎?忠孝志定,万劫不移,异哉席生,何其伟也!"

《聊斋志异》,中华书局2015年版。

---

① 净土:佛教认为西天佛土清净自然,是"极乐世界",因称为"净土"。

《虞初新志》

《虞初新志》，为张潮历时二十年辑录的明末清初文言短篇小说集。张潮（1650—1709?），字山来，号心斋，又号三在道人，安徽歙县人，清初文学家、编撰家、出版家。张潮出身仕宦书香之家，自幼聪颖好读书，以弱冠补诸生；性沉静好客，以文名大江南北，但屡试不第。康熙初贡生，充翰林院孔目，后"杜门著书"（陈鼎《留溪外传·心斋居士传》）。著有《心斋杂俎》四卷，《心斋诗集》一卷，《聊复集》一卷，《幽梦影》一卷，《咏物诗》一卷，《尺牍偶存》十一卷，《补花底拾遗》一卷等诗文、词曲、笔记、杂著二十多部，编辑刻印了《虞初新志》二十卷，《檀几丛书》五十卷，《昭代丛书》一百五十卷，《心斋诗抄》四卷等。

小说以"虞初"命名，始见于班固的《汉书·艺文志》。虞初，汉武帝时方士，著《虞初周说》，张衡《西京赋》称"小说九百，本自虞初"。明代以来，出现了《虞初志》、《续虞初志》、《广虞初志》、《虞初续志》等汇集前人作品的短篇文言小说集，其中收集明末清初人文章，成书于康熙二十二年（1683）的《虞初新志》影响最大。《虞初新志》以当代人编选当代之文，以钱谦益、吴伟业、魏禧、周亮工、侯方域、李渔、余怀、王士禛等名人篇章居多。全书以文献传播保存、"怡神""豁目"为目的，不分门类，把传记、志怪、游记、随笔、寓言等融为一书。所收篇章题材丰富广泛，大抵为记载真人真事的传记性文言小说。明末清初社会动乱，奇事百出，因此《虞初新志》又带有记录奇人、奇事、奇行、奇技等搜奇记异的特点。其文字古雅凝练，笔调富于文采，情节曲折，塑造人物栩栩如生。代表作有《八大山人传》《奇女子传》《义虎计》《口技》《核舟记》《汤琵琶传》《李姬传》《冒姬董小宛传》《毛女传》《雷州太守》等。《虞初新志》一经刊行，便非常畅销，流播海内外。张潮对其反复增订修改，后世依其体例的编纂之书络绎不绝。

冒姬董小宛传[①]

【解题】张明弼(1584—1652),字公亮,号琴牧子、琴张子,南直隶金坛县(今江苏常州金坛区)人,明末复社成员,明末清初文学家、学者。曾任广东揭阳县令,政绩卓异,后调台州推官,擢户部陕西司主事,因痛恨马士英、阮大铖当国,不赴任。入清不仕,归隐著述,于贫病中离世。张明弼早负才望,擅诗文,通六经,精音律,善弹琴,文学创作感情激越,具有强烈的现实主义倾向,古文诗赋名重一时,有《榕城集》五卷,《萤芝集》二十卷,《兔角诠》十卷,《雾唾集》四卷,《蕉书》三十卷等。

张明弼曾与冒襄义结金兰,常书信来往,诗文相赠,互诉情怀衷曲,交流思想,对冒襄与董小宛的爱情生活比较熟悉。董小宛是明末秦淮名妓,擅唱昆曲;冒襄,字辟疆,为当时著名文士,诗文词曲擅绝一时。这篇以董冒二人为主角的小说化人物传记,既写他们之间的情事,娓娓叙写他们的情感经历、日常生活和深情蜜意;又写奇人,叙奇事,抒奇情,以传奇小说笔法入文,层层推进,将人物心灵境界展现得淋漓尽致,艺术感染力极强。作者通过典型化的细节描写来刻画人物性格,文笔雅洁流畅,挥洒自如。

作者先以细针密线写小宛的才华和志向,再简单介绍冒襄其人,之后细细铺叙冒董遇合和游历。历经重重困难,小宛终得落籍,二人遂成眷属,共同度过了琴棋书画的九年幸福生活。明清易代之际,冒董生活颠沛流离,该篇叙写二人之间的患难真情及小宛病逝后,冒襄悲伤欲绝,暗含作者的遗民心态和家国之思。文章塑造了一位主动追求自由真情、冰雪聪明、爱好雅静、才华横溢、深明大义、忠贞坚强、处处为他人着想、个性飞扬的奇女子形象,也展现了大家公子冒辟疆举步踌躇、以自我为中心的人格弱点。

[①] 冒姬:董小宛。冒,冒襄(1611—1693),字辟疆,号巢民,一号朴庵,又号朴巢,晚年自号醉茶老人,私谥潜孝先生,江苏如皋人,明末四公子之一,复社成员,以才高气盛著称于世,明亡,隐居不仕。诗文清丽,著述颇丰,有《先世前征录》《朴巢诗文集》《芥茶汇抄》《水绘园诗文集》《影梅庵忆语》《寒碧孤吟》和《六十年师友诗文同人集》等传世。姬:古代对妇女的美称,也称以歌舞为业的女子。

后世或传董小宛即顺治帝之董鄂妃,实误。明末清初社会动乱,奇事百出,盖有此误。后世敷衍小宛为董鄂妃事的小说、戏曲不在少数,足见其影响之大。

  董小宛,名白,一字青莲,秦淮乐籍中奇女也①。七八岁,母陈氏教以书翰②,辄了了③。年十一二,神姿艳发,窈窕婵娟,无出其右④。至针神曲圣、食谱茶经⑤,莫不精晓。顾其性好静,每至幽林远壑⑥,多依恋不能去;若夫男女阗集⑦,喧笑并作,则心厌色沮⑧,亟去之⑨。居恒揽镜,日语其影曰:"吾姿慧如此,即诎首庸人妇⑩,犹当叹彩凤随鸦⑪,况作飘花零叶乎?"

  时有冒子辟疆者,名襄,如皋人也,父祖皆贵显。年十四,即与云间董太傅、陈征君相倡和⑫。弱冠,与余暨陈则梁四五人⑬,刑牲称雁序于旧都⑭。其人姿仪天出,神清彻肤。余常以诗赠之,目为"东海秀影"。所居凡女子见之,有不乐为贵人妇,愿为夫子妾者无数。辟疆顾高自标置,每遇狭斜,掷心卖眼⑮,皆土苴视之⑯。

  己卯,应制在秦淮⑰,吴次尾、方密之、侯朝宗咸向辟疆啧啧小宛名⑱。辟疆曰:

---

① 乐籍:乐户的名籍。古时官妓属乐部,故称。
② 书翰:文书,书信。
③ 辄(zhé)了了:一下子就明白了,懂了。辄,总是,就。
④ 无出其右:没有人能超过、胜过她。
⑤ 针神:精于缝纫、刺绣的女子。曲圣:擅长歌唱的人。
⑥ 幽林:幽深茂密的树林。远壑:远离尘世的深沟、峡谷。
⑦ 阗(tián):充满,声音大。
⑧ 色沮:神情颓丧。
⑨ 亟(jí)去:急切地离开。亟,急切。
⑩ 诎(qū):弯曲。
⑪ 彩凤随鸦:美丽的凤鸟跟随丑陋的乌鸦,比喻女子婚配,才貌配不相当。
⑫ 倡和:一人首唱,他人相和,互相应答。这里指以诗词相酬答。
⑬ 暨(jì):和,及,与。
⑭ 刑牲:古时为了祭祀或盟约而杀牲畜。
⑮ 掷心卖眼:女子的献媚之态。
⑯ 土苴(jū):以之为土苴,比喻贱视。苴,鞋底的草垫。
⑰ 应制:应诏,奉皇帝的诏命。
⑱ 吴次尾:吴应箕,字次尾。明末复社领袖。方密之:方以智,字密之,明末思想家、哲学家、科学家。明末"四公子"之一。侯朝宗:侯方域,字朝宗。明末散文家,复社领袖。明末"四公子"之一。啧啧:表示赞叹、惊奇。

"未经平子目,未定也。"而姬亦时时从名流䜩集间闻人说冒子①,则询冒子何如人。客曰:"此今之高名才子,负气节而又风流自喜者也②。"则亦胸次贮之③。比辟疆同密之屡访,姬则厌秦淮嚣④,徙之金阊⑤。比下第⑥,辟疆送其尊人秉宪东粤⑦,遂留吴门⑧。闻姬住半塘,再访之,多不值⑨。时姬又患嚣,非受縻于炎炙⑩,则必逃之鼪鼯之径⑪。一日,姬方日醉睡,闻冒子在门,其母亦慧倩⑫,亟扶出相见于曲栏花下。主宾双玉有光,若月流于堂户,已而四目瞪视,不发一言。盖辟疆心筹,谓此人眼第一,可系红丝⑬。而宛君则内语曰:"吾静观之,得其神趣,此殆吾委心塌地处也!"但即欲自归,恐太遽⑭,遂如梦值故欢旧戚⑮,两意融液⑯,莫可举似⑰,但连声顾其母曰:"异人!异人!"

辟疆旋以三吴坛坫争相属⑱,凌遽而别⑲。阅屡岁⑳,岁一至吴门,则姬自西湖远游于黄山白岳间者,将三年矣。此三年中,辟疆在吴门,有某姬亦倾盖输心㉑,遂

---

① 䜩(yàn):同"宴"。
② 风流:风采特异,仪表、才华出众,不拘泥于礼教。
③ 胸次贮之:把他记在心中。贮,储存。
④ 嚣:喧哗。
⑤ 金阊:苏州有金门、阊门两座城门,故以"金阊"借指苏州。
⑥ 比:及,等到。下第:科举时代指殿试或乡试没考中。
⑦ 尊人:对父母或长辈的敬称。秉宪:执掌法令。粤:广东省的别称。
⑧ 吴门:指苏州或苏州一带,是春秋吴国故地。
⑨ 不值:不遇。
⑩ 縻(mí):束缚,拘束。
⑪ 鼪(shēng):鼬鼠,俗称"黄鼠狼"。鼯(wú):鼯鼠,形似松鼠,昼伏夜出。
⑫ 慧倩:聪颖美丽。
⑬ 红丝:红色的丝线,借指牵引姻缘的线。
⑭ 遽(jù):急,仓猝。
⑮ 遂如:于是就像……一样。梦值:梦中遇到。
⑯ 融液:融为一体。
⑰ 举似:名说。
⑱ 坛坫:文人集会的场所或文坛,也指文坛上领袖地位或声望。
⑲ 凌遽而别:迅速,急促而别。
⑳ 阅:经历。
㉑ 倾盖:途中相遇,停车交谈,双方车盖往一起倾斜,形容一见如故。输心:把心里话说给对方听,表示真心。

订密约,然以省觐往衡岳①,不果②。辛巳夏,献贼突破襄樊③,特调衡永兵备使者监左镇军。时辟疆痛尊人身陷兵火,上书万言,干政府言路,历陈尊人刚介不阿、逢怒同乡同年状④,倾动朝堂。至壬午春,复得调⑤。辟疆喜甚,疾过吴门,践某姬约。至则前此一旬,已为窦霍豪家不惜万金劫去矣⑥。

辟疆正旁皇郁壹⑦,无所寄托,偶月夜荡叶舟,随所飘泊。至桐桥内,见小楼如画,阒闭立水涯⑧。无意询岸边人⑨,则云:"此秦淮董姬自黄山归,丧母,抱危病,镢户二旬余矣⑩!"辟疆闻之,惊喜欲狂。坚叩其门,始得入。比登楼,则灯炧无光⑪,药铛狼籍⑫。启帷见之,奄奄一息者,小宛也。姬忽见辟疆,倦眸审视,泪如雨下,述痛母怀君状,犹乍吐乍含,喘息未定。至午夜,披衣遂起,曰:"吾疾愈矣!"乃正告辟疆曰:"吾有怀久矣,夫物未有孤产而无耦者⑬,如顿牟之草⑭、磁石之铁,气有潜感,数亦有冥会⑮。今吾不见子,则神废;一见子,则神立。二十日来,勺粒不霑⑯,医药无效。今君夜半一至,吾遂霍然⑰。君既有当于我⑱,我岂无当于君?愿以此刻委终身于君,君万勿辞!"辟疆沉吟曰:"天下固无是易易事。且君向一醉晤,今一病逢,何从知余?又何从知余闺阁中贤否?乃轻身相委如是耶?且近得

---

① 省觐(jìn):探望父母或其他尊长。觐,朝见君主或朝拜圣地。
② 不果:没有结果,未成事实。
③ 献贼:对张献忠领导的农民起义军的蔑称。
④ 历陈:一条一条地陈述。刚介不阿:刚直方正而不逢迎附和。
⑤ 复得调:再次得到调用。
⑥ 窦霍豪家:指像汉景帝窦皇后和汉武帝卫皇后的外戚一样的豪贵之家,极言其地位高,权势大。
⑦ 旁皇:因内心不安而徘徊不定貌。郁壹:忧闷,不舒畅。
⑧ 阒(qù):"阒"的讹字,形容寂静。
⑨ 无意:偶然,无意间。
⑩ 镢(jué):锁闭。
⑪ 炧(xiè):同"炨",残烛。
⑫ 药铛:熬药的锅。铛(chēng),烙饼或做菜用的平底浅锅。狼籍:纵横散乱。
⑬ 耦(ǒu):同"偶"。
⑭ 顿牟:琥珀,一说指玳瑁。
⑮ 数:命运,天命。冥会:默契,暗合。
⑯ 霑(zhān):同"沾"。
⑰ 霍然:疾病迅速消除,痊愈。
⑱ 有当:有定数。

大人喜音①,明早当遣使襄樊,何敢留此?"请辞去。至次日,姬靓妆鲜衣,束行李,屡趣登舟②,誓不复返。姬时有父,多嗜好,又荡费无度,恃姬负一时冠绝名,遂负逋数千金③,咸无如姬何也④。

自此渡浒墅⑤,游惠山⑥,历毗陵、阳羡、澄江⑦,抵北固⑧,登金焦⑨。姬着西洋布退红轻衫,薄如蝉纱,洁比雪艳,与辟疆观竞渡于江山最胜处。千万人争步拥之,谓江妃携偶踏波而上征也⑩。凡二十七日,辟疆二十七度辞⑪。姬痛哭,叩其意。辟疆曰:"吾大人虽离虎穴,未定归期。且秋期逼矣⑫,欲破釜焚舟冀一当⑬,子盍归待之⑭?"姬乃大喜曰:"余归,长斋谢客,茗椀炉香,听子好音。"遂别。

自是杜门茹素⑮,虽有窦霍相檄、佻健横侮⑯,皆假贷贿赂以蝉脱之⑰。短缄细札⑱,责诺寻盟⑲,无月不数至。迫至八月初⑳,姬复孤身挈一妇㉑,从吴买舟江行,逢盗,折舵入苇中,三日不得食。抵秦淮,复停舟郭外,候辟疆闱事毕㉒,始见之。

---

① 大人:对父母叔伯等长辈的敬称。
② 屡趣:屡次赶上来。
③ 负逋:拖欠钱财。
④ 咸:全,都。
⑤ 浒(xǔ)墅:浒墅关,地名,在今江苏省。
⑥ 惠山:又称"慧山",在今江苏省无锡市西郊。
⑦ 毗(pí)陵:地名,本春秋时吴季札封地延陵邑,西汉置县,治所在今江苏常州。毗,接连。阳羡:今江苏宜兴,秦汉时称阳羡。澄江:江苏省江阴市的别称。
⑧ 北固:山名,在今江苏镇江市东北。
⑨ 金焦:金山与焦山的合称,均在今江苏镇江市。
⑩ 上征:溯流而上。
⑪ 辞:不接受,请求离去。
⑫ 秋期:秋试的日期。
⑬ 破釜焚舟:犹破釜沉舟,比喻下决心,不顾一切地干到底。
⑭ 盍(hé):何不,表示反问或疑问。
⑮ 杜门茹素:闭门吃素。
⑯ 相檄:相责备。佻健:轻薄豪横之人。横侮:蛮横相侮。
⑰ 假贷:借贷。以蝉脱之:从……摆脱或脱离出来。
⑱ 缄(jiān):书信。细札:精短的信函。
⑲ 责诺:求取他人的许诺。寻盟:重温旧盟。
⑳ 迫:接近。
㉑ 挈(qiè):带,领。
㉒ 闱事:科举考试。

一时应制诸名贵，咸置酒高宴。中秋夜，觞姬与辟疆于河亭①，演怀宁新剧《燕子笺》②。时秦淮女郎满座，皆激扬叹羡，以姬得所归，为之喜极泪下。榜发，辟疆复中副车③，而宪副公不赴新调，请告适归④；且姬索逋者益众⑤，又未易落籍⑥，辟疆仍力劝之归，而以黄衫押衙托同盟某刺史⑦。刺史莽⑧，众哗，挟姬匿之⑨，几败事。虞山钱牧斋先生维时不唯一代龙门⑩，实风流教主也。素期许辟疆甚远⑪，而又爱姬之俊识。闻之，特至半塘，令柳姬与姬为伴，亲为规划，债家意满。时又有大帅以千金为姬与辟疆寿，而刘大行复佐之，公三日遂得了一切，集远近与姬饯别于虎疁⑫，买舟以手书并盈尺之券，送姬至如皋⑬。又移书与门生张祠部，为之落籍。

八月初，姬南征时⑭，闻夫人贤甚，特令其父先至如皋，以至情告夫人，夫人喜诺已久矣。姬入门后，智慧络绎，上下内外大小，罔不妥悦⑮。与辟疆日坐画苑书圃中，抚桐瑟，赏茗香，评品人物山水，鉴别金石鼎彝⑯。闲吟得句，与采辑诗史，必捧砚席为书之。意所欲得，与意所未及，必控弦追箭以赴之。即家所素无，人所莫办，仓猝之间，靡不立就。相得之乐，两人恒云"天壤间未之有也"。

---

① 觞(shāng)：欢饮，进酒。
② 《燕子笺》：明末阮大铖所作传奇(戏曲)，写唐代士人霍都梁与名妓华行云、尚书千金郦飞云的曲折婚恋故事。
③ 副车：乡试的副榜贡生。
④ 适归：往归，归向。
⑤ 索逋：催讨欠债。
⑥ 落籍：古时妓女名列乐籍，若要从良，必须得到主管官吏的允许，从乐籍中除去名字。
⑦ 黄衫：吏役之服。
⑧ 莽：粗鲁，冒失。
⑨ 匿(nì)：隐藏，躲藏。
⑩ 钱牧斋：钱谦益(1582—1664)，字受之，号牧斋，晚号蒙叟、东涧老人。学者称虞山先生。清初诗坛的盟主之一。维时：斯时，当时。不唯：不仅，不但。龙门：古代科举试场的正门，后指科举中第为登龙门。钱谦益为明万历三十八年(1610)探花，故称"一代龙门"。
⑪ 期许：期望嘉许。
⑫ 虎疁：即浒墅关，原名"虎疁"。疁(liú)，地名。
⑬ 如皋：今江苏如皋市。
⑭ 南征：南行。
⑮ 罔不：没有不。罔(wǎng)，无，没有。妥：适当，合适，恰当。
⑯ 鼎彝：古代宗庙中的祭器，上刻表彰有功人物的文字。

申酉崩坼①,辟疆避难渡江,与举家遁浙之盐官,履危九死,姬不以身先,则愿以身后:"宁使贼得我则释君,君其问我于泉府耳②。"中间智计百出,保全实多。后辟疆虽不死于兵,而濒死于病。姬凡侍药不间寝食者,必百昼夜,事平,始得同归故里。前后凡九年,年仅二十七岁,以劳瘁病卒。其致病之繇与久病之状③,并隐微难悉④,详辟疆《忆语》、《哀词》中,不唯千古神伤,实堪令奉倩、安仁阁笔也⑤。

琴牧子曰:姬殁⑥,辟疆哭之曰:"吾不知姬死而吾死也!"予谓父母存⑦,不许人以死,况裀席间物乎⑧?及读辟疆《哀词》,始知情至之人,固不妨此语也⑨。夫饥色如饥食焉:饥食者,获一饱,虽珍羞亦厌之⑩。今辟疆九年而未厌,何也?饥德非饥色也!棲山水者⑪,十年而不出,其朝光夕景,有以日酣其志也,宛君其有日酣冒子者乎?虽然,历之风波疾厄盗贼之际⑫,而不变如宛君者,真奇女,可匹我辟疆奇男子矣⑬。

附:冒辟疆《影梅庵忆语》(选十五则)

壬午清和晦日,姬送余至北固山下,坚欲从渡江归里。余辞之力,益哀切不肯行,舟泊江边。时西先生毕今梁,寄余夏西洋布一端,薄如蝉纱,洁比雪艳。以退红为里,为姬制轻衫,不减张丽华桂宫霓裳也。偕登金山,时四五龙舟冲波激荡而

---

① 崩坼(chè):山崩地坼,比喻社会大变乱。坼,裂开。
② 泉府:黄泉。
③ 繇(yóu):同"由",原因。
④ 隐微:隐晦。
⑤ 奉倩:三国荀粲,字奉倩。因妻病逝,痛悼不能已,不哭而伤神,岁余亦死,年仅二十九岁。见《三国志·魏志·荀恽传》。安仁:西晋著名文学家潘岳(即潘安)。他用情至深,发妻杨氏去世之后不再娶,并作《悼亡诗》怀念杨氏,写得情真意切。阁笔:停笔,放下笔。
⑥ 殁(mò):死。
⑦ 存:在世。
⑧ 裀(yīn)席:裀褥,坐卧的器具。裀,同"茵",垫子,褥子。
⑨ 固:本,原来。
⑩ 珍羞:亦作"珍馐",珍美的肴馔。
⑪ 棲:居留,停留。
⑫ 疾厄:病患苦难。
⑬ 匹:相当,相敌,比得上,匹配。

上。山中游人数千，尾余两人，指为神仙，绕山而行，凡我两人所止，则龙舟争赴，回环数匝不去。呼询之，则驾舟者，皆余去秋溧回官舫长年也。劳以鹅酒，竟日返舟。舟中宣磁大白盂盛樱珠数升，共啖之，不辨其为樱为唇也。江山人物之盛，照映一时，至今谈者侈美。

秦淮中秋日，四方同社诸友，感姬为余不辞盗贼风波之险，间关相从，因置酒桃叶水阁。时在坐为眉楼顾夫人、寒秀斋李夫人，皆与姬为至戚，美其属余，咸来相庆。是日新演《燕子笺》，曲尽情艳，至霍、华离合处，姬泣下，顾、李亦泣下。一时才子佳人、楼台烟水、新声明月，俱足千古。至今思之，不异游仙枕上梦幻也。

余数年来，欲裒集四唐诗，购全集，类逸事，集众评，列人与年为次第，付姬收贮。至编年论人，准之《唐书》。姬终日佐余稽查抄写，细心商订，永日终夜，相对忘言。阅诗无所不解，而又出慧解以解之，尤好熟读楚辞、少陵、义山、王建、花蕊夫人、王珪三家宫词。等身之书，周回座右，午夜衾枕间，犹拥数十家唐诗而卧。今秘阁尘封，余不忍启，将来此志，谁克与终？付之一叹而已！

乙酉客盐官，尝向诸友借书读之。凡有奇僻，命姬手抄。姬于事涉闺阁者，则另录一帙。归来与姬遍搜诸书续成之，名曰《奁艳》。其书之瑰异精秘，凡古今女子，自顶至踵，以及服食器具，亭台歌舞、针神才藻，下及禽鱼鸟兽，即草木之无情者，稍涉有情，皆归香丽。今细字红笺，类分条悉，俱在奁中。客春顾夫人远向姬借阅此书，与龚奉常极赞其妙，促绣梓之。余即当忍痛为之校雠鸠工，以终姬志。

姬于吴门曾学画未成，能作小丛寒树，笔墨楚楚。时于几砚上，辄自图写，故于古今绘事，别有殊好。偶得长卷小轴与笥中旧珍，时时展玩不置。流离时，宁委奁具，而以书画捆载自随。末后尽裁装潢，独存纸绢，犹不得免焉，则书画之厄，而姬之嗜好，真且至矣。

姬能饮，自入吾门，见余量不胜蕉叶，遂罢饮，每晚侍荆人数杯而已。而嗜茶与余同，性又同嗜片茆。每岁半塘顾子兼择最精者，缄寄，具有片甲蝉翼之异。文火细烟，小鼎长泉，必手自炊涤。余每诵左思《娇女诗》"吹嘘对鼎䥶"之句，姬为解颐。至沸乳看蟹目鱼鳞，传瓷选月魂云魄，尤为精绝。每花前月下，静试对尝，碧沉香泛，真如木兰霑露，瑶草临波，备极卢陆之致。东坡云："分无玉碗捧蛾眉。"余一生清福,九年占尽,九年折尽矣!

姬每与余静坐香阁,细品名香宫香诸品,淫沉水香。世俗人以沉香著火上,烟朴油腻,顷刻而灭,无论香之性情未出,即著怀袖,皆带焦腥。沉香有坚致而纹横者,谓之"横隔沉",即四种沉香内革沉横纹者是也,其香特妙。又有沉水结而未成,如小笠大菌,名"蓬莱香",余多蓄之。每慢火隔砂,使不见烟,则阁中皆如风过伽楠、露沃蔷薇、热磨琥珀、酒倾犀斝之味。久蒸衾枕间,和以肌香,甜艳非常,梦魂俱适。外此则有真西洋香,方得之内府,迥非肆料。丙戌客海陵,曾与姬手制百丸,诚闺中异品,然爇时亦以不见烟为佳。非姬细心秀致,不能领略到此。

黄熟出诸番,而真腊为上。皮坚者为黄熟,桶气佳而通黑者,为夹栈黄熟。近南粤东莞茶园村土人种黄熟,如江南之艺茶。树矮枝繁,其香在根。自吴门解人剔根切白,而香之松朽尽削,油尖铁面尽出。余与姬客半塘时,知金平叔最精于此,重价数购之。块者净润,长曲者如枝如虬,皆就其根之有结处,随纹缕出黄云紫绣,半杂鹧鸪斑,可拭可玩。寒夜小室,玉帏四垂,毾㲪重叠,烧二尺许绛蜡二三枝,设参差台几,错列大小数宣炉,宿火常热,色如液金粟玉,细拨活灰一寸,灰上隔砂选香蒸之。历半夜,一香凝然,不焦不竭,郁勃氤氲,纯是糖结热香,间有梅英、半舒荷、鹅梨、蜜脾之气静参鼻观。忆年来共恋此味此境,恒打晓钟,尚未着枕。与姬细想闺怨有"斜倚薰笼"、"拨尽寒炉"之苦,我两人如在蕊珠众香深处。今人与香气俱散矣,安得返魂一粒,起于幽房扃室中也!

余家及园亭,凡有隙地皆植梅。春来早夜出入,皆烂熳香雪中。姬于含蕊时,先相枝之横斜,与几上军持相受,或隔岁便芟剪得宜,至花放恰采入供。即四时草花竹叶,无不经营绝慧,领略殊清,使冷韵幽香,恒霏微于曲房斗室。至秾艳肥红,则非其所赏也。

秋来犹耽晚菊。即去秋病中,客贻我剪桃红,花繁而厚,叶碧如染,浓条婀娜,枝枝具云罨风斜之态。姬扶病三月,犹半梳洗,见之甚爱,遂留榻右。每晚高烧翠蜡,以白团迴六曲,围三面,设小座于花间,位置菊影,极其参横妙丽,始以身入。人在菊中,菊与人俱在影中,回视屏上,顾余曰:"菊之意态尽矣,其如人瘦何!"至今思之,澹秀如画。

姬最爱月，每以身随升沉为去住。夏纳凉小苑，与幼儿诵唐人咏月，及"流萤纨扇"诗，半榻小几，恒屡移以领月之四面。午夜归阁，仍推窗延月于枕簟间。月去，复卷幔倚窗而望，语余曰："吾书谢庄《月赋》，古人厌晨欢，乐宵宴，盖夜之时逸，月之气静，碧海青天，霜缟冰净，较赤日红尘，迥隔仙凡。人生攘攘，至夜不休，或有月未出已鼾睡者，桂华露影，无福消受。与子长历四序，娟秀浣洁，领略幽香，仙路禅关，于此静得矣！"

酿饴为露，和以盐梅，凡有色香花蕊，皆于初放时采渍之，经年香味颜色不变，红鲜如摘；而花汁融液露中，入口喷鼻，奇香异艳，非复恒有。最娇者为秋海棠露：海棠无香，此独露凝香发，又俗名"断肠草"，以为不食，而味美独冠诸花。次则梅英、野蔷薇、玫瑰、丹桂、甘菊之属，至橙黄橘红、佛手香橼，去白缕丝，色味更胜。酒后出数十种，五色浮动白瓷中，解酲消渴，金茎仙掌难与争衡也。

冬春水盐诸菜，能使黄者如蜡，碧者如苔，蒲藕笋蕨，鲜花野菜，枸蒿蓉菊之类，无不采入食品，芳旨盈席。

火肉久者无油，有松柏之味。风鱼久者如火肉，有麂鹿之味。醉蛤如桃花，醉鲟骨如白玉，油螖如鲟鱼，虾松如龙须，烘兔酥雉如饼饵，可以笼食。菌脯如鸡塅，腐汤如牛乳，姬细考之食谱，四方郇厨中，一种偶异，即加访求，而又以慧巧变化为之，莫不异妙。

取五月桃汁、西瓜汁，一瓢一丝漉尽，以文火煎至七八分，始搅糖细炼，桃膏如大红琥珀，瓜膏可比金丝内糖。每酷暑，姬必手取其汁示洁，坐炉边静看火候成膏，不使焦枯，分浓淡为数种，此尤异色异味也。

《虞初新志》，上海古籍出版社1994年版。

七、长篇小说

与西方小说先有长篇再有短篇不同,中国小说是先有短篇,然后逐渐向长篇发展。而中国古代的长篇小说,主要是指明清时期的章回小说。

章回小说的形成,与宋元时期的"说话"密不可分。宋代已有"说话"四大家:"小说""讲史""说经""合生"。关于"小说",这里仅对与章回小说有密切关系的"讲史"与"说经"加以概说。"讲史"以演述历史故事为内容,或讲历代史书,或演一朝一代之事。《都城纪胜·瓦舍众伎》曰:"讲史书,讲说前代书史文传兴废争战之事。"《梦粱录·小说讲经史》言:"讲史书者,谓讲说《通鉴》、汉唐历代书史文传,兴废争战之事,有戴书生、周进士、张小娘子、宋小娘子、丘机山、徐宣教;又有王六大夫,元系御前供话,为幕士请给讲,诸史俱通,于咸淳年间,敷演《复华篇》及中兴名将传,听者纷纷,盖讲得字真不俗,记问渊源甚广耳。"由此可见讲史的重心为政治、军事斗争,而且宋代的讲史十分兴盛。现存的宋元讲史有《全相三国志平话》《新编五代史平话》《全相平话武王伐纣书》《全相平话乐毅图齐七国春秋后集》《全相秦并六国平话》《全相平话前汉书续集》等数种。

作为章回小说的第一个流派——历史演义的产生,就可溯源至讲史。《三国演义》是第一部历史演义,也是第一部章回小说,它的蓝本便是《三国志平话》。《三国志平话》中的"桃园结义""张飞鞭督邮""云长千里独行""三顾孔明""赤壁鏖兵""孔明斩马谡""秋风五丈原"等十九处重要情节,皆被《三国演义》所吸收。可以说,《三国志平话》为《三国演义》提供了大体的故事框架。只不过,《三国演义》在此框架内,"据正史,采小说,证文辞,通好尚,非俗非虚,易观易入,非史氏苍古之文,去瞽传诙谐之气,陈叙百年,赅括万事"(高儒《百川书志》),使之成为一部具有文人趣味、民间色彩、史传风格的雅俗共赏之作。

《三国演义》以魏、蜀、吴三个统治集团的斗争为主要内容,描写了从东汉末年至西晋初年近百年的史实。其语言"文不甚深,言不甚俗",是一种浅近的文言,可谓雅俗共赏。它塑造的人物形象都个性鲜明,如曹操之奸,关羽之义,张飞之猛,赵云之勇,诸葛亮之智,都给人留下不可磨灭的印象。它的故事情节一波三折,对战争及打斗的场景写得委曲细腻,加上经常制造悬念,以限知视角来写谋略,使得故事充满传奇色彩,具有很强的阅读趣味。它在宏观上运用编年、纪传、纪事本末的结构技巧,在微观上运用探听、伏笔、照应的结构技巧,使结构严密、结实,气势非凡。《三国演义》为历史演义树立了一个成功的典范,引发了历史演义创作的热潮。之后有熊大木的《全汉志传》、甄伟的《西汉通俗演义》、余邵鱼的《列国志传》、杨尔曾的《东西晋演义》等,大抵都是"据正史,采小说",敷演一代或几代历史,几乎囊括了古代的每一个朝代。

历史演义之后兴起的小说流派是英雄传奇,它虽亦取材于史实,但重点不是对历史事件的敷演,而是对英雄的塑造。《水浒传》是第一部英雄传奇,且是这一类小说的代表作。《水浒传》同《三国演义》一样,也是世代累积型小说。最初,在"说话"之"小说"门类下,存在《武行者》《花和尚》《青面兽》《石头孙立》等数种短篇小说。到了南宋末年,水浒故事由"小说"过渡到"讲史",产生了《宣和遗事》。《宣和遗事》是按年叙述北宋末年到南宋初年的朝政大事,其中包含"杨志等押花石纲违限配卫州""孙立等夺杨志往太行山落草""宋江因杀阎婆惜往寻晁盖""宋江三十六将共反""宋江得天书三十六将名""张叔夜招宋江三十六将降"等多条有关水浒故事的条目,且各故事联缀为一体,具有讲史的性质。《宣和遗事》虽然不是专门写水浒故事,且其中包含的水浒故事比较粗略,但它们已粗具规模,其中部分章节内容(如梁山泊英雄聚义)有比较详细的场景描写,为《水浒传》的成型打下一定的基础。

经过几代说书人与文人的叙事辩才与审美智慧,《水浒传》终于由勾栏瓦肆的"小说"演变为中篇的"讲史",再进化为长篇小说。《水浒传》叙述北宋末年官逼民反,梁山英雄聚众起义的故事,它是我国第一部以较纯熟的白话写成的长篇小说,语言明快生动,又诙谐风趣;塑造了一批超群出众、立体丰满的英雄形象,尤其是它能将性格相近的人物(如李逵、武松、鲁智深)写得各具面目,又能展现人物性格的微妙差别,标志着章回小说人物刻画由类型化向性格化迈进了一大步。在故事情节上,《水浒传》对于打斗场面有十分精彩的描写,尤其是同一个类型的情节(如武松打虎与李逵杀虎)写得各具神采,这在《三国演义》中是不多见的。在叙事结构上,它前半部以梁山英雄为中心,是纪传体结构;后半部分以事件为中心,是纪事本末体结构。在价值观上,它强调"忠"与"义"的品质,尤其体现了这两者的矛盾与冲突。而在历史与虚构的关系上,《水浒传》跟"七实三虚"的《三国演义》相比,它更多依托的是虚构性更强的"小说",而不是史实性更强的"讲史",因而虚构的比例更大一些,与现代小说更接近。《水浒传》之后,涌现了一大批英雄传奇,其中较优秀的有《杨家府演义》《武穆精忠传》《英烈传》。

神魔小说是继英雄传奇之后兴起的另一个流派,主要以表现神魔斗法故事为主,《西游记》是这一类型小说的代表。《西游记》的成型,跟"说话"下面的"说经"有一定的关系。所谓"说经",就是演说佛经,侧重于演说佛理及跟佛教主要人物有关的故事,而《西游记》的源头之一便是由"说经"发展演变而来的《大唐三藏取经诗话》。虽然《大唐三藏取经诗话》的故事情节还比较简单,语言略乏文采,但它极富宗教神异色彩的题材性质、故事的大体框架以及人物塑造,都对《西游记》有重要的意义。其中的虚构人物"猴行者",是《西游记》中孙悟空的最早雏形,他一路辅佐唐三藏降服白虎精、九馗龙等妖怪,出色地完成了取经的任务,突出了"猴行者"在取经过程中的作用,标志着取经故事主角由历史人物向虚构人物的转变,决定了此后取经故事的神魔方向。

《西游记》在《大唐三藏取经诗话》的基础上,杂采杨志和《西游记传》和《西游记杂剧》,以及《四游记》中的《真武传》《华光传》,又继承了魏晋南北朝的志怪小说中较具传奇色彩的元素,如猴和猪这一类动物形象的塑造,使其成为一部情节曲折、幽默诙谐又具有深奥哲理的章回小说。《西游记》主要叙述孙悟空、猪八戒、沙和尚伴同唐僧西行取经,沿途遇到八十一难,但一路降妖伏魔,最后到达西天取得真经的故事。在取经故事的背后,蕴含着丰富的内涵。学界一般认同明人谢肇淛所说:"以猿为心之神,以猪为意之驰,其始之放纵,上天下地,莫能禁制,而归于紧箍一咒,能使心猿驯伏,至死靡他,盖亦求放心之喻。"(谢肇淛《五杂俎》)《西游记》的语言十分幽默,尤其是孙悟空与猪八戒的话语,每每让人忍俊不禁。其故事虽颇多演说佛理处,但无论对佛祖还是道教的玉帝却每有揶揄,于此可见作者的游戏心态。它成功地塑造了性急顽劣、敢于反抗、嫉恶如仇的孙悟空形象,以及好吃懒做、好色贪财的猪八戒形象，对于沙和尚的稳重，唐僧的坚韧，亦有很好的表现。它的情节结构，以唐僧师徒四人的行踪为线索，基本是单线发展的，类似于游记。它在小说史上意义更为重大的是，进一步拓展了叙事文学的想象空间，逐步摆脱了历史这根拐杖，在虚构的历程上继续向前跨了一大步。《西游记》之后，神魔小说尚有《东游记》《北游记》《南游记》《封神演义》《三遂平妖传》《三宝太监西洋记》等，大体都是讲神魔之争的，只是缺乏《西游记》那样的神采。

　　当神魔小说盛行的时候，世情小说亦接踵而至。世情小说以"极摹人情世态之歧，备写悲欢离合之致"为主要特点，明代以《金瓶梅》为代表。《金瓶梅》头十回是借用《水浒传》中潘金莲偷情并谋杀亲夫的情节，它以市井商人西门庆及妻妾为中心，通过西门庆一家的发迹变泰与衰亡，来写炎凉的世态及社会的黑暗。《金瓶梅》不像"四大奇书"的其他三部，都经历了世代累积的过程，它是我国第一部由文人独立创作的白话长篇小说，推进了章回小说的文体转型。它所写的人物，既非历史演义中的帝王将相，亦非英雄传奇的好汉，或神魔小说中的神仙鬼怪，而是现实中普普通通的凡夫俗子。它所写的事情，不再是历史演义中的军国争战、英雄传奇的聚众起义、神魔小说中的斩妖除魔，而是芸芸众生的市井生活。它的重心不再是讲故事，而是写人，因而叙事结构实现了从以情节为中心到以性格为中心的转变。它的语言多用"市井之常谈，闺房之碎语"，又大量吸收了谚语、方言、俏皮话，使其语言具有口语化、俚俗化的特点。尤其是其中穿插大量的小曲小令，如潘金莲所唱的《山坡羊》小曲："你怎恋烟花，不来我家？奴眉儿淡淡谁教画？何处绿杨拴系马？他辜负咱；咱贪恋他。"呈现其与西门庆私通之后，西门庆却娶孟玉楼的失意心态。这类的小曲小令,已不同于其他章回小说中脱离于故事情节之外的"有诗为证",而是与人物的情感、个性密切相关,或本身是情节不可缺少的一部分。不过小说中有部分沉浸于对性事描写的文字,以及最后一回叙写西门庆、李瓶儿、陈经济等亡灵的轮回转世及因果报应思想,削弱了此书的批判力量及悲剧美学意味。《金瓶梅》之后,引发了不少续作,如《玉娇李》《续金瓶梅》《三续金瓶梅》;其他世情小说《好逑传》《平山冷燕》《醒世姻缘传》等,已经成为才子佳人小说的渊薮了。

清代的章回小说,主要是在《金瓶梅》的基础上发展而来的。第一大流派是讽刺小说,即寓含讽刺内容的小说作品,它以社会生活为题材,用讽刺的手法暴露社会的黑暗,以《儒林外史》为代表。《儒林外史》主要描写了明朝成化末年到嘉靖末年八十年间的四代儒林士人,对八股取士的科举制度有深刻的反思与尖锐的批判。它的语言清雅,已经摒弃了说书人的套话,具有精粹的表现力。它塑造了少数几个真名士(如王冕、杜少卿),也刻画了更多的假名士(如杨执中、权勿用),对那些饱受科举制度毒害的儒生(如范进、匡超人)更有穷形尽相的书写。它不像其他章回小说有主要人物与中心情节,而是如《史记》中的列传部分一般,为很多儒生立了传,却彼此之间没有多少内在的关联,像是一颗颗独立的珠子。这正如鲁迅先生所言:"(《儒林外史》)能烛幽索隐,物无遁形,凡官师,儒者,名士,山人,间亦有市井细民,皆现身纸上,声态并作,使彼世相,如在目前,惟全书无主干,仅驱使各种人物,行列而来,事与其来俱起,亦与其去俱讫,虽云长篇,颇同短制;但如集诸碎锦,合为帖子,虽非巨幅,而时见珍异,因亦娱心,使人刮目矣。"(鲁迅《中国小说史略》)《儒林外史》最为突出的特点是它卓异的讽刺艺术,它通过戏拟、白描的手法,揭示八股取士制度下的官绅、市井社会及士人阶层的丑态,如"鲁小姐制义难新郎",是戏拟话本小说《苏小妹三难新郎》;而对帮闲人物季苇萧再婚、恭贺杜慎卿纳宠、劝杜少卿娶妾的言行,无疑又是对才子佳人小说的戏拟。而对严监生临死之前仍恋恋不忘两根灯芯草的白描,寥寥数语,其吝啬鬼形象便穷形尽相。《儒林外史》是一部史无前例的讽刺小说,其后李宝嘉《官场现形记》、吴趼人《二十年目睹之怪现状》,虽对官场颇多讽刺,但两者有堆砌官场逸闻之嫌,且过甚其辞,近于谩骂,失去《儒林外史》旨微而语婉的神韵。

  第二大流派是世情小说,以《红楼梦》为代表。《红楼梦》以神瑛侍者与绛珠仙子的故事为引子,引出贾宝玉与林黛玉的爱情悲剧,描述了大观园中众多各具才情与个性的女子的悲惨命运,并通过对作为"钟鸣鼎食之家,翰墨诗书之族"的贾府由繁花似锦、烈火烹油的鼎盛走向衰落的过程,展现了当时的社会生活,也反映了世态之炎凉、人情之冷暖,预示着封建社会即将走向末世。《红楼梦》是直接在《金瓶梅》的基础上发展而来的,其叙事结构及对世态人情的描摹,深得《金瓶梅》之三昧。但《红楼梦》又超越了《金瓶梅》,最突出的便是其不仅具有对世态人情的描写这一个层面,还有一个超越的哲学层面,其中包含着对儒释道思想精华的融汇与超脱。《红楼梦》的语言简洁传神、准确精炼,一字不可增减,一字不可更改;它含蓄隽永、质朴自然,言外有意,弦外有音,是一种高度诗化的语言;尤其是其中夹杂众多人物所咏的诗词,使其具有强烈的抒情意味,可称之为诗化小说。《红楼梦》在塑造人物方面,迥异于之前的小说,它不仅塑造了个性独具的众多女性人物以及作为多情公子的贾宝玉,而且这些人物往往具备丰厚的文化内涵。正如鲁迅先生所说:"(《红楼梦》)在中国底小说中实在是不可多得的。其要点在敢于如实描写,并无讳饰,和从前的小说叙好人完全是好,坏人完全是坏的,大不相同,所以其中所叙的人物,都是真的人物。总之自有《红楼梦》出来以后,传统的思想和写法都打破了。——它那文章的旖旎和缠绵,倒是还在其次的事。"(鲁迅《中国小说的历史的变迁》)《红楼梦》问世以后,确实打破了传统的思想与写法,不仅人物如此,在叙事结构上,它也打破了以往线性叙事的单体结构,而以石头之历劫、宝黛之爱情、贾府之兴衰等多条线索为中心,形成了一个严密的网状结构。《红楼梦》是一部如王国维所说的彻头彻尾的悲剧。它的悲剧不是由极恶之人、盲目之运命所造成,而是一种由于"剧中之人物之位置及关系而不得不然者;非必有蛇蝎之性质与意外之变故也,但由普通之人物、普通之境遇,逼之不得不如是;彼等明知其害,交施之而交受之,各加以力而各不任其咎"的悲剧(王国维《红楼梦评论》),这是人生最大也是最深刻的悲剧。它打破了古代才子佳人小说的大团圆结局,迥异于以往小说戏曲世间的、乐天的特征,而以厌世解脱之精神,使其超越于政治的、历史的小说,而成为哲学的、文化的小说。

《红楼梦》是一部文化小说,其间既融汇儒、释、道三家的精粹,又夹杂医卜星相、琴棋书画、酒令灯谜等众多方面的内容,正如清代王希廉所评:"翰墨则诗词歌赋、制艺尺牍、爱书戏曲,以及对联匾额、酒令灯谜、说书笑话,无不精善;技艺则琴棋书画、医卜星相,及匠作构造、栽种花果、蓄养禽鱼、针黹烹调,巨细无遗;人物则方正阴邪、贞淫顽善、节烈豪侠、刚强懦弱,及前代女将、外洋诗女、仙佛鬼怪、尼僧女道、娼妓优伶、黠奴豪仆、盗贼邪魔、醉汉无赖,色色皆有;事迹则繁华筵宴、奢纵宣淫、操守贪廉、宫闱仪制、庆吊盛衰、判狱靖寇,以及讽经设坛、贸易钻营,事事皆全;甚至寿终夭折、暴病亡故、丹戕药误,及自刎被杀、投河跳井、悬梁受逼、吞金服毒、撞阶脱精等事,亦件件俱有。可谓包罗万象,囊括无遗,岂别部小说所能望其项背。"(王希廉《〈红楼梦〉总评》)《红楼梦》真可谓是一部中国古代社会的百科全书。所以鲁迅先生说,经学家可从中看见《易》,道学家可从中看见淫,玄学家可从中看见自然,革命家可从中看见排满,流言家可从中看见宫闱秘事,才子可从中看见缠绵,它可以满足不同口味、不同阶层、不同年龄的读者群。《红楼梦》是举世无双的,它代表了中国古典小说艺术成就的最高水平,将之置于世界名著之林,也毫不逊色。

　　《红楼梦》之后,世情小说有三十余种,其中续红之作如无名氏《后红楼梦》、秦子忱《续红楼梦》、兰皋主人《绮楼重梦》、陈少海《红楼复梦》,其他世情小说有吴沃尧《恨海》、陈森《品花宝鉴》、魏秀仁《花月痕》、韩邦庆《海上花列传》、张春帆《九尾龟》,这些著作虽远不及《红楼梦》那般精粹,但皆有可圈可点之处。除此之外,清代还有以侠客、义士的故事为题材的侠义小说,其佳者如《儿女英雄传》《三侠五义》《七侠五义》《小五义》;"以小说见才学"的才学小说,其佳者如《野叟曝言》《蟫史》《镜花缘》;及以案件的发生、侦破为重点的公案小说,其佳者如《施公案》《彭公案》《案中奇案》,皆有可读之处。

　　明清时期的章回小说,在明代形成了"四大奇书",后来又沉淀为"四大名著",它们成为展示中国古典小说成绩的窗口,是中国小说经典中的经典,也是中国文化中的瑰宝,为后世的小说创作提供了不竭的源泉,也将世世代代哺育着中国人的精神与思想。

三 国 演 义

《三国演义》是我国第一部长篇章回历史演义小说,一般认为成书时间约为元末明初,作者罗贯中。此书又称《三国志演义》或《三国志通俗演义》。

《三国演义》的创作与现代我们所熟知的小说创作方式不同。它不是属于某一位作者的作品,而是在历史的多次言说中,由众多史家、文人、说书人乃至民间村夫共同创造而成,属于集体创作。三国故事的雏形,首见于陈寿《三国志》与裴松之的《三国志注》。其后,隋代有了三国杂戏。宋代在"讲史"类的说话艺术(类似于如今的评书)中,有了专职"说三分"的艺人,现存早期的三国话本有《三国志平话》与《三分事略》,其事已粗具《三国演义》的轮廓。金元时期涌现出大量的三国戏。与此同时,三国故事也不断在民间乡里口传加工,连老弱妇孺都对此耳熟能详,如李商隐《骄儿》诗中所描述的景象:"或谑张飞胡,或笑邓艾吃。"在这一历史过程中,主动参与创作、编撰、修改、敷演三国故事的文人与艺人,不知凡几,而其作品,尽管如今未必可查,却实实在在地留在了当时的历史中,影响了三国故事的流变与形成。

元明之交,罗贯中在前人集体创作的基础上,"据正史、采小说、证文辞、通好尚"(高儒《百川书志》),采编众说,考证正史,构建框架,对已有的素材进行增删修饰,将庞大复杂的三国故事题材综合写成《三国志演义》这一部历史演义小说,这也是如今《三国演义》的原本。历史上曾出现过许多种刊本、手抄本、评点本、节本,乃至后人伪造本。现存最早的刊本是明嘉靖壬午元年(1522)刊刻的《三国志通俗演义》,二十四卷,分为二百四十则,卷首有弘治甲寅(1494)庸愚子(蒋大器)序,后来的新刊本多以此为准。清康熙年间,毛纶、毛宗岗父子对小说的回目和正文进行了增删修润,并在前人基础上,加以细致评点。这一版本评点恰切精到,在艺术上成就较高,成为后来最常见的本子,近人简称其为《三国演义》。

罗贯中,名本,字贯中,号湖海散人,祖籍东原(今山东东平)(一说山西太原),后流寓杭州,其人在文学史中所留事迹较少,见于贾仲明《录鬼簿续编》、蒋大器

《三国志通俗演义序》等记载中。明清笔记中亦述其行迹,或称其为施耐庵门人,或称其编撰小说数十种,都难以确证。他也是《水浒传》的作者之一,另著有三部杂剧作品,著录于《录鬼簿续编》。

《三国演义》描写了自汉灵帝至晋武帝之间近百年的历史风云,讲述了后汉时期,群雄并起,诸侯争霸,至魏、蜀、吴三国鼎立,相互争雄,分合兴衰,最后统一于晋的故事。该书以讲述三国间错综复杂的争斗故事为主,以宏大的战争场面描写,展现了战火硝烟的时代影像与风云变幻的历史画卷,表达了天下大势分久必合、合久必分的主题思想。

《三国演义》中存在着浓厚的正统思想,这是由三国故事的传统决定的。历史上的说话、杂剧,大多都站在拥刘反曹、蜀汉正统的立场,表达对刘的崇敬同情与对曹的仇恨鄙薄。这种对正、邪双方的简单划分,寄托了读者道德化的历史情感,体现了《三国演义》的主旨。

在政治上,《三国演义》推崇"仁政",以刘备的宽厚仁爱与曹操的残暴奸诈进行对比,塑造了刘备宽厚仁德的形象,以表现蜀汉正统更得人心的主题。不仅是君主自己,刘备手下的贤臣名将,也无不心怀天下。如诸葛亮的政治愿望是"遵孝道于先君,布仁义于寰海",赵云救公孙瓒的原因是"天下滔滔,民有倒悬之危",蜀国一组君臣群像,就是作者仁政理想的具体化:明君居上,贤臣为辅;朝廷宽仁待民,百姓一心忠君。而当行文叙及《三国演义》中的曹魏,作者就通过有意的设计,令其处在刘蜀的对立面,仁政思想的对立面。曹操也行"仁政",但其仁政更接近于一种政治手段。譬如他曾三下求贤令,曾赤脚相迎许攸,曾对待投降的关羽十分宽容,但都是故意示以仁爱,用以笼络人心。曹操内心所信奉的人生哲学,是"宁使我负天下人,休教天下人负我"。他本质上是一个工于权谋、为达目的不择手段的利己主义者。在《三国演义》中,曹刘二人都有号令天下的雄才大略,但作者为了凸显刘备之仁与曹操之奸,较为注重对曹操各种权谋手段的描写,而在刘备的政治能力上,表现得有些不足,这也是作者为了突出其过于理想化的正统思想,在艺术手法上做出的牺牲。

《三国演义》推崇忠义。和"忠义"有关的行为表现与人物选择,往往是书中角色最出彩、最令人铭记的情节。例如写诸葛亮之忠：因刘备对诸葛亮先有知遇之恩，后有托孤之事，尽管后主不堪大用，诸葛亮仍为辅佐后主竭尽心力，至死方休。这构成了诸葛亮悲剧的核心，充满了戏剧张力与感染力，令人物具有了"万古云霄一羽毛"的思想深度。又如写关羽之义：关羽降曹，是为保护刘备妻小安全，降曹后身在曹营心在汉，一得到刘备消息便即离去，皆是对刘备之义；但当他在华容道与曹操狭路相逢时，关羽知恩图报，放过曹操一命，又是对曹操之义。后来的百姓提及"义"字，每每便会想起关公——关羽成为"义"的化身，可见忠义道德在人物塑造上的重要性。相比之下，拥有全书最高武力的吕布，因其不忠不义，是个"三姓家奴"，反而成为最令人不齿的配角。《三国演义》中的忠，除了对君主、对朝廷之忠，还有对天下、对百姓之忠，这本质上是一种对于有责任关系的对象的行为道德；而书中的义，本质上则是对人与人之间平等互助，相互回报的人际交往道德。

《三国演义》推崇智勇。在乱世烽烟、群雄争霸的政斗战争背景下，唯有超人的智谋与武勇能够带领己方阵营走向成功，而作者在书写智勇时，也细分出了许多类型。不同人的智谋与武勇，各有特点，彼此制约，因此三国之战，也就此起彼伏，精彩纷呈，为读者留下了许多脍炙人口的著名战术，如骄兵计、疑兵计、伏兵计、反间计、空城计，又如"借东风""草船借箭""火烧连营""陇上妆神"，等等，难怪后来有人赞叹"《三国》真不愧是半部兵法"。

作为我国第一部结构恢弘的长篇历史演义，《三国演义》的作者展现出了非凡的叙事才能，并为历史演义的创作提供了范式。书中将纷繁复杂的历史事实、野史传说、杂戏等大量素材，进行了取舍删削，在多重处理加工之后，嵌入一种磅礴绵密的故事结构之中，描绘出了近百年间乱中有序、波澜壮阔的历史局势。在历史素材的处理上，清代章学诚认为《三国演义》的故事"七分事实，三分虚构"（《丙辰札记》），这便可见作者所需处理的头绪之多，故事之繁，材料之丰富，手法之精妙。在使用史料时，《三国演义》并非追求历史的还原，而是遵循叙事原则，将史料化为情节题材与戏剧冲突，增加小说的美学价值。这在其他小说，乃至现代的叙事艺术中，都是很难达到的。

《三国演义》中最具特色的就是战争叙事。全书中有大量的篇幅,是在讲述群雄逐鹿的战争背景下发生的智斗与战斗,呈现出军事文学的特征。书中共写了四十多次战役,上百个战斗场面,却几乎没有相似的人物和计策。若战争有相似之处,则用不同的手法来写出特色:或侧重全局,或展现一隅,或重于战前分析,或重于临场战术,或主写环境,或主写人物,用生动的情节,表现出了能够对战役产生影响的各种重要因素。例如书中有火烧赤壁、火烧官渡、火烧夷陵、火烧新野、火烧博望、火驱藤甲、火烧司马懿等林林总总十几场火战,读来却各有特色,回想时也不会混淆。进行战争描写时,作者有意避免了一味的严肃紧张,注重增添戏剧性的变化,节奏安排有张有弛,表现得鲜明有趣。

《三国演义》的人物塑造,有一定的脸谱化倾向,并通常以戏剧性的出场与标志性的戏剧动作表现人物。如写刘备宽仁,便写其爱人胜己,常为民哭;写关羽忠义,便写其思必蜀汉,言必大哥;写张飞鲁莽,便写其一怒出手,醉酒误事;写诸葛亮多智,便写其谈笑有计,运筹帷幄;写曹操奸诈,便写其阴狠多诈,城府深沉……通过经典行为的重复,强化了人物个性表现,这种标签式的人物个性,固然有小说艺术尚未成熟的原因,但另一方面,作者也是有意借此将众多人物写得更加鲜明,给人以深刻印象。这种手法也有其弱点。在强化主要性格时,由于缺乏对人物性格丰富性的表现与行为逻辑性的观照,令人物形象单薄,甚至不合常理。鲁迅评价其"欲显刘备之长厚而似伪,状诸葛之多智而近妖"就是这个原因。

在语言上,《三国演义》使用的是半文言叙事,"文不甚深,言不甚俗"(蒋大器《三国志通俗演义序》),这一方面延续了史传叙事与讲史传统,营造了历史的严肃气氛,另一方面也有利于在叙事中穿插史料而不显突兀。如第一回桥玄对曹操的评价"天下将乱,非命世之才不能济。能安之者,其在君乎",便引用自《三国志·武帝纪第一》,只是将原文中"非命世之才不能济也"的也字除去了。这种语言风格,在明清之时,读者也较为容易理解,表达效果简练流畅,壮于声势。但受叙事偏向书面语的影响,对表现个性化、活泼化、情绪化的人物与场景还有一定的局限性。

水浒传

《水浒传》是一部长篇英雄传奇,约成书于元末明初。它与《三国演义》在叙事传统与成书方式上有共同点:其一,两书在流变之中,都受了宋元时期"说话"艺术的重要影响,《三国演义》来自于"讲史"一类,《水浒传》来自于"小说"一类;其二,两书都是以历史上的真实事迹为本事,是集体创作的产物,并且在演变过程中将历史作为根基。因此,二书常常被相提并论。

《水浒传》小说本事来源于北宋末年宋江起义及其征方腊之事,见于《宋史》中的《徽宗本纪》《侯蒙传》《张叔夜传》等史料。史料中初为三十六人,叙徽宗宣和年间,宋江众人任侠反叛,后于海洲中伏,被迫降宋之事。水浒故事的历史演变较三国故事更短,脉络也更为清晰。南宋起,宋江三十六人故事便见于街谈巷语,在民间广泛流传,《大宋宣和遗事》中,收录了不少重要的三十六人故事,如杨志卖刀、宋江杀惜、智取生辰纲等,这些零散故事以群雄故事、宋江入伙,招降、征方腊为线索连缀起来,便是《水浒传》叙事主线最初的面貌。元代出现了大量水浒戏,但故事大多集中在其中少数几人身上,譬如李逵、燕青、鲁智深(元代水浒戏可考二十四种,黑旋风戏就占十三种),这也导致人物性格在众多戏目中不太统一。此时梁山一百单八好汉的说法已基本定型。元末明初时,作者在此基础上博采众长,以南支水浒故事为主干,吸取北支部分内容,连贯梁山故事,统一人物性格与思想主题,将《水浒传》创作出来。

关于《水浒传》的作者,至今尚无定论,常见说法有施耐庵著,罗贯中著,罗贯中编次施耐庵的本,施耐庵著前七十回罗贯中续后三十回四种,其中较为人认可的是第三种说法,即施耐庵先作《水浒传》,门人罗贯中在其"底本"上又进行了综合、编次与加工。《水浒传》的版本情况复杂,至今未能厘清。以章回数目分,有七种回数不同的版本;以文章详略来分,又分为繁本与简本两类。这些版本的先后次序与演化情况,至今尚未有清晰的定论。一般认为繁本在先,简本是繁本的节本。在繁本系统中,较为重要的有《忠义水浒传》一百卷(一百回本)(高儒《百川书志》),这是最早的版本;袁无涯刊行《李卓吾先生批评忠义水浒全传》(一百二十回本),有李卓吾评点,并增入一般繁本所无的平田虎、王庆故事。简本中,双峰堂刊《水浒志传评林》比较重要,这是现存较早且较为完整的简本。简本因其粗疏,通常只作为研究资料,对照使用。

《水浒传》讲述了北宋末年,皇帝昏庸、奸臣当道、世风日下,一群"大力大贤有忠有义"的英雄被奸臣贪官逼上梁山,落草为寇,欲借武力伸忠义于天下,却在招安后再被朝廷逼上绝路的故事。从事件来看,这是一个讲述农民武装起义终将失败的故事。从主旨来看,本文表现了传统的忠义思想在复杂环境中的自我悖论,刻画了践行忠义之人走投无路的绝望命运。

在思想主旨上,《水浒传》以"忠义"二字作为全书核心。明杨定见曾言"《水浒》而忠义也,忠义而《水浒》也",可见忠义是《水浒传》致力表达的思想。而忠义的化身,是一百零八位梁山好汉,相对地,他们面对的社会则充满了反忠义的力量:有一批手握朝纲、仗势欺人的朝廷命官,有是非不分、称霸一方的地方官僚,又有无恶不作、横行乡里的乡绅恶霸。他们或有权、或有钱、或有关系;或见利忘义、或不择手段、或草菅人命,将整个社会织作一张巧取豪夺的大网,网中的底层人民无处可逃,唯有抗争。因此,一百零八位好汉被逼落草为寇,聚义梁山。而在这被动的选择之中,他们无不遵循着"忠义"的原则。例如宋江,为保全忠义之士,私放晁盖,却因此陷入了逃亡与被俘的命运中。他屡受挫折,却忠于原有立场,不肯反叛朝廷,后来险些死于法场。最终宋江认清仅仅守法无法对朝廷尽"忠",便将领导梁山好汉视为了新的尽忠方式:"替天行道为主,全仗忠义为臣,辅国安民,去邪归正",走上了以暴力来维护忠义的道路。也正因为"维护忠义"是他行事的第一准则,所以宋江无法拒绝朝廷的招安,甚而临死前毒死李逵,也是为了不愿背离"忠义"二字。非独宋江一人,梁山好汉中,林冲遇难一再忍让,雪夜上梁山;武松为兄伸冤不成,血溅鸳鸯楼;解珍、解宝因索猎物落入死牢,劫狱出登州,皆是因坚守忠义而被逼走投无路,不得不聚义梁山。

《水浒传》中的忠义内涵,在儒家道德体系的基础上,融合了百姓的愿望,具有一定的复杂性。它与《三国演义》中的忠义内涵略有不同:《三国演义》的忠义属于忠臣良将,《水浒传》的忠义属于市井小民;《三国演义》中表现忠的对象较为广泛,《水浒传》"忠诚"的对象则主要是朝廷与君主,相对狭隘,因此容易走入悖论,令忠义之士无从转圜。

除忠义之外,《水浒传》还浸透着对物质丰富的渴望,如文中多次提到的生活图景"大块吃肉、大碗喝酒,大盘分金银"。书中表现了对英雄主义的崇拜,梁山好汉大多曾凭借武力为百姓打抱不平,行文中也正面渲染了这种守护弱者,维护正义的侠客精神。文末诗有言"生当鼎食死封侯,男儿生平志已酬",生活富足、救民水火、封侯拜将、忠义留名,这几点共同构成了《水浒传》人物的精神追求。这体现了该书具有的市井特征。

在艺术上,《水浒传》是一部纯用白话写成的小说。在那之前,以《三国演义》为代表的半文言小说一直是较为传统的主流写法,同期出现的一些白话作品也不太成熟,而《水浒传》通过白话增添了行文的趣味性,刻画人物也更加生动活泼,体现出了白话小说在发展中的优势。《水浒传》被视作中国白话小说成熟的标志。

其次,《水浒传》在人物描写上迈出了一大步。小说塑造了大量性格独特,同中有异的英雄形象。它采取了分层次刻画人物的手法,显示人物在不同环境中表现出的不同性格侧面;又使用了同类人物近似情节相对比的手法,譬如"武松打虎后,又写李逵杀虎,又写二解争虎",使其相互映衬,反映出人物之间相似中的不似。人物语言与行动"绘声绘色、惟妙惟肖",在书写理想化的英雄人物的过程中,《水浒传》兼顾了神性与人性,通过增强人物在现实生活中的反应,令角色更为亲切平易。这与《三国演义》塑造人物时难免不合情理的情况相比,有了很大的改善。

《水浒传》的情节结构也具有特殊性。前七十一回,该书以人物为讲述顺序,分头去写各个英雄被迫落草的命运故事,以一个故事的结束引出下一故事的开始,呈现出单元式的特征,又称"连环列传体";后几十回,就以时间为顺序,书写以梁山好汉作为一个整体的全景事件,描述了两赢童贯、三败高俅、招安、征辽、平方腊等大型历史故事,较为接近普通的小说叙事方法。前七十一回更多地保留了原有民间故事的痕迹,而后半部情节叙事较为松散,因此被金圣叹删去。金圣叹"腰斩"一百二十回本而成七十回本《第五才子书施耐庵水浒传》,以"梁山泊英雄惊恶梦"结束,删去了以前版本的"招安"等情节,改变了小说的"忠义"主旨,表现出对"犯上作乱"的人民起义的否定。然而"金本"在艺术上成就较高,成为清代最著名、最通行的版本。

西 游 记

明代中后期,佛、道、儒三教合一的思想渐趋主流,再加上神话志怪叙事传统在历代的积累沉淀,诞生了一大批神魔小说。与讲史类、公案类小说的发展传统不同,神魔小说的创作崇尚"奇"与"幻"。《西游记》正是其中最为优秀的一部,一般认为作者是吴承恩。

与《三国演义》与《水浒传》相似,《西游记》的故事,也是由历史长期积累演化而成,具有集体创作的性质。西游故事的本事来自于玄奘取经之事。大唐贞观三年,高僧玄奘前往天竺,耗时十七载,取回梵文大小乘经书六百五十七部。归国后,玄奘口述见闻,成《大唐西域记》一书。之后一段时间,西游故事作为弘扬佛法、奇闻异事的素材,常见于佛教传记与志怪笔记。南宋年间,出现了《大唐三藏取经诗话》,作为话本的一种,走入了民间口传文学的领域。此时书中已出现了猴行者的形象,并随着西游故事的传播与神化,猴行者神通广大的特性也得到了强化,角色也变成了取经人之一。在元代,唐僧、孙悟空、猪八戒、沙僧的四人队伍逐渐定型,取经故事也变得完善。元末明初,有一部故事较为完整的《西游记》成书,此书原著如今已经不可得,但存有一些散碎的章节片段,与后来世德堂本《西游记》文字相似,可见这个版本已经较为成熟。明代留有几种百回《西游记》的版本,皆无署名。现存最早的版本是金陵世德堂本《新刻出像官板大字西游记》,万历、崇祯年间还有三种百回本,清初汪象旭、黄周星评刻的《西游证道书》新加了玄奘出身的故事,写成第九回,插入原来的百回本中,并将原来的九、十、十一回三回缩写成了两回。这种更改被清代后来的大多版本接受。

有关此书作者,历史上的线索较少,直到清代乾隆年间,才由吴玉搢首先提出吴承恩说,但是并非定论。吴承恩,字汝忠,号射阳居士,淮安山阳(今江苏淮安)人,幼有才名,却屡试不中,四十岁时,补为岁贡生。曾任长兴县丞,晚年纵情诗酒,留有文集《射阳先生存稿》四卷。

《西游记》讲述了心猿孙悟空大闹天宫,被压于五行山下五百年,后与唐僧、猪八戒、沙僧师徒一行西天取经,历经九九八十一难,终于取得真经、修成正果的故事。故事中充满了奇幻瑰丽的神话想象与自由不屈的反抗精神。

《西游记》最具特色的精神特质,便是"游戏中暗藏密谛"(李卓吾评本《西游记总批》),将丰富的哲学思考蕴含于奇幻的想象世界中。一种较有影响力的传统观点,是认为作品通过塑造孙悟空的艺术形象,体现了明代最主流的儒家心学思想中的哲学理念。孙悟空的成长过程,便是心学"致良知""求放心"的过程,最终"斩尽心猿成悟空""灵山只在汝心头",修成正果,也合于心学"明心见性""修心炼性"的理念。

无论作者是否有意将西游故事视作一则修心证果的寓言,《西游记》中,佛、道、儒三教融合的特征是十分明显的。以"心学"视之,故事似可作为儒家代表;而书中充斥着诸如内丹、修道、成仙的道教概念,背景建立在由玉皇大帝、凌霄宝殿构成的仙界体系基础上,因此故事似也可以被理解为"证道奇书";但同时,故事中也有围绕因果、显圣展开的佛教故事,西天极乐、地狱世界又来自佛教体系,更有许多佛教韵语由道教韵语添改几字而来,也无怪有《西游释厄传》之名。这三个体系本是相互冲突的,却被富有想象力的故事串联起来,教人不及思辨,便接受了这个含混而又鲜明的瑰丽世界。

《西游记》塑造了不少独具个性的人物形象。孙悟空是其中最具魅力的一个人物。《西游记》中包含着两个文学母题,一是自由本性的表达与环境制约之间的矛盾,这一点,在孙悟空勾销生死簿、自封"齐天大圣"、大闹天宫等情节中表现得淋漓尽致;二是跋涉奇境、流浪历险,这是一种十分常见的小说母题,其中蕴含着人将在历经危险中成长乃臻完满的意义。这一点,涵盖了师徒四人西天取经的故事。而在这四人组合中,引来危险的往往是唐僧或八戒,但面对与解决危险的人物实际上是孙悟空,他是历险模式中的核心主角。即便取经过程中,孙悟空对反抗的表达稍弱,但仍表现出不居人下、桀骜不驯的性格特征与不屈的斗争精神。《西游记》所展现的环境,是现实世界的虚化表达。这个世界具有三教合一的特征,也包含着现实中的人性与潜规则,还具有面对异类与追寻自我的磨难。作者运用化实为虚的手法,将现实世界转化为奇异、醒目、浪漫、幻想的神魔世界。孙悟空的成长主题,也因此变成了降一个个妖、斗一个个魔的模式化历险故事。这种处理手法带有游戏化的特色,胡适以为"他确有'斩鬼'的清性,而绝无'金丹'的道心",鲁迅以为"此书则实出于游戏",都是基于游戏中轻松有趣的特征而言。

在艺术表现上,想象瑰丽的奇幻世界,是《西游记》最大的特色之一。《西游记》中,时空环境被扩展到前所未有的丰富程度:黄泉碧落、天上人间、冥府仙宫、十万八千里取经路上的无数佛国与妖魔,无不超出时人的想象,呈现出浩荡无际的幻想之美。而这些突破想象的"幻境",又总有一些方面与现实世界相合,或是社会秩序,或是人情义理,或者生活细节,令人无时无刻不感受到真实的当下。这种幻中藏真、亦幻亦真的艺术效果,在神魔小说中是极难达到的,而这正体现了作者高超的艺术造诣。

与此相关,《西游记》中的人物形象,也能做到物性、人性与神性的统一。物性是指非人角色的原始属性,譬如猴性多动,猪性懒散,鸟性会飞,鱼性习水;一旦人格化,其性格特质也与本性极为相类,如猴子机灵活泼,猪贪婪懒惰,松柏傲然有骨等;若再成妖或成仙,便会再具有一层神性,如孙悟空"斗战胜佛",追求自由,无私无畏的性格。为表现角色的多重性格,《西游记》与《水浒传》一样,也采取了分层次刻画人物,以近似情节相对比的手法来塑造人物性格。

《西游记》语言风趣幽默,读起来轻松有趣,千变万化,被称为"以戏言寓诸幻笔"。(任蛟《西游记叙言》)它在叙事中穿插了许多游戏笔墨,譬如孙悟空向观音借净瓶时,观音以类似手段反激孙悟空,打趣孙悟空一毛不拔,便是故意增添了一段额外的戏笔,起到调节阅读节奏的作用。在奇幻叙事的反衬下,戏笔还能起到讽刺现实的效果,如佛祖传白经一节,因为如来嫌弃唐僧没有孝敬:"只讨得他三斗三升米粒黄金回来。我还说他们忒卖贱了,教后代儿孙没钱使用。"这种市井间随处可见的恶作剧,使仙界世俗化、神佛人情化、妖鬼亲切化,将高高在上的神佛,任性妄为的妖怪,都变成了可以共情、可以交流、可以理解的"人"。

红 楼 梦

《红楼梦》出现于清朝中期,是一部以个人与家族的历史为背景的长篇爱情小说,或称为人情小说,作者曹雪芹。它以内容之丰富、思想之深刻和艺术之精致完美,被视作中国古典小说的巅峰,为后人留下了栩栩如生的人物群像和脍炙人口的凄美爱情故事。

《红楼梦》全书一百二十回,前八十回作者曹雪芹,由乾隆九年(1744)写起,前后写作时间近二十年,直至曹雪芹临终而稿未成。也有人认为本书是从乾隆十四年开始写作。由于此书未完,前八十回基本是以各种抄本的形式流传于世,目前有十多种,较为重要的有甲戌本(存十六回)、己卯本(存四十一回又两个半回),庚辰本(存七十八回)、甲辰本(存八十回),列藏本,戚蓼生序本。传抄本中,如有脂砚斋、畸笏叟的评点,便又称"脂评本"。《红楼梦》后四十回,一般认为由高鹗补作,程伟元与高鹗将续作与前八十回合在一处,重新刊印为一百二十回《红楼梦》,称为"程甲本"。后来,二人对此作了修订并再版,又称"程乙本"。程乙本刊行之后,印刷本《红楼梦》就取代了抄本,成为主要的传播载体。

曹雪芹(约1715—约1763),名霑,字梦阮,号雪芹,又号芹圃、芹溪,祖籍辽阳。祖先原为汉人,明末入满洲籍。曹家与清代统治者数代都有十分亲近的关系,起初因武功起家,曾祖为顺治亲侍,曾祖之妻是康熙的乳母,祖父是康熙的伴读,在当时十分显赫。曹雪芹曾祖至父亲,祖孙三代担任江宁织造,为皇帝访查监督江南民情。曹家也是"诗礼之家",直到雍正继位,曹家才开始失势。雍正五年(1727),曹家被革职抄家,其时曹雪芹不过十三四岁,平静富贵的书香诗韵生活一朝破灭,不得不随全家迁回北京。之后,曹雪芹便陷入艰辛的生活泥淖。他曾在宗学内做过一段时间掌管文墨的杂差,不久丢了差事,移居西郊,甚至曾"寄食亲友""寄居佛寺",艰难时靠卖字画贴补生活,长期处于潦倒之中。朋友敦诚曾寄诗"劝君莫弹食客铗,劝君莫扣富儿门",说明曹雪芹也许曾经想以自己的文学才华托庇于幕主门下,但结果不太顺利。晚年时,贫病交加,抑郁离世。

从烈火烹油、鲜花着锦之盛,到"满径蓬蒿""举家食粥"之哀,曹雪芹在年仅十三岁时,就遭遇了人生中难以承受的转折。整个家族的悲剧是一种巨大的力量,令他挣脱出原有的阶层视角,获得崭新的思维立场。但同时,也为他的人生观带来了难以磨灭的悲观色彩与幻灭倾向。自幼诗礼世家的氛围,令他即便在最贫贱的阶层生活中,也保有着对诗书、对富贵、对美、对生活的审美能力。而这一荣一辱,刹那之间,犹如一梦,作为他人生中最重要的体验之一,也在他后来的成长中不断地被回味与经历。这些都化作了他的艺术审美与哲学思考,体现在《红楼梦》中。

《红楼梦》以贾宝玉、林黛玉、薛宝钗三人的爱情故事为线索,描述了贾府这一簪缨世家由盛转衰的过程,同时刻画了一众红楼女儿栩栩如生的灵动形象,以及宝玉这一护花惜花之人失败之后对人世的大彻大悟。正如鲁迅所说"悲凉之雾,遍被华林,然呼吸而领会之者,独宝玉而已",宝玉的感悟也折射着曹雪芹的人生感悟。这其中,包含着对以大观园为代表的世家荣华终将没落的觉悟,对以红楼女儿为代表的美好性灵为世所迫终将凋零的体认,以及对以贾宝玉为代表的自由追求在与传统环境的冲突中最终无法实现的绝望与顿悟,可谓有三重悲剧。这不可留、不可追、不可护的悲情太过强烈,命运的转变太过急剧,令作者与宝玉都难以理性地面对与克服,便在思考中染上了"色空"的梦幻情绪,并选择以命运式叙事来表达。这三重悲剧,都是建立在封建制度的背景下,因此也体现了封建社会晚期的时代特征。

尽管在三重悲剧的笼罩之中,《红楼梦》仍塑造了许多鲜活美好的人物。如贾宝玉身为贾府的继承人,却憎厌科举荣身之路,向往成为护花的"富贵闲人";林黛玉寄人篱下,孤高自许,以冷傲的态度与诗意的才情来与环境对抗,渴望有一个知己;薛宝钗才学性情皆有过人之处,对宝玉暗生情愫,但以封建社会对女性的要求来自我约束,成为一个"冷美人"……在人物的命运故事中,又表现出了作者想要揭露的封建社会现状:譬如通过贾府广泛的社会联系,表现了豪门权贵几乎不受法律拘束的生活状态;通过木石、金玉的对比,表现了作者相对于封建爱情观,更倾向于以"意淫"为名的具有近代色彩爱情观。

《红楼梦》虽然包含着梦幻虚无的思想情感，但曹雪芹并不是一个厌世主义者。贾宝玉对红楼女儿真挚的热爱，为护花而发的奔走，对真实人生的执着，都表现出了"入世的耽溺与出世的向往"，而梦幻虚无正是他仍然执着于人世的表现。

在叙事艺术上，《红楼梦》对小说传统的写法有了全面的突破，摆脱了通俗小说的说书体特征，它从结构、语言、叙事视角与人物塑造等多个方面，都体现出了圆熟精致的艺术技巧。鲁迅认为："自有《红楼梦》出来以后，传统的思想和写法都打破了。"这首先体现在结构上。《红楼梦》结构宏大，勾连精致。书中有三条主线，一条是青埂峰下顽石入世历劫回天，一条是大观园中宝黛爱情的发生、发展与结局，一条是由贾府映射的贵族社会由盛而衰走入没落。三个故事互为牵引，交织连结，相互叠合、连接、制约，构成宏大的主体框架。在情节勾连上，《红楼梦》采取"草蛇灰线，伏脉千里""注此写彼，手挥目送"的方法，使每个情节都有多重含义，情节、人物、伏笔、场景之间的转换十分自然。大小事件错落交织，虽是日常生活，却不断有新的矛盾与高潮产生，例如宝玉挨打之事，之前就有茗烟闹书房、叔嫂逢五鬼、玉菡赠香罗、金钏投井等情节，令宝玉挨打成为许多条线索上的矛盾集中爆发的一件大事。

其次体现在语言上。《红楼梦》以北方口语为基础，融汇了古典书面语言的精粹，将白话进一步雅化，形成了准确精炼、生动形象的文学语言，在对人物神态、风景、场面的描写上，都超越前人，形成了一套准确、诗化、极具感染力的表达方式。尤其是在人物语言方面，更是栩栩如生，千人千面，极具个性化。

在叙事视角上，《红楼梦》也有新的突破。它使用的既不是说书人视角，也不是纯粹的第三人称全知视角，而是作者与叙述者分离，由作者创造的虚拟叙述人来叙事，例如假托全书为石头的经历构成。叙事过程中，叙述视点能够进行自由转换。如黛玉进府时，便在全知视角中穿插了黛玉、贾府众人的视角，这样一来，随着故事发展，叙述视角也频繁地在全知视角、人物视角中来回转换，能够更加灵活地满足叙事要求。

《红楼梦》中最出色的是人物塑造艺术。在方法上，这与其他几部名著没有明显的不同，但艺术效果更显圆熟精到，例如作者描写人物时，如《三国演义》一般，注重戏剧性的出场，对人物的特点和标志性行为反复渲染，以强化人物特征。但因其人物的个性层面更加多元饱满，表现方式丰富，便避免了脸谱化。又如《水浒传》一般，曹雪芹同样擅长将人物放置在相似的众多人物中展现其复杂微妙的独特性，但对人物的特性所对应的原因——例如人物的身份、习惯、价值观等则加以强调，加强了从人格到行为的逻辑表现，使人物层次更加丰富。在塑造人物时，相比于以情节展现，作者偏向以日常的生活细节来刻画人物，这与《儒林外史》的手法较为相似，但相比于《儒林外史》简练、明快、一针见血的手法，《红楼梦》更偏向精雕细刻、娓娓道来。另外，在描写人物心灵的矛盾与情感的变化上，《红楼梦》也取得了较大的进步，而这通常是古代小说中较为薄弱的部分，如写宝钗时，令其常常在理性与感性的冲突之下行动，展示其思绪中的冲动、犹豫、后悔；在写宝黛爱情时，将二人因为真心，故作假意，本想求近，却又疏远的过程描写得精微动人，鲜活可感，达到了"入微"的境界。总而言之，在塑造人物的方面，《红楼梦》采用了多层次、多侧面的人物描写与行为刻画，并在心灵与感受的细节描写上取得了突破，使得《红楼梦》中的人物艺术远超其他作品。

儒 林 外 史

《儒林外史》作于清代乾隆年间，是一部影响深远的白话讽刺小说，标志着我国古代讽刺小说艺术发展的新阶段，作者吴敬梓。这部小说是吴敬梓以自己大半生的亲身经历为蓝本创作出来的，凝结着作者个人深切的体验与痛切的思考。

吴敬梓(1701—1754)，字敏轩，号粒民，自号秦淮寓客，安徽全椒人。因其书斋名叫"文木山房"，晚年又自号文木老人。吴敬梓出身于书香门第、科举世家，曾祖一辈曾有过一门四进士、曾祖为探花的荣耀历史，但到父亲一辈逐渐衰落，吴敬梓少年时期的生活较为安稳，家中科举仕进的气氛浓厚。吴敬梓耳濡目染，也继承了同样的家族目标，并考中了秀才。但在吴敬梓二十二岁时，父亲吴霖起罢官后抑郁而死，族人欺他两代单传，勾结豪强，争相侵夺吴敬梓祖产，吴敬梓因此对家族失望，进而质疑儒家所宣传的家族伦常道德。从此，吴敬梓的人生态度变得放诞任性起来。他崇尚魏晋风度，反抗礼教，在放浪形骸中，家产逐渐消耗殆尽。三十三岁时，吴敬梓变卖祖产，搬至南京，在逆境中结识了许多文人学者，开拓了眼界。生活环境的变化令他进一步摆脱了儒家思想的束缚。三十六岁时，他考中博学宏词科之后却不赴京。乾隆南巡时，文人争相迎銮献诗，他却"企脚高卧"，后来甚至放弃了"诸生籍"，决绝地背离了儒家传统的科举之路，甚而有"恩不甚兮轻绝，休说功名"之言。

吴敬梓创作《儒林外史》时，人物多有原型，而且大多取材于身边亲朋好友的经历，例如匡超人取自好友汪思迥，荀玫取自幕主卢见曾，季苇萧取自幕友李葂等。这使得《儒林外史》犹如一幅儒林画卷，完整地展现了清早中期在科举制度下文人儒生的真实生态。目前可查知的与《儒林外史》有原型关系的人物有五十多人，此外，社会趣闻、笔记材料也是小说素材的来源。关于《儒林外史》的创作时间众说纷纭，目前较受认可的是三段说，即创作分成三个阶段，前二十五回写于乾隆元年（1736）之前，取材于历史与社会趣事；二十六至三十五回写于乾隆元年（1736）至乾隆四年（1739），取材于作者自己与朋友的生活；三十六回以后则是陆续创作直至吴敬梓晚年，以虞育德在南京的活动为中心，穿插部分历史社会传闻。由于吴敬梓生前未曾将书刊刻出来，《儒林外史》传世有多种版本，有五十回本、五十五回本、五十六回本等多种说法，但五十回与五十五回本只存在于学者的推测中，已无存本。现存最早的版本是五十六回的卧闲草堂本，又名巾箱本，刊刻于嘉庆八年（1803）。李汉秋《儒林外史会校会评本》是目前比较完整的一个版本。由于《儒林外史》叙述形态的特殊性，写作过程的开放性，这就使得作品渐次展现与时推移的多重视角和多声部混杂的叙述形态。

《儒林外史》是一部具有现实主义特色的"公心讽世"之书，作者以史家眼光，为不入正史的下层士人立传，展现出儒林士族为史册所不录的另外一面。故事的主要内容大致可分成三部分：前三十回，描写围绕科举展开的"假儒"们的可笑命运，揭露科举制度的腐败；三十一回到四十六回，描述"真儒名贤"在恶劣的社会环境中追求理想，坚持自己的"文行出处"的方式；第四十七回到第五十五回，讲述了在更加恶劣的社会风气里真儒名贤理想的破灭,而故事最后"四大奇人"的登场,又暗示了作者对儒林未来出路的猜想:文人或许只有不以"文人"的身份谋生,才能保持自己的风骨与理想。

该书没有绝对意义上的主角与主线,而是以士人的交游网络为线索,讲述了儒林中的读书人们围绕科举取士展开的命运。故事中,有周进、范进这样一生科举不顺,到晚年却偶然中举,一朝咸鱼翻身的科举之奴。他们名利加身之后,社会对待他们的态度便发生了翻天覆地的变化,由此便忘乎所以,步步败节。也有如匡超人这样本心纯孝,却在"科举上进"的环境影响下被扭曲了人性的小书生。他受科举成功学的引诱,在考上秀才、自居名士、借名求利、坑蒙拐骗的这条路中越走越堕落,最终成为停妻再娶、卖友求荣的衣冠禽兽。还有如马二先生一般将科举视为信仰的老好人。他醉心八股,古道热肠,不计回报地帮助许多文人走上了科举成名之路,却也因为八股的思维定势失去了自己的文学才华与审美能力。也有如王冕一般敝屣科举功名,一受官员赏识便即远逃避祸的清醒的先知者形象……

书中最重要的人物形象是杜少卿。杜少卿淡泊功名,讲究"文行出处",傲视权贵,扶危济贫,道德高尚,敢于挑战世俗,是一位恣情任性又忧国忧民的真儒名贤,也是吴敬梓所极力表现的"理想"儒生。事实上,吴敬梓塑造的一批正面儒生形象,都有着类似的性格特征与命运轨迹:如杜少卿,科举世家,狂放不羁,散尽家产践行自己心中的理想;庄绍光,少有长才,闭门读书,谨慎交友,数度辞官不就,躲回玄武湖过上隐居生活;王冕,自幼家贫,在放牛的时候学会读书、画画,以此糊口,几次远遁躲避上官"赏识",最后隐姓埋名,死于深山。他们都具有魏晋名士放荡不经的性格特质,对科举、旁人眼中的"富贵"采取回避式的态度,一生几无知己,终年生活清贫。仿佛读书人若要维持"文行出处",就一定会在物质、人际上越来越匮乏(杜少卿"逍遥"的生活是因为还有家产可供挥霍)。这些正面人物虽然在与黑暗社会的对抗中表现出了清逸的风骨,但也流露出了作者儒林理想的悲观底色。

《儒林外史》在叙事艺术上很有特点,尤其在日常生活的表现上,它熟练掌握了一套以片段代整体、细节捕捉、静态展示为主的叙事方法。这首先体现在结构上。《儒林外史》拥有非典型的叙事结构。中国长篇小说传统的结构方式，是由少数主角的行动构成完整的主线剧情。而《儒林外史》，正如前文所说，没有明确的主角与主线，它的对象是儒林百年的历史。因此，它将许多人物命运、故事片段贯穿起来，略过了大部分时空，鲁迅称其为"虽云长篇，颇同短制"。这种结构，令故事显得更加生活化。在叙事素材上，《儒林外史》选择以凡人为主角，描述世俗的生活，尤其擅长对日常细节的提炼与展现，令小说中充满了短小亲切的社会风俗图景。这对以"传奇式"叙事为主的古代小说来说，是一种趣味上的转变。在情节的处理上，《儒林外史》淡化故事情节，不依靠戏剧冲突来刻画人物，而是通过白描生活细节来表现，这进一步提高了古典小说的人物塑造水平。吴敬梓塑造的人物更接近于平凡人的真实面貌，摆脱了类型化叙事，写出了人物性格的丰富性，表现了人物内心世界的复杂性，并能在短暂的情节里，写出人物的发展变化，塑造"成长中"的人物。在叙事上，《儒林外史》打破了程式化的叙述套语，采用精准的细节，以点带面地表现人物、环境与事件的瞬间情态。这改变了说书人的惯常叙事方法，展示出一种更加贴近生活的叙事艺术。

　　《儒林外史》最具特色的标志是其讽刺艺术。叙事时，作者多采取讽刺手法，通过不和谐的人与事的对比，来表现作者的讽刺态度。其对比越锋锐，对现实细节的捕捉越准确，对人性的刻画就越入骨，讽刺性也就越强。这样的讽刺艺术含蓄微妙，藏于嬉笑怒骂之间，不至于"失之谩骂"，使小说呈现出悲喜交融的美学风格。最滑稽处往往是最悲凉处，最无奈处又往往是最可憎处，作者在小说中讽刺艺术的表现，展示出他对现实世界饱含痛苦的鄙薄情感。

八、戏曲选

"戏曲者,谓以歌舞演故事也。"(王国维《戏曲考原》)作为一种包含文学、音乐、舞蹈、美术、杂技等多种元素的综合性舞台表演艺术,中国戏曲起源于上古巫术信仰与祭祀乐舞中仪式性、象征性的表演。先秦以来的宫廷俳优调笑与散乐百戏,至隋唐时期发展为以科诨为主的优戏与初具故事性的歌舞戏。宋代城市经济繁荣,在宫廷宴乐与市井瓦肆、庙会草台环境中长期共生的优戏、歌舞戏与新兴的诸宫调等说唱艺术相互融合,以滑稽调笑为主要目的的宋金杂剧应运而生,而两宋之际孕育于吴越文化圈的"永嘉杂剧"——南戏则更多继承了东南一带词调演唱与歌舞戏的传统,并吸收了其时高度成熟的叙事性说唱文学对长篇故事的讲唱经验。与成于教坊艺人之手的宋金杂剧不同,书会才人对剧本创作的参与使南戏在人生故事的完整表达、戏剧结构设置、人物性格塑造等方面具备了基本的文学性,中国戏曲的成熟样式已初具其型。蒙元时期,不少仕途失落的汉族文人走向市井,躬践排场,具备稳定音乐、文学体制的成熟戏曲样式——元杂剧由此诞生。

程式化、写意性与综合性是中国戏曲的基本美学特征。伶人在行当规范下进行角色扮演,并在长期演出实践中积累出一套程式化的表演动作(比如念上场诗自报家门),将现实生活抽象为歌舞化的唱念身段。戏曲中所综合运用的唱、念、做等多种表演手段,在文学剧本中则体现为剧作家对曲词、念白、科介等不同艺术手法的调遣应用。上述美学原则在元代戏曲中都已发展得相当完备。元杂剧剧本一般分为四折,开头另有一楔子交代前情,四折分述故事的发生、发展、高潮与结局,且四折所对应的四套曲牌分属不同宫调,其音乐风格也与起、承、转、合之戏剧节奏大致同步。受到诸宫调等说唱艺术的遗留影响,元杂剧每剧仅能由作为主角的旦脚或末脚一人主唱,其他"外脚"仅能以科白从旁"挑动承接"(金圣叹语)。中国戏曲向有"剧诗"之称,曲词长于抒情,念白长于叙事,情节的构置、戏剧冲突的营造,诸种任务在剧本中都只能由念白来承担,元杂剧的一人主唱体制天然限制了其叙事功能的发展,但也造就了其以抒情见长的人物塑造方法。细腻描绘人物情感波澜的大段唱词被置于戏剧矛盾的冲撞现场,个人与环境的冲突借此实现了酣畅的表达,关汉卿《窦娥冤》、白朴《梧桐雨》等皆为此中杰作。生长于市井勾栏的元杂剧肩负"娱己"与"娱人"的双重功能,用词多自然本色,所涉题材也极为广阔,"上则朝政君臣政治之得失,下则闾里市井父子兄弟夫妇朋友之厚薄,以至医药卜巫释道商贾之人情物性,殊方异域风俗语言之不同,无一物不得其情,不穷其态"(胡祗遹语)。

为了弥补元杂剧篇幅短小、一人主唱的体制缺陷,部分剧作家也曾创作出一些变体之作,如王实甫的《西厢记》就采用了五本二十一折的剧本结构,有效地增加了剧本的叙事容量。而该问题最终在南戏蜕变为传奇的过程中得以解决。"词不快北耳而后有北曲,北曲不谐南耳而后有南曲。"(王世贞《曲藻》)元杂剧前期以大都为创作中心,呈遍布中原之势,南宋覆亡后,大批文人南迁,杂剧中心南移至杭州。囿于方言及文人对民间俗曲的偏见,以"宋人词而益以里巷歌谣"(徐渭《南词叙录》)的南戏在发展初期的影响力仅局限于中国东南一带的民间层面。元代后期,体制固化的杂剧创作力日趋衰竭,在南北戏曲交流中取杂剧之长、体制更具开放性的南戏开始进入文人的视野,此时产生的"四大南戏"《荆钗记》《白兔记》《拜月亭记》与《杀狗记》在后世影响甚广,最具代表性的文人南戏作品则为高明的《琵琶记》。南戏篇幅长短不限,在主唱脚色方面不作规定,且有独唱、对唱、合唱、后台帮腔等多种演唱形式。相较于元杂剧对社会生活的广阔书写，南戏的题材更多集中于家庭生活与人生伦常，以男女关系为纽带，偏向于描写动荡生活中的个人遭际，其于叙事上所采用的生、旦双线结构也更适于故事的完整展开与生活情感的细腻表达。

"杂剧但摭一事颠末，其境促；传奇备述一人始终，其味长。"（吕天成《曲品》）明清两朝，杂剧经过复杂的体制衍变，逐渐转为宫廷娱乐和案头化的文人抒情之作。明初禁戏政策的颁行带来了明前期剧坛的沉寂，自明中后期开始，活跃于歌场的戏曲主体是已被文人化的南戏——时人名之为"传奇"。嘉靖至万历年间，传奇实现了文体的规范化：剧本多为三十龄至五十龄的长篇，每剧分卷、分龄标目，例由副末开场，语言风格趋于典雅，音乐方面，曲律家沈璟等建立了适于文人所尚昆腔的格律体系。明中后期内外交困的社会危机之下，剧坛先后出现了《宝剑记》《浣纱记》《鸣凤记》等反映时代主题的历史时事剧。"曲也者，达其心而为言者也。"（张琦《衡曲麈谭》）在肯定自然人性的晚明主情文学思潮中，戏曲成为文人士大夫张扬主体精神的最佳艺术形式，汤显祖以《牡丹亭》为代表的"临川四梦"更是在剧坛开创了倡"至情"理想、重意趣神色的"临川派"戏曲。文人士大夫对传奇创作的参与，一方面提高了传奇的艺术品格，另一方面，他们将诗文创作思维带入传奇写作中，文词的典雅繁缛、个人意趣的表达需求等诸种雅文学特性也在不同程度上为传奇带来了脱离观众、重"曲"轻"戏"的弊病。万历年间沈璟与汤显祖关于曲律、曲意何者为重的争论，归根结底也是在"曲"的层面上展开的。

随着明末社会危机的加重，实学思潮兴起，文人士大夫在传奇创作中转而强调其"以情为教"的伦理救世功能,重关目穿插、情节结构,对传奇创作的要求也逐渐转为叙事与抒情双重意义上的案头、场上兼美。"填词之设,专为登场。"(李渔《闲情偶寄》)入清以后,社会日趋稳定,大众艺术获得空前发展,传奇搬演主体由士大夫家庭戏班转为民间职业戏班。"苏州派"作家群、李渔等职业戏曲作家的出现,昭示了传奇创作与舞台演出、平民趣味之联系的日趋紧密。此时的传奇亦是文人士大夫抒写明清易代之思的重要文学形式。不同于吴伟业、尤侗等人感时伤世的案头抒情之作,康熙年间,洪昇《长生殿》、孔尚任《桃花扇》两剧集传奇创作之大成,以深厚的历史底蕴、高超的艺术技巧将作为综合艺术的文人戏曲发展推向高潮。乾嘉以后,文人戏曲创作愈发走向案头化、诗文化,昆腔传奇搬演成为无源之水、无本之木,更加贴合平民审美趣味的"花部"乱弹诸剧蓬勃兴起,并最终压倒"雅部"昆曲。中国戏曲自此由文学本位走向舞台本位,进入到乱弹诸剧争胜的新一发展阶段。

关汉卿

关汉卿,名不详,字汉卿,号已斋叟,约生于金末或元太宗时(1230年前后),卒于元大德年间(1297—1307)。大都(今北京市)人,太医院户。元杂剧奠基人,居世所称"关郑马白"元曲四大家之首。关汉卿是当时大都规模最大的书会玉京书会的领袖人物,为人风流洒脱,博学多智,精通音律,与杨显之、费君祥等杂剧作家及珠帘秀等著名艺人交好,并能"躬践排场,面敷粉墨"(《元曲选序》),剧作风格激厉雄肆,语言质朴生动,为古典戏曲"本色派"典范。作品取材广泛,尤以刻画底层女性生活、反映现实问题著称,戏剧性与抒情性兼备。著有杂剧六十余种,数量居古人之冠,今存确系其所作者有十三种,代表作有《窦娥冤》《救风尘》《单刀会》等。另存小令五十七首、套数十四种。今通行有蓝立蓂校注《关汉卿集校注》。

窦 娥 冤

第三折

【解题】中国古代孝妇蒙冤的故事始于汉代。《汉书·于定国传》记载东海有孝妇守寡,为侍奉婆母不肯改嫁,婆母因不愿拖累儿媳而自缢,孝妇反被小姑诬告杀害婆母,蒙冤而死,致使郡中大旱三年,新任太守为其平反后,天方大雨。这一故事流传至魏晋时期又有所增益。《搜神记》叙此故事,孝妇名为周青,她在行刑前曾发下"若枉死,血当逆流"的誓愿,后来果然应验。元代前期,社会动荡,传统伦理秩序被摧毁,"法令苛急,四方骚动"(《元史·程钜夫列传》),冤狱众多,杂剧

《窦娥冤》正是关汉卿在前代孝妇故事基础上融汇新的时代内涵所创造的一出社会悲剧。此剧写窦娥七岁时因其父窦天章无力偿还高利贷而被卖给蔡婆做童养媳,成亲不到两年又做了寡妇,与蔡婆二人靠放高利贷为生。赛卢医因无力还债,在蔡婆前来索钱时将其骗至无人处欲勒死,恰被路过的张驴儿父子所救。二人挟恩图报,强迫蔡婆与窦娥招他们入赘,窦娥坚执不从。蔡婆害病,张驴儿从赛卢医处讨得毒药,放到羊肚儿汤里意图毒死蔡婆、强占窦娥,没想到却毒死了自己的父亲。张驴儿反诬窦娥谋害其父,要挟窦娥以成亲为条件私了,窦娥以"一马难将两鞍鞴"为誓,坚持见官,却遭到不辨是非、只认金银的太守桃杌严刑逼供,最终为使蔡婆免受拷打,只得屈招。法场上,窦娥向天鸣冤,发下血飞白练、六月降雪、楚州亢旱三年三桩誓愿,行刑后皆成真。三年后,窦天章以提刑肃政廉访使的身份到楚州稽核案件,窦娥的鬼魂向其诉冤,终得昭雪。

  四折一楔子是元杂剧的基本结构,楔子交代前情,四折分叙故事的发生、发展、高潮与结局,本书所选第三折集中笔墨描写窦娥法场行刑的场景,正是全剧的高潮部分。短小的篇幅及一人主唱的音乐体制为元杂剧的情节调遣设置了天然的障碍。关汉卿在此剧中则以窦娥在高利贷盘剥、流氓地痞欺压、贪官污吏迫害下个体生命被步步扼杀,最终由逆来顺受走向反抗的精神历程为主线,将窦娥与剧中其他人物代表的社会现实划为对立的两极,使戏剧冲突集中至作为抒情主体的窦娥一人身上,有效地解决了杂剧体制中戏剧性与抒情性的矛盾。他略去窦娥完婚、守寡等次要情节,围绕窦娥与张驴儿的冲突,设置丝丝入扣的情节突转与悬念,又在前两折将故事集中交待完毕后,将第三折整折的空间交由窦娥抒发内心的怨愤。本折中窦娥的情绪变化又可分为三个阶段:甫一开场,窦娥便在去法场路上对社会乃至天地的善恶贫富观念发出了强烈的质疑:"天地也,做得个怕硬欺软,却元来也这般顺水推船。"可即便敢指责天地,窦娥也无法改变自己的命运,《滚绣球》一支曲子末句情绪徒然回落,"只落得两泪涟涟",顿生凄怆。但窦娥未因不公正的待遇改变自己善良、孝顺的品行,为免惹婆婆伤心,她央求刽子手往后街行走,无奈相遇后仍不忘安慰婆婆,嘱咐婆婆祭奠自己时也只要求"看你死的孩儿面上"给些"瀽不了的浆水饭""烧不了的纸钱",予多取少,将自己放在极卑微的位置。"这都是我做窦娥的没时没运,不明不暗,负屈衔冤",显示了窦娥作为一个弱女子面对黑暗社会现实的渺小无力。对道德理想的坚守与个体生命的孤独脆弱形成鲜明对比,低沉哀婉的唱词中仍蕴藏着巨大的情感张力。临刑前的三桩誓愿则是窦娥情绪的再一次爆发。虽然已经开始质疑天地的公正,但是生命走向毁灭的绝望与不甘,使她只能再次将洗冤的希望寄予天地。"若没些儿灵圣与世人传,也不见得湛湛青天。"浮云蔽日、阴风怒号的悲剧氛围下,这种绝望的呐喊将激愤之情推向顶点,窦娥面对黑暗现实坚守道德理想、抗争到底的精神也由此彰显得淋漓尽致,本剧强烈的现实批判性可见一斑。

本折亦颇能见得关剧本色当行的语言特色。明白晓畅的民间口语与诗语浑然一体,巧妙运用衬字及对仗的艺术手法,语句铿锵,曲白相生,"宛若身当其处,而几忘其事之乌有"(臧懋循语)。正如王国维所言:"关汉卿一空依傍,自铸伟词,而其言曲尽人情,字字本色,故当为元人第一。"(《宋元戏曲考》)

(外扮监斩官上,云①)下官监斩官是也。今日处决犯人,着做公的把住巷口②,休放往来人闲走。(净扮公人,鼓三通、锣三下科③。刽子磨旗、提刀,押正旦带枷上④。刽子云)行动些⑤,行动些,监斩官去法场多时了。(正旦唱)

---

① 外:元杂剧脚色即今日所言之戏曲行当名称,外末、外旦、外净之省称,此处指外末。王国维《宋元戏曲史》:"然则曰冲、曰外、曰贴,均系一义,谓于正色之外,又加某色,以充之也。"元杂剧中主要男性人物角色由正末扮演,外末则扮演正末之外的次要男性角色。
② 着(zhuó):教,使。做公的:即公人,在衙门里当差的,旧指衙役、皂隶。
③ 净:元杂剧脚色名称,多扮演剧中性情粗犷、奸诈或滑稽的人物,男女皆有,演变至近世俗称"花脸"。公人:即"做公的",见前。科:元杂剧表演术语,"某某科"即为做出某种表情或动作,如"做悲科""开枷科",也可提示舞台效果,如后文"内做风科"。
④ 磨旗:挥动旗帜,或作摩旗、摹旗、旗磨。官员出行时为壮声威,前面常有人挥旗开道。孟元老《东京梦华录》卷七"驾登宝津楼诸军呈百戏"条:"先一人空手出马,谓之引马,次一人磨旗出马,谓之开道旗。"正旦:元杂剧脚色名称,扮演剧中主要女性人物角色。元杂剧每本由扮演主角的正旦或正末一人主唱,据主角不同可分为"旦本""末本",其他配角主要用说白表演来配合主角演出。本剧即为"旦本"。
⑤ 行动些:快点走。

【正宫端正好】①没来由犯王法,不提防遭刑宪②,叫声屈动地惊天。顷刻间游魂先赴森罗殿③,怎不将天地也生埋怨④。

【滚绣球】有日月朝暮悬,有鬼神掌着生死权。天地也,只合把清浊分辨⑤,可怎生糊突了盗跖颜渊⑥。为善的受贫穷更命短,造恶的享富贵又寿延。天地也,做得个怕硬欺软,却元来也这般顺水推船⑦。地也,你不分好歹何为地?天也,你错勘贤愚枉做天!哎,只落得两泪涟涟。

(刽子云)快行动些,误了时辰也。(正旦唱)

【倘秀才】则被这枷纽的我左侧右偏⑧,人拥的我前合后偃,我窦娥向哥哥行有句言⑨。(刽子云)你有甚么话说?(正旦唱)前街里去心怀恨,后街里去死无冤。休推辞路远。

(刽子云)你如今到法场上面,有甚么亲眷要见的,可教他过来,见你一面也好。(正旦唱)

【叨叨令】可怜我孤身只影无亲眷,则落的吞声忍气空嗟怨。(刽子云)难道你爷娘家也没的⑩?(正旦云)止有个爹爹,十三年前上朝取应去了⑪,至今杳无音信。

---

① 正宫端正好:"正宫"为本折所使用宫调名,"端正好"为曲牌名,下文"倘秀才"、"叨叨令"等皆同。元杂剧每折中的曲子一般隶属同一宫调,出于音乐情绪变化的需要,也可借用其他宫调的曲牌,如本折中【快活三】【鲍老儿】原属中吕宫,【耍孩儿】【二煞】【一煞】原属般涉调。
② 不提防:没有小心防备。刑宪:刑罚。《元典章·刑部·新刑》:"但犯大辟犯人出于不得已,身遭刑宪,瞑目而受。"
③ 森罗殿:传说中阴间阎罗王审案之处。
④ 生:副词,甚。
⑤ 合:应当。
⑥ 糊突:糊涂。盗跖:传说中古代民众起义的领袖,名"跖","盗"为当时统治者对他的贬称。《庄子·杂篇·盗跖》:"盗跖从卒九千人,横行天下,侵暴诸侯,穴室枢户,驱人牛马,取人妇女,贪得忘亲,不顾父母兄弟,不祭先祖。"也作盗贼或盗魁的代称。颜渊:孔子的弟子,古代贤人的典型,早卒。此处将盗跖、颜渊作为好人和坏人的典型。
⑦ 顺水推船:比喻顺着临时出现的情势说话行事,这里可理解为趋炎附势。
⑧ 纽:用同"扭",走路时身体摇晃的样子。
⑨ 哥哥行(háng):宋元口语中人称、自称后面加"行"字表示行为的对象,作用相当于"对""向"。《西厢记》一本二折:"你在我行口强,硬抵着头皮撞。""哥哥行"即哥哥那里。
⑩ 爷娘:父母。
⑪ 取应:参加科举考试。

八、戏曲选

(唱)蚤已是十年多不睹爹爹面①。(刽子云)你适才要我往后街里去,是什么主意?(正旦唱)怕则怕前街里被我婆婆见。(刽子云)你的性命也顾不得,怕他见怎的?(正旦云)俺婆婆若见我披枷带锁,赴法场餐刀去呵②。(唱)枉将他气杀也么哥,枉将他气杀也么哥③!告哥哥,临危好与人行方便。

(卜儿哭上科④,云)天那,兀的不是我媳妇儿⑤!(刽子云)婆子靠后。(正旦云)既是俺婆婆来了,叫他来,待我嘱付他几句话咱⑥。(刽子云)那婆子近前来,你媳妇要嘱付你话哩。(卜儿云)孩儿,痛杀我也!(正旦云)婆婆,那张驴儿把毒药放在羊肚儿汤里,实指望药死了你,要霸占我为妻,不想婆婆让与他老子吃,倒把他老子药死了。我怕连累婆婆,屈招了药死公公,今日赴法场典刑⑦,婆婆此后遇着冬时年节,月一、十五,有瀽不了的浆水饭⑧,瀽半碗儿与我吃,烧不了的纸钱,与窦娥烧一陌儿⑨,则是看你死的孩儿面上。(唱)

【快活三】念窦娥葫芦提当罪愆⑩,念窦娥身首不完全,念窦娥从前已往干家缘⑪。婆婆也,你只看窦娥少爷无娘面。

【鲍老儿】念窦娥伏侍婆婆这几年,遇时节将碗凉浆奠⑫。你去那受刑法尸骸上烈些纸钱⑬,只当把你亡化的孩儿荐⑭。(卜儿哭科,云)孩儿放心,这个老身都记

---

① 蚤:通"早"。
② 餐刀:挨刀。
③ 杀,通"煞",表程度的副词。也么哥:宋元明清时的口语,语尾助词,无实义。北曲《叨叨令》曲牌中的这两句要重复并在句尾加"也么哥",为固定格式,可加强语气,增添音调迂回顿挫之感。
④ 卜儿:元杂剧中老妇人的俗称,相当于后来戏剧中的老旦。
⑤ 兀的:指示词,这。
⑥ 咱(zá):语尾助词,表祈使语气。
⑦ 典刑:正法,执行死刑。
⑧ 瀽(jiǎn):倾,倒。浆水饭:稀粥,米汤。
⑨ 一陌儿:陌通"百",又作"佰",古时一百钱称作"陌"。沈括《梦溪笔谈》卷四:"今之数钱,百钱谓之陌者,借陌字用之,其实只是佰字。""儿"为语尾助词,无实义。一陌儿就是通常所说一沓子、一串的意思。
⑩ 葫芦提:宋元以来口语,意为糊涂,不明不白。当:承受。罪愆:罪过。
⑪ 已往:以前。家缘:家务。干家缘即操持家务。
⑫ 时节:四时的节日。
⑬ 烈:烧。
⑭ 荐:祭祀。

得,天那,兀的不痛杀我也!(正旦唱)婆婆也,再也不要啼啼哭哭,烦烦恼恼,怨气冲天。这都是我做窦娥的没时没运,不明不暗①,负屈衔冤。

(刽子做喝科,云)兀那婆子靠后②,时辰到了也。(正旦跪科)(刽子开枷科)(正旦云)窦娥告监斩大人,有一事肯依窦娥,便死而无怨。(监斩官云)你有什么事你说。(正旦云)要一领净席③,等我窦娥站立,又要丈二白练④,挂在旗枪上⑤,若是我窦娥委实冤枉,刀过处头落,一腔热血休半点儿沾在地下,都飞在白练上者。(监斩官云)这个就依你,打甚么不紧⑥。(刽子做取席站科,又取白练挂旗上科)(正旦唱)

【耍孩儿】不是我窦娥罚下这等无头愿⑦,委实的冤情不浅。若没些儿灵圣与世人传,也不见得湛湛青天。我不要半星热血红尘洒,都只在八尺旗枪素练悬。等他四下里皆瞧见⑧,这就是咱苌弘化碧⑨,望帝啼鹃⑩。

(刽子云)你还有甚的说话⑪,此时不对监斩大人说,几时说那?(正旦再跪科,云)大人,如今是三伏天道⑫,若窦娥委实冤枉,身死之后,天降三尺瑞雪,遮掩了窦娥尸首。(监斩官云)这等三伏天道,你便有冲天的怨气,也召不得一片雪来。可不胡说!(正旦唱)

---

① 不明不暗:不清楚,不明白。
② 兀那:那、那个。"兀"是语助词,无实义,起加强语气的作用。
③ 一领:一张。量词,用于衣物、铠甲、床上用具。
④ 丈二:数量词,一丈二尺。白练:白色的丝织品。
⑤ 旗枪:古代旗杆顶端枪形的金属装饰物。
⑥ 打甚么不紧:有什么要紧的,即"不要紧"。元时将"要紧"称作"打紧","不"字以反语见义,起加强语气的作用。也可作"打甚不紧""打么么紧"。
⑦ 罚:用同"发",罚愿即发愿。无头愿:用头颅相拼的誓愿。无头,斩首的、杀身的。
⑧ 等他四下里皆瞧见:"四下里"指法场的围观群众,恰与开头"着做公的把住巷口"相呼应,后者显示了当时围观群众拥挤的情况。
⑨ 苌(cháng)弘化碧:苌弘,春秋末期周朝的贤臣,无辜被国君所杀,事见《左传·哀公三年》。《庄子·外物》:"苌弘死于蜀,藏其血,三年而化为碧。"碧,碧玉。
⑩ 望帝啼鹃:望帝为传说中周末的蜀王杜宇,被逼传位给臣子后化为杜鹃鸟,日夜悲啼。事见《华阳国志·蜀志》《蜀王本纪》。
⑪ 说话:话,言辞。下同。
⑫ 天道:天气。

【二煞】你道是暑气暄①,不是那下雪天,岂不闻飞霜六月因邹衍②? 若果有一腔怨气喷如火,定要感的六出冰花滚似绵③,免着我尸骸现。要什么素车白马④,断送出古陌荒阡⑤。

(正旦再跪科,云)大人,我窦娥死的委实冤枉,从今以后,着这楚州亢旱三年⑥。(监斩官云)打嘴! 那有这等说话。(正旦唱)

【一煞】你道是天公不可期,人心不可怜,不知皇天也肯从人愿。做甚么三年不见甘霖降,也只为东海曾经孝妇冤⑦。如今轮到你山阳县,这都是官吏每无心正法⑧,使百姓有口难言。

(刽子做磨旗科,云)怎么这一会儿天色阴了也。(内做风科,刽子云)好冷风也。(正旦唱)

【煞尾】浮云为我阴,悲风为我旋。三桩儿誓愿明题遍。(做哭科,云)婆婆也,直等待雪飞六月,亢旱三年呵。(唱)那其间才把你个屈死的冤魂这窦娥显。

(刽子做开刀,正旦倒科)(监斩官惊云)呀,真个下雪了,有这等异事。(刽子云)我也道平日杀人,满地都是鲜血,这个窦娥的血都飞在那丈二白练上,并无半点落地,委实奇怪。(监斩官云)这死罪必有冤枉,早两桩儿应验了,不知亢旱三年的说话,准也不准,且看后来如何。左右,也不必等待雪晴,便与我抬他尸首,还了那蔡婆婆去罢。(众应科,抬尸下)

臧懋循编《元曲选》,中华书局1989年版。

---

① 暑气暄:谓夏天炎热。暄,温暖,或可指炎热,如暄热、暄气。
② 飞霜六月因邹衍:邹衍为战国时燕之忠臣,相传他被谗下狱后仰天而哭,时值夏日,而上天为之降霜,事见《文选》李善注引《淮南子》。后世常以此故事喻指冤狱、冤情。
③ 六出冰花:雪花。雪花六瓣,故又称"六出花"。
④ 素车白马:本指古代凶、丧之事所用的白车白马。东汉时范式和张劭交好,张劭死后,范式乘素车白马远道来奔丧。《后汉书·独行列传》:"式未及到,而丧已发引,既至圹,将窆,而柩不肯进。其母抚之曰:'元伯,岂有望邪?'遂停柩移时,乃见有素车白马,号哭而来。"后世遂以素车白马为送葬之辞。
⑤ 断送:发送,此指送葬。
⑥ 着:教,使。楚州:今江苏省淮安市,下文山阳县属楚州。亢旱:大旱。亢,极也。
⑦ 东海曾经孝妇冤:参见剧前题解。
⑧ 每:同"们",用于人称代词后表多数。正法:正法制,依法办理、制裁。

王实甫

王实甫，名德信，大都（今北京市）人，生卒年及生平事迹皆不详，主要戏剧活动时间约在元成宗元贞、大德年间（1295—1307）。王实甫长期出入勾栏，与演员、歌妓相熟，在当时颇以词章风韵受士林推重。擅写儿女风情剧，语言风格温丽典雅，长于化用诗词，其文辞有"花间美人"（明朱权语）之誉，为古典戏曲"文采派"典范。著有杂剧十四种，今存《西厢记》《丽春堂》《破窑记》三种，《贩茶船》《芙蓉亭》各有一折曲文传世。代表作《西厢记》被誉为"天下夺魁"（贾仲明语），明中叶以来影响尤甚。另存小令一首、套数二种、残套一种。金圣叹曾删改《西厢记》，成为清代最为流行的本子。今通行有王季思、张燕瑾等校注本及韦乐辑著《第六才子书西厢记汇评》。

西 厢 记

第四本　第三折

【解题】作为中国古代影响最为深远的儿女风情剧，元杂剧《西厢记》的独特性在于它首次实现了对爱情本身及其发展过程的关注。此剧写唐贞元年间，家道中落的书生张珙与相国府小姐崔莺莺在普救寺一见钟情，互通情意。叛将孙飞虎兵围普救寺，欲掳莺莺为妻，崔母无奈之下许诺将莺莺嫁与退兵之人，张生献策解围后却遭崔母赖婚，相思成病。二人在侍女红娘的帮助下私下结合，崔母发现后唯恐玷辱家门而允婚，同时却提出"俺三辈儿不招白衣女婿"，要求张生上京应考，二人又被迫分离。最终张生状元及第，与莺莺团圆。

崔、张故事最早见于唐人元稹颇具自传性质的传奇小说《莺莺传》，所叙本是张生对莺莺始乱终弃的故事。两宋时期，其事广泛进入文人诗词及民间说唱领域，赵令畤所作《蝶恋花》鼓子词已开始对张生的做法提出批判。杂剧、南戏亦有同题材作品，惜皆不传。金元时期，市民意识随城市经济发展而增长，对传统礼教的反叛和对个体意志的关注越来越多地表现在文学作品中。金代董解元《西厢记诸宫调》增加了与莺莺订亲的宰相之子郑恒等人物，初步凸显了崔母、红娘对于崔、张爱情的外力影响，集中表现主动追求爱情的张生、莺莺与维护封建门第的崔母、郑恒之间的冲突，并以崔、张二人的胜利为结局，彻底改变了故事的主题。王实甫正是在董《西厢》的基础上，兼容南北戏曲之长，在五本二十一折的宏篇中以细密的结构安排、细腻的心理刻画、文采与本色相生的语言塑造了叛逆多情又矜持含蓄的莺莺，风流儒雅而率真憨直的"志诚种"张生，热心、机智的红娘以及时刻以家族利益为本、谨守礼教的崔母等多个血肉丰满的人物。不同于董《西厢》仍未脱"才子施恩，佳人报德"的世俗窠臼，王实甫笔下的莺莺、张生所持乃是功名利禄、门第礼教之外对"情"的纯粹追求，这与崔母以群体抑个体、家声为重的观念形成激烈的冲突，突出了尊重个性发展、追求爱情自由、反对传统礼教，"愿普天下有情的都成了眷属"的思想主题。本剧也因此被誉为"情词之宗"（凌濛初语），对后世《牡丹亭》《红楼梦》等写情杰作产生了深远影响。

本剧第四本第三折讲述莺莺与红娘、崔母、长老等送别张生上京应考之事，由莺莺一人主唱，集中刻画了莺莺面对离别的曲折心绪。"须臾对面，顷刻别离"的伤感焦灼，对功名利禄"拆鸳鸯在两下里"的强烈不满，对崔母阻拦自己与张生共桌而食的埋怨，对张生"顺时自保揣身体"的挂念与"休忧文齐福不齐""怕你停妻再娶妻"的担忧，细腻而多层次的心理描摹使莺莺的形象更加饱满动人，亦深化了本剧缘情反礼的思想主题。本折曲文更集中展现了王实甫以民间口语为主体，化用成语及诗词，典雅而不失平易、精致而不失当行的戏曲语言风格，既有"四围山色中，一鞭残照里"的典雅骈语，也有"从今后衫儿、袖儿，都揾做重重叠叠的泪"般以儿音、叠字强化情感深度的韵律化口语，"碧云天，黄花地"等多处对唐宋诗词的化用更为全剧营造了极具诗意的抒情氛围，后人赞其"多可入唐律"（徐士范语），真乃无愧"化工"(李卓吾语)之誉。

（夫人、长老上①，云）今日送张生赴京，十里长亭②，安排下筵席。我和长老先行，不见张生、小姐来到。（旦、末、红同上③）（旦云）今日送张生上朝取应④，早是离人伤感，况值那暮秋天气，好烦恼人也呵！悲欢聚散一杯酒，南北东西万里程。

【正宫·端正好】碧云天，黄花地，西风紧，北雁南飞⑤。晓来谁染霜林醉？总是离人泪⑥。

【滚绣球】恨相见得迟，怨归去得疾。柳丝长玉骢难系⑦，恨不倩疏林挂住斜晖⑧。马儿迍迍的行，车儿快快的随⑨，却告了相思回避，破题儿又早别离⑩。听得一声去也，松了金钏⑪；遥望见十里长亭，减了玉肌。此恨谁知！

（红云）姐姐，今日怎么不打扮？（旦云）你那知我的心里呵！

【叨叨令】见安排着车儿、马儿，不由人熬熬煎煎的气；有甚么心情花儿、靥儿⑫，打扮的娇娇滴滴的媚；准备着被儿、枕儿，则索昏昏沉沉的睡⑬；从今后衫儿、

---

① 长老：此处是对寺院住持僧的尊称，指普救寺的住持法本。
② 十里长亭：古时在驿路两旁每隔十里设长亭，五里设短亭，以供往来行旅休息，近城的十里长亭常为送别之处。
③ 旦、末、红：本剧旦脚扮演崔莺莺，末脚扮演张珙，红指红娘。
④ 取应：参加科举考试。
⑤ "碧云天，黄花地"句：本宋范仲淹《苏幕遮》词："碧云天，黄叶地，秋色连波，波上寒烟翠。"黄花，菊花。
⑥ "晓来"二句：意谓离人泪中带血，染红了深秋早上的枫林。霜林醉，枫林经霜变红，如同人喝醉酒后脸上的红晕一般。宋曾季狸《艇斋诗话》谓唐人有诗云："君看陌上梅花红，尽是离人眼中血。"董解元《西厢记诸宫调》卷六："君不见满川红叶，尽是离人眼中血。"董、王之作皆为化用唐人诗句。
⑦ 玉骢：玉花骢，毛色青白相间的良马。亦泛指骏马。
⑧ 倩(qìng)：请，恳求。
⑨ "马儿"二句：迍迍(zhūn)，行动迟缓的样子。《毛西河论定西厢记》评云："马在前，故行慢，车在后，故随快，不欲离也。"
⑩ "却告"二句：却，才，刚刚。破题儿，唐宋时应举诗赋和经义的开头要用几句话说破题目要义，称破题，元剧中常用破题儿表示事情的开端、第一次，这里意指别离的开始。此二句意谓两人刚刚私下结合了却相思，转眼间又面临分别。
⑪ 金钏：金镯子。
⑫ 靥儿：原指酒窝，此处指古代妇女面部的一种妆饰。段成式《酉阳杂俎》："近代妆尚靥，如射月曰黄星靥。靥钿之名，盖自吴孙和邓夫人也。"杜甫《琴台》朱鹤龄注："唐时妇女多贴花钿于面，谓之靥饰。"
⑬ 则索：只得、只好。也作只索、直索。

袖儿,都揾做重重叠叠的泪①。兀的不闷杀人也么哥,兀的不闷杀人也么哥②!久已后书儿、信儿,索与我恓恓惶惶的寄③。

(做到)(见夫人科)(夫人云)张生和长老坐,小姐这壁坐④,红娘将酒来⑤。张生,你向前来,是自家亲眷,不要回避。俺今日将莺莺与你,到京师休辱末了俺孩儿⑥,挣揣一个状元回来者⑦。(末云)小生托夫人余荫,凭着胸中之才,视官如拾芥耳⑧。(洁云⑨)夫人主见不差,张生不是落后的人。(把酒了⑩,坐)(旦长吁科)

【脱布衫】下西风黄叶纷飞,染寒烟衰草萋迷。酒席上斜签着坐的⑪,蹙愁眉死临侵地⑫。

【小梁州】我见他阁泪汪汪不敢垂⑬,恐怕人知。猛然见了把头低,长吁气,推整素罗衣⑭。

【幺篇】虽然久后成佳配⑮,奈时间怎不悲啼⑯。意似痴,心如醉,昨宵今日,清减了小腰围。

---

① 揾:揩拭。
② 兀的:指示词,这。也么哥:宋元明清时口语,语尾助词,无实义,详参第296页《窦娥冤》注③。
③ 索:须,应。恓恓惶惶:悲伤貌。
④ 这壁:犹云"这边",较近的地方。或作"这厢""这壁厢"。
⑤ 将:取,拿。
⑥ 辱末:即辱没。
⑦ 挣揣(chuài):争取、博取。者:句末语助词,表示命令、祈使语气,下文"小姐把盏者""红娘把盏者""鞍马上保重者"用法同。
⑧ 拾芥:比喻轻而易举。芥,小草。《汉书·夏侯胜传》:"胜每讲授,常谓诸生曰:'士病不明经术,经术苟明,其取青紫,如俯拾地芥耳。'"颜师古注:"地芥,谓草芥之横在地上者;俯而拾之,言其易易而必得也;青紫,卿大夫之服也。"
⑨ 洁:"洁郎"的省称,指法本长老。洁郎是元代民间对僧人的俗称,或作杰郎。
⑩ 把酒:行酒,敬酒。
⑪ 斜签着坐:斜侧着身子坐。签,插。古时晚辈在长辈面前侍坐的一种礼节。此指张生。另有一说谓"伤离恨别,坐不能正也"(王伯良),认为是形容张生离别前无精神的样子。
⑫ 死临侵地:呆呆地、没有生气地。临侵,词尾,表程度,无实义,又可作淋侵、林侵、淋浸。汤显祖《牡丹亭·遇母》:"冷淋侵一阵风儿旋,这般活现。"
⑬ 阁泪:含着眼泪。宋无名氏《鹧鸪天》词:"尊前只恐伤郎意,阁泪汪汪不敢垂。"
⑭ 推整素罗衣:推,借口,假托。此指莺莺。
⑮ 久后:将来,以后。
⑯ 时间:现在,目前。

(夫人云)小姐把盏者①!(红递酒,旦把盏长吁科,云)请吃酒。

【上小楼】合欢未已,离愁相继。想着俺前暮私情,昨夜成亲,今日别离。我谂知这几日相思滋味②,却元来此别离情更增十倍。

【幺篇】年少呵轻远别,情薄呵易弃掷。全不想腿儿相挨,脸儿相偎,手儿相携。你与俺崔相国做女婿,妻荣夫贵,但得一个并头莲,煞强如状元及第③。

(夫人云)红娘把盏者。(红把酒科)

【满庭芳】供食太急④,须臾对面,顷刻别离。若不是酒席间子母每当回避,有心待与他举案齐眉⑤。虽然是厮守得一时半刻,也合着俺夫妻每共桌而食。眼底空留意,寻思起就里,险化做望夫石⑥。

(红云)姐姐不曾吃早饭,饮一口儿汤水。(旦云)红娘,甚么汤水咽得下⑦。(旦唱)

【快活三】将来的酒共食,尝着似土和泥。假若便是土和泥,也有些土气息,泥滋味。

【朝天子】暖溶溶玉醅⑧,白泠泠似水⑨,多半是相思泪。眼面前茶饭怕不待要吃⑩,

---

① 把盏:端着酒杯,多用于斟酒敬客。
② 谂(shěn)知:深知、熟知。
③ 妻荣夫贵:《仪礼·丧服》:"夫尊于朝,妻贵于室。"郑玄注:"妻贵于室,从夫爵也。"夫荣妻贵为古时成语,此处反用其意。全句是说莺莺认为张生做了崔相国女婿,身份已因妻而贵,应以夫妻恩情为重,不必再去求取功名了。有埋怨之意。
④ 供食太急:毛西河评:"以催红把盏,故云供食何太急也。我聚首只须臾耳,勿急也。"
⑤ 举案齐眉:泛指夫妻相敬爱。《后汉书·逸民列传·梁鸿》:"每归,妻为具食,不敢于鸿前仰视,举案齐眉。"王先谦集解引沈钦韩云:"举案高至眉,敬之至。"此句意谓因母亲在座,不得与张生亲近。
⑥ 望夫石:民间传说有妇人伫立望夫,日久化而为石。《初学记》卷五引南朝刘义庆《幽明录》:"武昌北山有望夫石,状若人立。古传云:昔有贞妇,其夫从役,远赴国难,携弱子饯送北山,立望夫而化为立石。"此句意谓二人不得同桌而食,只能以眉目诉说心意。
⑦ "(红云)姐姐不曾吃早饭……":《毛西河论定西厢记》本中,此行科白在下文【满庭芳】曲后,【满庭芳】曲后"(夫人云)红娘把盏者。(红把酒科)"在曲前。王季思《西厢记校注》亦从毛本,认为两段互易后,更能使曲白语气相接。
⑧ 玉醅:美酒。
⑨ 白泠泠:清冽、澄澈貌。
⑩ 怕不待:何尝不、难道不想。

恨塞满愁肠胃。蜗角虚名①，蝇头微利②，拆鸳鸯在两下里。一个这壁，一个那壁，一递一声长吁气③。

（夫人云）辆起车儿④，俺先回去，小姐随后和红娘来。（下）（末辞洁科）（洁云）此一行别无话儿，贫僧准备买登科录看⑤，做亲的茶饭，少不得贫僧的。先生在意⑥，鞍马上保重者。从今经忏无心礼，专听春雷第一声⑦。（下）（旦唱）

【四边静】霎时间杯盘狼藉，车儿投东，马儿向西。两意徘徊，落日山横翠。知他今宵宿在那里？有梦也难寻觅。张生，此一行得官不得官，疾便回来。（末云）小生这一去，白夺一个状元，正是：青霄有路终须到，金榜无名誓不归⑧。（旦云）君行别无所赠，口占一绝⑨，为君送行：弃掷今何在，当时且自亲。还将旧来意，怜取眼前人⑩。（末云）小姐之意差矣，张珙更敢怜谁？谨赓一绝⑪，以剖寸心：人生长远别，孰与最关亲？不遇知音者，谁怜长叹人⑫？

【耍孩儿】（旦唱）淋漓襟袖啼红泪⑬，比司马青衫更湿⑭。伯劳东去燕西飞⑮，

---

① 蜗角虚名：《庄子·杂篇·则阳》："有国于蜗之左角者，曰触氏，有国于蜗之右角者，曰蛮氏，时相与争地而战，伏尸数万，逐北旬有五日而后反。"郭象注："诚知所争者若此之细也，则天下无争矣。"蜗角，蜗牛的触角，极细极微，喻微小之地。蜗角虚名即为微小的浮名。
② 蝇头微利：班固《难庄论》："众人之逐世利，如青蝇之赴肉汁也。青蝇嗜肉汁而忘溺死，众人贪世利而陷罪祸。"喻指极其微小的利益。苏轼《满庭芳》词："蜗角虚名，蝇头微利，算来着甚干忙？"
③ 一递一声长吁气：犹谓张生和莺莺交互不断地吁气。一递，表示交替而做同样的动作。
④ 辆：驾。谓准备好车轿。
⑤ 登科录：科举时代及第士人的名录。
⑥ 在意：留意，放在心上。
⑦ 春雷第一声：此指中状元的捷报。进士考试在春正、二月举行，故有此说。
⑧ "青霄"二句：此为宋元时成语，元剧中常用，关汉卿《陈母教子》、白朴《东墙记》等皆有此语。青霄，喻高第。
⑨ 口占：不打草稿，随口成文。后多指随口成诗。
⑩ "弃掷"四句：此诗出自唐元稹《莺莺传》，为莺莺被抛弃后谢绝张生见面请求所作。此处为莺莺设托之辞，从反面叮嘱张生不要负心。
⑪ 赓：连续。此处指续作。
⑫ "人生"四句：张生此诗谓除莺莺外再无知音。
⑬ 红泪：美人泪。晋王嘉《拾遗记》载，常山薛灵芸被选入魏文帝宫中，"至升车就路之时，以玉唾壶承泪，壶则红色。既发常山，及至京师，壶中泪凝如血"矣。
⑭ 比司马青衫更湿：白居易《琵琶行》："座中泣下谁最多，江州司马青衫湿。"
⑮ 伯劳东去燕西飞：古乐府诗《东飞伯劳歌》："东飞伯劳西飞燕，黄姑织女时相见。"伯劳，鸟名。燕仲春来、仲秋去，伯劳仲夏来、仲冬去，来去相背。后多以"劳燕分飞"喻离别。

未登程先问归期。虽然眼底人千里，且尽生前酒一杯①。未饮心先醉②，眼中流血，心里成灰③。

【五煞】到京师服水土，趁程途节饮食④，顺时自保揣身体⑤。荒村雨露宜眠早，野店风霜要起迟⑥。鞍马秋风里，最难调护，最要扶持。

【四煞】这忧愁诉与谁？相思只自知，老天不管人憔悴。泪添九曲黄河溢，恨压三峰华岳低⑦。到晚来闷把西楼倚，见了些夕阳古道，衰柳长堤。

【三煞】笑吟吟一处来，哭啼啼独自归。归家若到罗帏里，昨宵个绣衾香暖留春住，今夜个翠被生寒有梦知。留恋你别无意，见据鞍上马，阁不住泪眼愁眉⑧。

（末云）有甚言语，嘱付小生咱⑨？（旦唱）

【二煞】你休忧文齐福不齐⑩，我则怕你停妻再娶妻⑪。休要一春鱼雁无消息⑫！我这里青鸾有信频须寄⑬，你却休金榜无名誓不归。此一节君须记：若见了那异乡花草，再休似此处栖迟。

---

① 且尽生前酒一杯：杜甫《绝句漫兴》其四："莫思身外无穷事，且尽生前有限杯。"
② 未饮心先醉：语出刘禹锡《酬令狐相公杏园下饮有怀见寄》："未饮心先醉，临风思倍多。"
③ "眼中"二句：形容极度悲伤。徐士范《重刻元本题评音释西厢记》言此处出自《烟花录》："昔有一商，美姿容，泊舟于西河下。岸上高楼中一美女，相视月余，两情已契，弗遂所愿。商货尽而去，女思成疾而亡。父遂而焚之，独心中一物不化如铁，磨出，照见中有舟楼相对，隐隐有人形。其父以为奇，藏之。后商复来，访其女，得所由，献金求观，不觉泪下成血，滴心上，心即成灰。"
④ 趁：赶。趁程途，赶路。
⑤ 顺时自保揣身体：揣（chuài），"囊揣"之省词，懦弱、不中用。此处"揣身体"犹云弱身体。一说为揣（chuǎi），量度、估量之意，全句意谓估量自己的身体情况，顺时自保。
⑥ "荒村"二句：二句互文。
⑦ "泪添"二句：上句喻愁之多，下句喻愁之深重。华岳，西岳华山，三峰指莲花峰、毛女峰、松桧峰，一说为莲花、仙人、落雁三峰。元李珏《题汪水云〈湖山类稿〉》："泪添东海水，愁压北邙山。"
⑧ 阁不住：止不住、挡不了。
⑨ 咱：我，我们。此为张生自指。
⑩ 文齐福不齐：有文才而没有福气，古时成语。石君宝《秋胡戏妻》第一折："莫怨文齐福不齐，娶妻三日却分离。"
⑪ 停妻再娶妻：遗弃原配妻子，另娶新妻。古时士子金榜题名后多有停妻再娶者，旧律有"停妻再娶"条。《唐律》："诸有妻更娶妻者，徒一年。"元《通制条格》："有妻更娶妻者，虽会赦，犹离之。"
⑫ 一春鱼雁无消息：秦观《鹧鸪天》词："一春鱼鸟无消息，千里关山劳梦魂。"
⑬ 青鸾：青鸟，传说中西王母的信使。

(末云)再有谁似小姐,小生又生此念①?(旦唱)

【一煞】青山隔送行,疏林不做美,淡烟暮霭相遮蔽。夕阳古道无人语,禾黍秋风听马嘶。我为甚么懒上车儿内?来时甚急,去后何迟②!

(红云)夫人去好一会,姐姐,咱家去。(旦唱)

【收尾】四围山色中,一鞭残照里③。遍人间烦恼填胸臆,量这些大小车儿如何载得起④?

(旦、红下)(末云)仆童,赶早行一程儿,早寻个宿处。泪随流水急,愁逐野云飞。(下)

张燕瑾校注《西厢记》,人民文学出版社 2014 年版。

---

① 《西厢记》传世诸本中,多谓张生于此处下场,本折末尾"(末云)仆童……愁逐野云飞。(下)"之情节应移至此处,【一煞】【收尾】二曲所述皆为张生远去后莺莺怅望的情景。闵遇五《五剧笺疑》:"如饯行祖道,行者登程,居者旋返,古今通礼。所以此词'再有谁似小姐'之后,生即上马而去,莺徘徊目送,不忍遽归。'青山隔送行',言生已转过上坡也;'疏林不做美',言生出疏林之外也;'淡烟暮霭相遮蔽',在烟霭中也;'夕阳古道无人语',悲已独立也;'禾黍秋风听马嘶',不见所欢,但闻马嘶也;'为甚么懒上车儿内',言己宜归而不归也;'四围山色中,一鞭残照里',生已过前山,适因残照而见其扬鞭也。宾白填词,旳的无爽。而诸本俱作生、莺同在之词,岂复成文理耶?"一说张生此处虽已与莺莺分别,但并未下场,实际演出中应是崔、张同台,表演出两地相望、两情依依之情状,正体现中国戏曲舞台没有空间限制的特点(张燕瑾《西厢记》注)。
② "来时"二句:时、后二字对举,皆作语气间歇之用,犹"呵"或"啊"也。
③ "四围"二句:马致远《寿阳曲》:"四围山一竿残照里,锦屏风又添铺翠。"
④ "遍人间"二句:大小车儿,即小车儿,大小为偏义复词。李清照《武陵春》词:"只恐双溪舴艋舟,载不动许多愁。"

高明

高明,字则诚,号菜根道人,温州瑞安(今浙江省瑞安市)人,世称东嘉先生。约生于元大德年间(1297—1307),卒于至正十九年(1359),一说卒于明初。高明生于书香世家,父祖皆为隐士,他学识渊博,为理学家黄溍弟子,亦工诗文词曲。至正五年(1345)中进士,历任处州录事、庆元路推官等职,政绩颇著。至正十一年(1351),高明在协助平定方国珍之乱时与主帅论事不合,避不治文书,萌生退隐之意,后于江南行台掾任上数忤权贵,托病辞去。改调福建行省都事途中,方国珍欲强留其在幕中,高明力辞不从,随即解官,隐居于宁波栎社,以词曲自娱。相传明太祖朱元璋曾慕名召请高明至南京修《元史》,高明佯狂不出,不久即病逝。其代表作为晚年隐居所作南戏《琵琶记》,另有南戏《闵子骞单衣记》及诗文集《柔克斋集》,均已佚,今存诗文词曲五十余篇。今通行有钱南扬校注《元本琵琶记校注》。

琵琶记

第二十出　五娘吃糠①

【解题】南戏之复兴,传奇之盛,乃至中国古典戏曲被赋予"载道"的使命进入

---

① 南戏的体制不同于杂剧,杂剧分场曰"折",宋元南戏曰"出",明清时期在南戏基础上形成的文人传奇常称"齣(chū)",义同而名异。杂剧一般遵循一本四折的体制(《西厢记》为特例),例由一人主唱,南戏则不限长短,歌唱形式多样(一般由生、旦二脚色主唱)。又,早期南戏、杂剧剧本不分出、折,亦无标目,仅在表演时据人物上下场(杂剧根据宫调属性)自然分场,本出题目"五娘吃糠"为钱南扬校注本所加。

雅文学的视野,皆始于这一部《琵琶记》。全剧共四十二出,写书生蔡伯喈与赵五娘新婚不久即遇朝廷皇榜招士,念父母年迈,蔡伯喈本欲留乡侍奉双亲,却迫于父命赴选,考中状元后被牛丞相看中,欲招其为婿。蔡伯喈上表辞婚、辞官,言明自己已有妻室,愿归乡侍奉双亲,皆未得皇帝应允,被迫入赘牛府,婚后仍惦念家中父母妻子,神思不属。牛氏心下生疑,盘问出实情后,劝父亲放夫妻二人还乡尽孝。而此时家中连年饥荒,赵五娘典尽衣衫,自己吃糠果腹,仍难以维持一家生计,蔡公、蔡婆相继去世。赵五娘埋葬公婆后,怀抱琵琶沿途弹唱行乞,进京寻夫,一夫二妻团圆。蔡伯喈得知双亲离世后悔恨不已,与赵五娘、牛氏返乡扫墓,守孝三年,后一门皆受皇帝旌表。

"不关风化体,纵好也枉然。"(高明语)生于社会矛盾尖锐、汉族文人仍备受压抑的元末,仕途困顿又深受传统儒学思想熏染的高明对君权失望,将安定社会的希望寄托在了对子孝妻贤之家庭伦理的恢复中,这也正是《琵琶记》的创作意图所在。该剧并非凭空结撰,其基本情节皆本于宋代南戏《赵贞女蔡二郎》,唯原剧中蔡二郎贪恋功名,隐婚入赘相府,赵贞女寻至京师后不仅不肯相认,反而用马将其践踏致死,最终触怒天神,为暴雷震死。高明将改编的焦点放在蔡伯喈身上,以"三不从"的情节设计将其置于忠孝不能两全的伦理困境中,通过对蔡、赵这一对孝子贤妇悲剧性命运的书写,深入反映了当时道德缺位所引发的多重社会矛盾,凸显了以孝律忠的思想主题。受到作者迫切宣教意图的影响,剧中少数情节尚未脱去说教意味,但忠于现实的写作态度又使得其笔下人物在细腻、本色的日常心理刻画下极具真实性和生活气息,蔡伯喈作为知识分子的软弱性格与复杂心理正是元末士人的真实写照,而剧中人物最动人者当属赵五娘。

本剧第二十出中,因无钱置备饭食,赵五娘只得自己暗地里吃糠充饥,本是不想让公婆担忧而刻意回避,却被婆婆怀疑"背后自逼逻东西吃"。真相大白后,五娘想尽办法安慰公婆,蔡婆却仍当场痛心而死,蔡公亦对自己当初逼试的做法悔恨不已,深感愧对儿媳。婆婆去世,衣衾棺椁却无钱安排,幸得急公好义的邻居张广才予以援手,方才又渡过这一难。作者并未将赵五娘描绘成仅知恪守孝道的标签化人物。"非奴苦要孝名传",饥荒之年独力支持全家的千般磨难皆非五娘所愿,重压之下她也想过寻死,然而"公婆年纪老,靠着奴家相依倚",只得苦苦支撑;她将自己和丈夫蔡伯喈比作糠和米,"一贱与一贵"、"终无见期",悲怨诉说蕴藏无尽曲折的心事;将自己吃糠比作苏武嚼雪、神仙餐松,故作轻松的自我调侃,仍压不住字里行间的心酸之意,"糟糠妻室"四字宛若由心中流出,凄怆感人。【山坡羊】几曲连用叠词,情文相生。【孝顺歌】一段触物伤情,情景相融,以口头语写心间事,其中动人者并非单纯的"孝"字,而是渺小的个体在不公的社会重压下表现出来的善良、坚忍的人格力量。正如王世贞《曲藻》所论:"则诚所以冠绝诸剧者,不唯其琢句之工、使事之美而已,其体贴人情,委曲必尽;描写物态,仿佛如生;问答之际,了不见扭造:所以佳耳。"《琵琶记》之所以被誉为南曲之祖,且吃糠、描容、盘夫等故事至今仍在戏曲舞台上盛演不衰,凭借的正是高明兼容南北曲之长,对民间南戏予以艺术改造后对朴素的人性之美的深切表达。

(旦上唱①)【山坡羊】乱荒荒不丰稔的年岁②,远迢迢不回来的夫婿。急煎煎不耐烦的二亲,软怯怯不济事的孤身己③。衣尽典,寸丝不挂体。几番要卖了奴身己,争奈没主公婆教谁看取?(合④)思之,虚飘飘命怎期?难捱,实丕丕灾共危⑤。

【前腔】滴溜溜难穷尽的珠泪,乱纷纷难宽解的愁绪。骨崖崖难扶持的病体⑥,战钦钦难捱过的时和岁⑦。这糠呵,我待不吃你,教奴怎忍饥?我待吃呵,怎吃得?(介⑧)苦!思量起来不如奴先死,图得不知他亲死时。(合前)

---

① 旦:南戏脚色名称,本剧中饰赵五娘。宋元南戏脚色分为生、旦、外、贴、净、末、丑七种,其中生、旦扮演男女主角,以唱为主。外脚常扮演老年男性正剧角色,本剧中饰蔡公;净、末、丑为喜剧脚色,常在剧中饰演多个配角,本出中净饰演蔡婆,末饰演邻居张广才。
② 稔(rěn):庄稼成熟。
③ 身己:身体,亦作"身起"。《广韵》:"己,身也。""身己"为同义连文。
④ 合:同场演员合唱或后台帮腔。此处台上仅赵五娘一人,下文"思之"二句即为后台帮合,起到深化剧中人物感情、渲染氛围的作用。下文出现的"合前"意为反复合唱前面的曲文。
⑤ 实丕丕:实实在在。"丕丕"亦作"坯坯""拍拍",用作语助词,有"很"的意思。
⑥ 骨崖崖:瘦削貌,亦作"骨摧摧"。
⑦ 战钦钦:战战兢兢的样子。
⑧ 介:南戏、传奇表演术语,是关于动作、表情、效果的舞台提示,相当于元杂剧中的"科"。南戏中的"介"有时对表演的具体内容不作说明,但仍对应一个独立的表演单元,此处即是。

（白）奴家早上安排些饭与公婆，非不欲买些鲑菜①，争奈无钱可买。不想婆婆抵死埋冤，只道奴家背地吃了甚么。不知奴家吃的却是细米皮糠，吃时不敢教他知道，只得回避。便埋冤杀了，也不敢分说。苦！真实这糠怎的吃得。（吃介）（唱）

【孝顺歌】呕得我肝肠痛，珠泪垂，喉咙尚兀自牢嗄住②。糠！遭砻被舂杵③，筛你簸扬你，吃尽控持④。悄似奴家身狼狈⑤，千辛万苦皆经历。苦人吃着苦味，两苦相逢，可知道欲吞不去⑥。（吃吐介）（唱）

【前腔】糠和米，本是两倚依，谁人簸扬你作两处飞？一贱与一贵，好似奴家共夫婿，终无见期。丈夫，你便是米么，米在他方没寻处。奴便是糠么，怎的把糠救得人饥馁？好似儿夫出去，怎的教奴，供给得公婆甘旨⑦？（不吃放碗介）（唱）

【前腔】思量我生无益，死又值甚的！不如忍饥为怨鬼。公婆年纪老，靠着奴家相依倚，只得苟活片时。片时苟活虽容易，到底日久也难相聚。谩把糠来相比，这糠尚兀自有人吃，奴家骨头，知他埋在何处？

（外、净上探，白）媳妇，你在这里说甚么？（旦遮糠介）（净搜出，打旦介）（白）公公，你看么？真个背后自逼逻东西吃⑧，这贱人好打！（外白）你把他吃了，看是什么物事？（净荒吃介）⑨（吐介）（外白）媳妇，你逼逻的是什么东西？（旦介）（唱）

【前腔】这是谷中膜，米上皮，将来逼逻堪疗饥。（外、净白）这是糠，你却怎的吃得？（旦唱）尝闻古贤书，狗彘食人食⑩，公公，婆婆，须强如草根树皮。（外、净

---

① 鲑（xié）菜：古时鱼类菜肴的总称。
② 尚兀自：还，犹。牢嗄（shà）住：紧紧地卡住。嗄，声音嘶哑。《玉篇·口部》："嗄，声破。"
③ 砻（lóng）：磨。砻、舂、杵皆为磨谷工具，此处为动词。宋应星《天工开物》："凡稻去壳用砻，去膜用舂、用碾。"
④ 控持：磨难。
⑤ 悄：浑，直，亦可作"诮""俏""峭"。悄似即浑如、直是。
⑥ 可知道：难怪，怪不得。
⑦ 甘旨：美味的食物，此处特指养亲的食物。
⑧ 逼逻：安排，张罗。
⑨ 荒：副词，慌忙。
⑩ 狗彘食人食：《孟子·梁惠王上》："狗彘食人食而不知检。"本义指富贵人家的猪狗吃掉了百姓的粮食，统治者却不知道检查和制止。此处为赵五娘断章取义，意指猪狗吃的食物拿来给人吃。

白)这的不嘎杀了你?(旦唱)嚼雪餐毡苏卿犹健①,餐松食柏到做得神仙侣②,纵然吃些何虑?(白)公公,婆婆,别人吃不得,奴家须是吃得。(外、净白)胡说!偏你如何吃得?(旦唱)爹妈休疑,奴须是你孩儿的糟糠妻室③!

(外、净哭介,白)原来错埋冤了人,兀的不痛杀了我!(倒介)(旦叫介)(唱)

【雁过沙】他沉沉向迷途,空教我耳边呼。公公,婆婆,我不能尽心相奉事,番教你为我归黄土④。公公,婆婆,人道你死缘何故?公公,婆婆,你怎生割舍抛弃了奴?

(白)公公,婆婆!(外醒介)(唱)

【前腔】媳妇,你耽饥事公姑⑤。媳妇,你耽饥怎生度?错埋冤你也不肯辞⑥,我如今始信有糟糠妇。媳妇,我料应不久归阴府。媳妇,你休便为我死的把生的受苦。(旦叫婆婆介)(唱)

【前腔】婆婆,你还死教奴家怎支吾⑦?你若死教我怎生度?我千辛万苦回护丈夫⑧,如今到此难回护。我只愁母死难留父,况衣衫尽解,囊箧又无。(外叫净介)(唱)

【前腔】婆婆,我当初不寻思,教孩儿往皇都。把媳妇闪得苦又孤⑨,把婆婆送入黄泉路,只怨是我相耽误。我骨头未知埋在何处所?

---

① "嚼雪"句:苏武字子卿,汉武帝时出使匈奴,匈奴逼其投降,苏武不从。"单于愈益欲降之,乃幽武,置大窖中,绝不饮食。天雨雪,武卧啮雪,与旃毛并咽之,数日不死,匈奴以为神。"(《汉书·苏武传》)
② "餐松"句:旧时相传神仙不吃人间烟火之食,以松柏之实为粮。《列仙传》:"赤松子好食柏实,齿落更生。""偓佺者,槐山采药父也。好食松食,形体生毛,长七寸,两目更方,能飞行逐走马。……松者,简松也,时人受服者,皆至二三百岁焉。"
③ 糟糠妻室:指贫贱时患难与共的妻子。糟糠,本指酒滓、谷皮等粗劣食物,贫者以之充饥。东汉光武帝刘秀的姐姐湖阳公主新寡,欲嫁朝臣宋弘,而宋弘已有妻室,刘秀以言语试探,宋弘以"贫贱之知不可忘,糟糠之妻不下堂"对之。事见《后汉书·宋弘传》。以上狗彘食人食、嚼雪、餐松、糟糠妻室数语,皆为赵五娘安慰公婆之辞,亦有自嘲之意。
④ 番:反。
⑤ 耽饥:忍饥。
⑥ 辞:解说,辩解。
⑦ 支吾:应付,对付。
⑧ 回护:袒护,庇护,此指代丈夫尽孝。
⑨ 闪得:害得。闪,使受损害。

（旦白）婆婆都不省人事了，且扶入里面去。正是：青龙共白虎同行，吉凶事全然未保①。（并下）（末上白）福无双至犹难信，祸不单行却是真②。自家为甚说这两句？为邻家蔡伯喈妻房，名唤做赵氏五娘子，嫁得伯喈秀才，方才两月，丈夫便出去赴选。自去之后，连年饥荒，家里只有公婆两口，年纪八十之上，甘旨之奉，亏杀这赵五娘子，把些衣服首饰之类尽皆典卖，籴些粮米做饭与公婆吃，他却背地里把些细米皮糠逼逻充饥。啧啧③，这般荒年饥岁，少什么有三五个孩儿的人家④，供膳不得爹娘⑤。这个小娘子，真个今人中少有，古人中难得。那公婆不知道，颠倒把他埋冤；今来听得他公婆知道⑥，却又痛心都害了病。俺如今去他家里探取消息则个⑦。（看介）这个来的却是蔡小娘子，怎生恁地走得慌？（旦慌走上介）（白）天有不测风云，人有旦夕祸福。（见末介）公公，我的婆婆死了。（末介）我却要来⑧。（旦白）公公，我衣衫首饰尽行典卖，今日婆婆又死，教我如何区处⑨？公公可怜见，相济则个。（末白）不妨，婆婆衣衾棺椁之费皆出于我，你但尽心承值公公便了⑩。（旦哭介）（唱）

【玉包肚】千般生受⑪，教奴家如何措手⑫？终不然把他骸骨⑬，没棺椁送在荒丘？（合）相看到此，不由人不珠泪流，正是不是冤家不聚头⑭。（末唱）

【前腔】不须多忧，送婆婆是我身上有。你但小心承直公公，莫教又成不救。

---

① "青龙"二句：宋元时俗语。古时星命家以青龙为吉星，白虎为凶星，二者并行则吉凶未定。
② "福无双至"二句：刘向《说苑》："此所谓福不重至，祸必重来者也。"后演变为民间俗语"福无双至，祸不单行"。
③ 啧啧：赞叹声，即啧啧。
④ 少什么：尽多的是。
⑤ 供膳：供给膳食，此指供养。
⑥ 今来：而今，即今，现在。
⑦ 则个：句尾助词，用法与现代汉语中"呢""罢""了"略同，表示商量、叮嘱、希望或加重语气。
⑧ 却要：正要。
⑨ 区处：处理，筹划安排。
⑩ 承值：侍奉，照料，亦作"承直"。
⑪ 生受：困难，磨难。一说此处用作道谢语，犹今云烦劳、多谢。
⑫ 措手：着手处理。
⑬ 终不然：难道，岂能，亦作"终不成""终不道"。
⑭ 不是冤家不聚头：旧时谓前世有缘分，今世才做得夫妻。此处泛指家人，意指今世成为一家人，都是出于前世的因果缘分。

（合前）

　　（旦白）如此，谢得公公！只为无钱送老娘。（末白）娘子放心，须知此事有商量。（合）正是：归家不敢高声哭，只恐人闻也断肠①。（并下）

钱南扬《元本琵琶记校注》，中华书局 2009 年版

---

① 此处"只为无钱送老娘"四句韵语为本出的下场诗。南戏人物下场例用下场诗，早期下场诗多用俚语、俗语，此处"归家"二句，又见于《白兔记》第二十出，《荆钗记》《拜月亭记》《杀狗记》中皆有类似语句。

汤显祖

汤显祖(1550—1616),字义仍,号若士、海若、海若士,别署清远道人,晚年自号茧翁。所居书斋名玉茗堂、清远楼。抚州临川(今属江西)人。曾因谢绝首相张居正的延揽而两次会试不第,万历十一年(1583)方中进士,历任南京太常寺博士、詹事府主簿、南京礼部祠祭司主事。十九年(1591)因上《论辅臣科臣疏》抨击朝政,被贬为广东徐闻县典史,二十一年(1593)量移浙江遂昌知县,颇有政声。二十六年(1598)弃官归临川,隐居著述,三年后以"浮躁"罪名被革职削籍。汤显祖少时受学于泰州学派罗汝芳,并深受李贽、达观禅师影响,思想出入儒、释、道间,倡"贵生"说、"至情"论。著文重意趣神色,戏曲作品《紫钗记》《牡丹亭》《南柯记》《邯郸记》合称"临川四梦",影响甚著,后世有"临川派"。另有诗文集《红泉逸草》《问棘邮草》《玉茗堂文集》等传世。今通行有徐朔方、杨笑梅校注《牡丹亭》。

牡 丹 亭

第十齣　惊梦

【解题】万历二十六年(1598),也即汤显祖辞官归隐的同年,《牡丹亭》付刻,"家传户诵,几令《西厢》减价"(沈德符语)。全剧共五十五齣,写南安府太守杜宝之女杜丽娘春日游园,触动情思,后梦见一书生持柳枝来会,在牡丹亭畔共成云雨之欢。梦醒后寻梦不得,忧思成疾,临终前嘱侍女春香将自描的画像藏于园中太湖石底,并求母亲将自己葬于后花园梅树下。杜宝调任淮扬,广州府秀才柳梦梅进京赶考途中寄宿杜府梅花观,拾得丽娘画像,为之痴醉,丽娘魂游归来,与其欢会,具述前因。柳梦梅挖坟开棺,丽娘得以回生。二人成婚后,柳梦梅携丽娘往临安取试,逢李全兵乱,柳梦梅受丽娘所托前去寻访杜宝,却被误认为盗墓贼遭拷打。后柳梦梅状元及第,杜宝仍不肯与女婿及回生的女儿相认,经皇上裁决,方得团圆。

女子还魂以成姻缘的故事,历代笔记小说中多见记载,明代话本小说《杜丽娘慕色还魂》一般被认为是《牡丹亭》的蓝本,丽娘回生前的情节框架及部分宾白都为汤显祖所借鉴。而成于晚明社会危机与人性解放思潮中的《牡丹亭》,其独特价值正在于作者在原作"慕色"的简单主题中注入了对人性的哲学思考,将故事置于"情"与"理"的冲突这一时代思想命题中,肯定了情欲等自然人性的合理性,对自我意识与生命活力予以热烈的赞美,并融入了对广阔社会现实的讽刺与批判。这在伪道学盛行、礼教走向僵化的晚明无疑是一记强音。

因情成梦,因梦成戏,《惊梦》一齣恰是此种"至情"理想在剧中最为婉转动人的表达。"可知我常一生儿爱好是天然,恰三春好处无人见"。不同于春香的欢快自得,如许春色中,杜丽娘感受到的却是自然、青春的美好姿态皆"付与断井颓垣"、徒然被扼杀的哀怨与不平,也正是她对自我欲望及价值实现的强烈渴求在梦中幻化成了柳梦梅这一角色——先有情而后有情之对象,它所指向的已不仅是狭义的爱情,而是更具普遍意义的人的生命力,这正是《牡丹亭》对以往《西厢记》等儿女风情剧的最大超越。剧中对梦境与现实间鸿沟的刻画更加强了戏剧张力:游赏花园时,杜丽娘仍不得不顾虑"步香闺怎便把全身现";梦中醒来,迎面便是"怪他裙衩上,花鸟绣双双"的慈母严戒。作者对杜丽娘细腻情感的高度感受力和表现力,实得益于其"无不从筋节窍髓以探其七情生动之微"(王思任语)、重情境与心理描写的艺术手法。其语言雅俗相间,自然真切中不乏精工雕琢。

【绕池游】(旦上)梦回莺啭,乱煞年光遍①,人立小庭深院。(贴②)炷尽沉烟③,

---

① 乱煞年光遍:遍地都是缭乱的春光。
② 贴:明传奇脚色名,本剧中贴扮侍女春香。
③ 炷:点、烧。沉烟:沉香。

抛残绣线①,恁今春关情似去年②?

【乌夜啼】(旦)晓来望断梅关③,宿妆残。(贴)你侧着宜春髻子恰凭阑④。(旦)翦不断,理还乱⑤,闷无端。(贴)已分付催花莺燕借春看。(旦)春香,可曾叫人扫除花径?(贴)分付了。(旦)取镜台衣服来。(贴取镜台衣服上)云髻罢梳还对镜,罗衣欲换更添香⑥。镜台衣服在此。

【步步娇】(旦)袅晴丝吹来闲庭院⑦,摇漾春如线。停半晌、整花钿,没揣菱花⑧,偷人半面⑨,迤逗的彩云偏⑩。(行介)步香闺怎便把全身现!

(贴)今日穿插的好⑪。

【醉扶归】(旦)你道翠生生出落的裙衫儿茜⑫,艳晶晶花簪八宝填⑬,可知我常一生儿爱好是天然⑭,恰三春好处无人见⑮。不提防沉鱼落雁鸟惊喧,则怕的羞花闭月花愁颤。

(贴)早茶时了,请行。(行介)你看:画廊金粉半零星,池馆苍苔一片青。踏草

---

① 抛残绣线:丢下了绣剩的丝线。
② 恁(nèn):怎么,为什么。关情:牵动人的情怀,即春情。
③ 梅关:古关名,宋时在江西大庾岭上所置,在本剧故事发生地点南安府(今江西大余县)的南面。
④ 宜春髻子:旧时春日妇女所梳的发髻名,因将"宜春"字样贴在彩胜上,故名。《荆楚岁时记》:"立春之日,悉剪彩为燕,戴之,贴'宜春'二字。"
⑤ "翦不断"二句:出自南唐李煜《相见欢》词。翦,旧同"剪"。
⑥ "云髻"二句:出自唐薛逢《宫词》。
⑦ 袅:轻柔飘荡的样子。晴丝:虫类所吐、在空中飘荡的游丝、飞丝,在春日晴天时最易见,亦即下文"烟丝"。
⑧ 没揣:不料,想不到。菱花:镜子。古时铜镜背面花纹一般为菱花,故镜子又称菱花镜、菱花。
⑨ 偷人半面:照见了自己的半个面容。此处将镜子拟人化,意谓镜子偷看了她。
⑩ 迤逗:引惹,挑逗。彩云:古人对美丽头发的称誉词。"停半晌"四句描写杜丽娘梳妆的情景,因镜子偷看了她,让她害羞得将发髻都弄歪了,写出了少女顾影自怜又不胜娇羞的微妙心理。
⑪ 穿插:穿戴打扮。
⑫ 翠生生:形容颜色鲜艳。《老学庵笔记》:"东坡《牡丹》诗云:'一朵妖红翠欲流。'初不晓'翠欲流'为何语。及游成都,过木行街,有大署市肆曰:'郭家鲜翠红紫铺。'问土人,乃知蜀语鲜翠犹言鲜明也。"杜丽娘为西蜀人。出落:显现。茜:绛红色。
⑬ 艳晶晶花簪八宝填:镶嵌着多种宝石的簪子光彩夺目。艳晶晶,光亮璀璨的样子。八宝,多种珍宝。
⑭ 爱好:爱美。天然:天性使然。
⑮ 三春好处:此处以春景比喻自己的美貌。

怕泥新绣袜①,惜花疼煞小金铃②。(旦)不到园林,怎知春色如许?

【皂罗袍】原来姹紫嫣红开遍,似这般都付与断井颓垣。良辰美景奈何天,赏心乐事谁家院③。恁般景致,我老爷和奶奶再不提起。(合)朝飞暮卷④,云霞翠轩,雨丝风片,烟波画船:锦屏人忒看的这韶光贱⑤。

(贴)是花都放了,那牡丹还早。

【好姐姐】(旦)遍青山啼红了杜鹃⑥,荼蘼外烟丝醉软⑦。春香呵,牡丹虽好,他春归怎占的先⑧!(贴)成对儿莺燕呵。(合)闲凝眄⑨,生生燕语明如翦⑩,呖呖莺歌溜的圆。

(旦)去罢。(贴)这园子委是观之不足也⑪。(旦)提他怎的!(行介)

【隔尾】观之不足由他缱⑫,便赏遍了十二亭台是枉然,到不如兴尽回家闲过遣⑬。

(作到介)(贴)开我西阁门,展我东阁床⑭。瓶插映山紫⑮,炉添沉水香。小姐,

---

① 泥:玷污。
② 小金铃:《开元天宝遗事》:"天宝初,宁王日侍,好声乐,风流蕴藉,诸王弗如也。至春时,于后园中纫红丝为绳,密缀金铃,系于花梢之上。每有鸟鹊翔集,则令园吏掣铃索以惊之,盖惜花之故也。"此句指因惜花常常掣铃,连小金铃都被拉疼了。
③ "良辰"二句:谢灵运《拟魏太子邺中集诗序》:"天下良辰、美景、赏心、乐事,四者难并。"奈何天,令人无可奈何的时光,表示百无聊赖的心绪。谁家,哪一家,一说解作"甚么"。
④ 朝飞暮卷:语出唐王勃《滕王阁》诗:"画栋朝飞南浦云,珠帘暮卷西山雨。"
⑤ 锦屏人:深闺中人,包括游园前的杜丽娘自己。忒(tēi):太。
⑥ 啼红了杜鹃:谓杜鹃花盛开。传说蜀王杜宇被逼传位给臣子后化为杜鹃鸟,日夜悲啼,直至血出,事见《华阳国志·蜀志》《蜀王本纪》。朱国祯《涌幢小品》卷二七:"杜鹃花以二三月杜鹃鸣时开,一名映山红。"
⑦ 荼蘼:落叶小灌木,晚春时开花。一说这里指荼蘼架。
⑧ "牡丹"二句:意指牡丹虽然美丽,但其盛开时春已归去,如何能占得花中第一呢?
⑨ 凝眄:凝视。
⑩ 生生:形容燕叫声清脆明朗。明如翦:明快如剪。
⑪ 观之不足:看不够。
⑫ 缱(qiǎn):留恋,不相离。
⑬ 过遣:消磨时光。
⑭ "开我西阁门"二句:语本北朝民歌《木兰诗》:"开我东阁门,坐我西阁床。"
⑮ 映山紫:杜鹃花的一种。

你歇息片时,俺瞧老夫人去也。(下)(旦叹介)默地游春转①,小试宜春面②。春呵,得和你两留连。春去如何遣?咳!恁般天气,好困人也。春香那里?(作左右瞧介)(又低首沉吟介)天呵,春色恼人,信有之乎?常观诗词乐府,古之女子,因春感情,遇秋成恨,诚不谬矣。吾今年已二八,未逢折桂之夫③;忽慕春情,怎得蟾宫之客?昔日韩夫人得遇于郎④,张生偶逢崔氏⑤,曾有《题红记》《崔徽传》二书⑥。此佳人才子,前以密约偷期⑦,后皆得成秦晋⑧。(长叹介)吾生于宦族,长在名门。年已及笄⑨,不得早成佳配,诚为虚度青春。光阴如过隙耳。(泪介)可惜妾身颜色如花,岂料命如一叶乎⑩!

【山坡羊】没乱里春情难遣⑪,蓦地里怀人幽怨⑫。则为俺生小婵娟⑬,拣名门一例一例里神仙眷。甚良缘,把青春抛的远。俺的睡情谁见?则索因循腼腆⑭。想幽梦谁边?和春光暗流转,迁延⑮,这衷怀那处言?淹煎⑯,泼残生⑰,除问天!

---

① 默地:暗地里,意指不被父母所知。
② 宜春面:梳有宜春髻的面容。
③ 折桂之夫:指科举登第、功名在身的人,下文"蟾宫之客"同。《晋书·郤诜传》:"武帝于东堂会送,问诜曰:'卿自以为何如?'诜对曰:'臣举贤良对策,为天下第一,犹桂林之一枝、昆山之片玉。'"蟾宫:月宫,传说月宫中有桂树,唐以来遂牵合两事,以"蟾宫折桂"喻科举及第。
④ 韩夫人得遇于郎:唐僖宗时,宫女韩氏以红叶题诗,自御沟中流出,为于祐所得。于祐亦题诗一叶,置御沟上流水中,复为韩氏所得。不久后宫中放三千宫女出宫,于祐与韩氏结为夫妇,各出红叶相示,方知红叶为良媒。事见宋刘斧《青琐高议》前集卷五《流红记》。
⑤ 张生偶逢崔氏:即张生和崔莺莺的故事,事见唐元稹《莺莺传》、元王实甫《西厢记》。
⑥ 《题红记》:与汤显祖同时代的王骥德作有《题红记》传奇,事即本于前述《流红记》故事。《崔徽传》:妓女崔徽与裴敬中相爱后分离的故事,事见《丽情集》。此处"崔徽传"恐为"莺莺传"之误。
⑦ 偷期:幽会。
⑧ 秦晋:春秋时期秦、晋两国世为婚姻,后世因以秦晋代指联姻。
⑨ 及笄(jī):笄,发簪。《礼记·内则》:"十有五年而笄。"郑玄注:"谓应年许嫁者。女子许嫁,笄而字之。其未许嫁,二十则笄。"后因称女子年满十五为及笄。
⑩ "可惜"二句:元好问《鹧鸪天·薄命妾》词:"颜色如花画不成,命如叶薄可怜生。"
⑪ 没乱里:形容心绪烦乱。
⑫ 蓦地里:忽然。
⑬ 生小:自小。婵娟:形容姿容美好,也借指美人。
⑭ 则索:只得、只好,亦可作"只索""直索"。因循:同往常一样。
⑮ 迁延:耽搁,拖延。
⑯ 淹煎:烦愁焦虑而精神不振的状态。
⑰ 泼残生:泼,詈词,表示厌恶。残生,指将死未死之人。此处为杜丽娘自指,意谓苦命,有自怜自惜之义。

身子困乏了,且自隐儿而眠①。(睡介)(梦生介)(生持柳枝上)莺逢日暖歌声滑,人遇风情笑口开。一径落花随水入,今朝阮肇到天台②。小生顺路儿跟着杜小姐回来,怎生不见?(回看介)呀,小姐,小姐!(旦作惊起介)(相见介)(生)小生那一处不寻访小姐来,却在这里。(旦作斜视不语介)(生)恰好花园内折取垂柳半枝,姐姐,你既淹通书史③,可作诗以赏此柳枝乎?(旦作惊喜,欲言又止介)(背想)这生素昧平生,何因到此?(生笑介)小姐,咱爱杀你哩!

【山桃红】则为你如花美眷,似水流年。是答儿闲寻遍④,在幽闺自怜。小姐,和你那答儿讲话去。(旦作含笑不行)(生作牵衣介)(旦低问介)那边去?(生)转过这芍药栏前,紧靠着湖山石边。(旦低问)秀才,去怎的?(生低答)和你把领口松,衣带宽,袖梢儿揾着牙儿苫也⑤,则待你忍耐温存一晌眠⑥。(旦作羞)(生前抱)(旦推介)(合)是那处曾相见,相看俨然,早难道这好处相逢无一言⑦?(生强抱旦下)

(末扮花神束发冠,红衣插花上)催花御史惜花天⑧,检点春工又一年。蘸客伤心红雨下⑨,勾人悬梦彩云边。吾乃掌管南安府后花园花神是也。因杜知府小姐丽娘,与柳梦梅秀才,后日有姻缘之分。杜小姐游春感伤,致使柳秀才入梦。咱花神专掌惜玉怜香,竟来保护他,要他云雨十分欢幸也。

【鲍老催】(末)单则是混阳烝变⑩,看他似虫儿般蠢动把风情搧,一般儿娇凝翠

---

① 隐(yìn):靠着。
② 阮肇到天台:东汉明帝时,会稽郡刘晨、阮肇入天台山采药,遇到两位仙女,被邀至家中,并招为婿。事见刘义庆《幽明录》。
③ 淹通:精通。
④ 是答(dā)儿:到处。是,凡是,任何。答儿,表示处所。下文"那答儿"即那边。
⑤ 揾:贴住。苫(shān):颤动。
⑥ 一晌:一会儿。
⑦ 早难道:表反问,难道,"早"起加强语气的作用。
⑧ 催花御史:《说郛》卷二七《云仙散录》引《玉麈集》:"(唐)穆宗每宫中花开,则以重顶帐蒙蔽栏槛,置惜春御史掌之。"
⑨ 蘸:沾。红雨:落花。
⑩ 混阳烝变:混沌元阳蒸腾变幻,这里指春光的美好。

绽魂儿颤。这是景上缘,想内成,因中见①。呀!淫邪展污了花台殿②。咱待拈片落花儿惊醒他。(向鬼门丢花介③)他梦酣春透了怎留连?拈花闪碎的红如片。

秀才才到的半梦儿,梦毕之时,好送杜小姐仍归香阁。吾神去也。(下)

【山桃红】(生、旦携手上)这一霎天留人便,草藉花眠。小姐可好?(旦低头介)(生)则把云鬟点,红松翠偏。小姐休忘了呵,见了你紧相偎,慢厮连,恨不得肉儿般团成片也,逗的个日下胭脂雨上鲜。(旦)秀才,你可去呵?(合)是那处曾相见,相看俨然,早难道这好处相逢无一言?

(生)姐姐,你身子乏了,将息,将息。(送旦依前作睡介)(轻拍旦介)姐姐,俺去了。(作回顾介)姐姐,你可十分将息,我再来瞧你那。行来春色三分雨,睡去巫山一片云。(下)(旦作惊醒,低叫介)秀才,秀才,你去了也?(又作痴睡介)(老旦上)夫婿坐黄堂④,娇娃立绣窗。怪他裙衩上,花鸟绣双双。孩儿,孩儿,你为甚瞌睡在此?(旦作醒,叫秀才介)咳也!(老旦)孩儿怎的来?(旦作惊起介)奶奶到此!(老旦)我儿何不做些针指⑤,或观玩书史,舒展情怀?因何昼寝于此?(旦)孩儿适花园中闲玩,忽值春暄恼人,故此回房,无可消遣,不觉困倦少息。有失迎接,望母亲恕儿之罪。(老旦)孩儿,这后花园中冷静,少去闲行。(旦)领母亲严命。(老旦)孩儿,学堂看书去。(旦)先生不在,且自消停⑥。(老旦叹介)女孩家长成,自有许多情态,且自由他。正是:宛转随儿女,辛勤做老娘。(下)(旦长叹介)(看老旦下介)哎也,天那,今日杜丽娘有些侥倖也。偶到后花园中,百花开遍,睹景伤情,没兴而回。昼眠香阁,忽见一生,年可弱冠⑦,丰姿俊妍。于园中折得柳丝一

---

① "景上缘"三句:意指柳、杜此次姻缘短暂,发生在梦幻之中,一切都是由因缘造合而成。景,同"影"。因、因缘、景、想、因都是佛教术语。见,同"现"。
② 展污:玷污。
③ 鬼门:戏台上的上、下场门,又称鬼门道。因戏台上所扮者皆为古人,出入于此,故谓之鬼门。
④ 黄堂:古代太守衙中的正堂,借指太守。范成大《吴郡志》卷六据《郡国志》释"黄堂"云:"在鸡陂之侧,春申君子假君之殿也。后太守居之,以数失火,涂以雌黄,遂名黄堂,即今太守正厅是也。今天下郡治,皆名黄堂,昉此。"
⑤ 针指:针线活。
⑥ 消停:歇息。
⑦ 弱冠:男子二十岁。《礼记·曲礼上》:"二十曰弱,冠。"孔颖达疏:"二十成人,初加冠,体犹未壮,故曰弱也。"

枝,笑对奴家说:"姐姐既淹通书史,何不将柳枝题赏一篇?"那时待要应他一声,心中自忖,素昧平生,不知名姓,何得轻与交言。正如此想间,只见那生向前说了几句伤心话儿,将奴搂抱去牡丹亭畔,芍药阑边,共成云雨之欢。两情和合,真个是千般爱惜,万种温存。欢毕之时,又送我睡眠,几声"将息"。正待自送那生出门,忽值母亲来到,唤醒将来。我一身冷汗,乃是南柯一梦①。忙身参礼母亲,又被母亲絮了许多闲话。奴家口虽无言答应,心内思想梦中之事,何曾放怀?行坐不宁,自觉如有所失。娘呵,你叫我学堂看书去,知他看那一种书消闷也?(作掩泪介)

【绵搭絮】雨香云片,才到梦儿边。无奈高堂,唤醒纱窗睡不便。泼新鲜冷汗粘煎,闪的俺心悠步䐁②,意软鬟偏。不争多费尽神情③,坐起谁忺④? 则待去眠。

(贴上)晚妆销粉印,春润费香篝⑤。小姐,薰了被窝睡罢。

【尾声】(旦)因春心游赏倦,也不索香薰绣被眠⑥。天呵,有心情那梦儿还去不远。

春望逍遥出画堂,张说　间梅遮柳不胜芳。罗隐
可知刘阮逢人处,许浑　回首东风一断肠⑦。韦庄

徐朔方、杨笑梅校注《牡丹亭》,人民文学出版社2014年版。

---

① 南柯一梦:淳于棼梦见自己被招为大槐安国驸马,封南柯太守,享尽荣华富贵,后率军出征战败,公主亦死,被国王遣归,醒后发现槐安国实为槐树下一蚁穴,事见唐李公佐《南柯太守传》。后常以南柯喻指梦境或虚幻之事。
② 闪的:害得。闪,使受损害。心悠步䐁(duǒ):心神恍惚,脚步歪斜。
③ 不争多:差不多。争,差也。
④ 坐起谁忺(xiān):无论坐还是起,都不惬意。忺,适意,舒服。
⑤ 香篝(gōu):熏香、烘衣用的熏笼。
⑥ 不索:不必,不须,不用。
⑦ 此四句为下场诗。本剧每龆结尾的下场诗都为集唐诗,明清文人戏曲多尚此风。

洪昇

洪昇（1645—1704），字昉思，号稗畦、稗村、南屏樵者，钱塘（今浙江杭州）人。生于仕宦世家，少有诗名，曾师从毛先舒习韵学。康熙七年（1668）赴北京国子监肄业，意在求取功名而未果，次年返乡后遭逢家难，不容于父母，流寓穷困，后长年客居京师，卖文度日，结识王士祯、李天馥、施闰章等名流，然因性直忤时，始终未获荐举。历十余年，三易其稿，于康熙二十七年（1688）写定传奇《长生殿》，轰动一时。二十八年（1689）因在国丧期间观演《长生殿》被国子监除名，返乡以山水词曲自娱。四十三年（1704）于江宁返乡途中酒醉失足，落水而亡。其诗以神韵见长，尤以制曲称，代表作为传奇《长生殿》。著戏曲十二种，今存传奇《长生殿》与杂剧《四婵娟》两种，另有《诗骚韵注》及诗集《啸月楼集》《稗畦集》《稗畦续集》传世。《长生殿》今通行有徐朔方校注本及翁敏华等评注本。

长 生 殿

第二十四龄　惊变

【解题】"传奇十部九相思"（李渔语），晚明以来，儿女风情已成为文人戏曲的普遍题材，《牡丹亭》所开辟的"至情"传统也一直借此延续。直至明清鼎革之际，动荡现实中的兴亡之叹不仅使传奇内容得以丰富，"至情"的文化内涵也因时而变，被誉为"闹热《牡丹亭》"的《长生殿》即为此中杰构。全剧共五十龄，敷演唐玄宗李隆基与贵妃杨玉环的爱情故事。中唐以来，李、杨情缘已成为历代文人热衷歌咏的常见题材，洪昇此作在情节上多本自唐白居易《长恨歌》、陈鸿《长恨歌传》

及《杨太真外传》《开元天宝遗事》等笔记中的传说故事,并在感情倾向上受到白朴《梧桐雨》杂剧的影响。全剧写杨玉环入宫被册为贵妃,李隆基与其恩爱日笃,然政事渐荒,终酿成安史之乱。李、杨二人往西蜀避乱,行至马嵬坡时,六军不发,逼杨妃自尽,李隆基左右为难之际,杨妃主动求死。祸乱平息后,李隆基返回长安,杨妃复归仙位,二人深悔于过往"逞侈心而穷人欲"(《长生殿自序》)的同时,唯情不悔,杨妃愿为情放弃仙位,李隆基亦托道士上下求索杨妃魂魄。最终织女、牛郎为二人至情所动,助其月宫团圆。全剧人物性格鲜明,结构严谨,场面安排冷热、轻重、庄谐交错,音律、文辞俱佳,"排场之胜,无过于此"(王季烈语)。

"借太真外传谱新词,情而已。"(《长生殿》第一齣)对至情理想的讴歌正是该剧的宗旨。然而不同于《牡丹亭》中以梦境排除一切现实干扰的自然情欲,"臣忠子孝,总由情至"(《长生殿》第一齣),洪昇所倡"至情"实为包容爱情与忠情、以情立教的道德理想,剧中李、杨二人的"情悔"与《贿权》《弹词》等齣对历史变迁进程的描绘亦寄寓了作者"乐极哀来,垂戒来世"(《长生殿自序》)的风人之旨。值得注意的是,无论写情还是劝惩,李、杨之爱情悲剧与社会悲剧展现的实为至情理想在现实中的破灭过程,结局于非现实中实现的团圆反而加深了尘世中"情缘总归虚幻"(《长生殿自序》)的危机感与失落感。这正是作者处于明清社会变局中所生发的兴亡之叹。

《惊变》一齣内容本自白居易诗"渔阳鼙鼓动地来,惊破霓裳羽衣曲",可谓全剧"乐极"与"哀来"的转折点。李隆基在御花园中排下小宴,与杨贵妃宴饮游乐。首曲【粉蝶儿】绘清新闲逸之景,正合宴饮之趣,然"柳添黄,蘋减绿,红莲脱瓣",秀美中已寓衰败之象。李、杨二人此时方经七夕密誓,正值情浓,贵妃酒醉离席,"软哈哈"、"困腾腾"系列叠词极尽其妩媚之态。而下文紧接着便是"鼓声骤发",安禄山叛乱消息传来,李隆基君臣决定即往西蜀避乱。前后半场气氛一热一冷,下齣即是马嵬死别,李、杨爱情经历前半部剧的种种现实波折后,二人始摒弃私欲考量,发下"世世生生共为夫妇"的至情誓愿,情浓至顶点,随即便遭毁灭,突转中增强了戏剧冲突效果。宴饮之奢靡与叛乱景象间的直观对比,亦加强了作品的现实批判性。本齣曲文清丽流畅,于曲律采用南北合套的形式,以南北曲声情差异表现李、杨二人不同的情绪特点,抒情效果极佳。

(丑上)玉楼天半起笙歌,风送宫嫔笑语和。月殿影开闻夜漏①,水晶帘卷近秋河②。咱家高力士,奉万岁爷之命,着咱在御花园中安排小宴,要与贵妃娘娘同来游赏,只得在此伺候。(生、旦乘辇③,老旦、贴随后④,二内侍引,行上)

【北中吕·粉蝶儿】天淡云闲,列长空数行新雁。御园中秋色斓斑:柳添黄,蘋减绿,红莲脱瓣。一抹雕阑,喷清香桂花初绽⑤。

(到介)(丑)请万岁爷、娘娘下辇。(生、旦下辇介)(丑同内侍暗下)(生)妃子,朕与你散步一回者。(旦)陛下请。(生携旦手介)(旦)

【南泣颜回】携手向花间,暂把幽怀同散。凉生亭下,风荷映水翩翻。爱桐阴静悄,碧沉沉并绕回廊看。恋香巢秋燕依人,睡银塘鸳鸯蘸眼⑥。

(生)高力士,将酒过来⑦,朕与娘娘小饮数杯。(丑)宴已排在亭上,请万岁爷、娘娘上宴。(旦作把盏,生止住介)妃子坐了。

【北石榴花】不劳你玉纤纤高捧礼仪烦,子待借小饮对眉山⑧。俺与你浅斟低唱互更番⑨,三杯两盏,遣兴消闲。妃子,今日虽是小宴,倒也清雅,回避了御厨中,回避了御厨中烹龙炮凤堆盘案⑩,咿咿哑哑乐声催趱⑪。只几味脆生生,只几味脆

---

① 夜漏:漏,古代滴水计时的工具。此指夜间受水器具承漏之声,言夜间之寂静。
② 秋河:银河的别称。近秋河,形容楼之高。以上"玉楼"四句为丑脚高力士的上场诗。
③ 辇:本指人拉的车,秦汉后多指帝王、后妃所乘之车。
④ 老旦、贴:本剧中老旦、贴分饰杨贵妃之侍女永新、念奴。
⑤ 【北中吕·粉蝶儿】一曲承袭自元杂剧《梧桐雨》第二折【中吕·粉蝶儿】曲:"天淡云闲,列长空数行征雁。御园中夏景初残,柳添黄,荷减翠,秋莲脱瓣。坐近幽阑,喷清香玉簪花绽。"另,传奇多用南曲,兼用南北合套,本齣即是,生唱北曲,旦唱南曲,最后一支【南扑灯蛾】为排场需要所作变格。
⑥ 蘸眼:耀眼,引人注目。蘸,以物沾水或蘸取他物。一说谓形容鸳鸯熟睡,以至于眼睛都要沾没水中。
⑦ 将:拿。
⑧ 子待:只待。眉山:女子秀丽的双眉。《西京杂记》卷二:"文君姣好,眉色如望远山。"此处眉山指杨贵妃,与前句"玉纤纤高捧"暗合"举案齐眉"之典故,写李、杨二人之恩爱。
⑨ 更番:轮流替换。
⑩ 烹龙炮(páo)凤:意谓烹制各种珍馐美味。炮,同"炮",烹煮。
⑪ 催趱(zǎn):催赶,催促。趱,赶,快走。

生生蔬和果清肴馔,雅称你仙肌玉骨美人餐①。

妃子,朕与你清游小饮,那些梨园旧曲②,都不耐烦听他。记得那年在沉香亭上赏牡丹,召翰林李白草《清平调》三章,令李龟年度成新谱,其词甚佳③。不知妃子还记得么?(旦)妾还记得。(生)妃子可为朕歌之,朕当亲倚玉笛以和④。(旦)领旨。(老旦进玉笛,生吹介)(旦按板介⑤)

【南泣颜回】【换头】花繁,秾艳想容颜,云想衣裳光璨。新妆谁似,可怜飞燕娇懒。名花国色,笑微微常得君王看。向春风解释春愁,沉香亭同倚阑干⑥。

(生)妙哉,李白锦心,妃子绣口⑦,真双绝矣。宫娥,取巨觥来,朕与妃子对饮。(老旦、贴送酒介)(生)

【北斗鹌鹑】畅好是喜孜孜驻拍停歌⑧,喜孜孜驻拍停歌,笑吟吟传杯送盏。妃子干一杯,(作照干介)不须他絮烦烦射覆藏钩⑨,闹纷纷弹丝弄板。(又作照杯介)妃子,再干一杯。(旦)妾不能饮了。(生)宫娥每⑩,跪劝。(老旦、贴)领旨。(跪旦介)娘娘请上这一杯。(旦勉饮介)(老旦、贴作连劝介)(生)我这里无语持觥仔细看,早子见花一朵上腮间⑪。(旦作醉介)妾真醉矣。(生)一会价软哈哈柳嚲花

---

① 雅称(chèn):配得上。雅,甚、颇。
② 梨园:唐玄宗时教习宫廷歌舞艺人之处。《新唐书·礼乐志》:"玄宗既知音律,又酷爱法曲,选坐部伎子弟三百,教于梨园,声有误者,帝必觉而正之,号皇帝梨园弟子。宫女数百,亦为梨园弟子,居宜春北院。"
③ "记得那年"四句:事本《杨太真外传》:"先,开元中,禁中重木芍药,即今牡丹也。得数本红紫浅红通白者,上因移植于兴庆池东沉香亭前。会花方繁开,上乘照夜白,妃以步辇从。诏选梨园弟子中尤者,得乐十六色。李龟年以歌擅一时之名,手捧檀板,押众乐前,将欲歌之,上曰:'赏名花,对妃子,焉用旧乐词为?'遽命龟年持金花笺,宣赐翰林学士李白,立进《清平乐》词三篇。"
④ 倚:以乐器伴奏。
⑤ 按板:拍击板眼。
⑥ 【南泣颜回】一曲为隳栝李白《清平调》三章而成。其一:"云想衣裳花想容,春风拂槛露华浓。若非群玉山头见,会向瑶台月下逢。"其二:"一枝红艳露凝香,云雨巫山枉断肠。借问汉宫谁得似,可怜飞燕倚新妆。"其三:"名花倾国两相欢,长得君王带笑看。解释春风无限恨,沉香亭北倚阑干。"换头,南曲同一曲牌重复使用时,后一曲的起首几句格律发生变动。本支【南泣颜回】曲相较于前文"携手向花间"曲,在首句前又添二字句,并叶韵,其余全同。
⑦ 锦心、绣口:本指文思优美、词藻华丽,此处以绣口指贵妃擅歌。
⑧ 畅好:正好,甚好。
⑨ 射覆藏钩:古时饮酒常举行的两种游戏。射覆类似猜字谜,藏钩为猜测物品藏匿之处。
⑩ 每:同"们",用于人称代词后表多数。
⑪ 早子见:早已看见。

欹①,软咍咍柳軃花欹,困腾腾莺娇燕懒。

妃子醉了,宫娥每,扶娘娘上辇进宫去者。(老旦、贴)领旨。(作扶旦起介)(旦作醉态呼介)万岁。(老旦、贴扶旦行)(旦作醉态介)

【南扑灯蛾】态恹恹轻云软四肢,影濛濛空花乱双眼,娇怯怯柳腰扶难起,困沉沉强抬娇腕,软设设金莲倒褪,乱松松香肩軃云鬟,美甘甘思寻凤枕,步迟迟,倩宫娥搀入绣帏间②。

(老旦、贴扶旦下)(丑同内侍暗上)(内击鼓介)(生惊介)何处鼓声骤发?(副净急上③)渔阳鼙鼓动地来,惊破霓裳羽衣曲。(问丑介)万岁爷在那里?(丑)在御花园内。(副净)军情紧急,不免迳入。(进见介)陛下,不好了,安禄山起兵造反,杀过潼关,不日就到长安了④。(生大惊介)守关将士何在?(副净)哥舒翰兵败⑤,已降贼了。(生)

【北上小楼】呀,你道失机的哥舒翰,称兵的安禄山,赤紧的离了渔阳⑥,陷了东京⑦,破了潼关。唬得人胆战心摇,唬得人胆战心摇⑧,肠慌腹热,魂飞魄散,早惊破月明花粲。

卿有何策,可退贼兵?(副净)当日臣曾再三启奏,禄山必反,陛下不听,今日果应臣言。事起仓卒,怎生抵敌?不若权时幸蜀⑨,以待天下勤王⑩。(生)依卿所奏。快传旨,诸王百官,即时随驾幸蜀便了。(副净)领旨。(急下)(生)高力士,快

---

① 一会价:一会儿。软咍(hāi)咍:软绵绵,下文"软设设"同。軃(duǒ):垂下。欹(qī):歪斜。此处以柳垂花斜貌喻贵妃醉态。
② 倩:让。
③ 副净:本剧中副净饰杨国忠。
④ "安禄山"三句:天宝十四年(755)十一月,安禄山在范阳起兵,次年六月初八日攻破潼关。范阳,唐郡名,在今北京市一带。潼关,在今陕西省潼关县北,处陕西、山西、河南三省要冲,形势险要,历来为兵家必争之地。
⑤ 哥舒翰:唐玄宗时著名突厥将领,封平西郡王,安禄山叛变时受命守潼关,战败被俘,囚于洛阳,至德二年(757)安庆绪兵败撤退时被杀。事见《新唐书》卷一三五。
⑥ 赤紧的:一作"吃紧的",紧要的,此处形容动作迅速。
⑦ 东京:洛阳。
⑧ 唬(xià):同"吓"。
⑨ 权时:暂时。幸:到,古时皇帝专用。
⑩ 勤王:本指尽力于王事,后多指君主统治受到威胁时臣子起兵救援。

些整备军马,传旨令右龙武将军陈元礼统领羽林军士三千,扈驾前行①。(丑)领旨。(下)(内侍)请万岁爷回宫。(生转行叹介)唉,正尔欢娱,不想忽有此变,怎生是了也!

【南扑灯蛾】稳稳的宫庭宴安,扰扰的边廷造反。冬冬的鼙鼓喧,腾腾的烽火黫②。的溜扑碌臣民儿逃散③,黑漫漫乾坤覆翻,碜磕磕社稷摧残④,碜磕磕社稷摧残。当不得萧萧飒飒西风送晚⑤,黯黯的一轮落日冷长安。

(向内问介)宫娥每,杨娘娘可曾安寝?(老旦、贴内应介)已睡熟了。(生)不要惊他,且待明早五鼓同行⑥。(泣介)天那,寡人不幸,遭此播迁⑦,累他玉貌花容,驱驰道路,好不痛心也。

【南尾声】在深宫兀自娇慵惯⑧,怎样支吾蜀道难⑨?(哭介)我那妃子呵,愁杀你玉软花柔,要将途路趱。

宫殿参差落照间,卢纶　渔阳烽火照函关。吴融
遏云声绝悲风起⑩,胡曾　何处黄云是陇山⑪。武元衡

徐朔方校注《长生殿》,人民文学出版社2014年版。

---

① 羽林军:禁卫军名。《新唐书·兵志》:"高宗龙朔二年(662),始取府兵越骑、步射置左右羽林军,大朝会则执仗以卫阶陛,行幸则夹驰道为内仗。"扈(hù)驾:随侍帝王的车驾。
② 黫(yān):黑色。
③ 的溜扑碌:形容慌乱跌倒的样子,既状其容,亦象其声。
④ 碜(chěn)磕磕:凄惨的样子。碜,用同"惨"。磕磕,亦作"可可",无实义。
⑤ 当不得:禁不住。
⑥ 五鼓:五更。
⑦ 播迁:流离,迁徙。
⑧ 兀自:尚,犹。
⑨ 支吾:应付,对付。
⑩ 遏(è)云:使云停止不前,形容歌声响亮动听。遏,止。《列子·汤问》:"薛谭学讴于秦青,未穷青之技,自谓尽之,遂辞归。秦青弗止。饯于郊衢,抚节悲歌,声振林木,响遏行云。薛谭乃谢求反,终身不敢言归。"
⑪ 陇山:在今陕西、甘肃一带,由长安至成都路经此地。

八、戏曲选

孔尚任

孔尚任(1648—1718),字聘之、季重,号东塘、岸堂、云亭山人,山东曲阜人,孔子第六十四世孙。其少时用心举业,困于场屋,康熙十九年(1680)纳捐为监生。二十三年(1684)因御前讲经受到康熙帝赏识,擢为国子监博士,后随工部侍郎孙在丰赴淮扬督办疏浚淮河工程,四年间识宦海风波,名心渐淡,并结交明朝遗老,遍访古迹。三十四年(1695)晋升户部主事。三十八年(1699)六月写定《桃花扇》,时有"洛阳纸贵"之誉,次年迁户部广东清吏司员外郎,随即以"疑案"罢官,或为因《桃花扇》得祸。四十一年(1702)归乡隐居。工诗文,尤以戏曲名世,与洪昇并称"南洪北孔",代表作为《桃花扇》。另著有《小忽雷》(与顾彩合撰)传奇一种。诗文集有《石门山集》《湖海集》《岸堂稿》《长留集》等传世。《桃花扇》今通行有王季思、苏寰中、杨德平合注本及谢雍君等评注本。

桃 花 扇

第七齣 却奁①

【解题】明清鼎革之际述往思来、感怀世变的尚史思潮中,《桃花扇》一剧"借离合之情,写兴亡之感"(《桃花扇·先声》),以复社文人侯方域、秦淮名妓李香君的爱情故事为线索,深入呈现了南明弘光王朝的兴衰历史。全剧共四十四齣,写侯方域在南京旧院与名妓李香君相识,欲梳拢香君,阮大铖托杨龙友备下妆奁,意

---

① 却奁:即辞却妆奁。妆奁,指嫁妆。

图拉拢侯方域,缓和自己与复社的关系,却被香君坚决退还。阮大铖怀恨在心,向时任凤阳总督的马士英诬告侯方域与左良玉勾结谋反,侯方域无奈辞别香君,前去投奔史可法。崇祯帝死后,马士英、阮大铖迎立福王,建立南明。二人恃宠专权,逼香君改嫁其同党田仰,香君立志守节,撞破花容,血溅定情诗扇,杨龙友将扇上血迹点染成桃花,遂名桃花扇。香君思念侯生,托曲师苏昆生携桃花扇代为寻访,后又被强选入宫,仍在筵席上痛斥马、阮罪行。侯方域辗转淮安、开洛等地,见扇后返回南京,寻香君未果,又逢马、阮大肆捕杀东林、复社党人,被抓入狱。左良玉为此发兵进讨,马、阮二人不顾河防空虚,调兵抵挡左师,清兵南下,史可法独木难支,沉江殉国,南明覆亡。动乱中,侯、李二人重逢于栖霞山道场,张道士撕破桃花扇,二人感于家国沦亡,割断情根,双双入道。

"场上歌舞,局外指点,知三百年之基业,隳于何人?败于何事?消于何年?歇于何地?不独令观者感激涕零,亦可惩创人心,为末世之一救矣。"(《桃花扇小引》)传统生旦离合框架与鲜明历史意识的结合是本剧在题材体制上的一大突破。全剧"朝政得失,文人聚散,皆确考实地"(《桃花扇·凡例》),并借助儿女风情剧的成熟双线结构,以桃花扇为线索联结侯、李,又以侯、李各自之遭际联结起南明兴衰的复杂历史事件,通过个性化的人物塑造揭示了权奸祸国、党争误国的历史教训,亦对传统文人清谈自负却无实干才能、自谓持操重义实则动摇妥协的弱点进行了深刻的反思。"那朱紫半朝,只不过呼朋引党;这经纶满腹,也无非报怨施恩。"(《桃花扇·媚座》)"入道"的结局更进一步寄托了作者面对儒家理想的破灭所产生的"文章假,功业诨"(《桃花扇·孤吟》)的空幻感及世事纠葛中对个体生命局限性的悲叹,暗藏了其对封建社会无可挽回的衰颓趋势的忧虑与感伤。"眼看他起朱楼,眼看他宴宾客,眼看他楼塌了。"剧末《余韵》一齣正是对此种末世情怀的浓墨渲染。

《却奁》一齣述香君拒纳阮大铖妆奁之事。真实历史中的侯方域所作《李姬传》《答田中丞书》二文中确有类似情节,但二文中仅述及阮大铖"欲侯生为解之,乃假所善王将军日载酒食与侯生游",香君也只是识破了阮大铖的计谋并劝解侯生,整个事件与杨龙友无关,亦与香君妆奁无涉。孔尚任在剧作中则将正、邪两方势力的冲突更多集中在了李香君身上,刻画李香君拒纳妆奁之愤慨激昂,与侯方域模棱两可的态度形成鲜明对比,赋予了李香君高洁的政治品格,在历史人物真实性格的基础上予以突出渲染,实现了历史真实与艺术真实的自然统一,而侯、李之爱情也在其结合之初便被赋予了浓郁的政治底色。由全剧结构看来,"却奁"一事为阮大铖与侯、李的冲突埋下伏笔,后文侯生之去、香君之守,前因皆伏于此,实乃文章关键。孔尚任主张作传奇"词必新警",曲文专咏不可说之情、不可见之景,说白重在叙事,"宁不通俗,不肯伤雅",曲语近诗语。本齣行文典雅凝练,说白不失当行,颇能体现作者用语特色。

(杂扮保儿掇马桶上①)龟尿龟尿,撒出小龟;鳖血鳖血,变成小鳖。龟尿鳖血,看不分别;鳖血龟尿,说不清白。看不分别,混了亲爹;说不清白,混了亲伯②。(笑介)胡闹,胡闹!昨日香姐上头③,乱了半夜;今日早起,又要刷马桶,倒溺壶,忙个不了。那些孤老、表子④,还不知搂到几时哩。(刷马桶介)

【夜行船】(末)人宿平康深柳巷⑤,惊好梦门外花郎⑥。绣户未开,帘钩才响,春阻十层纱帐。

下官杨文骢⑦,早来与侯兄道喜⑧。你看院门深闭,侍婢无声,想是高眠未起。

---

① 杂:戏曲脚色名,主打诨。保儿:旧时妓院中的男仆。
② "龟尿"十二句:此段为保儿的打诨语,龟、鳖暗指嫖客。
③ 上头:旧时指妓女初次接客伴宿,亦称梳拢。《名义考》:"女子笄曰上头。花蕊夫人《宫词》:'年初十五最风流,新赐云鬟使上头。'倡家处女初荐寝于人,亦曰上头,俗谓梳拢,言上头须梳拢也。"
④ 孤老:此指固定的嫖客。表子:此指妓女。
⑤ 平康、柳巷:均代指妓院。唐时长安丹凤街有平康坊,为妓女聚居之地,后成为妓女居处的泛称,亦称平康里、平康巷。
⑥ 花郎:卖花的人。
⑦ 杨文骢(1597—1646):字龙友,贵州贵阳人,为人豪侠自喜,好交游,工书画。崇祯时任江宁知县,福王在南京即位后,曾任常、镇二府巡抚。清兵南下后,从明宗室唐王起兵,兵败被杀。事见《明史》卷二百七十七。剧中此时杨文骢正于知县任上罢职闲居,他是马士英的妹夫(注见后),亦与复社(注见后)文人相熟。
⑧ 侯兄:侯方域(1618—1655),字朝宗,河南商丘人,性豪迈,有经世之志,然屡试不顺。复社名士,与方以智、冒襄、陈贞慧合称明末"四公子"。工诗文,清初古文三大家之一。入清后曾应河南乡试,中副榜。事见《清史稿·文苑·侯方域传》《清史列传·侯方域传》。

（唤介）保儿，你到新人窗外，说我早来道喜。（杂）昨夜睡迟了，今日未必起来哩。老爷请回，明日再来罢。（末笑介）胡说！快快去问。（小旦内问介①）保儿，来的是那一个？（杂）是杨老爷道喜来了。（小旦忙上）倚枕春宵短，敲门好事多。（见介）多谢老爷，成了孩儿一世姻缘。（末）好说。（问介）新人起来不曾？（小旦）昨晚睡迟，都还未起哩。（让坐介）老爷请坐，待我去催他。（末）不必，不必。（小旦下）

【步步娇】（末）儿女浓情如花酿，美满无他想，黑甜共一乡②。可也亏了俺帮衬。珠翠辉煌，罗绮飘荡，件件助新妆，悬出风流榜。

（小旦上）好笑，好笑！两个在那里交扣丁香③，并照菱花④，梳洗才完，穿戴未毕。请老爷同到洞房，唤他出来，好饮扶头卯酒⑤。（末）惊却好梦，得罪不浅。（同下）（生、旦艳妆上⑥）

【沉醉东风】（生、旦）这云情接着雨况⑦，刚搔了心窝奇痒，谁搅起睡鸳鸯。被翻红浪，喜匆匆满怀欢畅。枕上余香，帕上余香，消魂滋味，才从梦里尝。

（末、小旦上）（末）果然起来了，恭喜，恭喜！（一揖，坐介）（末）昨晚催妆拙句⑧，可还说的入情么？（生揖介）多谢！（笑介）妙是妙极了，只有一件。（末）那一件？（生）香君虽小，还该藏之金屋。（看袖介）小生衫袖，如何着得下？（俱笑介）（末）夜来定情，必有佳作。（生）草草塞责，不敢请教。（末）诗在那里？（旦）诗在

---

① 小旦：戏曲脚色名，本剧中饰李贞丽，明末秦淮歌妓，为李香君之假母，与复社陈贞慧要好。事见缪荃孙《秦淮广记》。
② 黑甜：酣睡。语出苏轼《发广州》诗："三杯软饱后，一枕黑甜馀。"苏轼自注云："俗谓睡为黑甜。"
③ 丁香：此处代指丁香花状的纽扣。
④ 菱花：镜子。古时铜镜背面花纹一般为菱花，故镜子又称菱花镜、菱花。
⑤ 扶头卯酒：旧俗新婚次晨所饮迎朝酒。卯，卯时，早上五到七点，卯酒即为早晨卯时前后饮的酒。扶头，明清戏曲小说中常用作"祝贺"。钱南扬注《南柯梦记》第六龄"扶头"条云："娼家称'扶头'，有祝贺之意，犹云'暖房'。《金陵六院市语》：'垂头，歇宿之意。'贺其垂头，故以扶头名之。明薛近兖《绣襦记》十出乐道德白：'今日不免到李家去，只说与他扶头，撞些酒吃。'"
⑥ 本剧中生饰侯方域，旦饰李香君。李香君，明末秦淮名妓，事见侯方域《李姬传》。
⑦ 云情接着雨况：形容男女欢会。
⑧ 催妆拙句：本剧第六龄《眠香》中，香君梳拢之日，杨文聪送催妆诗一首："生小倾城是李香，怀中婀娜袖中藏。缘何十二巫峰女，梦里偏来见楚王。"香君其时浑名"香扇坠"，此诗原为余怀赠予香者，后有"武塘魏子一为书于粉壁，贵阳杨龙友写崇兰诡石于左偏，时人称为'三绝'"。事见余怀《板桥杂记》。

八、戏曲选

扇头①。(旦向袖中取出扇介)(末接看介)是一柄白纱宫扇。(嗅介)香的有趣。(吟诗介)妙,妙!只有香君不愧此诗。(付旦介)还收好了。(旦收扇介)

【园林好】(末)正芬芳桃香李香,都题在宫纱扇上。怕遇着狂风吹荡,须紧紧袖中藏,须紧紧袖中藏。

(末看旦介)你看香君上头之后,更觉艳丽了。(向生介)世兄有福,消此尤物。(生)香君天姿国色,今日插了几朵珠翠,穿了一套绮罗,十分花貌,又添二分,果然可爱。(小旦)这都亏了杨老爷帮衬哩。

【江儿水】送到缠头锦,百宝箱,珠围翠绕流苏帐,银烛笼纱通宵亮,金杯劝酒合席唱。今日又早早来看,恰似亲生自养,赔了妆奁,又早敲门来望。

(旦)俺看杨老爷,虽是马督抚至亲②,却也拮据作客,为何轻掷金钱,来填烟花之窟?在奴家受之有愧,在老爷施之无名;今日问个明白,以便图报。(生)香君问得有理。小弟与杨兄萍水相交,昨日承情太厚,也觉不安。(末)既蒙问及,小弟只得实告了。这些妆奁酒席,约费二百余金,皆出怀宁之手③。(生)那个怀宁?(末)曾做过光禄的阮圆海④。(生)是那皖人阮大铖么?(末)正是。(生)他为何这样周旋?(末)不过欲纳交足下之意。

【五供养】(末)羡你风流雅望,东洛才名,西汉文章⑤。逢迎随处有,争看坐车

---

① 诗在扇头:本剧第六齣《眠香》中,侯方域曾在宫扇上题诗赠予香君,诗曰:"夹道朱楼一径斜,王孙初御富平车。青溪尽是辛夷树,不及东风桃李花。"该诗本于侯方域《四忆堂诗集》卷二《赠人》,今人多以其为崇祯十二年侯方域南京应试时赠名妓李香之作,原诗为:"夹道朱楼一径斜,王孙争御富平车。青溪尽种辛夷树,不数东风桃李花。"孔作改动后更符合剧中情境。
② 马督抚:马士英,字瑶草,贵州贵阳人,时任凤阳督抚,与阮大铖交好,为人贪鄙无远略。明亡后在南京拥立福王,任东阁大学士兼兵部尚书,恃宠专权,陷害东林(注见后)、复社诸人,后为清兵所杀。事见《明史》卷三零八。
③ 怀宁:即阮大铖,阮为安徽怀宁人。
④ 阮圆海:阮大铖(约1587—1646),号圆海,为人投机善变,先投东林党人左光斗,因赵南星等人以其轻躁不予重用,转而趋奉魏忠贤,然始终在两党间摇摆不定、见风使舵。崇祯元年任光禄卿,魏党败后被削职为民,避居南京,为复社名士所不齿。马士英拥立福王建南明后,封阮为兵部侍郎,次年晋兵部尚书。清兵南下后投降,后于仙霞岭触石而死。有文才,著有《燕子笺》《春灯谜》等传奇。事见《明史》卷三零八。下文杨龙友为阮大铖所作"后来结党魏党,只为救护东林"的辩解并不符合实情。
⑤ "东洛才名"二句:赞侯方域文章才名之高。东洛才名,用晋左思十年成《三都赋》,人争传抄而洛阳纸贵事。西汉文章,指西汉时司马迁、司马相如等名家之作,明文学复古运动中有"文必秦汉"说。

郎①。秦淮妙处,暂寻个佳人相傍,也要些鸳鸯被、芙蓉妆。你道是谁的,是那南邻大阮,嫁衣全忙②。

(生)阮圆老原是敝年伯③,小弟鄙其为人,绝之已久。他今日无故用情,令人不解。(末)圆老有一段苦衷,欲见白于足下。(生)请教。(末)圆老当日曾游赵梦白之门④,原是吾辈。后来结交魏党⑤,只为救护东林⑥,不料魏党一败,东林反与之水火。近日复社诸生⑦,倡论攻击,大肆殴辱,岂非操同室之戈乎⑧?圆老故交虽多,因其形迹可疑,亦无人代为分辩。每日向天大哭,说道:"同类相残,伤心惨目,非河南侯君,不能救我。"所以今日谆谆纳交⑨。(生)原来如此。俺看圆海情辞迫切,亦觉可怜,就便真是魏党,悔过来归,亦不可绝之太甚,况罪有可原乎?定生、次尾皆我至交⑩,明日相见,即为分解。(末)果然如此,吾党之幸也。(旦怒介)官人是何说话?阮大铖趋赴权奸,廉耻丧尽,妇人女子,无不唾骂。他人攻之,官人救之,官人自处于何等也?

【川拨棹】不思想,把话儿轻易讲。要与他消释灾殃,要与他消释灾殃,也提

---

① 争看坐车郎:用潘安"掷果盈车"之典,形容侯方域才貌出众。《世说新语·容止》刘孝标注引《语林》曰:"安仁至美,每行,老妪以果掷之,满车。"
② 南邻大阮:指阮籍,此处借指阮大铖。《晋书·阮咸传》:"咸任达不拘,与叔父籍为竹林之游,当世礼法者讥其所为。咸与籍居道南,诸阮居道北,北阮富而南阮贫。"阮籍、阮咸叔侄为南阮,又因二人皆有才名,世称阮籍为大阮,阮咸为小阮。
③ 年伯:对与父亲同年登科者的尊称。侯方域的父亲侯恂与阮大铖为同年。
④ 赵梦白:赵南星(1550—1627),字梦白,为东林党重要人物,官至吏部尚书,后因得罪魏忠贤被贬到代州,卒于流所,谥称忠毅。事见《明史》卷二四三。
⑤ 魏党:魏忠贤阉党。魏忠贤,明末宦官,天启年间把持朝政,遍植党羽,大肆迫害上书弹劾他的东林党人,崇祯帝即位后被放逐到凤阳,途中畏罪自杀。
⑥ 东林:明万历年间,吏部郎中顾宪成革职还乡,倡议重修东林书院,与高攀龙等人在书院讲学,于朝政多所评议,得到在朝、在野众多士人支持响应,社会影响广泛,时称东林党。天启间遭到严重迫害,至崇祯初年魏忠贤失势,党禁方解。事见《明史·顾宪成传》《明史纪事本末·东林党议》等。
⑦ 复社:明末以张溥、张采为首的文社团体,以宗经复古、切实经用为号召,同时具有浓厚的政治色彩,继东林党之后讲学批评时政,时称"小东林"。
⑧ 操同室之戈:即"同室操戈",比喻兄弟相残或内部争斗,此指同类人相互攻击。阮大铖避居南京时,聚讲于此的复社名士深恶之,作《留都防乱揭》逐之,阮大铖惧而闭门谢客。事见《明史》卷三零八。
⑨ 谆谆:忠谨诚恳的样子。
⑩ 定生、次尾:陈贞慧,字定生。吴应箕,字次尾。陈、吴均为当时复社名士,都曾主持起草《留都防乱揭》。

防旁人短长①。官人之意,不过因他助俺妆奁,便要徇私废公,那知道这几件钗钏衣裙,原放不到我香君眼里。(拔簪脱衣介)脱裙衫,穷不妨。布荆人,名自香②。

(末)阿呀!香君气性,忒也刚烈。(小旦)把好好东西,都丢一地,可惜,可惜!(拾介)(生)好,好,好!这等见识,我倒不如,真乃侯生畏友也③。(向末介)老兄休怪,弟非不领教,但恐为女子所笑耳。

【前腔】(生)平康巷,他能将名节讲。偏是咱学校朝堂,偏是咱学校朝堂,混贤奸不问青黄④。那些社友平日重俺侯生者,也只为这点义气;我若依附奸邪,那时群起来攻,自救不暇,焉能救人乎?节和名,非泛常。重和轻,须审详。

(末)圆老一段好意,也还不可激烈⑤。(生)我虽至愚,亦不肯从井救人⑥。(末)既然如此,小弟告辞了。(生)这些箱笼,原是阮家之物,香君不用,留之无益,还求取去罢。(末)正是:"多情反被无情恼,乘兴而来兴尽还⑦。"(下)(旦恼介)(生看旦介)俺看香君天姿国色,摘了几朵珠翠,脱去一套绮罗,十分容貌,又添十分,更觉可爱。(小旦)虽如此说,舍了许多东西,倒底可惜。

【尾声】金珠到手轻轻放,惯成了娇痴模样。辜负俺辛勤做老娘。

(生)些须东西⑧,何足挂念,小生照样赔来。(小旦)这等才好。

(小旦)花钱粉钞费商量⑨,(旦)裙布钗荆也不妨。

---

① 旁人短长:指旁人的是非议论。
② 布荆:布裙、荆钗,古代贫家女子的服饰。
③ 畏友:道义、德行、学问上能够互相规劝砥砺,令人敬重的朋友。明苏濬《鸡鸣偶记》:"道义相砥,过失相规,畏友也。"
④ 青黄:是非、黑白。
⑤ 激烈:激动愤慨的样子。
⑥ 从井救人:语本《论语·雍也》:"仁者,虽告知曰:'井有仁(人)焉。'其从之也?"指跟着跳到井里去救人,后多比喻对别人全无益处、徒然危害自己的行为,也指自己冒着极大风险去救别人。此处指牺牲自己的名节去救阮大铖。
⑦ "多情"二句:前句语出苏轼《蝶恋花》词:"笑渐不闻声渐悄,多情却被无情恼。"后句语出范成大《巾子山又雨》诗:"如今只忆雪溪句,乘兴而来兴尽还。"典出《世说新语·任诞》载"雪夜访戴"事。此二句为杨龙友的下场诗。
⑧ 些须:少许,一点儿。
⑨ 花钱粉钞:指用在花粉装饰上的钱钞,此处指香君妆奁之资。

(生)只有湘君能解佩①,(旦)风标不学世时妆②。

王季思、苏寰中、杨德平合注《桃花扇》,人民文学出版社2014年版。

① 只有湘君能解佩:《楚辞·九歌·湘君》:"遗余佩兮醴浦。"此处借指香君却奁。
② 世时妆:时俗流行的妆扮。